Oetinger

SARA HOLLAND

EVERLESS

Zeit der Liebe

Deutsch von Jessika Komina
und Sandra Knuffinke

Verlag Friedrich Oetinger · Hamburg

MIX
Papier aus verantwortungsvollen Quellen
FSC® C014496

Die englische Originalausgabe erschien bei HarperCollins, USA,
unter dem Titel »Everless«.
Aus dem Englischen von Jessika Komina und Sandra Knuffinke
Einband von formlabor, Kerstin Schürmann,
unter Verwendung von Bildmaterial von © Radomen Durkovic,
© Alan Paulson Photography, © koya979 @shutterstock.com
Satz: Dörlemann Satz, Lemförde
Druck und Bindung: GGP Media GmbH,
Karl-Marx-Straße 24, 07381 Pößneck, Deutschland
Printed 2018
ISBN 978-3-7891-0864-8

www.oetinger.de
www.everless.de

Meinen Eltern,
für all die Geschichten

I

Die meisten Leute fürchten den Wald. Sie glauben an die alten Geschichten über Feen, die die Zeit im Blut eines Menschen zu Eis erstarren lassen können, oder Hexen, die verbleibende Lebensjahre mit nichts als einem Wispern in den Schnee vergießen. Es heißt sogar, der Geist des Alchimisten selbst streife durch die Wälder und sauge mit einem einzigen Atemzug ganze Ewigkeiten in sich ein.

Doch von derlei Märchen lasse ich mir keine Angst einjagen. Der Wald birgt ernst zu nehmendere Gefahren: Wegelagerer, die mit schartigen Klingen und Beuteln voll alchimistischer Pulver darauf lauern, jedem, der sich zu weit aus der sicheren Stadt herauswagt, Zeit abzuzapfen. Wir nennen sie Bluträuber. Ihretwegen sieht Papa es nicht gern, dass ich auf die Jagd gehe, aber wir haben keine andere Wahl. Wenigstens gibt es im Winter kein dichtes Unterholz, in dem sich die Diebe verstecken können, kein Vogelgezwitscher, das ihre Schritte übertönt.

Außerdem kenne ich den Wald besser als jeder andere. Schon immer habe ich es geliebt, dieses Gewirr von Ästen, das die Sonne verschleiert und den bitterkalten Wind abfängt. Ich könnte den ganzen Tag hier draußen verbringen oder einfach weiter und weiter gehen, zwischen den wie mit einem zarten Netz aus Eis bedeckten Bäumen hindurch, den zu messerscharfen Dolchen gefilterten Sonnenstrahlen. Auf Nimmerwiedersehen.

Reines Wunschdenken. Ich würde meinen Vater niemals verlassen, schon gar nicht jetzt, schließlich ist er –

»Gar nichts ist er«, ermahne ich mich selbst.

Die Lüge gefriert in der kalten Winterluft und sinkt zu Boden wie Schnee. Ich trete mit meiner Stiefelspitze danach.

Papa hat gesagt, einige der Bäume im Wald seien tausend Jahre alt. Sie seien schon hier gewesen, bevor jeder, der heute lebt, auf der Welt war. Selbst vor der Königin und bevor der Alchimist und die Zauberin die Zeit in Blut und Metall gebannt haben – wenn denn davor überhaupt etwas existiert hat. Und sie werden noch hier stehen, wenn wir alle längst fort sind. Dennoch sind sie keine Raubtiere wie Wölfe oder Menschen. Die Wurzeln unter meinen Füßen haben nicht all die Jahrhunderte überdauert, indem sie andere Pflanzen schwach und welk gemacht haben. Und ihnen kann niemand Zeit stehlen.

Wenn wir doch nur mehr wie Bäume sein könnten.

Papas alte Muskete hängt schwer und nutzlos auf meinem Rücken. Es ist weit und breit kein Wild zu sehen, in ein paar Stunden wird die Dämmerung hereinbrechen, und dann schließen die Marktstände ihre Läden, einer nach dem anderen. Ich werde mich bald auf den Weg zurück in die Stadt machen müssen, um mich dem Zeitpfänder zu stellen. Ich hatte gehofft, die Jagd würde meine Nerven beruhigen, mich für das Unumgängliche wappnen. Doch stattdessen ist meine Angst nur noch größer geworden.

Morgen ist in Crofton die Pacht fällig. Wie jeden Monat wird die Gerling-Familie ihre Truhen mit unserem Bluteisen füllen und behaupten, das sei der Preis für den Schutz, den sie uns gewähren. Für ihr Land, auf dem wir leben. Letzten Monat, als wir nicht zahlen konnten, hat der Zeiteintreiber uns mit einer Warnung davonkommen lassen, aber nicht aus Freundlichkeit – Papa sah so kränklich aus und ich so jung. Diesen Monat wird er das Doppelte verlangen, vielleicht sogar mehr. Aber jetzt, da ich siebzehn bin, ist es mir offiziell erlaubt, mir Zeit abzapfen zu lassen, und ich weiß, was ich zu tun habe.

Papa wird wütend werden, wenn er das erfährt.

Noch ein letzter Versuch, denke ich, als ich an einen kleinen Bach zwischen den Bäumen gelange. Sein Plätschern ist verstummt, frostig erstarrt – darunter jedoch sehe ich einen Schimmer von Grün, Braun und Gold: eine einsame Forelle, die sich durch die unsichtbare Strömung schlängelt. Quicklebendig unter all dem Eis.

Rasch knie ich mich hin und schlage mit dem Gewehrkolben die Eisschicht ein. Ich warte, bis sich das Wasser wieder beruhigt hat, und schicke ein lautloses Gebet an die Zauberin, während ich nach den glitzernden Schuppen Ausschau halte. Das Bluteisen, das diese Forelle einbringen würde, wäre kaum mehr als ein Tropfen auf den heißen Stein, aber ich will nicht mit leeren Händen auf den Markt zurückkehren. Auf keinen Fall.

Ich konzentriere mich und zwinge mein rasendes Herz zur Ruhe.

Und plötzlich – wie es manchmal geschieht – scheint sich der Lauf der Welt zu verlangsamen. Nein, es *scheint* nicht bloß so. Das Raunen der Äste im Wind hält tatsächlich inne. Sogar das nahezu unhörbare Knistern des schmelzenden Schnees auf der Erde verstummt; es ist, als hielte alles um mich den Atem an.

Ich blicke hinunter und sehe einen blassen Schimmer im schlammigen Wasser – auch der Fisch ist in der seltsamen

Zeitstarre gefangen. Bevor der Moment vorüber ist, strecke ich die bloße Hand aus und greife in den Bach.

Eisige Kälte kriecht meinen Arm hinauf und lässt meine Finger taub werden. Der Fisch verharrt noch immer reglos – wie gelähmt – im Wasser, fast, als *wollte* er gefangen werden.

Kaum, dass ich die Hand um den glitschigen Körper geschlossen habe, setzt die Zeit ihren Lauf fort. Der Fisch zappelt, ich spüre seine Muskelkraft zwischen den Fingern und keuche auf, als er mir beinahe entwischt. Doch bevor er sich befreien kann, reiße ich ihn aus dem Wasser und lasse ihn mit einer einzigen, geübten Bewegung in meinem Beutel verschwinden. Eine Weile sehe ich beklommen zu, wie der Fisch darin weiterkämpft und das grobe Leinen zum Zucken bringt.

Dann bewegt sich der Stoff nicht mehr.

Ich weiß nicht, warum manchmal, vollkommen willkürlich, die Zeit um mich ins Stocken gerät. Ich behalte es für mich, auf Papas Rat hin, der einmal Zeuge geworden ist, wie ein Mann für die Behauptung, er könne mit einer einzigen Handbewegung die Zeit um eine Stunde zurückdrehen, mit zwanzig Blutjahren bezahlen musste. Zaunhexen, wie Calla aus unserem Dorf, werden geduldet, um die Abergläubischen bei Laune zu halten – solange sie ihre Pacht zahlen. Auch ich bin früher oft in Callas Laden gegangen, um ihren Geschichten über Zeitaussetzer und Zeitstarren zu lauschen, die angeblich sogar Risse im Boden oder Erdbeben verursachen können, bis Papa es mir verbot, aus Sorge, ich könnte damit zu viel Aufmerksamkeit auf uns ziehen. Ich erinnere mich noch genau, wie es bei ihr roch: nach Gewürzen, vermischt mit dem Blut uralter Rituale. Aber wenn Papa mich eines gelehrt hat, dann, dass es immer sicherer ist, nicht aufzufallen.

Ich schiebe die Hände in die Achselhöhlen, um sie zu wärmen, und beuge mich abermals über den Bach, um erneut mein Glück zu versuchen. Doch es kommen keine Fische mehr, und die Sonne versinkt langsam hinter den Baumstämmen.

Mein Magen verkrampft sich vor Angst.

Mir war schon vor Jahren klar, dass es eines Tages so weit sein würde, dennoch stoße ich einen leisen Fluch aus, als ich mich zurück in Richtung der Stadt wende und mir meinen vor Nässe triefenden Beutel über die Schulter schlinge. Ich bin heute weiter gegangen als gewöhnlich und bereue es nun, da der Schnee durch meine löchrigen Stiefel dringt und die Bäume die spärliche verbleibende Wärme des Tages von mir abhalten.

Nach einer Weile lichtet sich der Wald, und ich erreiche die Straße, die zurück in die Stadt führt. Die Erde dort, aufgewühlt von zahllosen Wagenrädern, ist in der Kälte zu gefrorenen Wogen erstarrt. Ich stapfe ganz am Rand entlang und versuche, Mut für meinen Besuch auf dem Markt zu sammeln. Der Gedanke an die Klinge des Zeitpfänders, an die Phiolen, die darauf warten, mit meinem Blut gefüllt zu werden, lässt Furcht in mir aufsteigen. Daran, wie das Blut in Eisen verwandelt wird, an das Schwächegefühl, das auf das Schröpfen folgen soll.

Schlimmer jedoch ist der Gedanke an Papa, der sich nachts hinter der dünnen Wand auf seiner Strohmatratze hin- und herwälzt. Nur die Zauberin weiß, dass er nichts dringender benötigt als Ruhe. Im letzten Monat konnte ich ihn vor meinen Augen dahinschwinden sehen wie den abnehmenden Mond.

Ich könnte schwören, dass seine Augen einen Grauschleier angenommen haben, ein sicheres Zeichen dafür, dass seine Zeit nahezu aufgebraucht ist.

Wenn es doch nur keine so einfache Erklärung für heute Morgen gäbe, als er meinen Geburtstag vergessen hat.

Das hat er noch nie, kein einziges Mal. Wenn er doch nur zugeben würde, dass er seine Zeit verkauft hat, obwohl ich ihn angefleht habe, es nicht zu tun und stattdessen mich ein paar meiner Jahre geben zu lassen. Wenn es die Zauberin und den Alchimisten doch nur wirklich gäbe, dann könnte ich sie suchen und zwingen, einen Weg zu finden, um Papas Leben zu verlängern.

Was, wenn – ich wage es kaum, die Frage zu Ende zu denken – was, wenn ihm nur noch ein Monat bleibt, ein Tag?

Die Erinnerung an eine alte Bettlerin aus Crofton, die ihre letzte Lebenswoche für eine Schale Suppe gegeben hat, steigt an die Oberfläche meines Bewusstseins. Wie sie von Haus zu Haus stolperte, jeden im Dorf grüßte und ihn um ein oder zwei Tagestaler bat oder wenigstens ein Stück Brot. Zuerst vergaß sie die Namen der Leute. Dann vergaß sie, wo das Dorf endete, und irrte über die Felder, die Hand erhoben, um an unsichtbare Türen zu klopfen.

Schließlich fanden Papa und ich sie zusammengekrümmt im Weizen. Ihre Haut war eiskalt, ihre Zeit verronnen. Und am Anfang von all dem stand das Vergessen.

Beim Gedanken an sie fange ich an zu rennen. Mein Blut treibt mich an, als sehnte es sich danach, endlich in Münzen verwandelt zu werden.

Von Crofton kommen als Erstes ein paar dünne Rauchsäulen in Sicht, dann ein bunter Flickenteppich aus Dächern zwischen den Hügeln. Der schmale Pfad, der zu unserer Kate führt, zweigt ein gutes Stück vor dem Dorf Richtung Osten von der

Hauptstraße ab. Jetzt jedoch gehe ich daran vorbei, weiter auf den von Lärm und Rauch erfüllten Marktplatz zu.

Innerhalb der niedrigen Steinmauer, die die ungefähre Dorfgrenze markiert, drängen sich die Häuser in Reihen zusammen wie Menschen, die beieinander Schutz vor der Kälte oder dem Wald oder dem stetigen Schwinden der Zeit suchen. Leute eilen an mir vorbei, eingehüllt in dicke Schichten von Kleidern, die Köpfe im Wind gesenkt.

Der Markplatz ist nicht viel mehr als eine lang gezogene Fläche, an der drei kopfsteingepflasterte Straßen aufeinandertreffen. Heute Nachmittag herrscht dort reges Treiben: Die Pacht ist fällig, und überall wird eifrig Handel getrieben. Männer in grober Bauernkleidung und Frauen, die ihre Babys auf dem Rücken tragen, feilschen über Stoffballen und Brotlaibe und Markknochen, ohne eine Handvoll Bettler zu beachten, die von Stand zu Stand ziehen und deren monotoner Singsang – »Eine Stunde? Eine Stunde vielleicht?« – sich unter das allgemeine Stimmengewirr mischt. Die Luft ist grau vom fettigen Rauch der Kochstellen.

Vor Edwin Duades Zeitpfandhaus steht eine lange Warteschlange. Papa und ich sind bei Weitem nicht die Einzigen, die Monat für Monat Mühe haben, über die Runden zu kommen. Der Anblick hat mich schon immer mit Grauen erfüllt – Dutzende von Menschen, die geduldig darauf warten, dass ihnen Lebenszeit abgezapft und zu Bluteisenmünzen geschmiedet wird. Ich weiß, dass auch ich mich dort einreihen muss, kann mich jedoch nicht überwinden. Wenn Papa davon erfährt …

Ich sollte mir lieber erst etwas zu essen besorgen, um bei Kräften zu sein, bevor ich mich schröpfen lasse. Außerdem muss ich meinen Fang verkaufen, so mickrig er auch sein mag.

Also mache ich mich auf den Weg zum Fleischerstand, an dem meine Freundin Amma arbeitet. Gerade verteilt sie Streifen von Trockenfleisch an eine Gruppe von Schulmädchen in adretten Schürzen. Eine Mischung aus Neid und Wehmut wallt in mir auf. Ich hätte eines dieser Mädchen sein können. Ich *war* einmal eines von ihnen. Nachdem Papa Everless, das Schloss der Gerlings, verlassen musste – die Wut, die mich bei der Erinnerung daran ergreift, ist mir inzwischen so vertraut wie mein eigener Herzschlag –, hat er all seine Ersparnisse für Bücher und Papier ausgegeben, damit ich zur Schule gehen konnte. Doch zusammen mit seiner Sehkraft nahm auch seine Arbeit ab und damit das Geld. Papa hat mir alles beigebracht, was er weiß, aber das ist einfach nicht dasselbe.

Ich schiebe den Gedanken beiseite und winke Amma zu. Sie lächelt, wodurch sich die Narbe auf ihrer Wange, das Relikt eines Bluträuberüberfalls auf das Dorf, in dem sie geboren wurde, in Falten legt. Ihr Vater kam dabei ums Leben, und auch ihrer Mutter blieben danach kaum mehr als ein paar Tage. Sie klammerte sich noch so lange ans Leben, bis sie ihre Töchter nach Crofton gebracht hatte, dann war ihre Zeit aufgebraucht. Seither fällt Amma die Aufgabe zu, sich um ihre kleine Schwester Alia zu kümmern.

Amma, oder die Schulmädchen, durch die ich mich nun dränge, könnten meine Verachtung für die Gerlings wahrscheinlich nicht nachvollziehen. Immerhin kontrollieren sie den Handel und schützen ihre Städte und Dörfer vor Bluträubern und Verbrechern wie jenen, die Ammas Eltern getötet haben. Doch für ihren Schutz erwarten sie Loyalität und, nicht zu vergessen, jeden Monat Bluteisen. Die Grenzen Semperas werden scharf bewacht, um zu verhindern, dass jemand das Geheimnis des Bluteisens außer Landes trägt. Das ist auch der Grund, warum Papa und ich noch immer auf Gerling-Land leben, obwohl wir nach dem Brand in der Schmiede vor all den Jahren von Everless fliehen mussten.

Ich kann mich noch gut an Everless erinnern – an die Korridore mit den kostbaren Wandteppichen, die Türknäufe aus glänzender Bronze, die Leute in ihren seidenen Gewändern, behängt mit Gold und Juwelen. Keiner der Gerlings würde einem je im Wald auflauern und die Kehle durchschneiden, aber Diebe sind sie trotzdem.

»Ich habe gehört, sie haben den Tag bekannt gegeben«, plappert eines der Schulmädchen, »gleich zu Frühlingsanfang.«

»Nein, früher«, widerspricht ein anderes. »Er ist so verliebt, so lange kann er unmöglich warten mit der Hochzeit.«

Obwohl ich nur mit einem Ohr zuhöre, weiß ich, dass sie über das Thema reden, das dieser Tage in aller Munde ist: Roans Hochzeit, die Vereinigung der zwei mächtigsten Familien von ganz Sempera.

Lord Gerlings Hochzeit, korrigiere ich mich. Er ist längst nicht mehr der schlaksige Junge mit der Zahnlücke, den ich einst kannte, der mit den Kindern der Dienstboten Verstecken spielte. Sobald er mit Ina Gold verheiratet ist, dem Mündel der Königin, ist er so gut wie der Sohn Ihrer Majestät. Das Königreich Sempera wird von fünf Familien gemeinsam regiert, die Gerlings jedoch herrschen über ein ganzes Drittel des Landes. Und Roans Heirat wird ihnen zu noch mehr Macht verhelfen. Amma sieht mich an und verdreht die Augen.

»Na los, weiter mit euch«, scheucht sie die Mädchen davon. »Genug von dem Geschwätz.«

Die Mädchen hüpfen davon in einem Wirbel zu bunter Farben und strahlender Gesichter. Im Vergleich zu ihnen wirkt Amma nur noch erschöpfter; ihr Haar ist straff zurückgebunden, und sie hat dunkle Ringe unter den Augen. Ich weiß, dass sie vor Sonnenaufgang aufgestanden sein muss, um Fleisch aufzuhängen und zu schneiden. Ich hole die Forelle aus meiner Tasche und lege sie auf ihre Waage.

»Langer Tag?« Amma greift bereits nach Papier, um den Fisch darin einzuschlagen.

Ich zwinge mich zu einem Lächeln. »Im Frühling wird es wieder besser.« Amma ist meine beste Freundin, aber nicht einmal sie weiß, wie schlecht es um Papa und mich wirklich steht. Wenn sie wüsste, dass ich mich schröpfen lassen will, würde sie mich nur bemitleiden oder, noch schlimmer, mir ihre Hilfe anbieten. Und das will ich nicht. Sie hat genug eigene Probleme.

Sie reicht mir einen blutbefleckten Stundentaler für den Fisch und fügt dann noch einen Streifen Trockenfleisch für mich hinzu. Als ich beides entgegennehmen will, hält sie meine Hand fest. »Ich hatte gehofft, dass du heute kommen würdest«, sagt sie nun mit gesenkter Stimme. »Ich muss dir etwas erzählen.«

Ihre Hand ist eiskalt, ihr Tonfall zu ernst. »Was denn?«, frage ich bemüht unbekümmert. »Hat Jacob dich endlich gefragt, ob du mit ihm durchbrennen willst?« Jacob ist ein Junge aus dem Dorf, der so offensichtlich in Amma verliebt ist, dass die Leute schon seit Jahren darüber scherzen.

Sie schüttelt den Kopf, lächelt jedoch nicht. »Ich verlasse Crofton«, sagt sie dann, während sie noch immer fest meine Hand umklammert. »Ich werde auf Everless arbeiten. Sie suchen dort Helfer für die Hochzeitsvorbereitungen.« Unsicher blickt sie mich an.

Mein Lächeln verblasst, und Kälte breitet sich in mir aus. »Everless«, wiederhole ich, wie betäubt.

»Jules, ich habe gehört, die zahlen einem ein Jahr pro Monat.« Ihre Augen beginnen zu leuchten. »Ein ganzes Jahr! Kannst du dir das vorstellen?«

Ein Jahr, das sie uns vorher gestohlen haben, denke ich.

»Aber ...« Meine Kehle ist eng. Die meiste Zeit über gelingt es mir, die Erinnerungen an Everless, an meine Kindheit, zu verdrängen. Doch Ammas Miene, so hoffnungsvoll, löst eine Flut von Bildern in mir aus: labyrinthartige Flure, endlose, grüne Palastgründe, Roans Lächeln. Dann brennt die Erinnerung an loderndes Feuer alle anderen Erinnerungen nieder. Mit einem Mal habe ich einen bitteren Geschmack im Mund.

»Hast du denn die Gerüchte nicht gehört?«, frage ich. Sie starrt mich an, und ich hasse mich dafür, dass ich ihre Fröhlichkeit trübe. Doch ich kann meine Worte nicht mehr zurücknehmen, also rede ich weiter. »Dass sie nur junge Frauen einstellen? Hübsche junge Frauen? Und dass der alte Lord Gerling sich mit den Dienstbotinnen vergnügt, als wären sie Spielzeuge, direkt vor den Augen seiner Frau?«

»Das Risiko muss ich eingehen«, entgegnet Amma leise. Dann lässt sie meine Hand los. »Alia geht auch, und Karina – ihr Ehemann verspielt ihre gesamte Zeit.« Ich erkenne Wut in ihren Augen. Karina ist wie eine Mutter für sie, und Amma kann nicht mit ansehen, wie sie leidet. »Niemand hier hat Arbeit. Everless ist die einzige Chance, die ich habe, Jules.«

Ich will ihr widersprechen, sie davon überzeugen, dass das Leben auf Everless hart und erniedrigend ist, dass die Dienstmädchen nicht einmal mehr beim Namen gerufen werden, aber ich bringe es nicht über mich. Amma hat natürlich recht, die

Bediensteten der Gerlings werden reich entlohnt, zumindest gemessen an dem, was man in Crofton verdienen kann, doch die Bluttaler, die sie bekommen, sind gestohlen. Von Menschen wie Amma, mir und Papa.

Aber ich weiß, was es bedeutet, hungern zu müssen, und Amma teilt weder meine Verachtung für die Gerlings, noch weiß sie um deren Grausamkeit. Also ringe ich mir abermals ein Lächeln ab.

»Das wird sicher aufregend«, sage ich in der Hoffnung, dass sie die Zweifel in meiner Stimme nicht hört.

»Stell dir nur vor, ich werde die Königin sehen«, schwärmt sie. Papa hat nichts als Geringschätzung für die Königin übrig, in den meisten Familien jedoch wird sie wie eine Göttin verehrt. Und sie könnte genauso gut eine Göttin sein: Sie lebt schon seit den Zeiten der Zauberin. Als das Bluteisen sich durch die Adern der Menschen ausbreitete, kamen Invasoren aus anderen Ländern. Doch die Königin, damals noch die Befehlshaberin des semperanischen Heers, schlug den Angriff nieder und herrscht seitdem über das ganze Land.

»Und Ina Gold«, fährt Amma fort. »Es heißt, dass sie wunderschön ist.«

»Tja, wenn sie Lord Gerling heiratet, muss sie das wohl sein«, antworte ich in lockerem Plauderton. Doch beim Gedanken an Lady Gold wird mir mulmig zumute. Jeder kennt ihre Geschichte: Sie war ein Findelkind, wie so viele, ausgesetzt am steinigen Strand in der Nähe des Palastes, als Opfergabe für die Königin. Aufgrund der vielen Angriffe auf ihr Leben, besonders in ihren frühen Regierungsjahren, befand die Königin, es sei zu gefährlich, ein eigenes Kind in die Welt zu setzen, und nahm sich nicht einmal einen Ehemann. Stattdessen versprach sie, sie wolle ein fremdes Kind auswählen, es als Prinzen oder Prinzessin aufziehen und, wenn es sich als würdig erwies, ihm eines Tages die Krone vererben. Gut möglich, dass Inas Eltern damals noch verzweifelter waren als die Bauern aus Crofton heute. Das kleine Mädchen wurde in ein Waisenhaus gebracht, wo eines Tages die Königin auf es aufmerksam wurde, die Ina Gold daraufhin zu ihrer Tochter auserkor – und vor zwei Jahren zu ihrer Erbin erklärte.

Heute ist Ina siebzehn. Genauso alt wie Amma und ich. Sie aber wird die Krone erben, zusammen mit der königlichen Zeitbank, und noch Jahrhunderte weiterleben. Sie wird ein Leben voller Bankette und Bälle, voller Dinge, die ich mir nicht einmal vorstellen kann, führen, ohne sich um mich und all die anderen Menschen zu scheren, die ihr klägliches Dasein außerhalb der Palastmauern fristen.

Ich versuche, mir einzureden, dass dies der Grund für den Neid ist, der in mir aufsteigt, und nicht die Tatsache, dass sie Roan zum Ehemann bekommen wird.

»Du könntest doch mitkommen, Jules«, schlägt Amma leise vor. »Gemeinsam wäre es bestimmt viel leichter.«

Eine Sekunde lang sehe ich alles vor mir – die engen Dienstbotenflure, die begrünten Innenhöfe, die prächtigen Marmortreppen.

Aber es geht nicht. Papa würde mir niemals seinen Segen geben. Wir waren damals gezwungen, Everless zu verlassen, mussten vor den Gerlings fliehen. Und es ist allein ihre Schuld, dass wir heute Hunger leiden.

Liams Schuld.

»Ich kann Papa nicht verlassen«, sage ich. »Das weißt du doch.«

Amma seufzt. »Tja, dann sehen wir uns, wenn ich zurück bin. Ich will nur versuchen, genug Zeit anzusparen, um wieder zur Schule zu gehen.«

»Warum so bescheiden?«, necke ich sie. »Vielleicht verliebt sich ja ein reicher Lord in dich und nimmt dich mit auf sein Schloss.«

»Lass das nicht Jacob hören«, erwidert sie augenzwinkernd, und ich stoße ein angespanntes Lachen aus. Mir ist gerade bewusst geworden, wie einsam ich in den langen Monaten während Ammas Abwesenheit sein werde. Plötzlich packt mich die Furcht, dass ich sie womöglich niemals wiedersehe, und ich drücke sie fest an mich. Trotz der vielen Stunden, die sie damit zubringt, Fleisch von Knochen und Knorpeln zu befreien, riecht ihr Haar noch immer nach Wildblumen. »Bis bald, Amma.«

»Ich bin wieder zurück, bevor du auch nur gemerkt hast, dass ich fort war«, versucht sie, mich aufzuheitern, »und dann habe ich sicher eine Menge Geschichten zu erzählen.«

»Darauf möchte ich wetten«, sage ich. Was ich nicht sage, ist: Hoffentlich sind es fröhliche Geschichten.

Ich zögere meinen Abschied von Amma so lange wie möglich hinaus, doch die Sonne sinkt unerbittlich weiter. Grauen erfüllt mich, als ich schließlich widerstrebend zum Laden des Zeitpfänders gehe. Ich suche mir einen Weg zwischen den Marktständen hindurch, bis ich das Ende der noch immer viel zu langen Warteschlange vor Duades Tür erreiche. In das Holz ist das Bild einer Sanduhr gebrannt. Dahinter erwarten mich eine blitzende Klinge und allerlei Pulver, die Blut und Zeit in Eisen verwandeln.

Ich halte den Blick gesenkt, um den Leuten, die das Haus

verlassen, nicht ins Gesicht sehen zu müssen; sie wirken blass und kurzatmig, dem Tod einen Schritt näher. Immer wieder versuche ich, mir einzureden, dass einige von ihnen nie wieder beim Zeitpfänder vorstellig werden müssen, dass sie schon nächste Woche Arbeit finden werden, um dann zu Hause einen Bluteisentaler in ihrem Tee aufzulösen und zu trinken. Doch hier in Crofton passiert so etwas nicht; oder zumindest habe ich es noch nie erlebt. Stattdessen bleibt uns nichts anderes übrig, als unser Blut zu geben, unsere Zeit zu verkaufen.

Nach ein paar Minuten höre ich aufgeregte Stimmen und blicke hoch. Drei Männer kommen aus dem Laden. Zwei Zeiteintreiber – Everless-Wachen, mit dem schimmernden Familienwappen der Gerlings auf ihren Uniformen und Kurzschwertern an den Gürteln –, die zwischen sich, fest bei den Armen gepackt, Duade führen, den Zeitpfänder.

»Loslassen«, ruft Duade. »Ich habe nichts getan.«

Ein Murmeln geht durch die Wartenden, und ich spüre, wie Panik um sich greift. Jeder hier weiß, dass in Duades Laden einiges an illegalen Geschäften vor sich geht, aber bislang wechselte hin und wieder in aller Verschwiegenheit ein Monatstaler den Besitzer, und die Ordnungshüter der Gerlings drückten ein Auge zu. Der Zeitpfänder mag ein schmieriger, gieriger Bursche sein, aber von Zeit zu Zeit sind wir alle auf ihn angewiesen.

Wie ich heute.

Während Duade sich vergeblich im Griff der Wachen windet, nähert sich Hufgeklapper vom anderen Ende des Marktplatzes. Sofort wird es mucksmäuschenstill, und auch Duade hört auf, sich zu wehren, als ein junger Mann auf einer weißen Stute um die Ecke geritten kommt, die Kapuze gegen die Kälte tief in die Stirn gezogen.

Roan. Gegen meinen Willen macht mein Herz einen kleinen Hüpfer. Seit er vor einigen Monaten volljährig geworden ist, hat Roan Gerling es sich zur Gewohnheit gemacht, den Dörfern, die sich auf dem Gebiet seiner Familie befinden, regelmäßig Besuche abstatten. Als er zum ersten Mal hier aufgetaucht ist, habe ich ihn kaum wiedererkannt, so drahtig, so gut aussehend. Doch seither hoffe ich insgeheim an jedem Markttag, dass er dort sein wird, obwohl mir klar ist, dass er mich unter keinen Umständen erkennen darf. Wie gern würde ich ihn hassen für seine edlen Kleider und das milde Lächeln, mit dem er sich stets umsieht, als wollte er uns allen in Erinnerung rufen, dass jeder Baum, jede Hütte und jeder Kieselstein in diesem Dorf ihm gehört. Doch ich kenne Roan zu gut, um ihn zu hassen, sosehr ich mir es auch wünschte. Außerdem lassen die Zeiteintreiber in seiner Gegenwart öfter Gnade walten. Was immer es mit der Verhaftung des Zeitpfänders auf sich haben mag, Roan wird der Sache ein Ende setzen.

Doch als ich mich zu Duade umdrehe, der sich noch immer im Griff der beiden Zeiteintreiber befindet, sehe ich keine Erleichterung in seinem Gesicht. Sondern Furcht.

Verwirrt wende ich mich wieder dem jungen Mann auf dem Pferd zu, der in diesem Moment seine Kapuze zurückschiebt. Ich sehe vertraute breite Schultern, goldene Haut, dunkles Haar. Alles andere jedoch spiegelt nichts als Härte wider: die finster zusammengezogenen Brauen, die scharf geschnittene Nase, die hohe, aristokratische Stirn.

Sämtliche Luft weicht mir aus den Lungen.

Nicht Roan. Liam, Roans älterer Bruder, den ich in sicherer Entfernung in irgendeiner Eliteakademie an der Küste geglaubt habe, wo er sich seinem Studium der Geschichte widmen sollte.

Liam, der mich seit zehn Jahren in meinen Albträumen heimsucht. Ich habe so oft von der Nacht unserer Flucht geträumt, dass ich kaum noch zwischen Fantasie und Erinnerung unterscheiden kann, doch Papa hat dafür gesorgt, dass ich eines niemals vergessen habe: Liam Gerling will uns Böses.

Als wir alle noch Kinder waren, hat Liam versucht, Roan zu töten. Wir spielten damals zu dritt in der Schmiede, als er seinen Bruder in die Esse schubste. Hätte ich Roan nicht herausgezogen, bevor die Flammen auf ihn übergreifen konnten, wäre er bei lebendigem Leib verbrannt. Und zum Dank dafür mussten wir aus dem einzigen Zuhause fliehen, das ich jemals gekannt habe. Papa hatte Sorge, dass Liam mir etwas antun könnte, wenn wir in Everless geblieben wären, weil ich zu viel wusste.

Später, als ich zwölf Jahre alt war, spürte Liam Papa und mich in unserer Hütte nahe Rodshire auf. Kampfgeräusche rissen mich aus dem Schlaf, und als ich aus meinem Zimmer kam, ergriff Papa, der Liam abgewehrt hatte, mich bei der Hand, und wir flohen – zum zweiten Mal in meinem Leben.

Ich stehe da wie versteinert, denn es ist, als hätte meine schlimmste Furcht sich bestätigt. Nach all den Jahren hat er mich nun doch gefunden, mich und meinen Vater.

Ich weiß, dass ich mich abwenden sollte, doch ich kann den Blick nicht von ihm losreißen, kann an nichts anderes denken als an sein Gesicht vor zehn Jahren, an den Hass in seinen Augen, als er mich am Tag unserer Flucht von Everless durch einen Rauchschleier anstarrte.

Und wieder höre ich Papas Stimme, die mich warnt: *Wenn du je wieder Liam Gerling begegnest, dann ergreif die Flucht.*

2

Schon mit zehn Jahren war Liam kalt und distanziert. Knapp ein Jahr, nachdem wir Everless verlassen hatten, kam er aufs Internat, doch auf dem Herrschaftsgebiet seiner Familie gehen bis heute allerlei Gerüchte über ihn um. Dienstboten von Everless, die zu Besorgungen nach Crofton kamen, berichteten, dass seine Wortkargheit oft von einem Moment auf den anderen in Jähzorn umschlug und seine Eltern ihn fortgeschickt hätten, weil sie sich vor ihm fürchteten. Doch Liam hat seinen Bruder damals nicht aus Wut ins Feuer gestoßen oder Papa und mich bis nach Rodshire verfolgt. Sondern aus purer Grausamkeit. Ich mag mir nicht vorstellen, wie viel boshafter er in den vergangenen Jahren geworden ist.

Jetzt, als ich Zuflucht in einem Hauseingang suche, frage ich mich, wie ich ihn überhaupt mit Roan verwechseln konnte. Die beiden sind gleich groß, haben einen ähnlich kräftigen Körperbau und schwarze Locken, doch während Roans Schopf immer ein wenig zerzaust wirkt, ist Liams Haar straff zurückgekämmt. Sein Mund ist ein dünner, grimmiger Strich, sein Blick misstrauisch und unmöglich zu deuten. Wie er nun stocksteif im Sattel sitzt und durch die Menge reitet, wirkt er beinahe wie eine Statue, stolz, eisern und unbesiegbar. Er mustert die Leute vor Duades Tür.

Hastig reiße ich meine Kapuze hoch, doch zu spät. Ist es

bloß Einbildung oder verharrt sein Blick tatsächlich kurz auf meinem Gesicht? Furcht schnürt mir die Kehle zu, und meine Hände, die noch immer den Rand meiner Kapuze umklammert halten, zittern. Ich will mich abwenden, nur weg von hier, doch das würde mich nur noch verdächtiger machen.

Glücklicherweise scheint Liam sich nicht für einfache Dorfbewohner zu interessieren. Sein Blick schweift weiter, bis er schließlich auf Duade und die beiden Wachen hinuntersieht.

Der alte Zeitpfänder wirkt zu Tode verängstigt. Roan hätte seinen Männern befohlen, ihn loszulassen, Liam jedoch fehlt die Güte seines Bruders.

»Bitte …« Auf dem Marktplatz ist es so still geworden, dass ich Duades Flehen bis zu mir höre. »Mylord, es war ein Versehen, bloß ein Versehen.«

»Sie haben das Gesetz gebrochen. Sie haben ein Kind zur Ader gelassen.« Liams Stimme ist tiefer, aber genauso eiskalt wie damals, als er noch ein Junge war. »Wollen Sie das abstreiten?«

Über die Gesichter einiger der Umstehenden huschen die Schatten schmerzvoller Erinnerungen, und ich weiß, dass diese Leute Eltern sein müssen. Die Lebenszeit eines Kindes ist kaum vorherzusagen, schwer zu messen und kompliziert umzuwandeln, daher zapft man ihm leicht zu viel ab und tötet es damit. Dennoch haben viele keine andere Wahl, und ich bin sicher, dass das eigene Kind bluten zu sehen eine Strafe für sich ist – schlimmer als jede Gräueltat, die sich die Gerlings nur ausdenken könnten.

»Ich konnte doch nicht wissen, dass sie noch so jung ist.« Duade starrt verzweifelt zu Liam hoch, während eine Ausflucht nach der anderen über seine Lippen sprudelt. »Ich kann mich nur auf das verlassen, was man mir sagt, Mylord, ich bin ein ergebener Diener Ihrer Familie –«

Liams Stimme durchschneidet die Stille wie ein eisiges Messer. »Bringt ihn nach Everless. Er soll mit einem Jahr dafür büßen.«

Duade fährt zusammen. »Ein Jahr?« Einen Moment lang wirkt er wie benommen. Dann verzerrt sich sein Gesicht vor Entsetzen. »Lord Gerling, bitte –«

Die Zeiteintreiber schieben Duade auf einen wartenden Wagen zu. Kurz scheint es, als machte Liam Anstalten, vom Pferd zu steigen, und mir wird übel. Mit einem Mal fürchte ich, in Ohnmacht zu fallen. Während Liam abgelenkt ist, fliehe ich geduckt aus der Warteschlange in Richtung einer schmalen Seitenstraße, um von dort aus weiter nach Hause zu rennen.

Am Rand des Marktplatzes drehe ich mich noch einmal um. Und wünsche mir sofort, es nicht getan zu haben. Auch einige der anderen Wartenden entfernen sich nun vom Geschäft des Zeitpfänders, doch Liam ist noch immer da und blickt mir geradewegs in die Augen. Mein Herz gerät ins Stocken, und einen Moment lang, der mir wie eine Ewigkeit erscheint, bin ich wie erstarrt, versteinert unter seinem stechenden Blick. Wenn er mich erkennt …

Dann ergreif die Flucht. Die Stimme meines Vaters.

Doch Liam stößt seinem Pferd die Fersen in die Flanken und lenkt es zurück zur Hauptstraße, als könnte er es kaum abwarten, endlich einen derart abstoßenden Ort wie unser Dorf zu verlassen. Schließlich wirbele auch ich herum und eile, nichts als meinen eigenen, abgehackten Atem in den Ohren, nach Hause.

Als ich unser karges Weizenfeld knapp außerhalb des Dorfes erreiche, lichtet sich die Panik, die mir die Gedanken vernebelt hat, ein wenig, und zurück bleibt nur die tiefe, unentrinnbare Furcht, die Liams Blick in mir entfacht hat. Seit unserer nächtlichen Flucht von Everless werde ich von Albträumen geplagt – Träume voller Rauch und Flammen, von einem gesichtslosen Mörder, der mich unbarmherzig jagt. Träume voller Entsetzen und dem beißenden Gestank glühenden Eisens und brennenden Strohs, der mir jedes Mal in die Nase steigt, wenn ich an Liams Augen denke.

Zehn Jahre sind vergangen, seit er mich zum letzten Mal gesehen hat, rufe ich mir immer wieder in Erinnerung. Papa und ich waren Bedienstete der Gerlings – ich ein siebenjähriges Mädchen mit knochigen Knien und der Haube einer Magd. An Papa würde Liam sich möglicherweise erinnern, aber dass er mein Gesicht wiedererkennt, ist mehr als unwahrscheinlich.

Erst als unsere Kate in Sicht kommt, von deren Schornstein ein kümmerliches Rauchwölkchen in den Himmel aufsteigt, fällt mir wieder ein, dass ich ja für unser Abendessen hätte sorgen sollen. Jetzt werden wir uns beide mit Ammas Trockenfleisch begnügen müssen. Ich kann nur hoffen, dass der Stundentaler für Papa, den mir die Forelle eingebracht hat, unsere leeren Mägen wert ist.

Die Sonne sinkt immer tiefer. Ich sehe nach Westen, wo der Himmel von grauen und rot-goldenen Schlieren durchzogen ist. Ein weiterer Tag ist vergangen.

An unserer Hintertür hängt ein welker Kranz aus Tannenzweigen, und auf dem Fensterbrett steht ein Fuchs, den ich als Kind aus Draht und Nägeln gebastelt habe. Meine Mutter hat wohl an derlei Glücksbringer geglaubt. Papa sagt, sie habe Stunden damit verbracht, Kiefernzweige zusammenzubinden oder ihre uralte Holzfigur der Zauberin zu polieren – ein hübsches

Stück mit einer Uhr in einer Hand und einem Messer in der anderen, das die Bewohner des Hauses beschützen und ihnen ein langes Leben bescheren soll. An der Mauer am westlichen Ende des Dorfes steht eine ganz ähnliche Statue, nur viel größer und längst nicht so hübsch. Dorthin gehen die Gläubigen oder die Verzweifelten, um die Zauberin um ihren Segen zu bitten. Obwohl er es nie zugeben würde, weiß ich, dass mein Vater all diese Sachen als Andenken an meine Mutter aufbewahrt hat. An ihre Wirkung glaubt er genauso wenig wie ich. Wenn es die Zauberin tatsächlich gibt, dann hat sie zumindest nie unsere Gebete erhört.

Im Haus bleibe ich einen Moment in der Küche stehen und warte, bis meine Augen sich an die Dunkelheit gewöhnt haben, zögere den Moment, in dem ich meinem Vater mit leeren Händen gegenübertreten muss, so weit wie möglich hinaus. Nicht, weil ich fürchte, dass er wütend wird – das wird er nie –, aber der Anblick seines ausgemergelten Körpers, seiner zittrigen Hände tut mir weh. Was wird er diesmal vergessen haben, während ich fort war – meinen Namen? Mein Gesicht? In meiner Panik über Liam Gerling und den Aufruhr, den er verursacht hat, habe ich überhaupt nicht mehr daran gedacht, dass die Pacht fällig ist. Woher soll ich jetzt, da Duade nach Everless gebracht wurde, um dort vom Zeitpfänder der Gerlings zur Ader gelassen zu werden, genug Bluteisen nehmen, bevor der Zeiteintreiber kommt?

Aus dem Nebenzimmer ertönt eine unbekannte Stimme, und ich stutze. Die Worte gehen im Knistern des Feuers unter, aber ich erkenne, dass es ein Mann ist. Wieder durchzuckt mich Angst. Hat Liam mich doch erkannt? Hat er bereits jemanden geschickt, um mich zu holen?

Ich trete an die Schwelle, ziehe den Vorhang zurück – und erstarre.

Es dauert einen Moment, bis ich einen Sinn in die Szene bringen kann, die sich mir bietet. Meinem Vater gegenüber am Feuer sitzt der Zeiteintreiber, ein Mann aus Crofton, der jeden Monat ein Haus nach dem anderen heimsucht wie eine gefürchtete Krankheit. Er ist zu früh, oder zumindest früher als gewöhnlich. Zwischen ihnen auf dem grob gezimmerten Holztisch erkenne ich eine Reihe von Gegenständen: eine kleine Messingschale, eine Glasphiole, ein silbernes Messer. Instrumente, die ich schon oft durch das große Ladenfenster auf dem Tresen des Zeitpfänders gesehen habe. Instrumente, um Zeit zu zapfen.

Papa blickt zu mir hoch. Seine trüben Augen weiten sich. »Jules«, sagt er und steht mühsam auf. »Ich hatte dich nicht vor Anbruch der Dunkelheit zurückerwartet.«

Mein Herz zieht sich zusammen. Es *ist* dunkel.

»Was geht hier vor?«, frage ich mit tränenerstickter Stimme, obwohl ich es längst weiß. Nun wendet sich auch der Zeiteintreiber zu mir um; er wirkt viel zu massig für unser kleines Zuhause.

Mein Vater lässt sich zurück auf seinen Stuhl sinken. »Ich bezahle unsere Pacht«, antwortet er ruhig. »Warum wartest du nicht so lange draußen und genießt das schöne Wetter?«

Bevor ich etwas erwidern kann, meldet sich der Zeiteintreiber zu Wort. »Also vier Monate.« Sein Ton ist geschäftsmäßig, beinahe desinteressiert. »Für die aktuelle Pacht und die letzte.«

»Vier Monate?« Meine Stimme wird lauter, als ich an den Tisch trete. »Papa, das ist nicht dein Ernst.«

Der Mann sieht mich an und zuckt mit den Schultern. »Die

Strafgebühr für die versäumten Zahlungen mit eingeschlossen.« Dann beugt er sich wieder über seine Instrumente. »Zeit ist Geld, Mädchen.«

Das ist so eine Redensart in unserem Dorf – warum sollte man sich seine Zeit aufsparen, wenn ohnehin jeder Tag so hart ist wie der vorherige und alle, die noch folgen werden? Doch als ich sie nun aus dem Mund eines Mannes höre, der noch nie in seinem Leben unter Hunger oder Kälte gelitten hat, balle ich unwillkürlich die Fäuste. Dennoch ziehe ich einen Stundentaler aus der Tasche und halte ihn dem Zeiteintreiber hin. »Hier, ich werde –«

Der Mann schneidet mir mit einem knappen, kalten Lachen das Wort ab.

»Behalt deine Stunde, Mädchen«, sagt er. »Und sieh mich nicht so vorwurfsvoll an. Wenn die Zeit deines Vaters abgelaufen ist, erbst du seine Schulden. Da wollen wir einander doch gewogen bleiben.«

Die bitterböse Antwort, die ich ihm entgegenzischen wollte, gefriert in meiner Kehle zu Eis. *Wenn Papas Zeit abgelaufen ist.* Als rechnete er damit, dass es bald so weit ist. Hat er das Blut meines Vaters gemessen?

Mein Vater beißt die Zähne zusammen und weicht meinem Blick aus, doch als der Zeiteintreiber nach seinem Messer greifen will, kommt Papa ihm zuvor.

Er zieht die Klinge sauber über seine Handfläche, so ruhig wie einen Kohlestift über Papier. Blut quillt hervor. »Vier Monate«, bestätigt er, während er eine der Glasphiolen hebt und sie an die Wunde hält, sodass das dünne Blutrinnsal hineinfließt. »Ich habe noch reichlich.«

Aber ich bilde mir doch nicht ein, wie sein Gesicht mit jeder Sekunde bleicher wird, wie seine Falten sich plötzlich vertiefen oder wie er kaum merklich in sich zusammensackt, als die gefüllte Phiole verkorkt wird und in der Tasche des Mannes verschwindet. Ich strecke die Hand aus und packe Papa beim Unterarm, bevor er nach einer zweiten Phiole greifen kann.

»Nein.« Mit der anderen Hand schiebe ich das Messer zur Seite, bis es außer Reichweite meines Vaters ist. Der Zeiteintreiber sieht mit erhobenen Augenbrauen zu, als ich mich schließlich an ihn wende: »Vier Monate für zwei Monate Pacht? Es muss doch einen anderen Weg geben.«

»Jules.«

Ich ignoriere die sanfte Zurechtweisung meines Vaters und fixiere weiterhin den Zeiteintreiber mit meinem Blick. Der Handlanger der Gerlings wirkt gelangweilt, was mich beinahe genauso wütend macht wie die Tatsache, dass er meinem Vater Zeit abzapft. Doch ich schlucke meine Wut hinunter; stattdessen lasse ich meine Stimme so lieblich wie möglich klingen und setze das passende Lächeln dazu auf. »Nehmen Sie meine Zeit, Sir. Ich gebe Ihnen fünf Monate.«

Interesse flackert in den Augen des Mannes auf, und ich weiß genau, was ihm durch den Kopf geht – dass er die Pacht an die Gerlings weitergeben und den Extramonat selbst einstreichen könnte. Doch in diesem Moment fährt mein Vater dazwischen. »Sie ist erst sechzehn.«

»Nein, ich bin siebzehn«, entgegne ich und hasse mich für die Verwirrung, in die ich meinen Vater stürze. »Papa, wir haben heute den Monatselften. Ich bin siebzehn.«

Der Zeiteintreiber blickt zwischen uns hin und her, unsicher, wem er glauben soll, dann jedoch schüttelt er schnaubend den

Kopf. »Ausgeschlossen. Ich werde nicht den Zorn der Zauberin auf mich ziehen, indem ich ein Kind zur Ader lasse.«

Den Zorn der Zauberin oder Liam Gerlings Zorn?

»Bitte«, wende ich mich nun an beide zugleich. »Ich habe noch nie Zeit gegeben. Ich kann sie mir doch später zurückverdienen.«

»Das sagt sich so leicht«, erwidert Papa stur. »Aber sie tatsächlich zurückzuverdienen ist harte Arbeit. Bitte, eine neue Phiole, Sir.«

»Ich werde auf Everless arbeiten.« Die Worte sind schon heraus, bevor der Gedanke auch nur vollends Gestalt angenommen hat. Der Kopf meines Vaters ruckt herum, und er starrt mich an. In seinem Blick liegt eine Warnung.

Der Zeiteintreiber rührt sich nicht. »Und?«

»Und ...« Ich blinzele und versuche, mich an das zu erinnern, was Amma mir auf dem Marktplatz erzählt hat. »Sie zahlen einem dort ein Jahr pro Monat. Wenn Sie uns dieses Mal einen Teil der Pacht erlassen, zahle ich Ihnen bald das Doppelte unserer Schulden zurück. Zusammen mit zwei weiteren Monaten im Voraus«, füge ich dann hinzu, bemüht, die Verzweiflung in meiner Stimme zu verbergen.

Bestechung. Der Mann horcht auf. Er mustert mich von Kopf bis Fuß, taxiert mich auf eine Art, die mich innerlich erschaudern lässt, aber ich recke störrisch das Kinn vor und lasse es über mich ergehen. Ich weiß, wie sehr die Gerlings Jugend und Schönheit schätzen. Ich mag vielleicht keine Ina Gold sein, aber ich habe die langen Beine meiner Mutter und ihr glänzendes Haar geerbt. In anderen Kleidern könnte ich ein passables Dienstmädchen abgeben.

»Jules!« Mein Vater erhebt sich erneut mühevoll und greift

nach seinem Gehstock. Im Stehen überragt er uns beide, und eine schmerzvolle Sekunde lang sehe ich in ihm den Mann, der er einmal gewesen ist – stolz und stark genug, um jedem Gerling-Handlanger Einhalt zu gebieten. Ich blicke hinunter auf die Tischplatte. Es quält mich, derart gegen seinen Willen zu handeln, aber ich weiß nicht, wie viel Zeit er bereits verkauft hat und was noch übrig ist.

»Kommt nicht infrage. Ich verbiete dir, dich –«

»Hinsetzen«, fährt der Zeiteintreiber ihn ungeduldig an. »Ich habe Wichtigeres zu tun, als mir dieses Bauerngezänk anzuhören.«

Langsam nimmt mein Vater wieder Platz, doch sein Gesicht ist von Wut und Angst verzerrt.

»Macht das unter euch aus«, sagt der Zeiteintreiber, und die Herablassung in seiner Stimme ist unüberhörbar, als er aufsteht. »Wenn du wirklich nach Everless gehen willst, erwarte ich dich morgen bei Sonnenaufgang auf dem Markt. Dann werden wir sehen, ob du geeignet bist. Wenn nicht, komme ich zurück, um mir den Rest der Pacht zu holen.«

»Danke für Ihre Geduld«, antworte ich. Papas Blick liegt unverwandt auf mir. »Ich werde da sein.«

Der Mann nickt unverbindlich. Die Stille, die zurückbleibt, nachdem er unser Haus verlassen und die Tür hinter sich zugeschlagen hat, ist ohrenbetäubend.

»Wie viel Zeit hast du noch übrig?«, platzt es aus mir heraus.

Mein Vater hat meine Frage entweder nicht gehört oder beschlossen, nicht darauf zu antworten. Er starrt bloß vor sich hin und tupft die Wunde in seiner Handfläche mit einem Tuch ab. »Jules –«

»Wie viel?«, dränge ich.

»Genug.« Ich weiß nicht, ob dies die Antwort auf meine Frage war oder eine Ermahnung. Er holt tief Luft. »Du bist noch ein Kind. Du solltest lieber wieder zur Schule gehen.«

»Und du hättest mir sagen sollen, dass wir mit der Pacht im Rückstand sind. Ich hätte doch zahlen können. Ich habe genug Zeit.«

»Nein«, entgegnet mein Vater, und zum ersten Mal klingt seine Stimme scharf. »Das werde ich nicht zulassen.«

»Aber hier gibt es keine Arbeit.« Der Ärger, den ich unterdrückt habe, all der Zorn, den ich mühsam vor dem Zeiteintreiber verborgen habe, beginnt in meinem Inneren zu brodeln. »Was bedeutet das für uns – für dich? Ich brauche dich, Papa.« Zu meinem Unmut spüre ich, wie mir Tränen in die Augen steigen. »Hast du darüber auch nur einmal nachgedacht, bevor du dich hast schröpfen lassen?«

»Es gibt Dinge auf dieser Welt, von denen du noch nichts verstehst, Jules.« Der Streit hat ihn erschöpft, er kann sich kaum noch aufrecht halten. Ich bekomme ein schlechtes Gewissen – schließlich hat er sich gerade einen Monat Zeit abzapfen lassen. »Diese Gerlings sind böse, von Habgier getriebene Menschen«, schimpft er. »Dieser Junge, Liam, der hätte uns beide lieber hinrichten lassen, bevor die Wahrheit über das Feuer ans Licht –«

Der Rest des Satzes geht in einem heftigen Hustenanfall unter. Als er weiterredet, klingen seine Worte so schwach, so leise, dass ich fast meine, sie mir nur einzubilden. »Ich will nicht, dass sie dich in die Finger kriegen.«

»Niemand kriegt mich in die Finger. Die werden nicht mal merken, dass ich da bin«, erwidere ich, bemüht, mir meinen Frust nicht anmerken zu lassen. Ich habe es satt zu warten, mich ständig verstecken zu müssen. »Und wenn ich erst genug Zeit verdient habe, kann ich auch wieder zur Schule gehen.«

»Nein.« Ein stählerner Unterton schleicht sich in die Stimme meines Vaters. »Du gehst nicht zurück nach Everless. Das erlaube ich nicht.«

»Papa, bitte. Niemand wird mich erkennen.« Ich höre selbst, wie töricht das klingt. Papas Ausbruch hat mich verunsichert. Ich weiß, dass er die Gerlings hasst – genau wie ich –, trotzdem werde ich nicht tatenlos zusehen, wie er sich auch noch den letzten Tropfen seiner Lebenszeit abzapfen lässt, nur um mich vor ihnen zu schützen. Hat die Furcht ihm denn derart den Verstand geraubt?

»Ich bin immer noch dein Vater«, sagt er nun. »Solange du unter meinem Dach lebst, hast du mir zu gehorchen.«

Ich öffne den Mund, um zu widersprechen, als mir mit einem Mal ein hässlicher Gedanke durch den Kopf zuckt.

Er kann mich nicht aufhalten.

Nachdem Papa Liam in die Flucht geschlagen hat, als ich zwölf war, hat er beschlossen, unsere Vergangenheit zu vergessen. Wenn die Dorfbewohner gewusst hätten, dass der in Ungnade gefallene Schmied der Gerlings unter ihnen lebt, hätte das nur für Argwohn gesorgt und unangenehme Fragen aufgeworfen: Warum hätte Papa eine solch hohe Stellung gegen das harte Landleben eintauschen sollen? Oder schlimmer noch – Liam hätte uns erneut aufspüren können, um Rache zu üben. Da sei es leichter, sagte Papa, irgendeine langweilige, aber glaubhafte Geschichte zu erfinden. Über einen Bauern und seine Tochter, die nach einem verheerenden Brand ihre Felder aufgeben mussten. Er lehrte mich zu lügen, damit niemand uns zu genau in Augenschein nahm.

Er weiß es noch nicht, aber er hat es mich zu gut gelehrt.

Ich seufze tief. »Amma geht nach Everless«, sage ich. »Vielleicht gibt der Metzger mir ja ihre Stelle.«

Papas Blick wird weicher. »Vielleicht.« Dann streckt er die Hand aus und legt sie auf meine. »Schrecklich genug, dass du überhaupt arbeiten musst. Aber hier können wir wenigstens zusammen sein.«

Ich lächele und wünschte, ich könnte ihm die Wahrheit sagen – dass allein die Vorstellung, nach Everless zurückzugehen, mich mit Grauen erfüllt, aber ich es dennoch tun werde. Er erwidert mein Lächeln, erleichtert, und ich weiß, dass er mich nicht durchschaut hat. Ich stehe auf und gebe ihm einen Kuss auf die Wange, bevor ich in die Küche gehe, um mich um unser Abendessen zu kümmern.

Als Papa nicht hinsieht, nehme ich die kleine Figur der Zauberin vom Fensterbrett – die einmal meiner Mutter gehört hat – und stecke sie in meine Schürzentasche. Vielleicht bringt die Zauberin mir ja Glück. Vielleicht verleiht mir der Gedanke an sie Kraft.

Denn morgen früh bei Sonnenaufgang werde ich beides brauchen.

3

Ich gehe noch vor Papa ins Bett. Die Augen geschlossen, liege ich unter der dünnen Decke auf meiner Pritsche am Feuer und lausche darauf, wie er mit kratzender Feder in sein Wirtschaftsbuch schreibt. Ich weiß, dass er versucht, seine verbleibende Lebenszeit auszurechnen, als könnten die Summen, die er immer wieder von Neuem addiert und überprüft, ihm plötzlich doch noch einen Weg aufzeigen, wie er all die Dinge bezahlen kann, die wir uns nicht leisten können. Die Vordertür knarrt, als er nach draußen geht, um Wasser vom Brunnen zu holen; er legt ein neues Scheit ins Feuer, und die Glut knistert. Nach einer Weile gibt er mir einen Kuss auf die Stirn und zieht sich seufzend in seine Schlafkammer zurück.

Ich warte, bis seine Atemzüge gleichmäßig werden. Dann stehe ich auf und suche so leise wie möglich meine Sachen zusammen: ein paar Stücke dunkles Brot aus dem Vorratsschrank, genug für eine oder zwei Mahlzeiten; mein hübschestes Kleid, obwohl das fadenscheinige blaue Leinen neben den Gewändern der Damen auf Everless ärmlich wirken wird. Als Letztes stecke ich mir mein Jagdmesser in den Gürtel und packe noch ein paar Kleinigkeiten in einen Lederbeutel.

Mein Blick schweift hoch zu dem Gemälde, das Papa von meiner Mutter angefertigt hat – er hat die Malerei so geliebt, bevor seine Augen zu schlecht dafür wurden. Eines Tages habe ich das Bild unter seiner Matratze gefunden, als hätte er es nicht ertragen, immer daran erinnert zu werden, was er verloren hat. Ich habe ihn angefleht, es mich an die Wand hängen zu lassen. Inzwischen ist das Papier vergilbt und wellt sich an den Rändern, doch die Ähnlichkeit ist nicht zu übersehen: eine junge Frau mit meinen Locken und braunen Augen sieht den Betrachter lachend über ihre Schulter an. Ich strecke die Hand aus und streiche meiner Mutter über die Wange. Frage mich, ob sie meine Entscheidung gutheißen würde. Ihre hölzerne Zauberin steckt noch immer in meiner Tasche. *Glück*, denke ich, und das Herz wird mir schwer.

Auf die Rückseite eines der Blätter, die mein Vater auf dem Tisch liegen gelassen hat, schreibe ich ihm eine absichtlich unverfängliche Nachricht: *Bin zum Metzger gegangen. Vor Sonnenuntergang zurück.*

Ich lege die Nachricht auf sein Wirtschaftsbuch und kann nur hoffen, dass Papa meine Lüge nicht sofort als solche erkennt. Wenn doch, würde es mich nicht wundern, wenn er ins Dorf humpeln und sich persönlich den Kutschen der Gerlings in den Weg werfen würde.

Was wird er machen, wenn er herausfindet, was ich getan habe?

Wenn ich zu lange über Papa nachdenke – darüber, wie besorgt er sein wird –, verliere ich nur den Mut. Also schlüpfe ich lautlos in meine Stiefel und nehme meinen Beutel. Ich werde einen Monat, höchstens zwei, fort sein und ihm einen Brief schreiben, sobald ich in Everless angekommen bin, damit er weiß, dass es mir gut geht. Und wenn ich erst mit einer Börse voller Bluteisen zurück nach Hause komme, wird meine Lüge vergessen sein.

Dem hellen Streifen am Horizont und der taufeuchten Luft nach zu urteilen, ist es etwa zwei Stunden vor Sonnenaufgang, als ich mich endlich dazu durchringen kann, zu gehen. Ich marschiere zügig voran, während die Sonne den Himmel im Osten langsam blutrot färbt. Es ist kälter als gestern, und der raue Wind lässt mich frösteln. Vom schneebedeckten Boden steigt modriger Erdgeruch auf. Bald schon sehe ich das Dorf vor mir, dessen strohgedeckte Dächer im fahlen Morgenlicht aussehen wie eine Gruppe windschiefer Pilze. Die einzigen Zeichen menschlichen Lebens sind ein paar schlafende Bettler in den Hauseingängen. Kurz darauf erscheint hinter dem Fenster der Bäckerei eine knochige Hand und entzündet eine Kerze. Ich habe keine Angst; die Gerlings schützen uns vor jeder Art von äußerlicher Bedrohung, wenn auch nicht vor dem Verhungern. Aber unheimlich ist es trotzdem.

Ein paar Straßen vom Marktplatz entfernt höre ich plötzlich Stimmen. Als ich um die Ecke biege, erwartet mich dort die größte Ansammlung junger Mädchen, die ich je gesehen habe. Es müssen mehr als fünfzig sein, alle mit sauber geschrubbten Gesichtern und in besten Kleidern. Ein paar von ihnen erkenne ich – ich sehe Amma mit ihrer Schwester Alia, schmächtig und ernst mit ihren zwölf Jahren; und Nora, eine Näherin, für die ich vor einiger Zeit kleinere Stopfarbeiten erledigt habe, bevor sie mich nicht mehr bezahlen konnte. Viele der anderen jedoch habe ich noch nie gesehen; vielleicht kommen sie von den vielen Gehöften, die im Umkreis mehrerer Meilen um das Dorf liegen, angelockt von der Möglichkeit, auf Everless Arbeit zu finden.

Männer mit dem Emblem der Gerlings auf ihrer Kleidung bewegen sich durch die Menge. Sie erteilen Anweisungen und lassen die Mädchen in einer langen Reihe Aufstellung nehmen. Mein Magen zieht sich zusammen, als ich einen von ihnen erkenne: Ivan Tenburn, der Sohn des Hauptmanns der Everless-Wache, der nun mit seinem eigenen Abzeichen hoch zu Ross sitzt. Er war ein bösartiges Kind und drückte sich stets in Liams Nähe herum; alle anderen Dienstbotenkinder hatten furchtbare Angst vor ihm. Einmal, als sein Vater nicht da war, zwang er die Stalljungen, sich in einer Reihe aufzustellen, und versetzte ihnen nacheinander Schläge mit einer Reitgerte vor die Schienbeine. Wenn einer von ihnen aufschrie, bekam der Junge neben ihm fünf Schläge auf einmal. »Zack« nannte er das Spiel, denn für ihn war es eins. Ich erinnere mich noch gut an die dunkelblauen Flecken an den Beinen meines Freundes Tam. Es dauerte Wochen, bis sie verschwanden.

Außerdem erinnere ich mich an Roans Stimme, der Ivan aufforderte aufzuhören.

Furcht durchfährt mich, so scharf wie das Schwert an Ivans Gürtel. Zehn Jahre sind seither vergangen, doch die Art, wie Ivan die Mädchen anblafft, sagt mir, dass er sich kein bisschen geändert hat.

Ich geselle mich zu Amma und Alia am anderen Ende des Marktplatzes. Amma wirkt verunsichert. Auch sie hat sich einen Lederbeutel über den Rücken geschlungen und trägt einen Reisemantel. Als sie mich sieht, breitet sich ein erleichtertes Lächeln auf ihrem Gesicht aus.

»Das glaube ich ja nicht!« Sie greift nach meinen Armen und zieht mich kurz an sich. »Hast du deinen Vater doch noch überzeugen können, dich nach Everless gehen zu lassen?«

»Nur für ein, zwei Monate«, flunkere ich. »Wenn sie mich überhaupt mitnehmen.«

»Na, er wird sicher zufrieden sein, wenn du mit zwei Jahren Bluteisen wieder nach Hause kommst.«

Ich versuche, Trost aus Ammas Worten zu ziehen, als sie mich neben sich in die Reihe bugsiert. In meiner Handfläche spüre ich ihren Pulsschlag, hastig und flach. »Ich bin so froh, dass du hier bist. Das wird wunderbar, wir alle zusammen.« Auch Alia neben ihr lächelt zu mir hoch.

Während wir unsere Plätze einnehmen, berät sich Ivan leise mit den anderen Männern, bevor sie sich wieder uns zuwenden. Hinter ihnen rollen nun zwei offene Heuwagen auf den Platz, gelenkt von zwei mageren, schiefzahnigen Jungen, die kaum älter als zwölf sein können. Unterdessen beginnen Ivan und seine Männer, die Reihe abzuschreiten, Gesichter, Augen und Arme zu inspizieren und die Mädchen vor sich herumwirbeln zu lassen wie Kreisel.

»Was soll das?«, flüstere ich Amma zu. Sie schüttelt bloß den Kopf.

Unbehagen breitet sich in mir aus. Natürlich habe ich davon gehört, dass Lord Gerling hübsche, junge Dienstmädchen bevorzugt – schließlich habe ich Amma selbst darauf hingewiesen. Trotzdem war ich nicht darauf gefasst, dass wir auf dem Marktplatz zusammengetrieben werden würden, um unsere Zähne und Beine begutachten zu lassen wie Zuchtstuten. Ich bin kurz davor, wegzurennen, doch meine Füße wollen sich nicht vom Fleck rühren.

Ein Stück die Reihe hinunter mustert gerade ein Mann ein mondgesichtiges Mädchen mit krausen Locken, das ich nicht kenne. Er verzieht das Gesicht und schüttelt den Kopf. Die Unterlippe des Mädchens beginnt zu zittern. Sie will etwas sagen, doch der Mann hört ihr gar nicht zu, sondern geht einfach weiter zur nächsten Kandidatin, einer gertenschlanken jungen Frau Anfang zwanzig. Ihr schenkt er ein gieriges Lächeln und murmelt ihr etwas zu. Sie errötet, bevor sie die Reihe verlässt und auf einen der Heuwagen zueilt.

So geht es immer weiter. Etwa ein Viertel der Mädchen werden zu den Wagen geschickt, der Rest wird abgelehnt. Ein unwilliges Kribbeln durchläuft mich jedes Mal, wenn einer der Männer anzüglich lacht oder ein Mädchen zwingt, seinen Rock zu heben und seine Waden zu präsentieren, aber wenn ich Arbeit auf Everless will, muss ich den Mund halten. Ammas Gesicht ist so weiß wie die letzten Schneewehen am Rand des Marktplatzes. Ich drücke kurz ihre Hand, um ihr Mut zu machen, genau wie mir selbst.

Noch fünf Mädchen. Noch drei. Dann eines. Ich beiße mir auf die Wange, als der Gerling-Mann vor mir stehen bleibt, und kann nur hoffen, dass mein Widerwille mir nicht vom Gesicht abzulesen ist. Wenigstens ist es nicht Ivan. Er lächelt und kommt mir so nah, dass ich seinen stinkenden Atem rieche. Zu meinem Missfallen nimmt er mein Kinn zwischen die Finger und hebt mein Gesicht an. Ich zucke zurück – ich kann nichts dagegen tun. Der Mann gluckst in sich hinein und wendet sich als Nächstes meinen Brüsten zu.

Mein Instinkt übernimmt, und mit einem Mal bewegt sich alles um mich herum langsam, wie durch zähen Honig. Es ist wieder passiert – die Zeit hält inne, selbst die Luft steht still, obwohl niemand etwas davon zu bemerken scheint. Noch immer grinst mir der Mann ins Gesicht. Neben mir sehe ich Ammas entsetzte Miene, ein Keuchen auf halbem Weg ihre Kehle hinauf. Ich greife nach dem Messer an meinem Gürtel, nur um mir den Mann vom Leib zu halten.

Dann jedoch verstummt das Summen in meinen Ohren, und die Zeit läuft weiter.

Der Mann und ich starren beide schockiert auf die haarfeine rote Linie, die sich über seinen Bauch zieht, das Blut, das seine Uniform besudelt. Es ist kaum mehr als ein Kratzer, aber dennoch. Mein Magen krampft sich zusammen, als mir klar wird, was ich getan habe.

Einen Herzschlag lang herrscht Totenstille um uns. Dann brechen seine Kameraden in Gelächter aus. Das Gesicht des Mannes verfärbt sich zu einem tiefen, gefährlichen Rot.

»Du kleines Biest«, zischt er mir entgegen und drückt sich ein Taschentuch auf den Schnitt. »Dafür zapfe ich dir zehn Jahre ab …«

Ich senke mein Messer, Tränen in den Augen, und weiche vor ihm zurück. Dumm, so dumm. Ein einziger unbedachter Impuls und meine Chance, jemals nach Everless zu gelangen, ist vertan.

Doch –

»Sachte, Bosley.« Ivan kommt mit wiegenden Schritten und wehendem Mantel zu uns herüber. Seine Mundwinkel zucken, und ich wappne mich innerlich – ob er mich erkannt hat?

Dann jedoch wird mir klar, dass der Laut, der aus seiner Kehle dringt, kein wütendes Knurren ist, sondern ein Lachen. Er grinst breit, vollkommen ahnungslos. »Die gefällt mir«, feixt er. »Gute Reaktionen. Und ängstlich ist sie auch nicht. Hast Glück, dass sie dich nicht abgestochen hat wie ein Schwein.« Ein paar der anderen Soldaten lachen noch immer, und der Mann, der mich begrapschen wollte, wirft mir einen hasserfüllten Blick zu, aber er widerspricht nicht.

Stattdessen wendet er sich als Nächstes Amma zu. »Nicht mit *der* Narbe«, fertigt er sie barsch ab.

Amma blinzelt bestürzt. »Ich kann hart arbeiten«, versucht sie, ihn umzustimmen. »Ich schwöre es.« Sie wirft mir einen hilflosen Blick zu.

»Mädchen, die hart arbeiten, haben wir genug«, grollt der Mann. »Wir suchen nach hübschen Gesichtern. Ab nach Hause mit dir.«

Tränen steigen Amma in die Augen. »Bitte, Sir ...« Doch der Mann ignoriert ihr Flehen und wendet sich Alia zu, die zitternd neben ihrer großen Schwester steht.

Erst jetzt wird mir bewusst, dass Ivan mich noch immer anstarrt. Doch sein Lächeln ist verschwunden. Meine Beine beginnen zu kribbeln, bereit zur Flucht. »Na, was ist? In den Wagen mit dir!«

Panisch blicke ich zu Amma hinüber. Die Möglichkeit, dass ich ohne sie nach Everless gehen könnte, war mir nicht einmal in den Sinn gekommen. »Sir«, wende ich mich an Ivan. »Sie ist meine beste Freundin. Bitte nehmt sie mit.« Aus dem Augenwinkel sehe ich, wie der andere Mann Alia einen Stoß Richtung Wagen versetzt. Auch sie blickt sich verzweifelt nach ihrer Schwester um.

»Und wenn sie deine verfluchte Mutter wäre«, erwidert Ivan gleichgültig. »Sie bleibt hier. Oder willst du das lieber auch?«

»Geh.« Amma blinzelt hastig ihre Tränen weg.

Obwohl ich die ganze Zeit Ivans Blick auf mir spüre, schlinge ich die Arme um meine Freundin und ziehe sie an mich. »Pass auf meine Schwester auf«, flüstert sie in mein Haar.

Als ich keine Anstalten mache, sie loszulassen, gibt sie mir einen kleinen Schubs. »Geh schon!«

Wie betäubt gehorche ich und klettere vor aller Augen in den Wagen. Dort setze ich mich zu den anderen auserwählten Mädchen – alle jung, alle hübsch, aber alle sehen sie schweigend und verängstigt zu ihren zurückgewiesenen Freundinnen und Schwestern hinüber. Die Reihe hat sich bereits zur Hälfte aufgelöst, und diejenigen, die nicht ausgewählt wurden, verschwinden im aufsteigenden Nebel. Erst als der Marktplatz fast leer ist, entdecke ich den Zeiteintreiber, der unter dem Vordach der Metzgerei steht und mit verschränkten Armen das Geschehen verfolgt. Ich starre ihn an, bis er meinen Blick auffängt. Er nickt mir knapp zu, und unsere Vereinbarung ist besiegelt – sobald ich zurück bin, wird er seine Zeit einfordern kommen. Ich stoße den Atem aus und schicke ein Stoßgebet zur Zauberin:

Beschütze meinen Vater.

Und gleich darauf: *Möge er mir vergeben.*

Die Männer inspizieren die verbleibenden Mädchen. Die dreißigjährige Nora wird mit einem verächtlichen Schnauben davongeschickt. Neben mir im Wagen sitzt Alia. Plötzlich muss ich daran denken, wie ich als kleines Mädchen einmal meinen Vater gefragt habe, warum es auf Everless eigentlich so viele Kinder gibt. *Die arbeiten mehr für weniger Geld*, hat er mit rauer Stimme geantwortet. *Und haben niemanden sonst, der sich um sie kümmert.*

Als die Männer fertig sind, drängen sich etwa zwanzig Mädchen in den beiden Wagen. Ich habe einen Platz auf Everless ergattert, aber ich bin kein bisschen glücklich darüber. Eher kommt es mir vor, als wäre Amma die Siegerin in diesem Spiel, auch wenn sie es noch nicht weiß.

Doch jetzt gibt es kein Zurück mehr. Der Heuwagen setzt sich mit einem Ruck in Bewegung. Es riecht nach Mist. Wir hocken zu zwölft auf den Heuballen, Schulter an Schulter. Ich lege den Arm um Alia – sie weint lautlos vor sich hin, den Blick auf den Marktplatz hinter uns gerichtet. Auf meiner anderen Seite sitzt eine junge Frau namens Ingrid, die von einem Hof ein paar Meilen außerhalb Croftons stammt. Sie scheint fest entschlossen, sich ihre gute Laune zu bewahren, trotz der erniedrigenden Auswahlprozedur und dem eisigen Wind, der uns ins Gesicht weht, während der Wagen schwankend über die unbefestigte Straße rumpelt.

»Ich habe gehört, Everless ist fünfhundert Jahre alt«, schwärmt sie, als das Dorf langsam hinter uns verschwindet. Ich drehe mich nicht um. Zu sehr fürchte ich, dass ich, wenn ich es täte, einfach vom Wagen springen und nach Hause laufen würde. »Stellt euch das nur vor! Da müssen ja Zauberer am Werk sein, um die Mauern aufrecht zu halten.«

Die Gerlings brauchen keine Magie, um ihr Schloss instand zu halten, Geld erfüllt denselben Zweck. Aber mir steht nicht der Sinn danach, mich am aufgeregten Geplapper der Mädchen zu beteiligen, also wende ich mich ab und blicke mit vorgetäuschtem Interesse hinaus auf die sanften grünen Hügel Semperas. Als Papa noch bei besserer Gesundheit war, haben wir uns hin und wieder von einem seiner Bekannten ein Pferd ausgeborgt und einen Ausritt gemacht. Wir sollten die Gegend, in der wir leben, besser kennenlernen, sagte er stets, und heute frage ich mich, ob er bloß Vorkehrungen treffen wollte für den Fall, dass die Gerlings uns eines Tages aufspüren und wir aus Crofton fliehen müssen.

Mit Ausnahme von Ingrid redet keines der Mädchen viel. Ich spüre die Nervosität der anderen, als die Ebene langsam in Wald übergeht und riesige, uralte Kiefern rechts und links des Weges aufragen. Auch dieses Gebiet ist im Besitz der Gerlings, doch nicht einmal sie wagen es, dort zu jagen – dieser Wald hier ist Furcht einflößend, weit älter als der, durch den ich gestern gestreift bin, und viel finsterer.

Plötzlich meldet sich Alia zu Wort. »Calla hat gesagt, es gibt hier Feen.« Ihre Augen sind weit aufgerissen. Wie die meisten Bewohner von Crofton ist sie kaum je mehr als drei Meilen aus dem Dorf herausgekommen, abgesehen von der Reise, die ihre Mutter mit ihren Töchtern gemacht hat, um sie in Sicherheit zu bringen.

»Feen«, erwidert ein Mädchen von weiter vorne. »Die locken dich nur mit ihrer Schönheit an und saugen dir dann die Zeit aus.« Sie will Alia bloß necken, doch ihre Stimme klingt angespannt.

»Stimmt!«, pflichtet ein anderes Mädchen ihr bei, dessen rotes Haar sich in dermaßen perfekten Locken kringelt, dass sie nicht natürlich sein können. »Das ist meiner Tante passiert. Hat sich eines Tages im Wald verirrt, und als sie wieder zu sich kam, war sie eine alte Frau.«

»Wollte wohl eher nicht zugeben, dass sie ihre Zeit verkauft hat«, murmelt jemand anderes.

»Feen sind längst nicht das Schlimmste.« Das Mädchen, das nun redet, hat wunderschöne dunkle Haut und leuchtend blaue Augen: Sie war eine der Ersten, die ausgewählt wurden. »In diesem Wald treibt der Alchimist sein Unwesen. Es heißt, er trägt noch immer das Herz der Zauberin in einem Papierbeutel bei sich.«

»Nein, er hat ihr Herz gegessen«, korrigiert Ingrid.

»Na schön«, entgegnet das andere Mädchen mit einem Augenrollen. »Deins wird er sich auch holen, wenn du zwischen den Bäumen herumirrst. Und dann kann dich nicht mal die Zauberin retten.«

Alia quietscht entsetzt auf. »Was? Wieso holt er sich Herzen?«

»Er hasst Menschen, darum gibt er die Zeit aus ihren Herzen den Bäumen zurück«, setzt das Mädchen an.

»Schluss mit dem Unsinn«, schaltet sich jemand Neues ein. Alias Unterlippe hat angefangen zu zittern, und ich beuge mich zu ihr hinunter.

»Mach dir keine Sorgen«, flüstere ich ihr zu. »Das sind doch nur Geschichten. Der Wald ist nichts, wovor man sich fürchten müsste.« Ich richte mich wieder auf. Natürlich habe ich keine Ahnung, was den Alchimisten betrifft, aber ich weiß, dass die Monster, die ihr auf Everless begegnen werden, weit gefährlicher sind als Feen.

Dann endet der Wald, und wir erreichen Laista, das wohlhabende, rings um die Mauern von Everless gelegene Städtchen, in dem kein Gebäude mehr als ein Stockwerk hoch sein darf. Ich erinnere mich, dass Papa mir erzählt hat, die Vorfahren der Gerlings hätten in einem Umkreis von zig Meilen sämtliche Bäume fällen und Hügel einebnen lassen, damit die Männer auf den Barrikaden jeden, der sich Everless näherte, schon von Weitem sehen konnten. Langsam kommen die Sandsteinmauern des Schlosses in Sicht, und ich erkenne Dutzende von Soldaten zwischen den Zinnen. Aus der Ferne sehen sie aus wie Spielfiguren.

Reflexartig ziehe ich den Kopf ein, während unser Wagen knarrend durch die engen Straßen von Laista auf das Tor zurollt. Als wir kurz davor sind, fordert eine der Wachen auf der Mauer uns auf anzuhalten.

Alles ist plötzlich still, wie erstarrt, bis auf das Hämmern meines Herzens. Alia neben mir sitzt mit offenem Mund da, und eine Haarsträhne klebt an ihrer Unterlippe. Oben auf der

Mauer blicken die Soldaten mit steinernen Mienen zu uns herab, völlig regungslos. Es ist, als wäre dies das Ende der Welt und alles würde auf diesen einen Moment zusammenschrumpfen.

Dann ertönt ein ohrenbetäubendes Knarzen, als sich die wuchtigen, eisenbeschlagenen Torflügel in Bewegung setzen, und unser Wagen fährt mit einem Ruck wieder an.

Ein Schatten streift über uns hinweg, und wir sind am Ziel.

4

Everless ist ein Dickicht aus Türmen und Palisaden, bunten Bleiglasfenstern und Balustraden, von denen grün-goldene Banner herabhängen. Eine Allee aus sorgfältig in Form geschnittenen Bäumen teilt alles in zwei Hälften, auch das Schloss selbst. Auf der einen Seite endet sie vor dem Tor, das wir soeben passiert haben, und obwohl ich ihn von hier aus nicht sehen kann, weiß ich, dass an ihrem anderen Ende ein See liegt, umgeben von den Schlossmauern und schwarz vor altem Eis und Schatten.

Ich kann nicht anders, als mit großen Augen alles zu bestaunen: die von glitzerndem Schnee bedeckten Rasenflächen, die kahlen, zitternden Bäume. Am besten hat mir Everless immer im Sommer gefallen, wenn überall Blumen blühten und die Gärtner uns Dienstbotenkinder einberiefen, um die Unmengen von Löwenzahn auszustechen, der den smaragdgrünen Rasen überwucherte. Doch das bleiche Winterlicht lässt das Anwesen nur noch majestätischer wirken, wie aus Silber und Kristall geformt.

Als wir schließlich aus den Wagen gestiegen sind und bibbernd vor Kälte auf dem Hof stehen, scheucht uns ein älterer, mürrisch dreinblickender Diener einen engen Seitenkorridor hinunter. Mein Herz rast, und ich halte den Kopf gesenkt, überzeugt, dass mich jeden Moment jemand erkennen wird, doch die Bediensteten schenken uns kaum Beachtung.

Wir folgen einem gewundenen Flur, den ich nicht wiedererkenne, bis wir in das weit verzweigte Labyrinth aus Dienstbotenquartieren und Arbeitsräumen gelangen. Mit einem Mal kommt mir eine Erinnerung: daran, wie Roan herausfand, dass man, wenn man sein Ohr an eine bestimmte Stelle der Mauer presste, mit ein bisschen Glück die Leute im Hauptkorridor ein Stockwerk weiter oben belauschen konnte. Das meiste, was wir zu hören bekamen, war todlangweilig: Gespräche zwischen Adligen, die sich die Zeit mit Klatsch und Tratsch über die neuesten Affären vertrieben oder die Entwicklung ihrer Vermögen verglichen. Damals waren wir noch zu jung, um zu verstehen, worum es dabei wirklich ging – dass dort oben um Jahrhunderte gefeilscht und geschachert wurde, so wie Papa und ich manchmal um Süßigkeiten Mühle spielten. Oft jedoch redete Roan auch mit mir durch diese Mauer, wenn er nicht mit mir spielen konnte. Sogar dann brachte seine Stimme mich zum Lachen und mein Herz zum Klopfen.

Obwohl überall Bedienstete umhereilen, herrscht Schweigen im Korridor. Ich weiß, dass sie alle Unmengen an Arbeit zu erledigen haben, um das Schloss auf den Besuch der Königin und Roans Hochzeitsfeier vorzubereiten. Entweder das, oder Everless muss sich sehr verändert haben, wenn Plaudereien und Gelächter nun gar nicht mehr geduldet werden.

Bald erreichen wir die Küche, die dreimal so groß ist wie unser ganzes Haus in Crofton. Auch hier wimmelt es von Bediensteten, der Raum ist von Stimmengewirr erfüllt, und die verschiedensten Akzente vermischen sich wie zu einem komplizierten Musikstück. Genau wie Sempera selbst bietet Everless Menschen aus aller Herren Länder ein Zuhause. Nachdem die Königin den Thron bestiegen hatte und sich mit dem Wiederaufbau eines angeschlagenen, verwundbaren Reiches konfrontiert sah, sicherte sie jedem fremdländischen Siedler, der bereit war, sich dauerhaft in Sempera niederzulassen, hundert Jahre in Bluteisen zu. Gleichzeitig schloss sie die Grenzen für Reisende und Händler. Die Menschen durften das Land betreten, aber niemand durfte es verlassen.

An einem riesigen Becken stehen mehrere junge Frauen und zerlegen eine Rinderhälfte. Sofort muss ich an Amma denken, und Wehmut überkommt mich. Wie oft habe ich ihr dabei zugesehen, wie sie Fleisch zerlegte und zum Trocknen aufhängte? Verglichen mit ihr und ihren flinken Fingern stellen sich diese Mädchen mehr als ungeschickt an. Wenn sie in diesem Tempo weitermachen, wird das Fleisch verdorben sein, bevor sie fertig sind.

Als ich auf sie zuschlendere, um ihnen meine Hilfe anzubieten, knurrt ein Junge mich an: »Such dir was eigenes zu tun.«

Kurz bevor ich mich abwende, erhasche ich einen Blick auf eine dünne weiße Linie in seiner Handfläche. Es ist eine Narbe vom Schröpfen. Ich frage mich, ob er all das Bluteisen, das er hier verdient, selbst behält oder ob er jemand anderen damit versorgt.

An einem großen Holztisch ist eine Reihe junger Bediensteter damit beschäftigt, Berge von Rüben zu schneiden, während an einem anderen Tisch, der mit einer weißen Mehlschicht bedeckt ist, Brotteig geknetet und zu Laiben geformt wird. Über zwei gewaltigen Feuerstellen köcheln und brodeln Dutzende von Töpfen vor sich hin und füllen den Raum mit würzigem Dampf. Mir wird leicht schwindelig von den Gerüchen. Seit dem bisschen Brot, das ich heute Morgen aus dem Vorratsschrank genommen habe, habe ich nichts mehr gegessen.

Ein großes, auffallend hübsches Mädchen mit einem wilden Lockenschopf betritt, ganz in Gerling-Farben gekleidet, die Küche und stellt ein Silbertablett auf einem der Holztische ab. Sofort beladen die Küchenmägde in ihren braunen Kitteln es mit Tellern voller sonnengelber Pasteten, einem kleinen Bronzekessel und kunstvoll geschnitztem Besteck. Das Mädchen, das kurz warten muss, während das Tablett vorbereitet wird, nimmt ein Stück Schnur vom Tisch und bindet sich damit nachlässig das Haar zurück.

»Lord Gerling hat mich heute Morgen beiseitegenommen«, erzählt es mit leuchtenden Augen. Seine drahtigen Arme sind mit Sommersprossen überzogen. »Er will, dass ich die Königin bediene, wenn sie hier ist. Und Lady Verissa war einverstanden.«

Ein anderes Mädchen stößt ein Schnauben aus. »Den Grund dafür kennen wir wohl alle«, sagt es, ohne den Blick von der Zwiebel zu heben, die es gerade hackt.

Eine grauhaarige Frau mit einer prächtig bestickten Schürze marschiert an ihm vorbei, eine Gruppe Hausmädchen im Schlepptau, die ihr folgen wie Entenküken ihrer Mutter. »Addie«, warnt die Frau das lockenköpfige Mädchen. »Im Moment bedienst du immer noch Lady Gerling, nicht die Königin.« Das Mädchen, Addie, ergreift eilig sein Tablett. »Na los, ab mit dir.«

Die ältere Frau kommt mir bekannt vor: Ihr Gesicht weckt in mir ein Gefühl von Wärme und Sicherheit, obwohl ich mich nicht an ihren Namen erinnern kann. Sie begrüßt uns und stellt jedem neuen Mädchen ein paar knappe Fragen, bevor sie eines nach dem anderen an seinen neuen Arbeitsplatz schickt.

Als ich an der Reihe bin, hält sie inne und runzelt die Stirn.

Ob sie mich erkannt hat? Dann jedoch blinzelt sie, einmal, zweimal, und die Verwirrung verschwindet aus ihrem Blick.

»Name?«, fragt sie mich.

Ich überlege kurz, ob ich einen erfinden soll, dann jedoch fällt mir Papas wichtigster Grundsatz beim Lügen wieder ein: Bleib bei der Wahrheit, wann immer du kannst. »Jules«, antworte ich. Unauffällig genug. »Aus Crofton.«

»Jules«, wiederholt sie. »Hast du Erfahrung als Dienstmädchen? Ich brauche jemanden, der Tabletts in die Kammern der Lords und Ladys bringt. Und der, um der Zauberin willen, nicht die Nerven verliert und alles fallen lässt.«

Hinter ihr errötet eines der Mädchen bis zu den Ohrläppchen. Es wirkt unsicher, eindeutig wie jemand, der sein Tablett fallen lassen würde.

Ich schüttele den Kopf. Als sie die Stirn runzelt, sage ich: »Aber ich lerne schnell. Und mich bringt nichts so leicht aus der Ruhe.«

Ich mache mich auf weitere Fragen gefasst, doch die Frau mustert mich bloß ein letztes Mal von Kopf bis Fuß und nickt. »Gut, versuchen wir es mit dir, Jules aus Crofton.« Dann dreht sie sich mit hochgezogenen Augenbrauen um und eilt davon.

Als Kind habe ich mit Papa auf Everless drei Zimmer gleich neben der Schmiede bewohnt. Genau wie die Kammerzofen, der Butler und die Unterbutler hatten wir eine Behausung für uns allein, zwar klein, aber dafür konnten wir sie nach Belieben mit Metallklümpchen und dem Geruch nach Rauch füllen.

Erst jetzt wird mir klar, wie viel Glück wir damals hatten. Der Schlafsaal für die Dienstbotinnen ist ein lang gezogener Raum mit Reihen um Reihen von Stockbetten, mindestens zweihundert nach meiner Schätzung. Sie stehen so dicht zusammen, dass wir einander im Liegen mühelos die Hände reichen könnten.

Erleichtert stelle ich jedoch fest, dass meine Vermutung richtig war – ich scheine niemandem bekannt vorzukommen, nicht einmal denjenigen, an die ich mich noch erinnern kann. Zehn Jahre Hunger und Kälte haben mich ausgezehrt und jede Weichheit aus meinen Zügen verschwinden lassen. Ich bezweifle, dass irgendjemand in mir die Tochter des ehemaligen Schmieds erkennen würde, es sei denn, Papa stünde neben mir – zehn Jahre jünger und seine Schürze umgebunden. Niemand hier hat die Zeit, mich eingehender zu mustern, und ich verschmelze nur zu gern mit der Gruppe neuer Dienstmädchen, die eigens für Roans Hochzeit nach Everless geholt wurden. Nachdem ich mir eines der schmalen Betten gesichert und die schlichte, braune Küchenuniform angelegt habe, mache ich mich auf den Weg zurück nach unten.

Die oberste Köchin mit der bestickten Schürze – Lora – feuert eine wahre Salve an Erklärungen und Instruktionen auf mich ab. Wenn sie geht, wirkt es, als würde sie sich von unsichtbaren Meereswogen durch den Raum tragen lassen. Ihr linkes Bein ist knapp unterhalb des Knies amputiert, weshalb sie ein Holzbein samt sorgfältig geschnitztem Fuß mit einem roten, aufgemalten Schuh trägt, der jedoch mit Essensflecken gesprenkelt ist. Sie stammt aus einem Dorf im Süden und ist schon als junges Mädchen mit dem Ziel nach Everless gekommen, genug Zeit zu sammeln, um länger zu leben als die dreißig Jahre, auf die es ihre Mutter und ihr Vater gebracht haben. Obwohl ich ihr anmerke, dass sie nicht viel für die Gerlings übrighat, hat sie wohl gut daran getan, in ihren Dienst zu treten.

Soeben erklärt sie mir zum dritten Mal die Regeln für den Umgang mit der Königin – rede nur mit ihr, wenn sie dich zuerst anspricht, halte den Blick gesenkt und berühre sie niemals –, als sie sich plötzlich unterbricht und mit der Zunge schnalzt.

»Du siehst ja aus, als würdest du jeden Moment umfallen«, bemerkt sie. Sie nimmt ein kleines, mit Speckstückchen durchsetztes Brötchen und einen großen Apfel von einem Stapel auf dem Tisch. »Iss«, befiehlt sie mir freundlich. »Und dann bring den Rest nach unten zu den Stallburschen. Findest du den Weg dorthin?«

Ich nicke und versuche, mich dem Sog der Erinnerungen zu entziehen: an den Geruch nach Pferden und feuchtem Heu, Roan, der lachend durch den Stallgang stürmt und mich herausfordert, ihn zu fangen, obwohl er ganz genau weiß, dass ich nicht mal mehr die Chance hätte, den Zipfel seines wehenden Samtumhangs zu erwischen.

»Gut.« Sie tätschelt mir die Wange.

Ich schlinge hastig das Essen hinunter, ohne mich auch nur zu setzen. Noch immer wird ein endloser Strom von Neuankömmlingen eingewiesen und als Näherinnen, Wäscherinnen oder Hausmädchen eingeteilt, um die Hunderte von Gästen zu versorgen, die zur Hochzeitsfeier erwartet werden. Die hübschesten Mädchen werden zu Kammerzofen für die Ladys. Inzwischen ist auch Addie in die Küche zurückgekehrt und gibt ihnen Anweisungen.

Als ich aufgegessen habe, nehme ich das Tablett und mache mich auf den Weg. Alles wirkt gleichzeitig kleiner und fremder, als ich es in Erinnerung habe, und es ist, als würde ich mich nicht durch Everless selbst bewegen, sondern durch einen verzerrten Traum davon. Hier habe ich einmal hinter einem Reliquienschrein gehockt und Olivenkerne auf den Gang gerollt, um Girold, den uralten Butler, zum Ausrutschen zu bringen. Dort haben Roan und ich unsere Initialen in die Mauer geritzt, als wir eines Nachmittags hier saßen und uns vor Liam versteckten, der mich wieder einmal beschimpft hatte. Der Stein ist seither abgeschmirgelt worden, aber ich erkenne die geisterhaften Buchstaben noch immer.

Ich streiche mit dem Finger darüber und reiße mich dann zusammen. Nichts als Träumereien. All die Jahre, all die glücklichen Erinnerungen sind genauso abgeschliffen wie die Buchstaben im Stein. Alles, was von ihnen geblieben ist, sind Schatten.

Dennoch presse ich eine Sekunde lang mein Ohr an die Wand des Dienstbotenkorridors und horche, ob ich Roan Gerlings Stimme höre.

Als ich um die Ecke biege, sehe ich einen Jungen – vielleicht neun Jahre alt –, der ebenfalls ein Tablett dabeihat. Seines ist aus Silber statt aus Zinn und biegt sich unter der Last aus Fleisch, Pasteten und einer Porzellanteekanne. Er sitzt links von mir auf der untersten Stufe einer Treppe und sieht aus, als wollte er jeden Moment anfangen zu weinen.

»Hast du dich verlaufen?«, platzt es aus mir heraus.

Der Junge fährt zusammen und stößt beinahe sein Tablett um, beruhigt sich jedoch wieder, als er mich sieht. »Lady Sida lässt niemanden außer Harlowe in ihre Kammer«, erklärt er mit kläglicher Stimme. »Aber Harlowe ist zu Hause und bekommt ihr Baby, darum soll ich das hier nach oben bringen. Aber sie mag keine Jungen. Thom sagt, sie wird mir die Ohren abreißen.« Er erschaudert und blickt zu Boden.

Harlowe muss Lady Sidas Kammerzofe sein. Ich sehe die dunkle, enge Treppe hinter dem Jungen hinauf, und mir wird klar, wohin sie führen muss. Bei den Gerlings gibt es eine Tradition: Die ältesten von ihnen bewohnen die höchstgelegenen Gemächer im Schloss. Lady Sida hatte diese Position schon inne, bevor ich geboren war. Niemand kennt ihr genaues Alter, aber unter den Kindern, von Gerlings wie Bediensteten, wird gemunkelt, sie sei mehr als dreihundert Jahre alt. Bei dem Gedanken bekomme ich eine Gänsehaut. Sie nähert sich der Obergrenze der Zeitspanne, die ein menschliches Herz durch Bluteisen am Leben gehalten werden kann – mit Ausnahme der Königin, deren außergewöhnlich langes Leben ein Geschenk der Zauberin selbst gewesen sein soll, bevor diese verschwand. Als sich vor etwa fünfhundert Jahren das Bluteisen im Land verbreitete, kamen Invasoren von überall auf der Welt, um das, was ihnen wie ein unglaubliches Geschenk erscheinen musste, in ihren Besitz zu bringen. Die Königin jedoch, die damals noch nicht mehr als eine tüchtige junge Generalin war, führte die semperanische Armee zum Sieg.

Was mag Lady Sida in diesen drei Jahrhunderten alles erlebt haben?, frage ich mich neugierig. Ich kauere mich vor dem Jungen nieder. »Das hier muss in die Ställe«, sage ich zu ihm und stelle mein Tablett auf die Treppe. »Was hältst du davon, wenn wir tauschen?«

Er blinzelt. »Hast du keine Angst?«

Wenn ich als kleines Mädchen traurig war oder mich gefürchtet habe, hat Papa mich stets mit einem Witz oder einem Märchen abgelenkt, bis ich vergaß, was mich bedrückte. Ich glaube zwar nicht, dass ich sein Talent geerbt habe, dennoch strecke ich dem Jungen nun meine Hand entgegen. »Ich bin Jules. Und wie heißt du?«

»Hinton.« Mit skeptischer Miene ergreift er meine Hand.

»Hab keine Angst vor den Alten. Die sind harmlos«, sage ich, obwohl ich mich selbst vor ihnen fürchte, solange ich zurückdenken kann. Nur wenige der Gerlings wirken älter als vierzig, dabei müssen manche von ihnen es eher auf hundertvierzig Jahre bringen. Äußerlich sieht man es ihnen nicht an – zumindest nicht, bis man ihnen so nahe kommt, dass man die bläulichen Adern unter ihrer Haut pochen sieht, oder ihnen mitten im Satz der Gedanke entgleitet. Es heißt, wenn jemand so viele Jahrhunderte alt ist wie Lady Sida, sei die Person kein wirklicher Mensch mehr, aber das ist natürlich nichts weiter als ein Gerücht, dessen Wahrheitsgehalt niemand von uns überprüfen kann. »Aber wenn du möchtest, bringe ich trotzdem das Tablett für dich nach oben.«

»Danke.« Die Miene des Jungen hellt sich auf vor Erleichterung. Und als ich mich nach seinem Tablett bücke, ist er schon verschwunden.

Ich steige die Treppe hinauf in die Dunkelheit und versuche, meine Hände vom Zittern abzuhalten. Lady Sida ist keine geborene Gerling, sondern hat in die Familie eingeheiratet. Die älteren Diener schwören, ihre Mutter sei eine Zaunhexe gewesen und ihr Ehemann habe sie nur nach Everless geholt, damit sie die Geheimnisse der Zeit ergründe. Als Kind habe ich sie immer nur aus weiter Ferne gesehen, wenn sie an Festtagen ihren Turm verließ. Schon damals verlangte sie stets die fremdartigsten, erlesensten und altmodischsten Speisen und Getränke: Honigwein, kandierte Rosenblütenblätter, geröstete Singvögel. Und wenn sie mit jemandem unzufrieden war, so ging das Gerücht, raubte sie ihm mit einem einzigen Blick ein ganzes Lebensjahr und verschlang es.

Die Treppe endet vor einer Tür, in die ein reich verzierter

vierzackiger Stern geschnitzt ist: das Symbol für ein Jahrhundert, genau wie der Mond für einen Monat steht und die Sonne für ein Jahr. Ich hebe den Messingtürklopfer an lasse ihn auf die Mitte des Sterns fallen.

Einen Moment lang herrscht Stille.

»Herein«, ertönt dann eine Stimme, so leise, dass ich sie kaum höre. Mit der Schulter schiebe ich die Tür auf und trete ein, das Tablett wie einen Schutzschild vor mir.

Der Raum ist groß und von Schatten erfüllt; die einzigen Lichtquellen sind ein kleines Feuer im Kamin und das fahle Sonnenlicht, das zum Fenster hereinsickert. Die Kammer ist vollgestopft mit Möbeln. Ich erkenne mehrere samtbezogene Ohrensessel, seidene Sitzkissen, Bücherregale, die sich unter dicken, ledergebundenen Bänden biegen, und einen Toilettentisch voller Perlenketten und Silberkämmen. Fast alles ist mit einer Staubschicht bedeckt, als würde Lady Sida sich seit Jahren weigern, ihre Dienerinnen putzen zu lassen.

»Bring mir das Tablett.«

Die alte Frau sitzt am Fenster, gerahmt von Tageslicht, und blickt hinaus auf die schneebedeckten Schlossgründe. Sie ist groß gewachsen und wirkt elegant, aber gleichzeitig seltsam blutleer. Ihre Haut ist grau und dünn vor Alter, und ihr langes Haar, das einst schwarz war, schimmert so weiß wie ein ausgeblichener Knochen. Ihre Augen haben die Farbe von schwachem, wässrigem Tee. Sie ist in ein gerade herabfallendes Gewand gehüllt, von der Art, wie es seit Jahrhunderten niemand mehr trägt, mit Rüschen an Ärmeln und Kragen, und ich frage mich, ob sie nicht weiß, was heute in Mode ist, oder ob sie sich einfach nicht mehr dafür interessiert.

»Du bist nicht Harlowe«, bemerkt sie. Ihre Stimme klingt

kratzig wie alte Wolle. Aber erstaunlich fest. »Wo ist Harlowe?«

»Harlowe ist zu Hause und bekommt ihr Baby, Mylady«, antworte ich. Vorsichtig trete ich näher und umrunde dabei die Sitzkissen auf dem Boden.

Sie mustert mich wortlos, die Hände im Schoß gefaltet. Vielleicht hat sie einfach den ganzen Tag damit verbracht, aus dem Fenster zu sehen. Ärger durchzuckt mich. Sie hat bereits ein längeres Leben hinter sich als die halbe Einwohnerschaft von Crofton zusammengenommen – ein Leben, das wir ihr mit unserer Pacht ermöglichen, wie der Zeiteintreiber sie gestern meinem Vater abgezapft hat – und so nutzt sie es? Um in die schneebedeckte Landschaft vor dem Fenster zu starren?

»Ist das Kamille?« Sie beäugt die Teekanne auf dem Tablett. »Harlowe weiß, dass ich keinen Kamillentee trinke. Kamille bringt nämlich Unglück, musst du wissen.«

Ich habe keine Ahnung. »Nein, Mylady«, erwidere ich dennoch. »Den haben wir eigens für Sie aufgebrüht.«

Ihre Kiefer mahlen. »Was hast du mir Neues zu berichten?«

»N-neues, Mylady?«

»Nichtsnutziges Ding«, zischt sie und winkt ab, als wollte sie eine Fliege verscheuchen. »Wie lange dauert es noch, bis die Königin eintrifft?«

»Zwei Tage, Mylady«, gebe ich weiter, was ich dem aufgeregten Geplapper des übrigen Personals entnommen habe. So bleibt noch ein Monat, in dem die Königin und Lady Gold alle Vorbereitungen für die Hochzeit treffen können, und dann, am Abend vor Frühlingsanfang, wird Roan heiraten.

»Und das Mädchen? Roans Braut?«

»Sie wird mit der Königin erwartet, Mylady.« *Roans Braut.*

Bei diesen Worten zieht sich mir die Brust zusammen. Ich spüre, wie meine Wangen heiß werden, und kann nur hoffen, dass es Lady Sida nicht auffällt.

Ich rufe mir in Erinnerung, dass ich keinerlei Anspruch auf Roan habe.

»Keines der anderen königlichen Adoptivkinder hat lange genug überlebt, um die Thronfolge anzutreten, nicht wahr? Wie kommt Roan nur auf den Gedanken, dass es sich bei diesem Mädchen anders verhalten wird?«, murmelt Lady Sida und blickt wieder aus dem Fenster.

Ich zögere, unsicher, ob ich still sein oder ihr antworten soll. Die Königin hatte vor Ina tatsächlich schon andere Mündel. Berichten zufolge ist eines von ihnen der Pest zum Opfer gefallen, die vor Jahrzehnten durchs Land zog. Ein weiteres starb bei einem Überfall auf den Palast. Eines soll ertrunken sein. Alles lange bevor ich auf der Welt war. Ich interessiere mich nicht sonderlich für Fragen der Thronfolge oder überhaupt für irgendetwas, das mit dem Palast zu tun hat – Papa hat immer gesagt, Geschichten und Legenden bringen kein Brot auf den Tisch. Doch der vorwurfsvolle Unterton in der Stimme der alten Frau, ihre Andeutung, die Königin werde niemals sterben und ihren Thron ewig behalten, weckt meine Neugier. In einem plötzlichen Anflug von Mut entgegne ich: »Aber die Königin hat Ina Gold zu ihrer Erbin ernannt, Mylady.«

Lady Sida mustert mich aus schmalen Augen, und ein Lächeln fließt über ihr Gesicht wie Öl. »Ich sage, sie verspeist ihre Herzen, um sich ihre Jugend zu bewahren.«

Einen Moment lang hängen ihre Worte in der Luft. Ich bin keine überzeugte Anhängerin der Königin, doch eine solch grausige Anschuldigung bringt dennoch meine Haut zum Kribbeln, als wappnete sich mein Körper gegen einen Schlag. Das Ganze klingt völlig verrückt, Lady Sida aber wirkt nicht, als hätte sie den Verstand verloren – sie mag alt sein, doch ihre Stimme ist fest, ihr Geist vollkommen klar. Sie will mich provozieren. Hinton hatte zu Recht Angst vor ihr. So rasch wie möglich stelle ich mein Tablett auf dem Tisch neben ihr ab und warte darauf, dass sie mich entlässt.

Doch dann tut sie etwas, das mich noch mehr erschüttert.

Sie zieht etwas Glitzerndes aus der Tasche ihres Kleides. Es dauert einen Moment, bis ich erkenne, dass es ein Jahrestaler ist, beinahe so groß wie meine Handfläche und aus purem Gold. Ein ganzes Lebensjahr. Es kostet mich alles, was ich an Selbstbeherrschung aufbringen kann, ihr den Taler nicht aus der welken Hand zu reißen und damit zurück nach Hause zu stürmen. Zu Papa.

Wie weit ich wohl kommen würde, bis Ivan mich eingeholt hätte?

»Gib das in meinen Tee«, befiehlt sie unwirsch. »Und beeil dich, bevor er kalt wird.«

Unsicher strecke ich die Hand aus. Meine Finger zittern, als ich die Münze berühre, mein Pulsschlag fühlt sich an, als käme er aus dem Inneren des Talers – all die Lebenszeit, die dieses kleine Ding mir verschaffen würde. Die es Papa verschaffen würde.

All die Lebenszeit, die jemand anderer dafür geben musste.

Doch so schwer und beständig der Taler in meiner Hand gelegen hat, so schnell löst er sich auf, wie Honig, als ich ihn in den Tee fallen lasse. Lady Sida schürzt ihre faltigen Lippen und nimmt einen großen, genussvollen Schluck. Gleich darauf steigt Farbe in ihre Wangen.

Ohne abzuwarten, dass die alte Frau mich entlässt, mache ich einen Knicks und stürze aus dem Zimmer, noch immer aufgewühlt vom Heben und Senken ihres Kehlkopfes, bevor sich das Jahr in ihrem Blutkreislauf ausgebreitet hat. Mehr denn je fühlt sich mein Herzklopfen, wann immer ich an Roan denke, an wie Verrat. An mir selbst, an Crofton, an Papa. Wie kann ich Gefühle für einen Jungen aus einer Familie hegen, für die ein Jahr Lebenszeit nicht mehr ist als ein Würfel Zucker? Für einen Jungen, dessen Familie meine zerstört hat, genau wie unzählige andere?

5

Als ich mich an diesem Abend auf meine Pritsche fallen lasse, sind meine Glieder schwer vor Erschöpfung. Doch jedes Mal, wenn ich die Augen schließe, sehe ich Lady Sidas pergamentenes Gesicht vor mir, und ihre seltsamen Worte halten mich wach. Es hat schon immer Leute gegeben, die leichtsinnig genug sind, Gerüchte über die Königin zu verbreiten – natürlich stets hinter vorgehaltener Hand –, aber niemals hätte ich so etwas von einem Mitglied der Familie Gerling erwartet.

Dennoch … Nachdem ich eine Weile Zeit hatte, über Lady Sidas Sicht der Dinge nachzudenken, erscheint sie mir längst nicht mehr so abwegig. Die Annahme, das lange Leben der Königin sei ein Geschenk der Zauberin gewesen, ist weit absurder. Ich habe nie sonderlich viel über die Herrscherin von Sempera nachgedacht, dafür waren Papa und ich zu sehr damit beschäftigt, zu überleben. Aber …

»Jules«, flüstert eine Stimme. Ein Stück weiter beugt sich Alia aus ihrem Stockbett. Selbst im Dunkeln kann ich sehen, dass ihre Augen angstvoll aufgerissen sind, trotz ihrer offensichtlichen Erschöpfung nach einem Tag in der Wäscherei.

»Ein Junge hat mir erzählt, dass der Alchimist wirklich durch den Wald spukt«, wispert sie. »Er hat gesagt, er hat einmal hier gewohnt. Und dass –«

Doch die Frau im Bett unter ihr, eine ältere Näherin, bringt sie mit einem sanften »Schh« zum Schweigen.

»Liebes, wenn ich dir die wahre Geschichte erzähle, hörst du dann auf zu plappern und lässt mich schlafen?« Die Worte der Frau klingen einen Hauch verschlagen, aber nicht bösartig. Alia nickt. Die Frau lächelt und wirft mir einen wissenden Blick zu.

»Niemand weiß, woher sie kamen, die zwei Kinder, die vor den Zeiten des Bluteisens ganz allein durch Sempera streiften. Sie trennten sich niemals und wurden nicht älter. Der Alchimist machte Erde zu Blei und Blei zu Gold. Die Zauberin ließ im Winter Blumen erblühen.«

Ich lächele in mich hinein, als ich daran denke, was Amma sagen würde, wenn sie wüsste, dass Alia sich bis spät in die Nacht Märchen erzählen lässt. Es ist schwer vorstellbar, dass es jemals eine Welt ohne Bluteisen gegeben haben soll. Und es hat auch überhaupt keinen Sinn, sich solch eine Welt vorzustellen, solange wir mit unserem Schicksal geschlagen sind. Doch während ich den Worten der Näherin lausche, ertappe ich mich dabei, dass ich mich nach dieser Zeit sehne.

»Aber eines Tages wurde ein böser Lord neidisch auf die beiden. Er nahm sie gefangen und brachte sie auf sein Schloss tief im Wald – und es war dieses Schloss, ganz, wie dein junger Freund behauptet hat. Dort verlangte er, dass sie ihm einen Weg verrieten, wie er selbst unsterblich werden könne, so wie er es die Zauberin mit Blumen und Bäumen habe vollbringen sehen.«

Sie ist eine gute Geschichtenerzählerin, und ihre Worte tragen mich mit sich davon wie ein Lied. Bei unserer Flucht von Everless mussten Papa und ich alle unsere Bücher zurücklassen, und seitdem hat er nur noch Verachtung für jede Art von Geschichten übrig. *Du kannst es dir nicht erlauben, mit dem Kopf in den Wolken zu leben*, hat er mich einmal zurechtgewiesen, als ich in meinem kalten Bett in Crofton lag und ihn um ein Märchen anbettelte. Danach habe ich nie wieder gefragt.

»Und so begann die Hexe, eingesperrt in einem winzigen Kämmerlein mit nur den gröbsten Werkzeugen, Blut mit Zeit anzufüllen, und der Alchimist fand einen Weg, es in Eisen zu verwandeln, was es dem Lord ermöglichte, seinen Untertanen Zeit zu stehlen und sie sich selbst einzuverleiben.« Auch andere im Schlafsaal lauschen nun der Geschichte. Das kann ich spüren, wenn ich auch nichts sehe. »Eine Weile war der Lord zufrieden damit. Doch schon bald stellte er fest, dass seine Augen ihre Farbe verloren und sein Gedächtnis schwand. Der Tod begann, sich seiner zu bemächtigen. Voller Wut verlangte er von den beiden, ihm Unsterblichkeit zu verschaffen.«

Alia setzt sich auf und schlingt die Arme um die angezogenen Knie.

»Eines Tages verkündete der Alchimist, er habe das Unmögliche möglich gemacht und einen soliden Klumpen Blei in pure Zeit verwandelt. Alles, was der Lord tun müsse, sei, ihn zu verzehren.«

»Aber der Alchimist war schlau«, höre ich Alia flüstern.

»Genau«, antwortet die Näherin zufrieden. »Der grausame Lord wurde vergiftet und starb, und der Alchimist und die Zauberin konnten fliehen. Die beiden gingen fortan getrennte Wege und sollten schon bald feststellen, dass ihr Zauber so stark war, dass er ins Blut aller Menschen in Sempera überging.«

»Aber warum sind sie denn getrennte Wege gegangen?«, fragt Alia.

»Der Alchimist hatte der Zauberin nicht erzählt, dass die

Magie, derer sie sich bedienten, um das Bluteisen herzustellen, ein großes Opfer von ihr fordern würde – ihre Unsterblichkeit. Sie war zornig über seinen Verrat.« Die Stimme der Näherin beginnt, dramatisch zu beben.

»Obwohl es Generationen dauern sollte, bis ein einziges dunkles Haar auf ihrem Kopf sich grau verfärbte, begann sie nun zu altern. Anders als der Alchimist liebte sie das Leben auf dieser Welt und wollte sie nicht verlassen. Mit der Zeit jedoch überwand sie ihren Ärger und kehrte an die Seite ihres alten Gefährten zurück, um ihre Unsterblichkeit zurückzugewinnen.«

Irgendwo im Schlafsaal fängt eine andere Frau mit dünner, papierner Stimme an zu sprechen. »Der Alchimist sagte zu ihr: ›Wenn ich dich unsterblich machen soll, musst du mir dein Herz anvertrauen.‹ Und so verwandelte die Zauberin ihr Herz in ein einzelnes Wort, das sie ihm ins Ohr flüsterte. Seine Kehle bewegte sich, als schluckte er es hinunter. Dann gab er ihr eine Handvoll Kieselsteine und sagte, die solle sie essen, dann würde sie ewig leben.«

Ein paar der Mädchen wispern »Lügner!« und »Dieb!« in der Dunkelheit. Meine Lider schließen sich, als ich mir vorzustellen versuche, wie ein Kieselstein schmecken mag.

»Schh, Mädchen, lasst mich zu Ende erzählen«, übernimmt nun wieder die alte Näherin. »Aber die Zauberin erinnerte sich daran, wie der Alchimist den reichen Lord betrogen hatte. In ihrem Argwohn beschloss sie, dass an ihrer statt der Alchimist gezwungen werden sollte, die Steine – zwölf an der Zahl – zu schlucken, und dann ertränkt werden sollte. Beides erledigte sie persönlich.«

Alia schnappt nach Luft.

»Doch dann geschah etwas Merkwürdiges«, fährt die Näherin geheimnisvoll flüsternd fort. »Die Zauberin sah, wie ein silberner Schatten von der Leiche des Alchimisten aufstieg und davonhuschte, zu flink, als dass sie ihm hätte folgen können. Innerhalb des silbernen Schimmers glühte und pulsierte etwas Dunkelrotes. Zu spät begriff die Zauberin, dass der Alchimist sie dennoch überlistet hatte, denn er hatte ihr das Herz gestohlen.«

»Hat sie es zurückbekommen? Ihr Herz?«, will Alia wissen. Doch ich höre die Antwort der Näherin nicht mehr. Stattdessen sinke ich in unruhigen Schlaf, geplagt von Albträumen, an die ich mich am nächsten Morgen nicht mehr erinnern kann.

Am Tag darauf eröffnet mir Lora, dass ich eine kleine Gruppe von Adligen in einem der wahnwitzigsten Zierbauten von ganz Everless bedienen solle: einem von einer Mauer umgebenen Gartenhof, der das ganze Jahr über von einem Feuer beheizt wird. Die Glut wird durch geschmolzenes Bluteisen am Leben erhalten, und die Zeit lässt die Flammen hell und unermüdlich lodern. Ich versuche, nicht zu würgen bei der Vorstellung.

Den ganzen Morgen schon unterweist Lora mich und ein paar weitere Küchenmädchen in der Kunst des Unsichtbarwerdens: Unsere Aufgabe, so erklärt sie, besteht darin, die Gerlings glauben zu lassen, ihr Mahl wäre aus dem Nichts aufgetaucht. Ich bekomme den Auftrag, stets alle Weingläser gefüllt zu halten.

Bis in den Keller, von dem aus man direkt in den Gartenhof gelangt, höre ich das gezierte, melodiöse Gelächter der Gerlings, das Klirren von Gläsern. Freunde, Verwandte und andere von der Zeit begünstigte Adelsfamilien sind in den letzten Wochen nach Everless geströmt, um der Hochzeit beizuwohnen.

Und vermutlich, um zu den Ersten zu gehören, die die Königin und ihre Erbin im Empfang nehmen. Die Zahl der Adligen ist von normalerweise dreißig – die vier Gerlings samt Großeltern, Urgroßeltern sowie ein paar einzelner Favoriten unter den Verwandten – auf beinahe zweihundert gestiegen. Jeden Abend beim Essen ist die große Halle bis zum Bersten gefüllt, und überall leuchten Seidengewänder, Federn und Juwelen. Nervosität packt mich bei der Vorstellung, mich nun unter sie zu mischen, nachdem Papa geschworen hat, nie wieder einen Fuß nach Everless zu setzen.

Was, wenn ich Roan begegne? Ob er sich überhaupt an den Vorfall in der Schmiede erinnern kann? Und wenn ja, wird er die Schuld daran Papa geben, oder seinem Bruder, oder mir?

Ob er sich an *mich* erinnern kann?

»Na, na, nun zieh nicht so ein Gesicht.« Lora, die mit einer riesigen zuckerwerkverzierten Torte an mir vorbeieilt, versetzt mir einen sanften Knuff. »Die Herrschaften werden heute Abend viel zu weinselig sein, um es zu bemerken, falls dir ein Missgeschick passiert.«

»Oder sie sind noch leichter zu verärgern«, entgegne ich, doch Lora ist schon wieder weg, und an ihrer Stelle taucht ein Butler auf, um die Dienstmädchen in den Garten zu bringen.

Ich schlucke und umklammere die Weinkaraffe in meinen Händen so fest, dass ich fürchte, sie könnte jeden Moment zerbrechen. Heute Morgen habe ich mir das Haar nach vorn gekämmt, um mein Gesicht zu verbergen, denn auch wenn ich nicht mehr das storchenbeinige Mädchen von damals bin, habe ich furchtbare Angst, dass Liam sich an mich erinnert.

Und dass Roan es nicht tut.

Der Hof, der klein ist im Vergleich zu den prunkvollen Gesellschaftsräumen im Schloss, ist in den Schein flackernder Fackeln getaucht, die in schmiedeeisernen Fassungen entlang der Mauern stecken. Rauch kräuselt sich in den Sternenhimmel. Weiden wiegen sich im Wind, und es duftet schwer nach Blumen und Wein. Es ist, als hätte ich einen Schritt in den Frühling getan, nur die Sterne über uns wirken noch immer winterlich kalt. Jenseits der Mauer wehen die Everless-Flaggen im eisigen Wind – hier im Innenhof jedoch ist er nicht viel mehr als eine sanfte, kühle Brise, gezähmt durch das Zeitfeuer.

In der Mitte des Gartens knistert es in einem bronzenen Becken vor sich hin – weißglühend und mannshoch. Die Flammen sehen wunderschön aus, doch beim Gedanken an all die verschwendete Zeit breitet sich Zorn in mir aus. Rasch wende ich den Blick ab.

Überall streifen Adlige durch den Garten, die Frauen strahlend schön in ihren kostbaren Roben, während die Männer, mit dunklem oder silbernem Haar, groß und imposant wirken. An Dutzenden Fingern blitzen Goldringe. Ein Musikantentrio erfüllt den Garten mit honigsüßen Klängen.

Instinktiv halte ich Ausschau nach Roan. Zu meiner Ernüchterung ist jedoch der erste Gerling, den ich erkenne, Liam. Er lehnt an einer efeuüberwucherten Mauer und plaudert mit seiner Mutter, Lady Verissa.

Einen Moment lang ist mir, als wäre ich wieder ein kleines Mädchen. Liam drückte sich stets in der Nähe unserer kleinen Gruppe von Freunden herum, ein stiller, misstrauischer Gegenpol zu seinem fröhlichen Bruder. Manchmal stand er urplötzlich in der Tür, lautlos wie ein Schatten, und sah uns beim Spielen zu. Schon damals war er mir unheimlich mit seiner Schweigsamkeit und diesen Augen, die so dunkel waren, dass sie jegliches Licht zu schlucken schienen. Roan jedoch vergötterte ihn.

Heute lässt mich der Gedanke an die Zuneigung, die Roan ihm als Kind entgegenbrachte, mit den Zähnen knirschen – daran, wie grausam Liam seinen Bruder verraten hat. Doch um jemanden verraten zu können, muss er einem irgendwann einmal etwas bedeutet haben. Ich bezweifle, dass Liam Gerling zu solchen Gefühlen überhaupt fähig ist.

Ganz sicher jedenfalls hat er die Veranlagung dazu nicht von seiner gefühlskalten Mutter geerbt. Lady Verissa, die inzwischen über fünfzig oder sogar sechzig sein muss, jedoch aussieht wie dreißig, leuchtet regelrecht in ihrem ärmellosen, smaragdgrünen Kleid. Mit ihren Wangenknochen, so scharfkantig wie geschliffenes Glas, und den blauvioletten Augen ist sie von einer verstörenden Schönheit.

Ich mache einen Bogen um die beiden und fange an, Wein auszuschenken.

Der Pegel in meiner Karaffe schrumpft schnell – *trinken*, eine weitere wunderbare Möglichkeit, seine Lebenszeit zu vergeuden, aber was macht es schon für einen Unterschied, wenn man Jahrhunderte zur Verfügung hat? –, und ich will mich gerade zurück auf den Weg in die Küche machen, als eine Frau mit den Fingern nach mir schnippt.

»Du da – komm her.«

Ich drehe mich um, den Blick halb gesenkt. Eine ungewöhnlich sonnengebräunte Edeldame, an deren Halskette ich das Wappen der Renaldis erkenne – ein Tanzbär –, hebt erwartungsvoll ihr Weinglas. Nur wenige Schritte weiter stehen Liam und Verissa.

Ich weiß, dass es nur noch mehr Aufsehen erregen würde,

wenn ich ihrer Aufforderung nicht nachkäme, also eile ich zu ihr und kann nur hoffen, dass die Dienstmädchenhaube genug von meinem Gesicht verdeckt und die Dunkelheit und die vergangene Zeit ihr Übriges tun. In dem Moment jedoch dringt Lady Verissas Stimme an mein Ohr, obwohl sie sich offensichtlich Mühe gibt, leise zu sprechen. Ich erstarre.

»Lord Schuylers Tochter ist auch hier«, sagt sie. »Du solltest sie kennenlernen.«

»Du kennst nicht mal ihren Vornamen, und trotzdem bist du dir sicher, dass sie eine gute Ehefrau abgeben würde?«, erwidert Liam verächtlich.

»Es spielt keine Rolle, ob sie –« Sie unterbricht sich und redet dann gedämpfter weiter. »Du kannst Everless nicht erben, wenn du nicht heiratest.«

»Das reicht, du dumme Gans. Siehst du denn nicht, dass das Glas voll ist?«, fährt die Renaldi-Frau mich an, und ich weiche hastig zurück. Sie wirbelt herum und stakst davon, und ich sehe, dass sie im Gehen etwas Kleines, Schimmerndes in ihr Glas fallen lässt.

Ich halte mich weiter im Schatten und lausche verstohlen auf den Rest von Lady Verissas und Liams Unterhaltung. Die Vorstellung, dass Liam zu etwas gezwungen sein könnte, was er nicht will, erfüllt mich mit Genugtuung, gleichzeitig aber habe ich Mitleid mit dem armen Mädchen, das ihn eines Tages heiraten wird.

»Lasst Roan Everless erben. Er hätte sicher mehr Freude daran als ich.« Sein Tonfall jagt mir einen Schauer über den Rücken. Da ich noch immer den Blick gesenkt halte, kann ich Liams Gesicht nicht sehen, doch ich habe sein hasserfülltes Starren auch so deutlich vor Augen.

Lady Verissa tritt unruhig von einem Fuß auf den anderen. »Du weißt genau, dass Roan –«

Der Rest ihrer Worte geht im trunkenen Jubel einer Gruppe Feiernder unter. Ich suche automatisch nach dem Grund – und kann nur mit Mühe ein Keuchen unterdrücken. Zwar habe ich Roan Gerling in den letzten Jahren einige Male in Crofton zu Gesicht bekommen. Aber bei seinen Besuchen in unserem Dorf war er immer weit entfernt, und ich konnte ihn lediglich aus dem Schutz eines Marktstandes beobachten, während er über den Platz ritt.

Heute ist es anders. Heute ist Roan, der zusammen mit seinem Vater, Lord Nicholas, am Eingang des Gartens steht, nur wenige Meter von mir entfernt. Er trägt einen eleganten schwarzen Anzug mit goldenem Halstuch. Seine blauen Augen leuchten im Feuerschein wie ein Sommerhimmel.

Bei seinem Anblick vergesse ich alles um mich herum – dass seine Familie Elend und Armut über die Menschen bringt, dass er mit einem Mädchen verlobt ist, dessen Schönheit, wie manche behaupten, der Beweis dafür ist, dass es noch Magie auf der Welt gibt. Einen Moment lang gibt es keinen Ort, an dem ich lieber wäre als in diesem Garten, an diesem Abend, nur um Roans Lächeln zu bewundern.

Kurz darauf durchschneidet ein aufgebrachter Schrei das Gemurmel. Ein rotgesichtiger Herr hat ein Dienstmädchen beim Handgelenk gepackt. Es ist Bea, ich erkenne sie von unserer Einweisung in der Küche wieder. Auf seiner blauen Weste prangt ein riesiger Weinfleck, und das Mädchen hält eine Karaffe in den zitternden Händen.

»Es – es tut mir leid«, stammelt sie.

»Tollpatsch«, knurrt der Mann. »Dafür zapfe ich dir einen Monat ab, vielleicht lehrt dich das, nicht so ungeschickt zu sein.« Er lallt, und seine Augen treten wütend hervor. Nun reißt er ein kleines Messer aus dem Gürtel. Die Zeit verlangsamt sich, bis sie nur mehr dahintröpfelt wie Wasser von einem Eiszapfen in der Sonne.

Dann, einen Herzschlag später, steht Roan hinter dem Mann, ergreift ihn mit einer Hand bei der Schulter und nimmt ihm mit der anderen sachte das Messer ab. »Lord Baldwin«, sagt er leise lachend. »Das ist doch kein Grund, dem armen Mädchen einen solchen Schreck einzujagen. Außerdem war das sowieso eine furchtbar hässliche Weste. Sie sollten sich lieber bei ihr bedanken.«

Alle lachen. Der Mann blinzelt, und im nächsten Moment ist es, als wäre ein Bann gebrochen: Er lässt Bea los, die Roan einen dankbaren Blick zuwirft. Roan nimmt ihr die Karaffe aus der Hand, und das Mädchen stürzt eilig davon.

»Na, also.« Roan versetzt Baldwin einen Klaps auf den Rücken und schenkt ihm selbst nach. »Wein heilt doch die meisten Übel, nicht wahr? Stoßen Sie mit mir an, mein Freund.«

Ohne es zu merken, habe ich mich den beiden genähert, angezogen von Roans Stimme, seinem Lächeln, seiner Freundlichkeit, so wie ein Keim unter der Erde sich im Frühling der Sonne entgegenreckt.

Dann fängt Roan meinen Blick auf. Mir stockt der Atem, und ich stehe da wie versteinert. Er hebt sein Glas.

Und zwinkert mir zu.

Zum Jubel der Umstehenden leert er das Glas in einem Zug. Nur Liam lungert noch immer mit finsterer Miene in seiner Nische herum.

Als die Musik wieder einsetzt und die Leute zu tanzen beginnen, wird Roan von der Menge davongetragen. Mein Herz hämmert. Und zum ersten Mal verspüre ich Furcht, die mich erfüllt wie der dunkle, wabernde Rauch des Feuers.

Roan hat mich erkannt.

Ich bin mir ganz sicher.

6

An diesem Abend finde ich endlich die Zeit, zwei Briefe zu schreiben, einen an Amma und einen an meinen Vater. Dann, als schließlich der Tag gekommen ist, an dem die Königin mit ihrem Gefolge eintreffen soll, laufe ich in den fünfzehn Minuten, die mir bleiben, um mein Frühstück aus Brot und Käse hinunterzuschlingen, zu den Stallungen, in der Hoffnung, dort einen der Kuriere zu erwischen, die täglich in die Dörfer reiten.

Amma habe ich die Wahrheit geschrieben, oder zumindest einen Teil – dass Lora mich zu mögen scheint, jedoch eine merkwürdige Art hat, es zu zeigen. Sie scheucht mich den ganzen Tag umher, sodass ich abends, wenn ich ins Bett falle, kaum noch mein Haar lösen kann, bevor ich einschlafe.

Ich erzähle ihr nichts von dem klimpernden Bluteisen in meiner Börse, die ich Tag und Nacht am Gürtel trage, oder von Ivans schmierigem Grinsen, wenn er uns abends unseren Lohn aushändigt. Genau wie die anderen Dienstboten erdulde ich es, froh, dass es wenigstens nicht Liam ist, der uns bezahlt. Jedes Mal frage ich mich kurz, welchen armen Mann oder welche arme Frau die Gerlings dafür geschröpft haben mögen, und muss wieder an die lange Schlange von Menschen denken, die alle darauf gewartet haben, sich Stunden, Tage, Jahre abzapfen zu lassen.

Bis tief in die Nacht habe ich auf meinem Bett gehockt, über eine Kerze gebeugt, und versucht, die richtigen Worte für das zu finden, was ich Papa sagen muss.

Am Ende habe ich mich für *Es tut mir leid* entschieden. Es kommt dem, was ich empfinde, nicht im Entferntesten nahe, doch ich bereue nicht, was ich getan habe. Ich bin erst seit zwei Tagen hier und habe bereits vier Wochen verdient. Am liebsten hätte ich die Münzen mit in den Umschlag gelegt, hatte jedoch zu große Angst vor Dieben. Wenn mich jemand erkannt hat, so hat man mich zumindest bislang in Frieden gelassen. Ein einziger Gedanke übertrumpft alle anderen: Bald werde ich genug beisammenhaben, um unsere Pachtschulden zu bezahlen, und dann kommt der Frühling, der bessere Jagdaussichten mit sich bringt. Am Ende des Monats werde ich wieder in Crofton sein, mit genug Bluteisen in der Tasche, um Papa das zurückzugeben, was der Zeiteintreiber ihm genommen hat.

Im Kopf überschlage ich meinen Verdienst. Es wird nur ein Bruchteil dessen sein, was die Gerlings uns gestohlen haben – was sie Crofton gestohlen haben. Doch ich schlucke meinen Ärger hinunter, warte, bis er sich auflöst wie ein Taler Bluteisen in einer Tasse Tee. Für Papa.

Fürs Erste.

In den Stallungen beschlägt gerade ein breitschultriger Junge das Pferd des Kuriers. Am Sattel sind bereits Taschen voller Briefe befestigt. Als der Junge mich kommen hört, dreht er sich um.

»Tam!«, rufe ich, ohne nachzudenken.

Zu spät wird mir klar, dass ich mich damit verraten habe. Doch das kümmert mich nicht. Mein Freund aus Kindertagen ist der Sohn zweier Mitglieder der Everless-Garde, doch damals wollten wir beide Schmied werden wie Papa. Er schlich so lange um die Schmiede herum, bis Papa ihn schließlich hereinwinkte, und wir verbrachten Stunden miteinander, ließen die Beine von Papas Arbeitsbank baumeln und sahen zu, wie er das glühende Eisen zurechtschlug.

Tam, der offenbar Schwierigkeiten hat, mich einzuordnen, blinzelt. Ich nehme meine Haube ab.

»Ich bin's, Jules.« Als er noch immer verwirrt dreinblickt, grinse ich breit und deute auf mein Gebiss. »Siehst du? Ich habe dir doch gesagt, dass die wieder nachwachsen.« Damals, nachdem mir beide seitlichen Schneidezähne auf einmal ausgefallen waren, hat er mich einen ganzen Monat lang Taschenratte genannt.

Seine Miene verändert sich. Als er mein Grinsen erwidert, ist es, als hätte jemand eine Laterne entzündet. Er zieht mich an sich, und ich rieche den vertrauten Geruch nach Rauch und Metall.

»Du arbeitest an der neuen Esse.« Ich löse mich von ihm, um ihn zu mustern. Er ist ein richtiger Bär geworden und überragt mich um einen guten Kopf, sein Gesicht jedoch ist noch dasselbe, ernst und gut aussehend. »Ich fasse es nicht – wie lange haben wir uns nicht gesehen?« Die Worte sprudeln nur so aus mir hervor, und ich lache ausgelassen. »Wie geht es dir? Bist du jetzt der Everless-Schmied? Sind Etta und Merril auch noch hier?«

Doch Tam schenkt mir nur ein trauriges Lächeln und macht eine seltsame Geste, indem er kurz die Finger einer Hand auf die Lippen legt und sie wieder wegzieht. Dann schüttelt er den Kopf und wiederholt die Bewegung, und plötzlich verstehe ich: Er kann nicht sprechen.

Meine Freude verpufft. »Was ist passiert?«, platzt es aus mir heraus, doch natürlich kann er mir nicht antworten. Einen Moment lang starren wir einander unschlüssig an, und ich spüre, wie sich eine Erinnerung in mir regt. Bilder von Tam und Roan bei einem ihrer Spaßkämpfe zucken mir durch den Kopf, davon, wie sie einander mit ihren Holzschwertern durchs ganze Schloss jagten.

Tam streckt die Hand aus und legt sie mir auf die Schulter. Er will mir sagen, dass er sich freut, mich zu sehen. Doch trotz seines Lächelns wirken seine Augen traurig, seine Lippen sind fest aufeinandergepresst.

»Ich komme später wieder«, sage ich, weil mir nichts Besseres einfällt. Mein Herz flattert wie eine Motte vor einer erleuchteten Fensterscheibe.

Tam drückt mir abermals die Schulter und nimmt mir dann lächelnd meine Briefe aus der Hand. Ich hätte sie beinahe vergessen. Dann wendet er mir wieder sein breites Kreuz zu, und ich eile ohne ein weiteres Wort zurück in die Küche.

Wer, frage ich mich, hat meinem alten Freund das angetan?

In der Küche steht eine Reihe von Bediensteten in einer Mehlwolke und knetet so eifrig Brotteig, dass man meinen könnte, die Königin persönlich sähe ihnen zu. Ich will mich gerade zu ihnen gesellen, als Lora mich am Arm festhält.

»Bitte geh für mich in den Keller«, sagt sie. »Hol mir so viele Zwiebeln, wie in den Korb passen.«

Verwundert sehe ich sie an. Ich habe die Vorratskammer bereits mit so vielen Zwiebelbündeln und Knoblauchzöpfen gefüllt, dass sie davon unmöglich noch mehr brauchen kann. Ich nicke, bleibe jedoch noch einen Moment stehen.

»Im Stall ist ein Junge, der nicht sprechen kann«, sage ich bemüht beiläufig. »Wie kommt das?«

»Ach. Tam.« Loras Lächeln verschwindet, dann greift auch sie sich einen Teigklumpen und beginnt, ihn mit den Fäusten zu bearbeiten. Letzteres zeigt mir, dass ich mich zu weit vorgewagt habe – nur wenn Lora aufgebracht ist, fängt sie an, selbst zu arbeiten, anstatt eine von uns dazu anzuhalten. »Der arme Junge. Er …« Sie bricht ab, und plötzlich wirkt sie viel älter. »Er hat den jungen Hauptmann beleidigt und seine Zunge dafür eingebüßt. So was wird er nicht noch einmal tun.«

Ein Schauder läuft mir über den Rücken, als ich an Ivans kalte Augen denke, seine stählerne Klinge. Ich wusste schon immer, dass er grausam ist, doch diese Vorstellung übersteigt alles, was ich jemals für möglich gehalten hätte, und blanker Hass durchströmt mich.

Lora drischt auf ihren Teigklumpen ein, als sähe sie in ihm Ivans Gesicht. »So, und nun lauf«, sagt sie dann zu mir, so unwirsch, wie ich sie noch nie erlebt habe, »und steck deine Nase nicht in die Angelegenheiten anderer Leute.«

Bevor ich sie um weitere Informationen bitten kann, kommt der Junge, der sich nicht getraut hat, Lady Sida ihr Essen zu bringen, in die Küche gestürzt, weicht haarscharf mehreren Köchinnen aus und bremst schlitternd vor Lora und mir.

»Hinton Carstairs«, ermahnt Lora ihn streng. »Langsam.«

»Gerade ist ein Bote für Lord Gerling gekommen«, keucht er mit feuerrotem Gesicht. »Die Königin wird bald hier sein!« Seine Stimme hebt sich zu einem Quietschen. »Die Königin kommt!«

Einer der Küchenjungen lässt sein Nudelholz fallen, während ein Mädchen sich die mehlbestäubte Hand vor die Brust schlägt und nach Luft schnappt. Obwohl ich normalerweise wenig Begeisterung für die Königin aufbringe, überläuft auch mich ein Kribbeln beim Gedanken daran, schon bald die Frau zu sehen, die Sempera einst vor feindlichen Eroberern geschützt hat und seit Jahrhunderten unser Land regiert – eine Frau, der, wie man sich erzählt, die Gunst der Zauberin selbst zuteilwurde, die ihre Gefährtin gewesen sein soll.

Wieder bringen Lady Sidas Worte meine Gedanken zum Stocken: *Ich sage, sie verspeist ihre Herzen, um sich ihre Jugend zu bewahren.*

Ich schüttele den Kopf. Das ist doch lächerlich.

»Na, das ist ja nun nichts Neues«, brummt Lora mit einem tadelnden Blick auf das aufgescheuchte Küchenpersonal. Dann legt sie Hinton die Hand auf die Schulter. »Wann genau?«

»In einer Stunde«, antwortet Hinton, der noch immer schwer atmet. »Vielleicht früher.«

Um uns in der Küche erhebt sich aufgeregtes Geflüster. Lora jedoch runzelt die Stirn. Sie lässt Hinton los und wendet sich mir zu.

»Ab in den Keller«, sagt sie. »Los.«

»Aber …«, beginne ich.

»Wird's bald«, fährt sie mich an, und ich bin nicht traurig darum, dass ich eine Entschuldigung habe, die Küche zu verlassen: In der Luft liegt plötzliche ein neuartige, stürmische Energie, die mich mit Unbehagen erfüllt.

Die kühle Luft in meinem Gesicht, als ich die Treppe hinunter in den Keller gehe, ist eine Erleichterung nach der brütend heißen Küche, doch die Dunkelheit und die engen Gänge dieser unterirdischen Gewölbe machen mich nervös. Vielleicht liegt es daran, dass sie so verlassen sind, nachdem ich mich daran gewöhnt habe, Tag und Nacht von eifrig umhereilenden Dienstboten umgeben zu sein. Ich nehme eine Fackel aus ihrer Wandhalterung und leuchte mir damit den Weg.

Als ich den Vorratskeller erreiche, gehe ich an den Apfelfässern mit ihrem leicht säuerlichen Duft vorbei. Irgendetwas ist nicht so, wie es sein sollte – da, ein dunkler Schatten in der Ecke. Ich trete darauf zu, und der flackernde Feuerschein erhellt die Silhouette eines Mannes, der dort zusammengekauert auf der festgetretenen Erde sitzt. Er trägt einen alten Mantel und zittert vor Kälte. Noch bevor meine Augen sich an die Lichtverhältnisse gewöhnt haben, erkenne ich ihn.

»Papa.« Meine Stimme ist kaum mehr als ein Flüstern, als er sich auf die Füße stemmt und, Halt suchend, nach einem Regal greift. Ich stürze zu ihm und schlinge ihm den Arm um die Taille, um ihn zu stützen. Er sieht entsetzlich aus, blass und ausgezehrt, das Gesicht schmutzverschmiert, und seine Augen liegen tief in den Höhlen. Ich fühle jede seiner Rippen unter dem Mantel. »Wie – warum – was um alles in der Welt machst du hier?«

Er lacht, und der Laut bringt seine Brust sanft zum Vibrieren, doch gleich darauf beginnt er zu husten. »Ich wollte zu dir.«

»Du darfst dich doch nicht auf Everless sehen lassen, Papa.« Er ist mager, so mager.

»Das hat dich schließlich auch nicht davon abgehalten, hierherzukommen«, entgegnet er. Trotz seiner Schwäche klingt seine Stimme verschmitzt. Mein Lächeln dagegen ist dünn und angespannt. Verzweifelt.

»Ich war damals noch ein Kind. Mein Gesicht erkennt niemand wieder. Wie konntest du nur – was glaubst du, was passiert, wenn einer der Gerlings dich sieht? Du hast doch gesagt –«

»Niemand wird mich sehen«, fällt er mir ins Wort, und in seiner Stimme liegt all die Erschöpfung der Reise, die er hinter sich hat. »Ich habe einen Weizenbauern überredet, mich in seinem Wagen einzuschmuggeln. Aber ich kann nicht lange bleiben.«

»Du hättest mir schreiben können, Papa. Dann wäre ich sofort nach Hause gekommen.« Bei der Vorstellung, wie er ganz allein, gebeugt vor Müdigkeit, den langen Tagesmarsch unternimmt, wird mir beinahe übel vor schlechtem Gewissen.

Er lächelt, doch ich kann den Ausdruck in seinen Augen nicht deuten. »Ich konnte nicht auf einen Boten warten, geschweige denn einem trauen.« Er hebt die Hand an meine Wange. Seine Finger sind eiskalt. »Jules. Mein furchtloses Mädchen. Ich sage es dir noch einmal: Du musst nach Hause kommen.«

»Mach dir keine Sorgen, Papa«, erwidere ich dumpf. Insgeheim schmiede ich bereits Pläne, wie ich ihn zurück nach Crofton befördern kann. Ich könnte von dem Bluteisen in meiner Tasche einen Wagen mieten. Lora wusste, wer Papa ist – also wird sie sich auch darüber im Klaren sein, was für ein Risiko es für ihn bedeutet, dass er hergekommen ist. Sie um Hilfe zu bitten kommt dennoch nicht infrage, aber vielleicht könnte ich Hinton bezahlen, um Papa nach Hause zu begleiten, oder Tam. »Nur noch ein paar Wochen, dann müssen wir uns monatelang keine Sorgen mehr über die Pacht machen. Verstehst du denn nicht? Es wird alles gut werden. Niemand hier weiß, wer ich bin.«

Von allen Momenten, in denen mir Roans Zwinkern wieder einfallen könnte, ist dies der unpassendste, doch ich kann nicht verhindern, dass die Erinnerung meine Brust mit Wärme erfüllt. Und ich will es auch nicht.

»Nein.« Papa spricht leise, eindringlich. »Du bist hier in Gefahr.« Einen Augenblick lang bin ich wieder sieben Jahre alt, Brandgeruch haftet unseren Kleidern an, und ich umklammere Papas Hand auf unserer Flucht von Everless. »Die Königin wird bald hier sein.«

»Wir brauchen das Geld«, entgegne ich mit fester Stimme, mit einem Mal wütend über seine Sturheit. Ich *bin* nicht mehr sieben Jahre alt; er hat kein Recht, mir vorzuschreiben, was ich tun soll.

»Ich werde das Geld schon auftreiben.« Er nimmt meine Hände in seine und drückt sie. Seine Handflächen sind kalt, seine Finger hart, als wären sie nur noch Knochen. Das Fackellicht vertieft die Falten in seinem Gesicht und die dunkelblauen Schatten unter seinen Augen. »Bitte. Du musst das Schloss verlassen.«

»Das geht nicht; es würde auffallen, wenn ich einfach verschwinde«, halte ich dagegen, nicht sicher, ob ich lüge oder nicht. Schuldgefühle mischen sich unter meinen Ärger, doch ich dränge sie zurück. Papa hat mich siebzehn Jahre lang beschützt – und nun werde ich ihn beschützen, was es auch koste. »Die Königin wird jede Minute mit ihrem Gefolge eintreffen«, fahre ich fort. »Dann wimmelt es hier nur so vor Soldaten und Adligen, die gekommen sind, um sie zu sehen. Du musst gehen, bevor sie hier sind.«

»Du auch, Jules.« Seine Hände umfassen meine Schultern, und sein Blick bohrt sich in meinen. »Begib dich niemals in die Nähe der Königin. Sie darf dich nicht sehen. Sie wird dich erkennen. Du bist in großer Gefahr.«

»Die Königin?« Ich starre ihn an. »Meinst du nicht eher Liam, Papa?«

Er scheint mich gar nicht zu hören. »Sie ist eine Diebin. Sie ist gefährlich.« Die Worte sprudeln nur so aus ihm hervor, bis ihm beinahe der Atem wegbleibt, und als ich die Fackel hebe, sehe ich, wie seine Augen leuchten, vor Fieber oder etwas noch Schlimmerem. »Ich erkläre es dir unterwegs. Aber zuerst müssen wir –«

»Papa, nein«, unterbreche ich ihn. »Wenn ich jetzt meine Küchenpflichten vernachlässige, werden sie mich hart dafür bestrafen.«

Papa zieht weiter an meiner Hand, doch sein Griff beginnt, schwächer zu werden. Fragen und Ängste stürzen auf mich ein, drohen, mich mit ihrem Gewicht zu erdrücken – mein Vater ist verrückt geworden.

»Warte hier«, sage ich zu ihm. »Ich suche jemanden, der dich nach Hause bringt.« Als ich sehe, dass er widersprechen will, füge ich hinzu: »Ich komme morgen nach Hause, sobald ich mit Lora gesprochen habe.«

Papa hebt die Augenbrauen. »Schwöre es.«

Ich öffne den Mund, doch etwas lässt mir die Worte im Hals stecken bleiben.

Wer leistet einen falschen Schwur, dessen Seele ist der Alchimist auf der Spur. Ein alter Vers zur Warnung, den wir als Kinder ständig gesungen haben.

Ich kann nur hoffen, dass er nicht die Wahrheit besagt. Denn die Wahrheit ist, dass ich Everless morgen nicht verlassen kann. Papa sieht aus, als stünde er mit einem Fuß im Grab; er muss dringender denn je seine Lebenszeit auffüllen. Und was noch schlimmer ist: Ein Teil von mir, winzig, aber unleugbar, will bleiben, um herauszufinden, ob Roan mich noch einmal anlächeln wird.

»Ich schwöre.« Bei der Lüge zieht sich mir der Magen zusammen. »Ich liebe dich.«

Papa beugt sich vor, um mir einen Kuss auf die Stirn zu geben, und schlingt die Arme um mich. Einen Moment lang lehne ich mich an ihn, rieche Metall und Stroh, den vertrauten Geruch unseres Zuhauses. »Ich liebe dich auch«, murmelt er in mein Haar. »Vergiss das nie.«

»Wir sehen uns morgen, versprochen«, wiederhole ich. Jede Lüge ist, als versuchte ich, einen Aal in meinem Bauch zu halten – die Wahrheit, die sich zappelnd nach draußen winden will.

Doch an dieses Gefühl habe ich mich längst gewöhnt.

7

Zurück in der Küche sehe ich mich nach Lora um und erspähe sie hinten im Raum, wo sie mit einem langen Messer einen Fisch schuppt. Sie fängt meinen Blick auf und senkt dann hastig den Kopf, die Stirn besorgt gerunzelt. Ich muss mich bei ihr bedanken, dass sie mich zu Papa geschickt hat.

Doch als Erstes muss ich Papa nach Hause schaffen. Ich lasse meinen Blick weiterschweifen, bis ich Hinton entdecke, der in einer Ecke hockt und in ein Stöckchenspiel versunken ist, während neben ihm ein Topf Suppe vor sich hin brodelt.

Als er mich auf sich zukommen sieht, schiebt er rasch die Stöckchen beiseite und blickt schuldbewusst zu mir hoch. Ohne darauf einzugehen, greife ich nach der Börse mit den Münzen an meinem Gürtel. Ich wünschte nur, ich hätte etwas mehr Zeit, um nachzudenken und einen besseren Plan auszuklügeln. Doch sobald die Königin Everless erreicht, werden sie sämtliche Tore schließen und Wachen auf den Palisaden postieren, die jeden Wagen durchsuchen werden, der hinein- oder hinauswill. Danach wird es keine Möglichkeit mehr geben, Papa sicher aus dem Schloss zu schmuggeln.

Ich greife nach einer kleinen Holzschale und schöpfe Suppe hinein. Hinton sieht mit großen Augen zu, als ich drei kupferne Wochentaler aus meiner Börse suche und sie in der dampfenden Suppe auflöse.

»Du darfst nichts von der Suppe nehmen. Die ist für –«

»Ich weiß«, schneide ich ihm das Wort ab, während ich mich vor ihm auf die Knie sinken lasse. Er beäugt mich misstrauisch, also öffne ich meine Börse erneut und halte sie ihm hin. Ein weiterer Wochentaler, frisch geprägt, blinkt uns entgegen. Hinton reißt die Augen noch weiter auf, und ich erinnere mich daran, wie ich in seinem Alter empfunden habe: ein einziger Tag war ein Geschenk, eine Woche dagegen eine schiere Ewigkeit.

»Ich brauche deine Hilfe«, sage ich. »Bevor die Königin eintrifft. Kannst du mir einen Gefallen tun?«

Er zögert. Doch die Münze ist zu verlockend. »Ich versuch's.«

»Kennst du den Weg in den Vorratskeller?« Nicken. »Hier, nimm die Schale. Dort unten wirst du einen Mann finden. Sorg dafür, dass er die Suppe isst. Er ist mein – mein Vater.« Ich gerate ins Stocken; zu sehr habe ich mich daran gewöhnt, meine Geheimnisse für mich zu behalten, doch das spielt nun keine Rolle mehr. »Er muss Everless verlassen, aber er ist krank. Allein wird er es nicht schaffen.«

»Warum kann er nicht hierbleiben?«, fragt Hinton argwöhnisch.

»Das ist eine lange Geschichte. Es gibt viel böses Blut zwischen ihm und ... Hauptmann Ivan.« Ich vermeide es, Liam ins Spiel zu bringen und damit Fragen aufzuwerfen, die ich nicht beantworten kann.

Es war die richtige Entscheidung. Hinton nickt verständnisvoll – er fürchtet sich genauso sehr vor Ivan wie alle anderen. »Was soll ich tun?«

»Bring ihn aus dem Schloss«, sage ich. »So schnell es geht. Nach Crofton, wenn du kannst. Weißt du, wo das liegt?« Er nickt, und ich drücke ihm die Münze in die Hand. Dann lächele ich, in der Hoffnung, dass mir die Sorge nicht allzu deutlich ins Gesicht geschrieben steht. Wenn die Lage nicht so ernst wäre, würde ich vermutlich lachen über die Vorstellung, das Leben meines Vaters in die Hände eines neunjährigen Jungen zu legen. Aber ich bin verzweifelt.

Hinton dreht die Münze in den Fingern, dann steckt er sie sich zwischen die Zähne und beißt nachdenklich darauf. »Heute soll eine Ladung Leder nach Crofton gebracht werden. Ich kann die Stalljungen überreden, ihn im Wagen zu verstecken.«

Wir zucken beide zusammen, als das tiefe, klare Läuten einer Glocke ertönt. In der eben noch so belebten Küche breitet sich Stille aus, während jeder dröhnende Schlag die Wände um uns erbeben lässt. Eine Sekunde lang vergesse ich meine Angst und lausche wie in Trance. Als Kind habe ich viele Everless-Glocken läuten gehört; es gibt Glocken für Hochzeiten und Todesfälle, um das neue Jahr zu begrüßen und für königliche Bekanntmachungen. Doch ich habe noch nie zuvor die Glocke der Krone gehört – die, die der Königin vorbehalten ist.

Sie klingt schöner und dunkler als jede Glocke, die ich je gehört habe. Sie verkündet, dass wir alle uns für die Ankunft Ihrer Majestät zusammenfinden müssen.

Doch sie verkündet auch, dass mir die Zeit davonläuft.

»Wir dürfen nicht länger warten«, zische ich Hinton zu.

»Ich gehe ja schon«, sagt Hinton, das Kinn erhoben. »Durchs Südtor.«

»Sei vorsichtig.« Ich bringe die Worte kaum über die Lippen, so heftig pocht mein Herz.

Die Glocke ertönt abermals, und diesmal mischt sich eine weitere darunter, mit einem helleren Klang, dann noch eine und noch eine, bis schließlich alle zwölf Glocken auf einmal durch

Everless hallen. Ich trete hinaus in den Flur und schließe mich dem Strom von Dienstboten an, der sich Richtung Tor bewegt. Mädchen raffen ihre Röcke und fangen an zu rennen, selbst die älteren Kammerzofen und Scheuermägde eilen mit. Aufgeregtes Gemurmel erfüllt die Korridore und vermengt sich mit dem Glockengeläut. Doch all die Geräusche dringen wie durch eine gläserne Wand zu mir durch. Die Angst um meinen Vater hämmert mir in den Ohren und vernebelt mir den Blick.

Ich versuche, die Furcht zurückzudrängen. Mein Vater ist stark. Schließlich hat er auch die Reise hierher bewältigt. Mit Glück und ein bisschen Hilfe wird er heute Abend bei Einbruch der Dunkelheit wieder zu Hause sein.

In der großen Halle geselle ich mich zu einer Gruppe von Dienstmädchen in der Ecke. Lora eilt bereits von einer zur anderen, wischt Mehlspuren von Wangen und zupft Kleider zurecht.

»Jules«, sagt sie dann angespannt, als sie mich sieht. »Wir haben schon auf dich gewartet.«

»Tut mir leid.«

Ein paar Haarsträhnen haben sich aus dem Knoten an meinem Hinterkopf gelöst und fliegen mir ins Gesicht. Lora streicht sie mir hinter die Ohren und schnalzt missbilligend mit der Zunge, als sie gleich darauf wieder zurückschnellen.

»Nichts zu machen«, murmelt sie, bevor sie die Stimme hebt. »Na los, Mädchen, raus mit euch.«

Draußen auf dem Rasen haben sich bereits Hunderte von Dienstboten versammelt, die nun in einer langen Reihe entlang des Pfads vom Tor bis zur Eingangshalle Aufstellung nehmen; eine kleine Armee im Grün und Gold der Gerlings. Ich erhasche einen Blick auf Alia, die inmitten eines Pulks junger Bediensteter auf den Zehenspitzen steht, um besser sehen zu können. In regelmäßigen Abständen patrouillieren Wacheinheiten auf dem Pfad – angeführt von Ivan –, die Hände auf den juwelenbesetzten Schwertgriffen. Dies ist die größte Menschenansammlung, die ich jemals zu Gesicht bekommen habe, und ich fühle mich so winzig.

Wie viel Zeit, frage ich mich, mögen wir alle vereint in uns tragen? Jahrhunderte um Jahrhunderte. Zehntausende und mehr. Und doch verfügt jeder einzelne Gerling über das Zehnfache von jedem von uns.

Jetzt strömen auch die Gerlings aus dem Hauptportal von Everless, verteilen sich auf dem Hof wie flüssiger Reichtum, strahlend wie geschmolzenes Eisen. Lord Gerling wird von seiner Frau und seinen beiden Söhnen flankiert. Hinter ihnen folgt etwa ein Dutzend in Samt und Seide gekleideter Verwandter. Ich erschaudere, als ich die Frau hinter Lady Verissa erkenne. Herzogin Corinne wirkt kaum älter als ihre Tochter, obwohl sie mindestens hundertfünfzig sein muss.

Ich sehe hoch zu dem Turmfenster, hinter dem Lady Sida sitzen und mit ihren eigentümlich blassen Augen das Prozedere beobachten muss. Ich ertappe mich bei dem Wunsch, ich könnte ihr Gesicht sehen, hören, was sie sagt, wenn sie die Königin einziehen sieht.

Liam steht ein Stück abseits von seiner Familie, die Augen halb geschlossen, als langweilten ihn die Feierlichkeiten. Eine vertraute Mischung aus Furcht und Wut durchzuckt mich bei der Erinnerung daran, wie er seinen eigenen Bruder in ein loderndes Feuer stieß. Wie gewissenlos muss er sein, dieser Junge, der alles besitzt, dass er bereit ist, zwei unschuldige Leben zu zerstören, nur um seine eigene Grausamkeit zu verschleiern?

Aber Roan.

Roan.

Die alten Leute im Dorf sagen, durch die Adern der Gerlings fließe altes Blut – das Blut jenes wahnsinnigen Lords, der vor so vielen Jahrhunderten die Zauberin und den Alchimisten gefangen genommen und sie aus Gier gezwungen hat, Zeit und Blut zu verbinden. Der uns alle zu einem Leben in elendiger Schufterei verdammt hat. Zweifellos besitzen die Gerlings mehr als genug Bluteisen, dass es wahr sein könnte. Es ist nur zu leicht zu glauben, dass diese Familie von Grund auf böse ist und dass ihr Blut sie zu dem macht, was sie sind. Doch wenn ich Roan ansehe – seine abendhimmelblauen Augen, sein Lächeln, bei dem es ist, als würde die Zeit stillstehen –, kann ich keine Spur von Bosheit entdecken.

Er hat seiner Großmutter mit dem leeren Blick galant seinen Arm angeboten. Zwar trägt er eine makellose goldene Weste, doch wie immer steht ihm das Haar in alle Richtungen vom Kopf ab. Ich denke an den Streit, den er heute wegen seiner Haare mit seiner Mutter gehabt haben muss – denselben Streit, den ich als Kind so oft belauscht habe –, und muss mir ein Lächeln verkneifen. Gerade versetzt er Liam einen kameradschaftlichen Stoß mit dem Ellenbogen, und ich frage mich, wie er es über sich gebracht hat, seinem Bruder zu vergeben, der einst versucht hat, ihn ins Feuer zu stoßen.

Sei nicht albern, weise ich mich im Stillen zurecht. Ja, Roan ist gut aussehend und charmant. Aber er wird noch genauso gut aussehend sein, wenn ich eine Greisin bin, falls ich überhaupt so alt werde. Er wird noch genauso charmant sein, wenn ich längst tot bin.

Knarzend beginnt das Tor, sich zu öffnen, und ein ehrfurchtsvolles Murmeln geht durch die Menge. Ich reiße meinen Blick von Roan los und sehe dem Tross der Königin entgegen.

Eine schimmernde Kutsche nach der anderen rollt auf den Schlosshof. Insgesamt sind es fünf, gezogen von stolzen weißen Rössern. Neben den Wagen marschieren Soldaten, deren Schwerter in der Nachmittagssonne blitzen. Mein Puls beschleunigt sich, als die erste Kutsche an mir vorbeifährt.

Zuerst ist die Königin nicht mehr als ein bleicher Fleck vor einem Hintergrund aus Scharlachrot. Dann kann ich sie klarer erkennen. Genau wie alle anderen ringsum schnappe ich unwillkürlich nach Luft. Sie wirkt wahrhaft majestätisch. Ihr Gesicht ist vollkommen faltenlos, obwohl ich weiß, dass sie schon so ausgesehen hat, lange bevor mein Vater – mein Großvater, mein Urgroßvater – auf der Welt waren. Ein leises Lächeln umspielt ihren Mund, als sie ihren Blick über die Menge schweifen lässt und winkt. Ich verspüre den vollkommen unverständlichen Drang zu lachen oder zu klatschen oder beides auf einmal.

Ingrid, die neben mir steht, beugt sich zu mir herüber. »Ich habe ja gehört, dass sie schön sein soll, aber das –« Sie hält kurz inne. »Das hätte ich nicht erwartet.«

»Meine Mutter sagt, die Königin hat eigens dafür eine Hexe zu ihren Diensten«, meldet sich Bea zu Wort. Sie hat sich so hübsch für den Anlass zurechtgemacht, wie es uns Dienstmädchen nur möglich ist, und trägt über der Küchenuniform ein blaues Schultertuch, das ihre dunkle Haut betont. Ihre Kleider verströmen den Duft von Lavendel.

Ich wünschte, Lora wäre hier, um sie zum Schweigen zu bringen. Wer weiß, was Ivan mit uns macht, wenn er uns so tuscheln hört?

Eine weitere Kutsche fährt vor, kleiner, aber kein bisschen weniger prunkvoll. Als sie an uns vorüberrollt, erhasche ich zum ersten Mal einen Blick auf Roans zukünftige Braut, Ina Gold. Sie trägt ihr dunkles Haar kurz geschnitten; es reicht ihr gerade bis zu den Ohrläppchen und umrahmt ihr herzförmiges Gesicht. Sie ist so schön, dass sie regelrecht zu leuchten scheint. Ihr strahlendes Lächeln ist an Roan gerichtet, und sie drückt die Hände an die Fensterscheibe, als hoffte sie, dass das Glas sich auflöst und sie endlich in seine Arme eilen kann. Mein Herz zieht sich zusammen, als ich sehe, dass er ihr Lächeln erwidert. Schnell wende ich den Blick ab und betrachte abermals die Kutsche der Königin, als mir plötzlich die tiefen Kratzer im Holz auffallen – als wäre mit Pfeilen darauf geschossen worden. Merkwürdig.

Die Kutschen mit der Königin und Ina Gold und auch die folgenden Wagen kommen zum Stehen. Als die Königin, umweht von ihrer scharlachroten Robe, eine schmale, perlenbesetzte Leiter herabsteigt, knien die Gerlings nieder und neigen dic Köpfe. Wir Dienstboten folgen ihrem Beispiel und sinken ins Gras. Der Tau durchnässt meinen Rock.

Nach einem langen Moment erhebt sich Lord Gerling wieder und bedeutet uns anderen, es ihm gleichzutun. »Majestät«, poltert er mit seiner tiefen Stimme. »Welche außerordentliche Ehre, Sie in unserem bescheidenen Heim empfangen zu dürfen.«

Die Königin nickt und mustert Lord Gerling knapp, bevor sie sich abwendet. Selbst aus der Ferne kann ich ihn unter ihrem Blick zusammenzucken sehen. »Ich danke Ihnen, Nicholas.«

Ihre Stimme klingt fern, als befände sie sich am Ende eines langen, dunklen Tunnels. Sie ist atemberaubend, elegant, ein Wesen aus einer anderen Welt, und strahlt eine unerreichbare

Macht aus. Eine dunkelhaarige Kammerzofe trägt den roten Wasserfall ihres Umhangs hinter ihr her. Und während die Königin ihren Blick über Everless schweifen lässt, kommen mir Papas seltsame Worte wieder in den Sinn. *Sie darf dich nicht sehen.*

Was kann er damit gemeint haben?

Und wo ist Papa jetzt?

Roan, der nun vorgetreten ist, ergreift Lady Golds Hand und küsst sie – sie wirft den Kopf zurück und lacht. Hell und glockenklar erfüllt der Laut die Luft.

»Jules«, sagt Bea viel zu laut. »Starr ihn nicht so an.«

Ich fahre zusammen und reiße den Blick von den beiden los. Errötend wende ich mich den Männern und Frauen zu, die aus der nächsten Kutsche steigen. Es ist die königliche Dienerschaft, gekleidet in den Farben Ihrer Majestät: Die Männer tragen Livreen und die Frauen langärmlige Kleider und Hauben dazu, alles im dunklen Purpurrot eines erlesenen Weins. Es sind weit weniger, als ich erwartet hatte, und irgendetwas an ihnen erscheint mir seltsam. Ihre Mienen, als sie aus den Kutschen steigen, variieren zwischen Wachsamkeit und Erleichterung. Keiner von ihnen lächelt. Eine Frau hat einen ungewöhnlich schlichten, rot befleckten Leinenschal um die Schultern geschlungen, und ihr Kleid darunter hängt eigenartig schief, als wäre es zerrissen. Der Mann hinter ihr humpelt, und auf seiner roten Uniform prangt ein bräunlicher Fleck.

Ich erwache aus meiner Starre, als Lady Verissa uns einen raschen Wink gibt: unser Zeichen, uns in Bewegung zu setzen.

Ivan tritt vor und dirigiert die Dienstboten in eine Art Formation. Die königlichen Dienstboten in ihren burgunderfarbenen Uniformen marschieren vor uns und tragen die kostbarsten

Besitztümer der Königin: Vasen aus geblasenem Glas, dicke, ledergebundene Bücher mit goldenem Schnitt, Likörflaschen und Parfümflakons. Dann packt Ivan Addie beim Handgelenk und zerrt sie nach vorn. Addies Haar ist hoch auf ihrem Kopf in Form einer Rosenblüte geflochten. Auch einige andere Everless-Bedienstete treten vor, um die Lücken in dem königlichen Gefolge zu füllen. Ich wechsele einen Blick mit Ingrid, die die kleine Gruppe Bediensteter genauso verwirrt mustert wie ich. »Sieh nur«, flüstert sie mir zu. »Sie haben nicht genug Leute, um all ihre Sachen zu tragen.«

Als die Palastdiener in Position sind, blafft Ivan uns Übrige an: »In eine Reihe!«, und wir gehorchen eilig. Ich werde vorwärtsgeschoben, bis ich mich direkt hinter der königlichen Dienerschaft wiederfinde und mir eine samtbezogene Hutschachtel in die Hand gedrückt wird. Die Diener um mich nehmen ebenfalls Lederkoffer und in Papier gehüllte Kleider, in Leinen eingeschlagene Ölgemälde und sogar Sessel und Kissen in Empfang, die beinahe zu groß sind, um sie zu tragen. *Kommt die Königin zu Besuch oder hat sie vor, hier einzuziehen?*, frage ich mich gehässig.

Langsam, eine Fünferreihe nach der anderen, bewegen wir uns wie Ameisen auf den Eingang zu, eine kleine Armee, deren einziger Zweck es ist zu dienen. Was mögen all diese Dinge wert sein, die wir tragen? Wie viele Jahre halten wir in unseren Armen?

Ich denke an Papa und muss gegen den überwältigenden Drang ankämpfen, die Hutschachtel zu Boden zu schleudern. Wenn ich das tun würde, wäre ich in der nächsten Sekunde tot, dem lauernden Blick in Ivans Augen nach zu urteilen.

Kurz hinter der Türschwelle bleibt die Königin, die von den

Gerlings flankiert wird, stehen und wirft einen Blick zurück auf die Dienstboten. Ihre Augen werden schmal. »Man eskortiere mich zu meinen Gemächern«, verlangt sie, und ihre Stimme hallt von den marmornen Wänden wider.

Sofort befiehlt Ivan uns von der Spitze des Zugs, stehen zu bleiben. Ich gehorche, genau wie alle anderen, und ein Schauder läuft mir den Rücken hinunter. Wir sind zu diszipliniert, um uns etwas anmerken zu lassen, doch ich spüre Aufregung und Unbehagen durch die Kolonne von Bediensteten branden. Ich könnte schwören, den Duft von Minze und Zitronen zu riechen, den Addies Haar verströmt, obwohl sie mehrere Reihen von mir entfernt ist.

Lady Verissa blickt kurz etwas ratlos, dann jedoch nickt sie. »Selbstverständlich, Majestät«, sagt sie. Sie nickt Addie zu, die gehorsam vortritt, aber mir entgeht nicht, wie sich ihre Hände um die verzierte Schmuckschatulle verkrampfen, die man ihr anvertraut hat. »Addie wird Ihnen aufwarten. Sie kennt Everless und das Personal und wird dafür sorgen, dass es Ihnen an nichts fehlt.«

Die Königin mustert Addie, sagt jedoch nichts. Addie lächelt nervös und schlägt gleich darauf die Augen nieder.

Lady Verissa wendet sich ihren Söhnen zu. »Roan, Liam, geleitet Lady Gold in ihre Gemächer.«

Noch während sie spricht, schreitet die Königin an die Spitze unseres Zugs. Ein dunkelhaariges Dienstmädchen beugt sich vor und flüstert Ina Gold etwas ins Ohr. Ich sehe, wie die Diener der Königin sich verneigen und knicksen, als sie an ihnen vorbeikommt; einen Moment später tun wir anderen es ihnen nach. Meine Handflächen werden feucht. Als die Königin nur noch wenige Schritte entfernt ist, scheint sich etwas in der Atmosphäre zu verschieben. Es ist, als würde sich ihr die Luft selbst zuwenden, um ihr ungeteilte Aufmerksamkeit zu schenken. Ich sinke reflexartig in einen Hofknicks und neige den Kopf. Wieder spukt mir Papas Warnung durch den Kopf. *Begib dich niemals in die Nähe der Königin.*

Trotz seiner Worte sehnt sich etwas in mir danach, dass sie mich bemerkt.

Als ich mich wieder aufrichte, hebe ich den Blick, und die Augen der Königin, durchscheinend wie Glas, bohren sich in meine. Ein Gefühl regt sich in meiner Brust. Etwas wie Erkennen, doch ich kann es nicht ganz einordnen.

Und dann geht alles schief. Ich weiß nicht, wie es seinen Anfang nimmt, ob die Königin über etwas gestolpert ist, aber sie fällt, kippt mit steifen Gliedern vornüber wie eine wunderschöne Statue. Addie stürzt vor, um sie aufzufangen. Die Königin taumelt gegen sie, und Addie verschwindet in einem Wirbel aus rotem Samt. Die Schatulle, die Addie getragen hat, fällt zu Boden, und der harte Aufprall lässt ihren Deckel aufspringen. Juwelen fliegen in alle Richtungen. Ein tiefroter Edelstein rollt bis vor meine Füße.

Es dauert nur wenige Sekunden, bis Addie sich selbst und die Königin wieder aufgerichtet hat. Doch anstatt rasch wieder zurückzuweichen, erstarrt sie, die Hand noch immer auf dem Unterarm der Königin – auf nackter, unbedeckter Haut. Erst nach einem Augenblick reißt sie die Hand zurück, so hastig, als hätte sie einen glühenden Herd berührt.

Die Menge wird totenstill. Niemand wagt zu atmen, als die Königin den Rücken strafft, das Gesicht wutverzerrt. Addies Augen sind weit aufgerissen, ihr Blick so entsetzt, als wäre sie geschlagen worden. Sie hebt die Hand – die Hand, mit der sie die Königin berührt hat – an ihre Brust. Ihre zitternden Finger krümmen sich über ihrem Herzen.

Berührt niemals die Königin. Ich hatte Loras Anweisung keine besondere Beachtung geschenkt, weil ich nicht gedacht hätte, der Königin jemals nah genug zu kommen, dass es wichtig sein könnte. Addie dagegen scheint nicht gewarnt worden zu sein. Niemand – nicht einmal ihre eigene Dienerschaft – ist der Königin zur Hilfe geeilt.

Starr sie nicht so an, würde ich Addie am liebsten zurufen. Doch der Blick des Mädchens liegt unverwandt auf der Königin von Sempera, als hätte sie sich in Stein verwandelt.

Erpicht darauf, irgendetwas zu tun, lasse ich mich auf die Knie fallen und beginne, den Schmuck vom Boden aufzusammeln. Bald schon habe ich eine Handvoll in Gold gefasste Rubine, Saphire und Smaragde zusammengerafft, von denen jeder einzelne, wie mir durch den Kopf geht, ein Jahr oder mehr wert sein muss. Dann hebe ich die Schatulle auf. Der Deckel, der mit einer Schnitzerei aus gezackten Blättern und Beeren verziert ist, hängt schief, eines der Scharniere ist gebrochen. Ein weibliches Paar Hände nimmt mir die Schatulle ab. Die Frau bückt sich, und ihr Haar bildet einen Vorhang zwischen mir und dem reglosen Gemälde von Addie und der Königin. Als ich den Blick hebe, erkenne ich die dunkelhaarige Kammerzofe.

»Danke«, sagt sie leise zu mir, ein liebenswürdiges Lächeln in ihrem hübschen, schmalen Gesicht. Ich übergebe ihr, ohne zu zögern, den Schmuck, und sie legt ihn zurück in die Schatulle, bevor sie sie zuklappt und sich unter den Arm klemmt. Mit einer einzigen fließenden Bewegung befördert sie mich auf die Füße und zurück in meine Reihe.

Endlich scheint auch Addie wieder zu sich zu kommen, die nun versucht, unauffällig wieder ihren Platz einzunehmen.

»Caro, bring sie zu mir«, befiehlt die Königin.

Die Kammerzofe, Caro, ergreift Addie beim Arm.

»Majestät«, setzt Lady Verissa an, doch die Königin bringt sie mit einem Blick zum Schweigen. Auch Ivan ist nun näher getreten und steht wenige Schritte hinter ihnen. Es ist sein boshaftes Grinsen, das mir am meisten Angst macht – als witterte er Blut. Ich muss einen Schauder unterdrücken. Zorn lodert in den Augen der Königin, die unverwandt auf Addie gerichtet sind.

»Wie ist dein Name?«, fragt die Königin.

»Addie, Majestät«, antwortet diese kaum hörbar.

»Sag, Addie.« Die Stimme der Königin ist tief und volltönend – fast greifbar, als beanspruchte sie einen Teil des Raums für sich. »Wie kommst du dazu, Hand an deine Königin zu legen?«

Das Mädchen zittert. »Majestät – ich – ich wollte bloß helfen –«

»Schweig«, schneidet die Königin ihr das Wort ab. Roan, Liam und Lady Gold sind in einem nahen Durchgang stehen geblieben und beobachten das Geschehen. Lady Gold kaut auf ihrer Unterlippe; Roans Hand liegt in ihrem Kreuz. Liam hingegen starrt aus schmalen Augen die Königin an.

»Bringt sie fort«, sagt die Königin. »Ich will sie nie wieder hier sehen.«

Addies Mund klappt auf, und ich spüre, wie eine Welle des Entsetzens durch die Dienerschaft schwappt. »Bitte nicht!« Blanke Verzweiflung liegt in Addies Stimme. »Everless ist mein Zuhause. Ich hatte nichts Böses im Sinn!«

Doch bevor sie weiterreden kann, ist Ivan neben ihr und

packt sie beim Arm. Kurz darauf schließt sich ein Ring aus Wachen um die beiden, und ich kann sie nicht mehr sehen.

Ich höre Addie weinen, als sie abgeführt wird. Wir alle hören es.

»Ich bitte um Vergebung, Majestät«, wendet sich Lady Verissa an die Königin. Selbst sie wirkt aufgewühlt, und ihr Gesicht ist noch blasser als gewöhnlich. »Wir werden dafür sorgen, dass das Mädchen angemessen bestraft wird.«

»Sie soll von Everless verbannt werden.« Die Königin macht sich nicht einmal die Mühe, ihre Stimme zu senken. Ihre Worte wehen über die Köpfe der Dienstboten hinweg und lassen mein Herz gefrieren. »Und schröpft sie um ein Jahr für jedes Mal, dass sie zu protestieren versucht.«

Verissa zögert einen Moment, dann sagt sie: »Wie Sie befehlen, Majestät.«

Sie gibt sich selbst einen winzigen, kaum wahrnehmbaren Ruck und nickt Liam zu. Der lässt Roan und Ina stehen und marschiert hinaus in die anbrechende Dämmerung. Auf ihn ist sicher Verlass, wenn es darum geht, die harsche Forderung der Königin zu erfüllen.

»Sie müssen erschöpft sein«, fährt Verissa an die Königin gewandt fort, und ihre Stimme klingt wieder so gefasst wie eh und je. »Wir werden Sie jetzt zu Ihren Gemächern geleiten.«

Während sich unser Zug weiter ins Schloss schiebt, hallt ein letzter, leiser Schluchzer durch den Korridor, bevor die zufallende Eingangstür den Laut erstickt.

8

In dieser Nacht kreisen meine Gedanken unaufhörlich um Addie und meinen Vater, bis ich schließlich, von Heimweh geplagt, in unruhige Träume versinke.

Ich bin in einem Wald, tief und finster. Blattlose Bäume ragen turmhoch in den Himmel. Ihre Äste sind lebendig, sie winden sich, greifen nach mir … zerren an meinem Haar, meinen Kleidern.

Ich renne. Furcht brennt in meiner Kehle.

Dann: eine Blutspur hinter mir, rote Fußabdrücke in der dunklen Erde. Es sind meine. Ich bin verwundet, geschwächt. Kann nicht entkommen. Die Welt beginnt zu beben, und die Bäume reißen ihre Arme in die Luft, krümmen sich zu vertrauten Formen –

Augen. Ein Augenpaar.

Meine eigenen Lider flattern auf, und einen Moment lang könnte ich schwören, den Boden des kalten, dunklen Schlafsaals unter mir schwanken zu spüren, als wäre ein Teil des Traums mit mir in die Wirklichkeit zurückgekehrt. Dann erkenne ich eine Gestalt über mir und öffne den Mund, um zu schreien. Sofort legt sich eine Hand über meine Lippen.

Eine Hand, die leicht nach Knoblauch riecht.

»Schhh!«, flüstert Lora. »Ich bin's nur. Wach auf, Kind.«

Ich setze mich auf, blinzele, bis ich wieder klar sehen kann.

Lora steht in ihrem Morgenrock neben meiner Pritsche. Die anderen Dienerinnen rings um mich schnarchen und murmeln und wälzen sich im Schlaf umher, erschöpft vom Kochen und Servieren und Aufräumen nach dem Begrüßungsbankett für die Königin.

»Es ist zu früh«, brumme ich verwirrt, noch immer halb in meinem seltsamen Traum gefangen. Vor wem bin ich geflohen? Ich kann mich nicht mehr erinnern.

»Jules.« Lora ergreift so fest meinen Arm, dass sich ihre Finger in meine Haut bohren. Ihre Stimme wird noch leiser. »Dein Vater.«

Die Worte dringen wie ein Messer durch den schläfrigen Nebel, der mich umgibt. Während ich zitternd die Decke zurückschlage, taste ich mit der anderen Hand bereits nach meinem Kleid, das neben meinem Bett hängt, und ziehe es über mein Nachthemd. Ich stehe zu hastig auf und verliere kurz das Gleichgewicht. Die Frau neben mir grummelt im Traum, als Lora mich stützt und an den Schlafenden vorbei in den Flur zieht.

Kaum dass sie die Tür hinter uns geschlossen hat, öffne ich den Mund, Hunderte von Fragen auf den Lippen.

Und da sehe ich ihn – Hinton, den ich dafür bezahlt habe, meinen Vater zurück nach Crofton zu bringen. Er trägt noch dieselben Kleider wie am Vortag, obwohl sie nun zerrissen und schlammverschmiert sind. Sein Gesicht wirkt verweint, und als ich endlich die letzten Spuren des Schlafes abschüttele, wird mir klar, dass dasselbe für Lora gilt. Ihre Wangen sind fleckig, ihre Augen gerötet.

Mir wird eiskalt.

Lora legt Hinton die Hand auf die Schulter. »Sag es ihr«,

fordert sie ihn sanft auf und beharrt dann, als er zögert: »Na los. Raus damit.«

Hinton starrt auf seine Stiefel und weicht meinem Blick aus.

»Sag es mir«, wiederhole ich, doch selbst für mich klingen meine Worte fern, als hätte jemand anderes sie ausgesprochen.

»Ich habe deinen Vater im Keller gefunden, genau, wie du gesagt hast.« Er zittert. Die Härchen auf meinen Armen und in meinem Nacken richten sich auf.

»Ich habe ihn nach oben gebracht, gleich als die Königin vorgefahren ist, damit niemand auf uns achtet. Aber als ich gegangen bin, um nach den Männern mit dem Lederkarren zu sehen und ein Pferd zu besorgen, da ... da ... habe ich ihn verloren.« Hinton sieht mich flehend an. »Er hat nicht gewartet. Ich habe ihm gesagt, dass er warten soll. Es tut mir leid. Ich wollte es dir sofort sagen, aber die Königin ...«

»Schon gut«, sage ich und will nur, dass er aufhört.

»Ich habe überall nach ihm gesucht, aber dann hat mich ein Wächter angehalten und angefangen, Fragen zu stellen. Als der Mond aufging, habe ich deinen Vater draußen vor dem Südtor gefunden, am See. Er war verletzt.«

War. War. War. »Verletzt?«, bringe ich hervor.

»Er war gestürzt«, antwortet Hinton leise. »Und seine Hände hatten purpurrote Flecken.«

»Flecken?« Ich blinzele und sehe zwischen Lora und dem Jungen hin und her. »Was soll das heißen?«

»Hat er merkwürdig gerochen?«, fragt Lora.

Hinton nickt hastig. »Ein bisschen. Säuerlich. Wie verdorbene Früchte.«

»Mava – der farbige Saft wird eingesetzt, um flüchtige Verbrecher aufzuspüren. Die Soldaten der Königin überziehen damit ihre Schwertklingen für den Fall, dass ihnen jemand entkommt. Aber ...« Lora hält inne, und ihr Blick richtet sich auf mich. »Die Schatzkammer von Everless ist auch mit Mavasaft angestrichen. Sodass jeder, der versucht hineinzugelangen, auf den ersten Blick zu erkennen ist.«

Meine Gedanken rasen. »Soll das heißen, mein Vater hat versucht, etwas aus der Schatzkammer der Gerlings zu stehlen? Das würde er niemals ...« Ich breche ab und denke an sein bleiches Gesicht im Fackelschein, an die Verzweiflung in seinen Augen.

Lora sagt nichts, doch ihre Miene ist voller Mitgefühl.

Es dauert einen Moment, bis mir bewusst wird, dass Hinton weiterredet. »Ich wollte ihn in den Wagen schmuggeln, aber er hat sich geweigert.«

Er spricht immer zaghafter, und ich muss näher treten, um ihn zu verstehen, wenngleich mein Instinkt mir zubrüllt zu fliehen, mir die Bettdecke über den Kopf zu ziehen und so zu tun, als wäre das alles bloß ein schrecklicher Traum gewesen. Doch Hintons klägliche Stimme hält mich fest. »Plötzlich hat er angefangen, Dinge zu sehen. Mit Leuten zu reden, die gar nicht da waren.«

»Jules, wie viel Zeit hatte er noch übrig?« Loras Worte sind sanft, und ich weiß, worauf sie hinauswill – dass Papas Zeit abgelaufen war, dass er verrückt geworden ist und versucht hat, in die Schatzkammer der Gerlings einzudringen, um – ja, warum?

Ich lasse ihre Frage eine Weile in der Luft hängen. Ich muss all meine Kraft einsetzen, um meinen Würgereflex zu unterdrücken.

Hinton ist so blass, dass die dunklen Schatten unter seinen Augen aussehen wie blaue Flecken. »Ich wollte Hilfe holen, aber er hat mich nicht gelassen. Er hat mich gebeten, mich zu ihm zu setzen, und gesagt, dass ich nichts mehr für ihn tun kann.«

»Er ist so ein Sturkopf«, flüstere ich. Ich höre, was Hinton erzählt, spüre die riesige, finstere, schreckliche Wahrheit, die vor mir Gestalt annimmt. Doch ich kann sie nicht selbst aussprechen, noch nicht. Ich sehe Hinton an und warte darauf, dass er weiterredet.

»Also habe ich mich neben ihn gesetzt, so wie er es wollte. Ich dachte, er würde schlafen. Aber dann …« Tränen strömen ihm über die Wangen. »Ich wusste nicht, was ich tun soll.«

Lora drückt ihm die Schulter. »Genauso ist es mit meiner Ma gegangen. Keinen Tag mehr übrig, aber erzählt hat sie's keinem. Hat sich einfach früh ins Bett gelegt, und irgendwann in der Nacht war ihre Zeit abgelaufen und ihr Herz ist stehen geblieben.« Sie macht das Zeichen der Uhr, indem sie mit zwei Fingern einen Kreis vor ihrer Brust beschreibt. Dann will sie mich in den Arm nehmen, doch ich weiche vor ihr zurück, zitternd wie ein verwundetes Tier.

»Er hatte noch Zeit«, bringe ich schließlich heraus. »Er – er hatte mindestens noch ein paar Wochen.«

Die beiden blicken mich an – Hintons Gesicht ist verzerrt vor Trauer, auf Loras liegt noch immer dieser schreckliche Ausdruck von Mitleid.

»Ich habe von deinem Vater gehört, Jules«, sagt Lora. »Nicht viel, aber ich weiß, dass er ein vernünftiger Mann war. Trotzdem, wenn er versucht hat, in die Schatzkammer zu kommen … Und im letzten Monat wird man nun mal unberechenbar«, fügt sie dann barsch hinzu. »Das weißt du. *Der Geist ist so flüchtig wie die Zeit, die uns bleibt.*«

Eine gängige Redensart in Crofton. Zu gängig. Wie die Jahre verrinnen, so verrinnt auch der Verstand.

Ich wende mich ab und hebe die Hand an den Mund; mir ist, als müsste ich mich jeden Moment übergeben.

»Ich habe ihn so gut wie möglich versteckt. Dann sind die Männer mit dem Lederkarren vorbeigekommen, die haben gesagt, sie würden sich um ihn kümmern. Ich zeig's dir, wenn du willst.« Er lässt den Kopf hängen. »Auf den Straßen sind Räuber unterwegs, die ziehen einem Mann noch die Zähne aus dem Mund, um sie zu verkaufen.« Hinton wirkt zutiefst unglücklich und beschämt. Und trotz meiner Trauer habe ich Mitleid mit ihm. Er ist so jung und hat bereits so viel gesehen. »Das hier hatte er bei sich.«

Sämtliche Luft weicht mir aus den Lungen. Hinton hält mir Papas Kohlezeichnung von meiner Mutter entgegen.

Mein Körper bäumt sich auf, und ich würge trocken, doch ich nehme Hinton die Zeichnung nicht aus der Hand. Es kann nicht sein. Es kann einfach nicht sein. Und doch weiß ich, als ich die beiden ansehe, dass es wahr ist.

Ich wirbele herum und renne davon.

Als meine Beine schließlich unter mir nachgeben, hat sich der Himmel von Schwarz zu einem stumpfen Schwertklingengrau verfärbt, und ich finde mich auf einem Felsvorsprung am Nordufer des Sees wieder. Im Halbdunkel wirkt der See wie ein Spiegel, der nichts reflektiert als den Dunst, der über seiner Oberfläche wabert, und, in der Ferne, Everless – so diffus, dass es scheint, als könnte die nächste Windbö es davonwehen.

Am Wasser falle ich auf die Knie. Langsam wird mir bewusst, dass ich noch immer keine Schuhe trage und meine Füße zerschnitten und vor Kälte ganz taub sind. Dicker Nebel hüllt meine Gedanken ein, und dahinter tut sich eine Kluft der Trauer auf, die nur darauf wartet, mich zu verschlingen.

Zwischen den Kieselsteinen vor mir glitzert etwas. Reflexartig greife ich danach, und für eine einzige glückselige Sekunde lassen die Gedanken an meinen Vater von mir ab, und ich starre auf das schimmernde Ding in meiner Hand.

Es ist eine Münze. Pflaumengroß, golden und mit zwölf Kerben entlang des Rands.

Ein Jahr.

Ein freudloses, hysterisches Lachen windet sich meine Kehle herauf. Nur ein Gerling könnte etwas so Wertvolles verlieren. Was ist schon ein Jahr, wenn man Jahrhunderte hat?

Und warum konnte ich sie nicht schon gestern finden? Dann hätte ich sie Papa geben und ihn retten können.

Ich stelle mir den unbekannten Gerling vor, der die Münze verloren hat, der gespürt haben muss, dass seine Seidenbörse plötzlich leichter war als zuvor, es jedoch nicht für notwendig hielt umzukehren. Ich an seiner Stelle wäre auf Knien durch den Matsch gekrochen, bis ich fündig geworden wäre. Ich hätte zwischen den Steinen gewühlt, bis mir die Finger bluten. Bis mir die Haut in Fetzen von den Knochen hängt.

Dann hätten sie mich auch für verrückt erklärt. Aber sie hätten sich geirrt.

Ich weigere mich zu glauben, dass Papa verrückt ist – *war*. Er wusste irgendetwas über die Königin. Sonst hätte er mich nicht gewarnt, mich von ihr fernzuhalten – und schon gar nicht hätte er am letzten Tag seines Lebens versucht, in die Schatzkammer der Gerlings einzubrechen wie ein Dieb. Doch die Flecken, die Hinton beschrieben hat, woher sollten sie sonst stammen? Ich umklammere die Münze so fest, dass ich beinahe damit rechne,

Blut zwischen meinen Fingern hervorquellen zu sehen. Papas Blick, als ich ihn im Keller zurückgelassen habe – verrückt, ja. Aber verrückt vor Traurigkeit. Weil wir uns verabschieden mussten.

Die Erkenntnis trifft mich wie ein Schlag. Mein Vater hat mir im Keller Lebewohl gesagt.

Diesmal übergebe ich mich wirklich.

Sie darf dich nicht sehen, höre ich abermals seine Stimme.

Er hätte sein Leben nicht einfach so weggeworfen. Es muss einen Grund dafür gegeben haben, einen Grund für das, was er zu mir gesagt hat.

Einen Grund dafür, hier draußen außerhalb der Everless-Mauern im Schnee zu sterben.

Endlich bricht ein Schrei aus mir hervor, und ich trommele mit der Faust auf den Felsen, die Finger fest um die Münze geschlossen. Dann, blind vor Tränen, stehe ich auf und schleudere sie mit aller Kraft von mir weg. Sie segelt in hohem Bogen durch die Morgenluft, ein winziger Goldschimmer, bevor sie im dunklen Wasser versinkt.

Der Nebel in meinem Kopf lichtet sich abrupt und lässt nichts als kalte Wut zurück.

Mein Vater ist hier gestorben. Ich werde herausfinden, warum. Und dann werde ich diejenigen, die dafür verantwortlich sind, für meinen Schmerz bezahlen lassen, koste es, was es wolle.

Das schwöre ich.

9

In unserem Dorf gab es einen Mann, den wir »den Geist« nannten, nicht ohne dabei zu erschaudern und den Blick zu senken. Er war einst ein Spieler und brachte sich selbst und seinen kleinen Sohn beinahe um alle Lebensjahre, bis er eines Tages Edwin Duade beim Kartenspiel schlug und zweihundert Jahre gewann – mehr als genug, um seine eigene und die verlorene Lebenszeit seines Sohnes wieder aufzufüllen. Doch als er nach Hause kam, die Börse an seinem Gürtel schwer vor Bluteisen, fand er den Jungen zusammengesunken auf dem Boden. Sein Herz hatte einfach aufgehört zu schlagen. Bei allem Geschick, was Karten und Münzen anging, hatte der Geist sich verschätzt. In seinem Streben nach Reichtum hatte er seinem Sohn zu viel Zeit abgezapft.

Heute schläft er auf der Straße und verlebt jede einzelne seiner unrechtmäßig erworbenen Stunden unter den Augen aller, wie zur Strafe – und zur Warnung.

Ich habe die Geschichte lange als eins von Papas Schauermärchen abgetan, bis ich den Geist eines Tages selbst gesehen habe, in einer dunklen Gasse voller Tavernen und Schänken, deren skrupellose Wirte ihre Gäste um die letzte Stunde schröpften – jede Woche fand man neue Leichen in der Gosse. Der jämmerliche Mann sah zu mir auf, als ich an ihm vorbeiging, und der Anblick seiner Augen, tiefer eingesunken als die der ältesten

Gerlings, ließen mich wie angewurzelt stehen bleiben. Es waren die Augen eines Mannes, der zu lange gelebt hatte; zusammen mit seiner grauen Haut und dem ausgemergelten Körper wirkte er tatsächlich wie ein Geist.

Die Traurigkeit in seinem Blick drohte, mich zu verschlingen. Ich habe die Gasse nie wieder betreten.

Noch jetzt, als ich hinaufstarre an eine fremde Steindecke, spüre ich seinen Blick auf mir. Eine Sekunde lang, nachdem ich aufgewacht bin, konnte ich mich nicht erinnern, wo ich war oder was ich dort machte. Zufrieden registrierte ich die dicke Matratze unter mir anstatt meines Lagers auf dem harten Boden unserer Kate.

Dann jedoch, wie eine langsam ansteigende Flut, kamen die Erinnerungen zurück – an Lora, die mich in ihre Schlafkammer brachte, mir die Füße verband und mir befahl, mich auszuruhen. An mein Geschrei, das von den Wänden widerhallte, bis ich auf Loras nach Brotteig duftendem Kissen zusammensackte und zurück in meine Albträume sank. An mein Gesicht und meine Kehle, wund vom vielen Weinen, an meine brennenden Füße, deren Schmerz jedoch nichts war im Vergleich zu der klaffenden Leere in meiner Brust.

Lora hat Mitleid mit mir und lässt mich den ersten Tag und die erste Nacht nach dem Tod meines Vaters in ihrer Kammer verbringen. Unter der Bettdecke vergraben, lausche ich dem fröhlichen Geplauder der Dienstboten auf der anderen Seite der Wand, über gegrilltes Geflügel und die Kräuter, die die Königin bevorzugt. Meine Welt ist vollkommen aus den Fugen geraten, und doch ist das einzige Gesprächsthema auf Everless Roans bevorstehende Hochzeit mit der Tochter der Königin.

Die Königin. Als es im Schlafsaal nebenan still wird und sich der Wind vor dem Fenster legt, könnte ich schwören, dass ich ihre Schritte in den Fluren über mir höre.

Irgendwann in der Nacht – ich kann nicht genau sagen, wie spät es ist – klettere ich aus dem Bett, weil ich den Drang verspüre, mich zu bewegen. Wie mechanisch werfe ich mir meinen Morgenrock über und streife durch die Korridore, ohne jedoch den Dienstbotentrakt zu verlassen, um nicht den Wachen zu begegnen, die im restlichen Schloss patrouillieren. Es ist ein gutes Gefühl, auf den Beinen zu sein, mich auf die Bewegung und die Kühle zu konzentrieren, anstatt über Papa nachzudenken.

Loras Verbände an meinen Füßen beginnen, sich zu lösen, und rote Flecken erblühen auf dem Weiß. Dicht an der Wand kauere ich nieder, um sie wieder festzubinden, doch es gelingt mir nicht. Meine Hände zittern zu stark. Der Boden und die Steinmauern sind eiskalt. Ob Papa auch so gefroren hat, als er gestorben ist?

»– getötet? Alle?«, murmelt eine Stimme. Ich blicke den Flur hinunter, doch er liegt verlassen da, im schummrigen Licht der flackernden Öllampen.

»– auf der Straße niedergemetzelt wie Hunde«, ertönt die Stimme abermals. Männlich und irgendwie vertraut. Erschrocken wird mir klar, dass ich genau an dem Stück Mauer sitze, das Roan früher die Flüsterwand genannt hat – jener Stelle im Dienstbotenflügel, an der man durch irgendeine architektonische Eigenart den Gesprächen im Korridor darüber lauschen kann. Oder jemandem etwas zuflüstern.

Ich presse mein Ohr an den Stein.

Und glaube, Roans Stimme zu erkennen.

»Ja, aber die Königin will nicht, dass jemand davon erfährt«, fleht eine weibliche Stimme. »Roan – du hättest sehen sollen, wie sie auf uns losgegangen sind. Die Bluträuber hätten mich getötet, uns alle, wenn Caro nicht gewesen wäre. Sie ist einfach zu ihnen gegangen und hat sie irgendwie überzeugt, den Rest von uns zu verschonen.« Die Stimme bricht. »Die Königin hat Soldaten ausgesandt, nachdem wir sicher hier angekommen waren, aber wer weiß?« Sie hält inne. Kurz darauf höre ich, wie die Stimmen ein hastiges, gedämpftes »Gute Nacht« wechseln.

Gebannt drücke ich mein Ohr noch fester an die Wand – doch oben herrscht Stille. Das kann nur Ina Gold gewesen sein ... und sie hat über Tote gesprochen. Nein, über Mord. Meine Gedanken rasen, während ich überlege, was sie gemeint haben könnte. Dann erst fallen mir die seltsamen Schrammen an der Kutsche der Königin wieder ein, die blutdurchtränkten Kleider ihrer Diener. Es gibt nur eine Antwort darauf: Die Königin wurde auf ihrem Weg nach Everless angegriffen.

Wie viele Menschen wurden getötet? Welches Grauen hat die Königin nach Everless gebracht?

Schreckliche Bilder gehen mir durch den Kopf, bis die Erinnerung an den Tod meines Vaters mich mit sich fortreißt. Ich spüre den erneut aufflammenden Schmerz regelrecht körperlich, als wäre etwas in mir zerrissen. Ich ziehe die Beine an die Brust und fange an zu weinen. Rasch vergrabe ich den Kopf an meinen Knien, um das Schluchzen zu ersticken.

»Hallo?«, flüstert jemand. Roan.

Ich sollte zurück in den Schlafsaal gehen, doch Roans Stimme ist wie ein rettendes Seil für einen Ertrinkenden. Dünn und möglicherweise nutzlos, aber ich kann nicht anders, als danach zu greifen.

»Hallo«, antworte ich tränenerstickt.

»Warum weinst du?«, fragt er.

Ich kann nicht von Papa erzählen, nicht einmal dieser körperlosen Stimme in der Wand. Noch nicht. Also entscheide ich mich für eine Abwandlung der Wahrheit: »Weil mein Herz gebrochen ist.« Vielleicht hält Roan mich ja bloß für eine verzweifelte Magd, die ihren Liebsten in irgendeinem Dorf zurücklassen musste. Ich will einfach nur seine Stimme hören.

»Das tut mir leid«, ertönt Roans Antwort. Er hält kurz inne, bevor er hinzufügt: »Ich weiß, was das für ein Gefühl ist.«

»Ja?«, frage ich mit zittriger Stimme. »Aber Sie ...« Ich unterbreche mich mitten im Satz. Das ist doch lächerlich. Warum sollte Roan – oder irgendeiner der Gerlings – sich nach etwas sehnen oder wissen, wie sich ein gebrochenes Herz anfühlt? Schließlich steht er kurz davor, die Tochter der Königin zu heiraten.

»Nein, rede weiter«, drängt er. »Aber ich?«

»Sie sind – ein Gerling«, fahre ich zögernd fort. Das würde jeder erkennen, an seiner feinen Art zu sprechen. Damit verrate ich mich nicht. Oder zumindest hoffe ich das.

Er lacht leise. Ich wünschte, ich könnte mich dem Klang entgegenlehnen und mich darin einhüllen wie in eine Decke. »Schuldig im Sinne der Anklage«, sagt er. »Aber auch wir Gerlings haben Gefühle, weißt du?«

»Manchmal kommt es mir nicht so vor«, entgegne ich.

Als Roan seufzt, rinnt der Laut durch die Wand zu mir herunter wie ein kleiner Wasserfall. »Ich weiß«, gesteht er dann. »Es war so viel einfacher, als wir noch Kinder waren. Da gab es keine gebrochenen Herzen oder so etwas Schreckliches wie Tod.«

Nein, denke ich. Das alles gibt es erst, seit Liam uns von Everless vertrieben hat. Doch das behalte ich für mich.

»Du klingst nach einem netten Mädchen. Wer auch immer dir das Herz gebrochen hat, ist ein Dummkopf.« Ich schließe die Augen – wenn er die Wahrheit wüsste, dann würde er das nicht sagen. »Kann ich etwas tun, damit es dir besser geht?«

Ein Lächeln zupft an meinen Mundwinkeln. Roans Stimme ist wie eine heilende Salbe. »Reden Sie einfach weiter mit mir«, flüstere ich zurück. »Was meinen Sie damit, dass es einfacher war, als wir noch Kinder waren?« Ich muss wissen, ob er mich vergessen hat.

»Hmm.« Ich sehe Roans Gesicht genau vor mir, das verschmitzte Lächeln, während er sich an seine wilde Kindheit erinnert. *Unsere* Kindheit. »Tja, damals erschien einem das Leben noch wie ein Spiel. Ich bin den ganzen Tag mit den Kindern der Dienstboten durch den Palast getobt. Ich habe nie – ich blicke nicht auf sie herab, wie mein Bruder und meine Eltern es tun.«

»Meine … Cousine hat mir erzählt, dass er sie immer getriezt hat.« Ich wähle meine Worte mit Bedacht. »Liam, meine ich. Hexe hat er sie genannt.« Ich höre die Bitterkeit in meiner Stimme.

»Daran habe ich keinen Zweifel.« Wieder seufzt er. »Nach dem Brand haben unsere Eltern uns verboten, weiter mit den Dienstbotenkindern zu spielen.«

Mein Herz zieht sich ängstlich zusammen, doch ich hake nach: »Dem Brand?«

Er zögert. »Ich glaube, wir haben ›Fang den Wochentaler‹ gespielt, oder nein, ›Füchsin und Schlange‹, als plötzlich die alte Esse in Flammen aufgegangen ist.«

Mehr sagt er nicht, doch bei seinen Worten regt sich etwas in meinem Gedächtnis. »›Füchsin und Schlange‹?«, flüstere ich.

»Ach.« Er lacht. »Bloß ein Spiel, das eines der Mädchen erfunden hatte. Ein Kind spielt die Füchsin und ein anderes die Schlange. Und die Füchsin muss die Schlange jagen.«

Eine Gänsehaut überzieht meine Arme. *Ich* war dieses Mädchen.

Bevor ich etwas erwidern kann, ertönt auf seiner Seite eine gedämpfte Stimme. »Da kommt jemand«, zischt er, »und ich sollte mich wohl nicht dabei erwischen lassen, wie ich mich mit der Wand unterhalte. Aber ich hoffe, dein Herz wird schnell wieder heilen.«

»Das hoffe ich auch«, flüstere ich zurück, obwohl ich nicht daran glaube. »Gute Nacht«, füge ich noch hinzu, doch er scheint schon weg zu sein, und im Korridor herrscht wieder Stille. Ein süßer Tropfen mischt sich unter die Trauer in meinem Herzen. Es ist ein einziger Tropfen in einem Ozean aus Schmerz, aber in diesem Moment fühlt er sich an wie die ganze Welt.

10

Als ich am nächsten Morgen in einem schlichten schwarzen Kleid, das Lora für mich bereitgelegt hat, in die Küche humpele, kommt Hinton zu mir. Er trägt ein Tablett mit Brot und Käse und einer Tasse Tee. Ich setze mich mit ihm an einen Tisch in einer Ecke und esse schweigend. Meine Sinne sind wie benebelt – das Geschwätz der Küchenmädchen verschwimmt zu einem fernen Dröhnen, und Loras Essen fühlt sich an wie Asche auf meiner Zunge.

»Mein Vater wurde auch getötet«, sagt Hinton nach einer Weile. Seine Stimme ist leise, sein Blick auf die Holzmaserung der Tischplatte gerichtet. »Sein Name war Cormer. Er war Lord Liams Hufschmied … vorher.«

Ich sauge scharf die Luft ein, und Hinton mustert mich von der Seite. Ich kannte Cormer – ein stämmiger, besonnener Mann, der die beinahe magische Gabe hatte, jedes Pferd zu beruhigen, und immer zu Scherzen oder einem heiteren Geschichtchen aufgelegt war. Hat Liam ihn getötet?

Die Frage – die Bestürzung – muss mir vom Gesicht abzulesen sein.

»Hauptmann Ivan.« Hinton betrachtet abermals die Tischplatte, doch jetzt vernehme ich einen Anflug von Wut in seiner Stimme. »Er hat ein Wagenrennen gegen Lord Wystan aus dem Osten verloren, für das mein Vater seine Pferde beschlagen hatte. Das hat ihm nicht geschmeckt. Also musste mein Vater dafür bezahlen.«

Ein grausames Gerücht, das ich in Crofton gehört habe, kommt mir wieder in den Sinn – über einen Hufschmied der Gerlings, der nach einem verlorenen Rennen hinter einem Wagen hergeschleift wurde, bis er starb. Aber ich hatte niemals den Mann damit in Verbindung gebracht, den ich kannte. Einen Moment lang tritt meine eigene Trauer in den Hintergrund, während ich den Jungen vor mir voller Entsetzen anstarre.

Ich wusste immer, dass das Leben auf Everless von grausamer Willkür geprägt sein konnte. Wenn man den Gerlings eines Tages zu nichts mehr nutze war, wenn man alt oder krank wurde oder eine Gliedmaße verlor, wurde man im Handumdrehen von ihnen verstoßen. Doch nun scheint es, als sei Everless ein weit barbarischerer Ort als damals in meiner Kindheit. Ich beuge mich vor und lege die Arme um Hinton. »Das tut mir leid.«

Nach einem Moment schüttelt sich Hinton leicht, als könnte er die bösen Erinnerungen so loswerden. »Das ist lange her. Ich wollte dir nur sagen – such dir was zu tun. Nichts ist schlimmer, als sich jetzt zu verkriechen.« Er streckt mir die Hand entgegen. Darin glänzt die Münze, die ich ihm vor zwei Tagen gegeben habe, damit er Papa sicher nach Hause bringt. Seine Finger zittern.

Anstatt die Munze zu nehmen, ergreife ich seine Hand und schließe sie darum. »Du hast so viel für mich getan«, sage ich und streiche ihm mit der anderen Hand eine Haarsträhne hinters Ohr. Und das meine ich ernst.

Er schüttelt den Kopf. In seinen Augen, die trotz allem, was er verloren hat, so jung wirken, schimmern Tränen. »Tut mir leid, Jules«, flüstert er und lässt den Kopf hängen. Ich weiß, was er denkt. *Es ist meine Schuld*, lese ich meine eigenen Gedanken in seinem Blick.

Ich ziehe ihn an mich. »Du hast nichts falsch gemacht. Mein Vater hat seinen Weg selbst gewählt.« Wenn ich eines über Papa weiß, dann das. »Du hättest nichts tun oder sagen können, was ihn davon abgebracht hätte.«

Wenn jemand die Schuld am Tod meines Vaters trägt, dann ich selbst. Weil ich Everless nicht verlassen habe, als er mich darum angefleht hat. Weil ich gelogen und ihn im Stich gelassen habe, weil ich überhaupt nach Everless gegangen bin.

Hinton zögert einen Moment, dann nickt er. Seine Tränen versiegen, und seine Miene hellt sich auf. Auch er hat seinen Vater verloren, aber er lächelt, ist freundlich und gibt sich alle Mühe, ein guter Mensch zu sein.

Ich sehe ihm nach, als er sich durch das Gewirr aus Tischen schlängelt und im Vorbeigehen das Küchenpersonal grüßt, und ich weiß, dass ich niemals wieder so mit mir im Reinen sein werde wie er.

Den Rest des Tages stürze ich mich in die Arbeit: Ich zupfe aromatisch duftendes Kraut von dürren Stängeln, salze Fleisch, schlage Sahne zu Butter. Die anderen lassen mich in Frieden. Mir ist es nur recht – ich will sowieso nicht reden. Nicht fühlen.

Als ich an diesem Abend Richtung Schlafsaal schlurfe, stoße ich auf ein Grüppchen Dienstmädchen und einen Jungen, die sich vor dem Durchgang zwischen dem Dienstbotentrakt und der großen Eingangshalle drängen. Ich erkenne Bea unter ihnen und auch Alias Lockenkopf, also eile ich auf sie zu, um herauszufinden, was los ist. In ihrer tristen Wäscherinnenuniform wirkt Alia noch kleiner und zarter als ohnehin schon. Unter all der Trauer regt sich mein schlechtes Gewissen. Ich habe Amma versprochen, ein Auge auf ihre kleine Schwester zu haben, doch seit der Ankunft der Königin habe ich kaum einen Gedanken an sie verschwendet.

Bea steht in der Mitte, und die anderen Dienstboten starren sie mit weit aufgerissenen Augen an. Ich stelle mich neben Alia.

»Und haben sie die Bluträuber gefasst?«, fragt ein sommersprossiges Mädchen.

Bluträuber? Ich fühle Alia neben mir erschaudern. Sie zupft an meinem Ärmel, und als ich mich zu ihr hinunterbeuge, flüstert sie mir ins Ohr: »Die Königin wurde auf ihrem Weg hierher von einer Horde Räuber überfallen. Bea hat gehört, dass mehr als zwanzig ihrer Dienerinnen und Wachen tot sind, Jules.«

Mein Magen zieht sich zusammen. Also ist es wahr.

»Ein paar der Angreifer wurden getötet«, sagt Bea nun. »Die restlichen sind noch auf freiem Fuß. Aber die Königin hat Soldaten auf sie angesetzt, also ist es wohl nur eine Frage der Zeit.« Sie legt den Arm um ein wimmerndes Mädchen und zieht es tröstend an sich.

»Ich hoffe, die Königin lässt sie angemessen dafür schröpfen«, murmelt jemand.

Doch ich kann keine Geschichten über den Tod mehr ertragen, nicht jetzt. Während die anderen weiter Fragen stellen, drücke ich kurz Alias Schulter und verschwinde mit gesenktem Kopf Richtung Schlafsaal.

Dort finde ich, fein säuberlich auf meinem Bett ausgerollt, was Hinton mir schon vor zwei Tagen geben wollte. Das Porträt meiner Mutter. Hastig greife ich danach – zuerst erwäge ich, es tief unten in meiner Wäschetruhe zu vergraben oder zusammen mit dem Küchenabfall zu entsorgen, damit ich es nicht sehen muss. Ich will mich nicht daran erinnern.

Doch etwas hält mich davon ab. Stattdessen setze ich mich auf meine Pritsche und ziehe mich in den Schatten des Bettes über mir zurück, damit niemand die Tränen sieht, die mir in die Augen steigen. Ich blicke hinunter auf alles, was mir von meinem Vater geblieben ist.

Das alte Papier ist mürbe, und der Geruch, der davon aufsteigt, lässt kurz mein Herz stocken: Ich atme den Duft von Stroh und Rauch ein, erkenne sogar den leicht scharfen Hauch von Blei. Meine Mutter ist auf dem Bild so gut getroffen, dass es mich nicht wundern würde, wenn sie jeden Moment den Mund öffnen und anfangen würde zu lachen.

Ich lege das Papier mit der Vorderseite nach unten aufs Bett, bevor der Schmerz in meiner Brust noch schlimmer wird, und stutze – denn die Rückseite der Zeichnung ist gar nicht leer.

Ich hebe das Blatt wieder auf, halte es ins Kerzenlicht und betrachte es genauer. Die Rückseite ist beschrieben, doch die Worte sind beinahe vollständig ausgeblichen, als wäre die Seite aus einem uralten Buch herausgerissen worden. Auch die Sprache wirkt altertümlich – soweit ich es beurteilen kann, eine Art Hochsemperanisch, wie es möglicherweise die Königin gesprochen hat, als sie noch ein junges Mädchen war. Obwohl mir einige der Wörter und Buchstaben fremd sind, kann ich genug von der geschwungenen Schrift enträtseln, um zu wissen, dass sie die Geschichte der Zauberin und ihres Erzfeindes, des Alchimisten, erzählt.

Zum ersten Mal seit Tagen muss ich lachen – kein Wunder, dass mein Vater eine Seite aus diesem Buch geopfert hat, um meine Mutter zu zeichnen. Jeglicher Aberglaube war ihm zutiefst verhasst.

Noch seltsamer als der Text selbst sind jedoch die Anmerkungen am Rand: Notizen in einer kindlich anmutenden Schrift. Die Tinte ist so ausgeblichen und verwischt und das Gekritzel so unleserlich, dass ich nur einzelne Fragmente entziffern kann.

Füchsin
in den Wald
Schlange
aus Blei

Füchsin, Wald, Schlange, Blei. Roans Spiel. Die Worte beschwören eine Erinnerung herauf: an meinen Vater, der vor dem prasselnden Feuer in der Schmiede sitzt und mir aus einem ledergebundenen Buch eine Geschichte über eine Füchsin und eine Schlange vorliest, die gute Freunde waren.

Ich weiß nicht genau, ob es an den Worten liegt oder dem Geruch von zu Hause, doch irgendetwas breitet sich schmerzvoll in meinem Inneren aus und stemmt sich gegen meinen Brustkorb.

Eine leise Stimme lässt mich zusammenfahren. »Was hast du denn da? Einen Liebesbrief?«, neckt sie.

Hastig drehe ich mich um, doch es ist bloß Bea. Die kein bisschen mehr dem nervösen Mädchen gleicht, das einem Lord Wein übergegossen hat. Stattdessen scheint sie regelrecht von innen zu strahlen, als hätte sie neues Selbstvertrauen daraus geschöpft, die anderen Mädchen getröstet zu haben. Sie lässt sich neben mich aufs Bett fallen.

»Nichts Interessantes«, antworte ich leise und schiebe die Zeichnung unter mein Kissen. In dem Moment kommt mir eine Frage in den Sinn. Warum hätte mein Vater das Porträt meiner

Mutter mit nach Everless bringen sollen? Als Glücksbringer, so wie ich die Statue der Zauberin mitgenommen habe?

»Hast du vor, dich um Addies Position zu bewerben?«, fragt Bea. Ihre Fröhlichkeit mag den anderen willkommen sein, ich jedoch kann sie nur schwer ertragen. Ich schüttele den Kopf, aber sie fährt fort: »Lady Verissa ist außer sich. Zuerst Addie, und jetzt schickt die Königin auch noch jedes andere Mädchen fort, das Verissa ihr zuteilt. Sie lässt sie eine Prüfung ablegen.«

Eine Idee nimmt in mir Gestalt an. »Was denn für eine Prüfung?«

Bea verdreht die Augen. »Keine Ahnung – wahrscheinlich will sie einfach nicht irgendeine Bauernmagd. Verissa schickt ihr ein Mädchen nach dem anderen, aber bisher hat die Königin sie alle abgelehnt, nachdem sie ihre Fragen falsch beantwortet haben. Obwohl ich glaube, sie haben es mit Absicht gemacht.«

»Warum denn das?«, frage ich, dabei ahne ich die Antwort bereits.

»Wegen dem, was mit Addie passiert ist, natürlich. Wer will schon von Everless verbannt werden? Oder getötet?«, sagt Bea erschaudernd. Sie wendet den Kopf und mustert mich. »Ich wette, dich würde die Königin mögen – du bist hübsch. Und nicht schüchtern. Und außerdem ist bald sowieso niemand anderes mehr übrig.«

Damit springt sie auf und geht zu ihrem eigenen Bett am anderen Ende des Raums, ohne mir Gute Nacht zu wünschen. Bevor ich mich hinlegen kann, tauchen Ingrids blonde Haare und ihr arrogantes Gesicht in meinem Blickfeld auf, als sie sich kopfüber von der oberen Pritsche zu mir herunterlehnt. Seit unserer gemeinsamen Fahrt nach Everless hat sie es sich in den

Kopf gesetzt, mir immer wieder unerbetene Ratschläge zu geben. »Die ist ganz schön vorlaut«, bemerkt sie.

Doch Beas Vorschlag lässt mir keine Ruhe. Solange ich in der Küche arbeite, werde ich niemals in die Nähe der Königin gelangen; so kann ich froh sein, wenn ich beim Weinausschenken auch nur ein paar ihrer Worte aufschnappe.

Dabei wäre es durchaus hilfreich, ihr etwas näher zu kommen, wenn ich herausfinden will, was mein Vater in der Schatzkammer gesucht hat und was seine Warnungen bezüglich der Königin zu bedeuten haben. Eine leise Stimme ermahnt mich, dass ich damit genau entgegen Papas Anweisungen handeln würde, aber soll ich die vielen Fragen, die an mir zu nagen begonnen haben, einfach ignorieren? Und was würde es schon ausmachen, nachdem ich bereits alles verloren habe, was mir wichtig war?

Ich drehe und wende den Gedanken in meinem Kopf, während ich lautlos unter meine Decke gleite wie ein Messer in seine Scheide.

11

Abgesehen davon, dass Lora mir nach Papas Tod ihre Kammer überlassen hat, schont sie mich kein bisschen. Offenbar ist sie genau wie Hinton davon überzeugt, dass das einzige Mittel gegen Trauer harte Arbeit ist. Ich versuche, mich voll und ganz auf meine Pflichten zu konzentrieren. Wenn das Gefolge der Königin etwas aus der Küche verlangt, biete ich an, es selbst hinzubringen, nur um mich jedes Mal vor einer verschlossenen Tür und einem Wächter mit steinerner Miene wiederzufinden. Doch sosehr ich mich auch tagsüber bis zur Erschöpfung abmühe, sosehr ich versuche, Lora zufriedenzustellen und gleichzeitig darüber nachgrübele, wie ich in die Nähe der Königin gelange, nachts liege ich stundenlang wach. Die Tage verschmelzen miteinander und rasen nur so dahin. Ich kann nicht einmal mehr sagen, welcher Wochentag ist, als Lora mir in der Küche mit besorgtem Gesicht in den Weg tritt.

»Ich habe dafür gesorgt, dass du heute Nachmittag frei hast«, sagt sie leise. Als Ingrid neben mir neugierig das Fleischerbeil sinken lässt, fährt Lora sie an. »An die Arbeit!«

Dann zieht sie mich in den Flur und beugt sich zu mir vor. »Unten stehen ein Pferd und ein Wagen für dich bereit. Damit fährst du nach Crofton und dort – dort holst du beim Zeitpfänder die Sachen deines Vaters ab«, sagt sie und tätschelt mir mit ihrer mehligen Hand die Schulter.

Auf dem Weg zu den Stallungen frage ich mich, was mich beim Zeitpfänder erwarten wird. Mein Vater hat mir nichts hinterlassen außer Schulden. Werden sie vor meinen Augen unser Haus auseinandernehmen, Ziegel für Ziegel, Balken für Balken? Wird Duade, wenn er sich von seinem eigenen Aderlass erholt hat, mich direkt bei meiner Ankunft schröpfen, um sich von mir zu nehmen, was mein Vater ihm schuldig geblieben ist? Der Gedanke löst sich in meiner Trauer auf wie Bluteisen in einer Tasse Tee. Es kostet mich sämtliche Kraft, auch nur einen Fuß vor den anderen zu setzen.

Wie Lora es mir versprochen hat, wartet vor dem Stall ein Pferdewagen, und auf dem Kutschbock sitzt mein Freund Tam. Er steigt herunter und umarmt mich kurz, aber fest; vielleicht hat er bereits gehört, was passiert ist. Dann umfasst er meine Schultern und hilft mir hinauf. Ich lehne mich dankbar an seinen rauen Wollumhang, während ich mir wünsche, etwas von seiner Stärke könnte auf mich abfärben.

Es ist ein ungewöhnlich warmer Tag. Der Schnee um uns hat zu schmelzen begonnen, und einige Vögel zwitschern tapfer gegen den Wind an. Schwache Sonnenstrahlen bringen den weißbraunen Matsch auf der Straße zum Glitzern. Es sieht beinahe schön aus.

Etwa eine Woche ist vergangen, seit ich Crofton verlassen habe, doch es kommt mir vor wie Jahre. Als wir durch das verfallene Tor ins Dorf rollen, erscheint mir die niedrige Steinmauer zu beiden Seiten jämmerlich. Die würde nicht einmal eine Kuh fernhalten. Plötzlich wirkt alles, als wäre es geschrumpft, klein und still und grau. Ich frage mich, was wir, Papa und ich, heute für ein Leben führen würden, wenn wir nach unserer Flucht von Everless nicht in Crofton gelandet wären. Ob wir in einer völlig anderen Welt leben würden, in der die Königin Sempera niemals von allen anderen Königreichen abgeschottet hätte, um das Geheimnis des Bluteisens zu wahren. In der wir einfach drauflosmarschieren könnten, bis wir ans Meer kämen, ein Schiff besteigen und fortsegeln könnten – irgendwo anders hin. Ich weiß, dass es ein *irgendwo anders* geben muss, einen Ort ohne Bluträuber, ohne Gerlings und ohne die Königin. Doch dieser Wunschtraum stößt schon bald an die Grenzen meines Wissens und löst sich in nichts auf.

Tam bindet unser Pferd an einen Pfosten in der Nähe der Fleischerei. Am liebsten würde ich zu Amma hineinstürmen, aber ich bringe es nicht über mich, ihr alles zu erzählen. Ob sie auch bereits davon gehört hat?

Also winke ich bloß Tam zu, der die Stute abreibt. Ich bin froh, dass er mich versteht und ich ihm nicht zu erklären brauche, dass ich von hier an allein weiter muss.

Als ich die Hand auf den Türknauf von Duades Laden lege, halte ich inne. Mit einem Mal scheint der oberste Knopf von Loras geborgtem schwarzem Kleid zu eng zu sein. Seit ich auf Everless arbeite, und selbst noch nach meinem Geschenk an Hinton, habe ich mehr Geld in meiner Börse als jemals zuvor, und doch würde ich das Schloss und all seine Bewohner, ohne zu zögern, dagegen eintauschen, in den Moment zurückzukehren, als ich das letzte Mal an dieser Stelle stand. Als ich Papa noch nicht belogen, noch nicht den wartenden Karren auf dem Marktplatz bestiegen hatte. Ich hätte Papa ein paar Monate verkaufen lassen oder es selbst getan. Wir hätten überlebt. Genau wie früher.

Ich nehme all meinen Mut zusammen und gehe in den Laden – jenen Laden, an dem ich Tausende Male vorbeigegangen bin und durchs Fenster gespäht habe, ohne ihn jemals zu betreten. Drinnen ist es eng und riecht nach Kupfer. Der Boden aus gestampfter Erde ist mit Blutflecken übersät.

Zitternd trotz des prasselnden Feuers im Kamin, aber mit hoch erhobenem Kopf marschiere ich zum Tresen. Zwei ältere Frauen, gebeugt durch zu viel harte Arbeit und zu wenige verbleibende Jahre, beugen sich über einen kleinen Tisch in der Ecke und ritzen einander die Handflächen auf. Das herausströmende Blut sammeln sie in leeren Glasphiolen. Ich frage mich, ob die Zeit für ihre Kinder bestimmt ist. Die beiden mustern mich neugierig und voller Mitleid, als ich an ihnen vorbeikomme. Wahrscheinlich wirke ich noch immer zu jung für einen Ort wie diesen.

»Mein Vater ist vor vier Tagen gestorben«, sage ich zu Edwin Duade in der Hoffnung, dass meine Stimme nicht versagt. »Ich bin gekommen, um seine Sachen abzuholen.«

Er blickt kurz zu mir hoch und gleich darauf zurück in sein Wirtschaftsbuch. »Seinen vollen Namen und deinen.«

Kein Wort des Beileids, kein Trost. Ich sehe die dünne rote Linie in Duades Handfläche. Ein weiterer Hinweis darauf, dass noch vor einer Woche alles anders war, als Liams Befehl, Duade zur Ader zu lassen, mich mit Entsetzen erfüllt hat.

»Pehr Ember.« Diesmal bricht meine Stimme. »Und ich bin Jules.«

Duade verschwindet kurz im Hinterzimmer, und eine Träne – dann noch eine – kullert meine Wange hinunter. Schnell wische ich sie weg, als er wiederkommt, in der Hand nichts als einen Brief und einen Leinenbeutel, so groß wie meine beiden geballten Fäuste. An dem Geräusch, als Duade ihn auf den Tresen fallen lässt, erkenne ich, dass er voller Bluteisen ist.

»Bist'n richtiger Glückspilz, Mädchen«, sagt Duade. »Seine Schulden sind bezahlt. Direkt an die Zeiteintreiber.«

Ich blinzele verwirrt. »Aber ... von wem denn?«

Duades Lachen ist nicht freundlich. »Alles bezahlt bis auf den letzten Taler. Das is' alles, was dich kümmern sollte.«

Kann es Lora gewesen sein? Aber noch wichtiger: »Wo ist denn der Rest von unseren Sachen?«

Er legt den Kopf schief. »Das is' alles«, wiederholt er.

Ich starre ihn an. »Was soll das heißen?« Ich denke an unsere Kate – unser Zuhause. »Was ist mit unserem Haus? Den Bildern an der Wänden?«

Wir hatten nie genug, und doch ... »Eine kaputte Taschenuhr. Haben Sie die Sachen genommen?«

Er schnaubt und winkt ab, als wäre ich eine lästige Fliege, die er verscheuchen will. »Damit hast du nichts mehr zu schaffen.«

»Was –« Wieder steigen mir Tränen in die Augen. Ich hole tief Luft und reiße mich zusammen. »Das muss ein Irrtum sein. Sie haben doch gesagt, die Schulden sind bezahlt, und das bedeutet, dass seine Sachen mir zufallen.« Ich umklammere die Kante des Tresens. »Es gibt niemanden sonst. Er hatte nur noch mich.«

Duade seufzt ungeduldig. »Der Rest geht an die Gerlings, Mädchen. Du sagst, Pehr Ember war dein Vater? Tja, davon steht nichts in meinem Büchern. Über *dich* steht nichts in meinen Büchern.«

Auf seine Worte folgt lähmende Stille, nur unterbrochen vom Schlurfen der zwei alten Frauen, die, um Jahre geschröpft, den Laden verlassen. Meine Stimme klingt schwach, als ich frage: »Nichts ... über mich?«

Er nickt in Richtung des Briefes auf dem Tresen. »Nur das hier«, sagt er. »Mehr kann ich nicht für dich tun.«

Kaum außer Sichtweite des Ladens, suche ich Schutz unter einem löchrigen Vordach und betrachte den Brief genauer. Auf dem Umschlag steht mein Name in der sauberen Handschrift meines Vaters. Meine Hände zittern, als ich ihn mit einem Finger aufschlitze und die Nachricht herausziehe. Die dichten Zeilen verschwimmen vor meinen Augen. Ich wische mir die Tränen ab und beginne zu lesen.

Jules,

ich werde noch heute Morgen nach Everless aufbrechen, um dich nach Hause zu holen. Ich hoffe, dass du mit mir zurückkommen wirst und ich morgen diesen Brief ungeöffnet ins Feuer werfen kann. Everless ist ein gefährlicher Ort, heute mehr denn je. Aber ich habe keine andere Wahl, als mich auf eine Reise zu begeben, von der ich vielleicht nicht zurückkehren werde.

Wenn es dazu kommt und du diese Zeilen liest, Jules: Ich wünschte, ich könnte dir mehr hinterlassen als diesen Brief, mein liebes Mädchen, denn du verdienst so viel mehr. Aber ich fürchte, dies ist alles, was ich dir geben kann.

Vielleicht ahnst du inzwischen selbst die Wahrheit. Ich bin nicht dein Vater, weder von Bluts wegen noch vor dem Gesetz. Ich habe Duade gebeten, dir dennoch unsere Habseligkeiten zu übergeben, aber ich weiß, dass er es nicht tun wird. Gesetz ist Gesetz, wie die Welt es nicht müde wird, uns ins Gedächtnis zu rufen. Ich habe dich immer als meine Tochter gesehen – du bist meine Tochter –, darum habe ich niemandem gegenüber jemals etwas anderes behauptet. Und ich bitte dich, dasselbe zu tun, Jules. Hüte unser Geheimnis. Das Leben wird leichter für dich sein, wenn du einen Familiennamen vorzuweisen hast, selbst wenn es nur meiner ist.

Ich werde dir dies persönlich sagen, sobald ich dich gefunden habe, aber für den Fall, dass ich nicht mehr lange lebe, lass es mich auch auf diesem Wege tun: Halt dich fern von Everless. Halt dich fern von der Königin. Ich kann es dir nicht erklären, nicht in einem Brief, der in die falschen Hände geraten könnte, aber du bist in Gefahr, solange die Königin dir so nah ist. Bitte, Jules, ich weiß, dass du eine Menge Fragen hast, aber du musst mir einfach vertrauen.

Bevor du nach Everless gegangen bist, hast du gesagt, dass du mich brauchst, aber das stimmt nicht. Du bist stark, mutig, großherzig, und ich weiß, dass du deinen Weg gehen wirst, auch wenn ich nicht mehr da bin. Jeder Tag, jede Stunde, die ich für dich gegeben habe, war es mehr als wert. Ich wünschte bloß, ich hätte die Frau kennenlernen können, die du einmal sein wirst.

Mein liebes Mädchen, du bist meine Tochter, und ich bin dein Vater in jeder Hinsicht, die zählt. Vergiss das nie. Hüte unser Geheimnis und gib auf dich acht. Ich liebe dich.

Papa

Wie betäubt, bewege ich mich durch die Straßen von Crofton, immer in sicherer Entfernung zum Marktplatz, obwohl ich mich schrecklich nach Amma sehne. Tam kann noch eine Weile beim Wagen auf mich warten. Es ist bitterkalt, trotz der Sonne am wolkenlosen Himmel, doch allein bei der Vorstellung, einen Laden oder eine Taverne zu betreten, als wäre nichts passiert, wird mir übel.

Stattdessen schlittern meine Füße – noch immer nicht ganz verheilt nach meinem Marsch zum See – über den schmutzigen, halb geschmolzenen Schnee. Ein paar der Leute, die mir begegnen, mustern mich kurz, um sich jedoch gleich darauf abzuwenden und einen weiten Bogen um mich zu machen. Ich spüre, dass sie mich auf dieselbe Art fürchten wie einst ich den Geist. Sie müssen eine ähnliche Wildheit in meinem Gesicht sehen, eine verzweifelte Trauer, die alles Menschliche überschattet.

In der Hand halte ich noch immer Papas Brief. Wieder und wieder gehen mir einzelne Zeilen durch den Kopf wie der Refrain eines Lieds. *Ich bin nicht dein Vater, weder von Bluts wegen noch vor dem Gesetz. Ich bin nicht dein Vater, weder von Bluts wegen noch vor dem Gesetz.* Und dann die Bilder aus Hintons Erzählungen: die Flecken an Papas Händen, sein leerer Blick, jeglicher Lebenszeit beraubt.

Seine Worte, so bedeutungsschwer, sind nicht die eines Mannes, der den Verstand verloren hat. Auch wenn ich nicht alles verstehe, ahne ich doch, dass sich hinter den Sätzen, hinter den Tintenschnörkeln, eine schreckliche Wahrheit verbirgt.

Ich spüre seine Hände auf meinen Schultern, wie sie fest zudrücken und mich schütteln, mich drängen zu gehen – bis mir klar wird, dass es meine eigenen Hände sind, meine eigenen Finger, die sich mir in die Haut bohren. Ich zittere, doch es liegt nicht an der Kälte.

Der Beutel mit Bluteisen hängt schwer an meiner Hüfte. Ein weiteres Rätsel. Papa hat also Bluteisen gehortet, aber warum hat er es dann nicht selbst benutzt?

Jemand ruft meinen Namen. »Jules!«

Ich kenne die Stimme. Amma. Ich drehe mich um.

Amma eilt die Gasse hinunter auf mich zu und bahnt sich mit den Ellenbogen einen Weg zwischen den Leuten hindurch, die mit gesenkten Köpfen und hochgeschlagenen Krägen dahintrotten. Ihre blutbefleckte Fleischerschürze trägt sie zusammengerollt unter dem Arm. Zwei Schritte vor mir bleibt sie stehen, den anderen Arm ausgestreckt, um mich an sich zu ziehen, dann aber weicht sie zurück. Sie starrt mich an.

»Jules«, flüstert sie. »Was –?« Jede Farbe ist aus ihrem Gesicht gewichen. »Ist auf Everless etwas passiert?«

Ich kann nichts sagen, doch das Mitgefühl in ihren Augen bringt meine Tränen erneut zum Fließen. Eine Sekunde lang blickt sie mich an, reglos und bestürzt. Dann nimmt sie meine Hand und zieht mich in einen nahen Hauseingang. Dort legt sie mir den Arm um die Schultern. Das Sprechen fällt mir noch immer schwer, also reiche ich ihr stattdessen den Brief.

Sie überfliegt ihn, und ihre Augen füllen sich mit Tränen. »Er muss seine Zeit verkauft haben«, flüstert sie schockiert. »Es tut mir so leid, Jules.«

Meine Stimme, heiser vom Weinen, bricht, als ich antworte. »Das ist noch nicht alles«, krächze ich. Doch die nächsten Worte bleiben mir im Hals stecken. Wie soll ich Amma die Wahrheit erklären – dass er seine letzten Stunden dafür genutzt hat, nach Everless zu reisen? Dass er, nachdem er mich vergeblich angefleht hat, nach Hause zu kommen, versucht hat, in die Schatzkammer der Gerlings einzudringen, und ich keine Ahnung habe, warum? Dass er deswegen gestorben ist, draußen vor dem Schloss, mit niemandem als Hinton, einem fremden kleinen Jungen, an seiner Seite?

Ich fürchte, dass sie mir genau dasselbe sagen wird wie Lora: *Der Geist ist so flüchtig wie die Zeit, die uns bleibt.*

»Wie soll ich ohne ihn leben?«, stoße ich stattdessen erstickt hervor.

Amma zieht mich an sich. Jetzt, aus der Nähe, rieche ich das Tierblut an ihr, aber es kümmert mich nicht. Schluchzer schütteln mich und hallen durch die enge Gasse, bis ich irgendwann zu erschöpft bin, um noch mehr zu weinen. Amma hält mich umschlungen und wiegt mich in ihren Armen, während es um uns langsam dunkel wird.

»Was hat dieser Teil über Everless und die Königin zu bedeuten?«, fragt sie schließlich.

Ich wische mir die Augen.

»Er konnte sie noch nie ausstehen, genauso wenig wie die Gerlings.« *Und das aus gutem Grund – wenn Liam nicht wäre, hätten wir niemals solche Not leiden müssen.* Doch der Brief in meiner Hand scheint etwas anderes zu verkünden. »Trotzdem, *Gefahr* ... Ich weiß nicht, was er damit meint.«

Unbehagen macht sich in mir breit – ich weiß es nicht, ich weiß es nicht.

Amma schweigt einen Moment, bevor sie sagt: »Jules, vielleicht solltest du nicht zurückgehen.«

Ich erschaudere. »Nein. Ich habe keine andere Wahl.« Das ist zumindest die halbe Wahrheit. Der Gedanke an Everless, an die warme Küche und die prasselnden Feuer, ist tröstlich, doch der an die Gerlings und die Königin sind wie Gift. *Du bist in Gefahr*, hat mein Vater geschrieben. Aber wenn ich jetzt nicht zurückkehre, werde ich niemals erfahren, was dahintersteckt.

Amma deutet auf die Börse an meinem Gürtel. »Das da sieht mir schon nach einer anderen Wahl aus.«

Ihre Worte hängen zwischen uns in der Luft. Mit einem Mal scheint der Beutel schwerer zu werden, sich mit neuer Bedeutung zu füllen – vielleicht sogar in eine neue Zukunft zu weisen. Was könnte ich alles anfangen mit so vielen Jahren?

»Du musst nicht zurück«, beharrt Amma. Ihr Gesicht glüht vor Entschlossenheit. »Alia hat mir geschrieben, dass sie nach Hause kommen will. Sie findet es schrecklich dort. Und sie hat genug verdient, um uns über die nächsten Monate zu bringen.« Ihre Stimme bebt. Ich frage mich, ob Alia sich noch immer vor dem Geist des Alchimisten fürchtet, der durch die Korridore von Everless spukt, oder vor etwas anderem. »Ich habe mich geirrt, Jules – Everless ist es nicht wert. Was nützen einem die Jahre, wenn man sie so verbringen muss?«

Meine Trauer überlagert die Möglichkeiten, die durch meinen Kopf schwirren. Ich könnte nach Crofton zurückkehren, mir eine eigene Kate mieten und mit dem Geld einen kleinen Bauernhof aufziehen. Ich könnte wieder zur Schule gehen und ein Handwerk erlernen. Ich könnte reisen und mein Glück in einer der wohlhabenden Städte an Semperas Küste versuchen. Endlich das Meer sehen.

Oder ... Ich könnte zurück nach Everless gehen. So hart arbeiten, wie ich nur kann, und immer wieder in die Flure horchen wie Roan und ich in unserer Kindheit, in der Hoffnung, eines Tages etwas herauszufinden, was mich zur Wahrheit über Papas Brief führt. Nach Lady Golds Hochzeit wird die Königin in ihren Palast am Meer zurückkehren. Wenn ich jetzt nicht handle, wird meine Chance verstrichen sein.

Die Kate wäre leer und trist ohne Papa. Das ganze Dorf wäre es. Und ich kann mir nicht vorstellen, in die Ferne zu reisen, ohne das Geheimnis um Papas letzte Stunden gelöst zu haben. Ich muss wissen, was ihn angetrieben hat und was seine Warnungen vor der Königin zu bedeuten haben. Ein Schauder überläuft mich, als mir aufgeht, dass ich bereits weiß, was ich als Erstes zu tun habe. Ich muss Addies Platz im Gefolge der Königin einnehmen. Und wenn ich auch verbannt werde – nun, es wäre nicht das erste Mal, dass ich Everless gegen meinen Willen verlassen muss.

»Nein, ich muss nicht zurück«, antworte ich heiser. »Aber ich will es.« Ich löse die Börse mit dem Bluteisen von meinem Gürtel, nehme eine Handvoll heraus und stecke die Münzen in meine Tasche. Den Rest halte ich Amma hin.

Ihre Miene verschließt sich. »Jules, nein.«

»Ich brauche es nicht mehr«, entgegne ich. »Nimm es für Alia, wenn schon nicht um deinetwillen.«

Mehr muss ich nicht sagen, damit sie mein Geld akzeptiert. Ich kenne Amma gut genug, um zu wissen, dass sie mir sehr ähnlich ist – stolz, aber niemals zu stolz, um das Richtige für ihre Familie zu tun.

Ich habe keine Familie mehr. Aber sie schon.

Amma schließt die Augen und lässt ihren Tränen freien Lauf. »Danke«, flüstert sie und verbirgt ihr Gesicht an meiner Schulter. »Danke, Jules.«

Ich lehne den Kopf an ihren. Ich wünschte so sehr, dies wäre genug, um Papas Warnungen Folge zu leisten. Um die Fragen, die in jeder Ritze, jedem Winkel von Everless lauern, dort ruhen oder mit dem Wind davonwehen zu lassen wie einen Fetzen Seide. Ich könnte hier weiterleben, in einer Kate mit Garten, und zur Schule gehen, mit meiner besten Freundin an der Seite.

Doch die Ungewissheit über Papas Worte, seine befleckten Hände, seinen Tod, würde mich in den Wahnsinn treiben.

Ich muss zurück. Es geht nicht anders.

Die Königin ist mir eine Antwort schuldig.

12

Als Tam und ich nach Everless zurückkehren, setzt er mich mit einer Tüte Honigkuchen von unserem Bäcker in Crofton vor den Stallungen ab.

Der Schlafsaal ist verlassen bis auf eine Frau, die, fest in eine Decke gewickelt, in ihrem Bett am anderen Ende des Raums liegt und flach atmet – sie muss krank sein, sonst wäre Lora sicher höchstpersönlich heruntergekommen und hätte sie wach gerüttelt. Es kostet mich all meine Willenskraft, nicht ebenfalls zwischen meine dünnen Laken zu kriechen und mich vor der Welt zu verstecken. Papas Geheimnisse zehren an mir, drohen mich zu überwältigen. Abgesehen davon, an die Tür der Königin zu klopfen und eine Antwort zu verlangen, fällt mir nichts ein, was ich unternehmen könnte. Wie es scheint, bleibt mir nichts anderes übrig, als mich ihrer lächerlichen Prüfung zu unterziehen, vorausgesetzt, sie empfängt mich. Und wenn ich bestehe, nimmt sie mich vielleicht in ihre Dienste.

Doch dieser Nachmittag, an dem ich von meinen Küchenpflichten frei gestellt bin, ist ein Geschenk. Wenn ich etwas über die Königin herausfinden will, bevor ich mich bei ihr bewerbe, ist dies meine einzige Chance.

Ich ziehe mein bestes Kleid an – langärmelig und aus blauem Leinen – anstatt eines der braunen, knielangen Kittel, die wir in der Küche tragen. Dazu noch mein Häubchen, und dann gehe ich hoffentlich als Hausmädchen durch. Ich stibitze eine Schürze und einen Staubwedel aus einer Besenkammer im Flur und mache mich auf den Weg zur Bibliothek. Ich weiß, wenn ich mich unerlaubt hier erwischen lasse, muss ich damit rechnen, Schläge zu bekommen. Oder eine schlimmere Strafe.

Ich rede mir ein, dass mich mit ein bisschen Glück schon niemand bemerken wird, und verdränge dabei die Tatsache, dass ich bislang niemals in meinem Leben sonderlich viel Glück hatte.

Als Papa und ich noch auf Everless lebten, war es ihm gestattet, die Bibliothek zu benutzen. Den Wachen hatte er weisgemacht, er müsse dort Schmiedetechniken nachschlagen, in Wirklichkeit aber schmuggelte er spätabends mich hinein, sodass ich bei Kerzenschein Märchen lesen konnte. Die Bibliothek war einer meiner Lieblingsorte auf ganz Everless – mit ihren zwei Stockwerke hoch reichenden Regalen und dem dunklen, mit glänzenden Goldintarsien verzierten Holzfußboden. Ich genoss die herrliche Stille um mich, nur unterbrochen vom Rascheln der Seiten und meinem erstaunten Flüstern.

Jetzt ist der Raum erfüllt von den langen, schrägen Strahlen der sinkenden Sonne, die durch das Westfenster hereinfällt, und beinahe verlassen. Nur eine Handvoll Adliger sitzen an den Tischen oder in Sesseln, um zu lesen oder Briefe zu schreiben. In einem ausladenden Ohrensessel liegt ein hochgewachsener Mann und schläft. Anders als in meiner Kindheit birgt die heutige Stille nicht das Versprechen von Geschichten, die nur darauf warten, gelesen zu werden, und in der Luft knistert keine Magie, flüchtig wie Nebelschwaden in der Sonne.

Glücklicherweise jedoch ist der Grundriss noch derselbe. Der große, offene Lesesaal ist von Nischen und Nebengängen gesäumt, und die einzelnen Abteilungen sind mit Messingtafeln über den Durchgängen gekennzeichnet. Ich lasse den Blick durch den Raum schweifen, und mir wird klar, dass ich keine Ahnung habe, wo ich anfangen soll. In der Schule in Crofton wurde uns immer nur Gutes über die Königin erzählt – wir hörten von ihrer sagenhaften Schönheit, ihrem Sieg über die Invasoren, ihrer weisen Herrschaft. Nichts, was erklärt hätte, warum Papa sie derart fürchtete.

Ich lese die Messingplaketten – *Volksmärchen, Everless, Wirtschaft* –, bis mein Blick schließlich auf *Geschichte* am anderen Ende der Bibliothek fällt. Das scheint mir ein guter Anfangspunkt zu sein. Also durchquere ich möglichst geschäftig und gleichzeitig unauffällig den Saal, um im Geschichtsgang zu verschwinden.

Bücher umschließen mich von beiden Seiten, und die goldenen Buchstaben auf ihren Rücken schimmern im Abendlicht. Ich schlage ein schmales Buch auf, *Die Geschichte Semperas*, und beginne mitten auf der Seite zu lesen.

Laut dem Bericht eines Admirals der Königlichen Marine, besagt der Text, *schlitzte die Königin den Invasoren eigenhändig die Kehlen auf, wofür sie einen speziellen Dolch benutzte, der ihr angeblich von der Zauberin selbst überreicht worden war und ihren Feinden jede Magie aus dem Blut saugen sollte. Ihrer Zeitpfänderin, einer dunkel verschleierten Frau, die ihr während der Kämpfe nicht von der Seite wich, befahl sie, verwundete Männer noch auf dem Schlachtfeld zur Ader zur lassen und ihr Blut vor den Augen ihrer Kameraden in Eisen zu verwandeln, bevor diese selbst an der Reihe waren.*

Ich klappe das Buch zu und presse es an meine Brust, fröstelnd trotz der Wärme im Raum. Papa hat mir nie viel über die

Eroberungsfeldzüge und Rebellionen erzählt, die sich im ersten Jahrhundert der Bluteisenzeit zugetragen haben, nachdem sich die vereinte Magie der Zauberin und des Alchimisten durch das ganze Land verbreitet hatte. Ammas Stiefgroßvater jedoch hat geschworen, einer seiner Vorfahren habe in der Armee der Königin gekämpft. Und so hockten wir, wenn ich bei Amma zu Hause war, vor dem Sessel des alten Mannes auf dem Boden und lauschten seinen Geschichten über Diebe, die einem des Nachts das Blut raubten, über abgetrennte Arme und Beine und rollende Köpfe, bis Amma ihn anflehte aufzuhören. Die Invasoren, so sagte er, seien darauf aus gewesen, jeden in Sempera zu töten und alles Bluteisen mit ihren Schiffen über das Meer zu bringen. Stattdessen aber habe die Königin ihre Soldaten das Bluteisen der gefallenen Feinde trinken lassen, um sie zu stärken.

Das Buch noch immer umklammert, halte ich Ausschau nach einem Platz, an dem ich in Ruhe lesen kann. Doch da sehe ich ihn: Liam Gerling, der an einem Tisch auf der Galerie über mir in einen Stapel Papiere vertieft ist.

Ich bleibe stehen, und mein Herz fängt an zu rasen. Er bräuchte bloß einen einzigen Blick nach unten zu werfen, um mich zwischen den polierten Streben der Holzbrüstung hindurch zu entdecken. Langsam, um ihn ja nicht auf mich aufmerksam zu machen, weiche ich in den Schatten eines hohen Bücherregals zurück.

Hin- und hergerissen zwischen dem Drang zu fliehen und dem, mein Ziel weiter zu verfolgen, beobachte ich ihn. Selbst wenn er mich nicht erkennen sollte, würde ihn wohl der Anblick eines Dienstmädchens, das ein Buch liest, anstatt die Regale abzustauben, stutzig machen. Doch er scheint überhaupt nichts zu bemerken. Seine Stirn ist gerunzelt, und er wippt ungeduldig mit dem Fuß, als frustrierte ihn das, was er liest. Hin und wieder hebt er kurz den Kopf und kritzelt etwas in sein Notizbuch, bevor er sich wieder über die Papiere beugt.

Beim Anblick seiner harten Gesichtszüge, die mich allzu oft bis in meine Albträume verfolgt haben, steigt Wut in mir auf, so heiß wie die Flammen des Kochfeuers in der Küche. Erinnerungen an unseren letzten Tag in Everless holen mich ein: zersplitterte Bilder, Lärm und Hitze.

Ich erinnere mich daran, wie Liam Roan ins Feuer stieß, an einen Moment des Stillstands wie der zwischen Blitz und Donner. An die Flammen, die aus der Esse schlugen wie die Pranken eines Ungeheuers. An die Panik in Roans Blick.

Langsam schließe ich die Augen und schiebe das alles weit von mir, dann öffne ich sie wieder. Was immer Liam dort oben so konzentriert liest, es muss wichtig sein. Seit er im Spätsommer von der Akademie zurückgekehrt ist, beteiligt er sich aktiv an der Verwaltung des gerlingschen Familienvermögens und von Everless im Allgemeinen. Zumindest habe ich das dem Geschwätz der anderen Dienstboten über ihn entnommen. Hätte die Familie ihn wieder so bereitwillig in ihrer Mitte willkommen geheißen, wenn sie wüssten, was er damals Roan antun wollte? Erinnert Roan sich an den Tag, an dem er dem Tod so nah war?

Ein Kammerdiener – Stefan, wenn ich mich recht entsinne – eilt an mir vorbei; ich rieche sein Parfum. Er dreht sich im Gehen zu mir um, seine Augen schmal vor Misstrauen. Mir stockt der Atem, doch er steuert weiter auf das Ende des Gangs zu und steigt die Treppe hinauf. Er nähert sich Liams Tisch und tippt ihm auf die Schulter.

Liams Kopf ruckt hoch. Unwillig verzieht er das Gesicht,

während der Diener ihm etwas ins Ohr flüstert. Kurz darauf stößt er einen Seufzer aus, öffnet eine Schublade, legt die Papiere und sein Notizbuch hinein und verschließt sie wieder.

Ich will mich gerade abwenden, als Liam aufsteht, und mir fällt auf, dass seine Handflächen fleckig sind, als hätte er sie in Wein getaucht.

Wieder muss ich an Hintons Bericht denken. Papas Hände hatten auch purpurrote Flecken.

Bevor ich mich eines Besseren besinnen kann, setzen sich meine Füße in Bewegung. Ich stelle das Buch zurück ins Regal und folge Liam und dem Diener in sicherer Entfernung zum Ausgang der Bibliothek. Liam geht voran.

Ich bleibe ein gutes Stück hinter ihnen und halte den Blick auf den Saum von Liams langem Mantel gesenkt. Wir gehen über eine Galerie, bevölkert von Lords und Ladys, die auf dem Weg vom Abendessen zurück in ihre Gemächer sind – erlesen gekleidet und schwankend vom Wein. Ich ziehe den Kopf ein und hoffe, dass mich niemand beachtet. Liam erwidert keinen einzigen Gruß.

Nach und nach wird der Gang schmaler und beginnt sich zu leeren. Ich lasse mich noch weiter zurückfallen. Meine Handflächen sind feucht, so nervös bin ich. Die beiden biegen vor mir um eine Ecke, und ein paar Sekunden später verstummen ihre Schritte. Auch ich werde langsamer und riskiere einen Blick. Sie haben vor einer großen Tür aus geschnitztem Mahagoni angehalten. Ich sehe mich um – die Wandbehänge hier sind weniger pompös als im Rest des Schlosses, aber gleichzeitig älter, eleganter und aufwendig bestickt mit verschlungenen geometrischen Mustern. Mein Atem geht schneller. Ich bin noch nie zuvor hier gewesen. Und ich sollte es auch nicht sein.

Wenn mich jemand erwischt …

Um mich zu beruhigen, hole ich tief Luft und halte sie kurz an – so wie mein Vater es mich gelehrt hat, wenn ich als Kind nachts schweißüberströmt aus meinen Albträumen aufgeschreckt bin. Eine Technik, auf die ich in den vergangenen Tagen des Öfteren zurückgegriffen habe. Besonders zwei meiner alten Albträume sind zurückgekehrt, seit ich wieder auf Everless bin; einer von der Nacht, in der Papa und ich von hier fliehen mussten, und ein anderer, weit seltsamerer, von einem Mädchen, das mich mit einem Messer verfolgt, ihr Gesicht stets von Schatten verschleiert.

Liam und Stefan beraten sich mit zwei Männern auf dem Gang. Einer von ihnen ist ein Zeiteintreiber und kaum von dem Mann zu unterscheiden, der Papa und mich immer in unserer Kate aufgesucht hat.

Das muss sie sein – die Schatzkammer, in der die Gerlings ihr Vermögen horten. Ich habe mir immer vorgestellt, dass sie das Bluteisen aus Crofton in einer einzigen monatlichen Sitzung verschlingen, gierig wie Schweine am Trog. Natürlich muss ein Gerling anwesend sein, wenn die Pacht in die Schatzkammer gebracht wird. Und es wundert mich nicht, dass Liam dafür zuständig ist. Roan kommt mir nicht vor wie jemand, der gern ganze Nachmittage in einem zugigen Turmzimmer hockt und Geld zählt.

Ich weiche hinter die Ecke zurück und lausche auf ihre Stimmen, das Klimpern von Bluteisen. Schließlich bricht das Gespräch für einen Moment ab, und ich vernehme ein lautes Knarzen, dann das schwere Scharren einer Tür auf dem Steinboden.

»Geht schon mal vor«, befiehlt er, und ich staune wie immer über seine ruhige Stimme. »Ich komme gleich nach.«

Ich presse mich mit dem Rücken an die Wand, und mein Herz pocht *Geh rein, geh rein, geh rein* in Liams Richtung, in der Hoffnung, dass ich einen Blick ins Innere der Schatzkammer erhasche. Der Sog, den diese offene Tür auf mich ausübt, ist geradezu überwältigend und erfüllt mich mit einer Mischung aus Entsetzen und Faszination.

Plötzlich tritt Liam um die Ecke und sieht mich. Sein Blick bohrt sich in meinen.

Ich bin weit genug entfernt, dass ich weglaufen könnte, wenn ich mich nur bewegen würde, doch mein Körper ist wie versteinert vor Schreck. Einen Wimpernschlag später steht Liam direkt vor mir.

»Du folgst uns seit der Bibliothek«, sagt er. Sein Tonfall ist ruhig, aber seine zusammengezogenen Brauen strafen ihn Lügen. »Warum?«

Ich öffne den Mund, doch es kommen keine Worte heraus. Jetzt, da er so dicht vor mir steht, wallt abermals die Furcht in mir auf, dass er mich erkennen könnte. Wieder durchzucken mich Erinnerungen, an das Glühen geschmolzenen Metalls, meinen eigenen Schrei in meinen Ohren, beißenden Qualm.

Selbst wenn er mich nicht erkennt, bin ich an einem Ort, an dem ich nicht sein dürfte. Ich denke an Ivan – und seine Klinge.

Es war dumm, so dumm, ihm zu folgen.

Doch ich zwinge mich, Liam in die Augen zu sehen, bemühe mich, meine Miene glatt und ausdruckslos wirken zu lassen. Ich greife in meine Börse und ziehe die erste Münze hervor, die mir in die Finger fällt – ein Monatstaler, einer von denen, die Duade mir in Crofton ausgezahlt hat. Instinktiv sträubt sich alles in mir dagegen, mich von dem Geld zu trennen, doch ich strecke dennoch den Arm aus und überreiche Liam die Münze.

Seine Hand ist bandagiert, seine Fingerkuppen sind dunkelrot verfärbt. »Das hier haben Sie fallen gelassen«, sage ich, »in der Bibliothek.« Dann täusche ich Neugier vor. »Brauchen Sie etwas für Ihre Hand, Mylord? Wir haben Zaubernuss in der Küche.«

Liam mustert mich misstrauisch. Dann, ohne mich auch nur eine Sekunde aus den Augen zu lassen, schließt er die Faust um die Münze und steckt sie in die Tasche. »Ich nehme an, du weißt, wo wir uns hier befinden?«

Einen Moment lang erwäge ich zu lügen, dann jedoch überlege ich es mir anders, überzeugt, dass Liam es mir anmerken würde. »Vor der Schatzkammer.«

»Und du hast Geschichten über diesen Ort gehört. Richtig?«

Ich nicke, langsam, nicht sicher, worauf er hinauswill. Liams Stimme ist noch immer ruhig, doch jedes seiner Worte klingt wie von Gift durchtränkt.

»Nun«, sagt er. »Was genau hast du gehört?«

»Wenn jemand, der kein Gerling ist, versucht, sie zu betreten, saugt die Tür ihm alle Lebenszeit aus den Fingern.«

Er lacht. Ein schroffer Laut. »Und nun wolltest du ausprobieren, ob es stimmt?«

»Nein«, antworte ich fest, obwohl ich mir selbst nicht ganz sicher bin, ob es eine Lüge ist oder nicht.

»Es kostet Zeit, hineinzugelangen, und man weiß nie, wie viel«, sagt Liam, und jedem seiner Worte haftet eine Drohung an wie fernes Donnergrollen. »Einen Tag, oder fünfzig Jahre. Und wenn die Kammer dich schröpft, färbt der Türmechanismus deine Haut ein.« Er hebt die Hände. »Damit jeder sieht, wer in die Kammer eingebrochen ist – oder es zumindest versucht hat. Aber das ist im Moment wohl deine geringste Sorge;

was Hauptmann Ivan dir antun würde, wenn er herausfände, dass du hier warst, wäre weit schlimmer.«

Ich nehme die Warnung kaum wahr. Meine Gedanken überschlagen sich, kreisen um Papas befleckte Hände. Also ist es wahr, dass die Schatzkammer einem Lebenszeit entzieht. Und Papa hatte ohnehin kaum noch etwas übrig. Das würde erklären, warum er so kurz nach seiner Ankunft in Everless gestorben ist ... warum nicht einmal die Suppe, die ich ihm habe bringen lassen, ihn retten konnte.

Nein. Egal, wie verzweifelt er war, mein Vater wäre niemals auf die Idee gekommen, Bluteisen oder Juwelen zu stehlen. Was immer er aus der Schatzkammer holen wollte, war es wert, dafür zu sterben.

»Wie heißt du?«, will Liam wissen.

»Jules«, murmele ich, mit den Gedanken noch immer bei den Flecken an Papas Händen. Gleich darauf jedoch krampft sich mein Magen zusammen, als mir klar wird, was ich preisgegeben habe.

Ich sehe zu Liam hoch. Ich bin ihm nah genug, um erkennen zu können, dass das Weiß seiner Augen rot unterlaufen ist. *Jules ist ein verbreiteter Name*, denke ich verzweifelt. Liam würde ihn sicher nicht mit einem Ereignis in Verbindung setzen, das zehn Jahre zurückliegt.

»Du warst auch in der Bibliothek«, bemerkt er. »Ein weiterer Ort, an dem du nichts zu suchen hattest.«

Sein Tonfall ist beiläufig, als würden seine Worte keine Drohung beinhalten, sondern bloß Tatsachen aufzeigen. Es dauert einen Moment, bis ich die Gefahr erkenne, in der ich mich befinde.

»Ich – ich war dort, um nach einem Buch zu suchen«, platzt

die Wahrheit aus mir heraus. Ich hätte *um zu putzen* sagen sollen, aber das hätte auch nichts geändert. Er hätte mir die Lüge so oder so nicht abgenommen. »Ich lese gern.« Ich verfluche mich für meine Einfallslosigkeit und weiche einen Schritt vor ihm zurück, will einfach nur weg von hier.

»Lord Gerling!«, ruft eine Stimme.

Ich nutze die Gelegenheit und nicke ihm zu. »Einen schönen Abend, Mylord.«

»Halt.« Er streckt die Hand aus und packt mich beim Unterarm. In seinem Blick flackert etwas Wildes, und das Schwarz seiner Pupillen dringt bis in die dunkle Iris vor. Ich wage nicht, mich zu rühren, und kann nur hoffen, dass er nicht den Puls unter meiner Haut rasen fühlt.

»Was für ein Buch?«, fragt er. Als ich ihn verwirrt anblicke, fügt er hinzu: »In der Bibliothek.«

»Ach so.« Ich blinzele, während sich in meinem Kopf Leere breitmacht – plötzlich will mir kein einziger Titel sämtlicher Bücher, die ich jemals gelesen habe, mehr einfallen. Ich kann nicht einschätzen, wie er auf die Wahrheit reagieren würde, dass ich auf der Suche nach Informationen über die Königin war. »Nichts Wichtiges – bloß ein altes Kinderbuch.« Willkürlich greife ich nach einem Erinnerungsfetzen. *»Das Märchen von Elisa –«*

»Der Reisenden«, vollendet Liam den Satz für mich. Sein Blick hält meinen unverwandt gefangen, noch immer wild und durchdringend. Er neigt den Kopf. »Ich kannte einmal ein Mädchen, das diese Geschichte geliebt hat.« Als ich den Unterton in seiner Stimme vernehme, richten sich meine Nackenhaare auf.

Dann geht eine Veränderung mit ihm vor. Er nimmt eine steife Haltung ein und tritt einen Schritt zurück. »Neugier geziemt sich nicht für ein Dienstmädchen«, sagt er. »Wenn ich dich noch einmal irgendwo erwische, wo du nichts zu suchen hast, melde ich dich bei Hauptmann Ivan. Und ich rate dir, meine Worte nicht auf die Probe zu stellen.«

Seine Stimme klingt scharf. Und obwohl ich noch wenige Minuten zuvor panisch nach einer Gelegenheit zur Flucht gesucht habe, stehe ich nun da und blicke ihn ungläubig an.

Doch ich sage nichts. Stattdessen drehe ich mich auf dem Absatz herum und gehe.

Meine Hände zittern vor Wut, als ich den Flur hinunterlaufe, beinahe renne, um so weit von Liam fortzukommen, wie Everless es mir gestattet. Einen Moment lang, als er sich an den Titel des Buchs erinnert hat, hätte ich beinahe vergessen, wer er ist – der Junge, der uns gezwungen hat, aus unserem Zuhause zu fliehen, um seine eigene Grausamkeit zu vertuschen. Die Wurzel all unseres Elends.

Ich darf es nie wieder vergessen.

Froh, endlich außer Sichtweite zu sein, ducke ich mich durch eine der schmalen Türen in den Dienstbotenflügel. Nach den breiten Galerien mit ihren dicken roten Teppichen und dem Sonnenlicht, das zu den hohen Fenstern hereinströmt, ist das enge Gewirr der Dienstbotenkorridore dunkel und tröstlich, geradezu heimelig, und ich lasse mich nur zu gern davon aufnehmen. In meiner Erleichterung bemerke ich die Gestalt, die aus der anderen Richtung auf mich zukommt, erst, als wir an der Ecke heftig zusammenstoßen. Ich stolpere und verliere das Gleichgewicht.

»Verzeihung«, murmele ich, noch immer taumelnd. Dabei fällt mein Blick auf den Zipfel eines purpurroten Mantels. Die Person, die ich beinahe umgerannt hätte, ist kein Diener.

Im nächsten Moment schließen sich Roan Gerlings Hände um meine Oberarme und stützen mich.

Seine Augen weiten sich, als er mein Gesicht sieht, und auch mir stockt der Atem.

Roans Kleidung ist verrutscht, seine Wangen sind gerötet, und seine Augen leuchten. Er tritt einen halben Schritt zurück und legt den Kopf schief, um mich zu mustern. Dann, langsam, breitet sich ein kleines Lächeln auf seinem Gesicht aus.

Ich weiß, dass ich den Blick senken und mich davonmachen sollte, doch ein anderer Teil von mir sehnt sich danach, dass Roan Gerling mich wahrnimmt, mich erkennt, sich an mich erinnert. Sein Gesicht ist so kristallklar in mein Gedächtnis geschnitten, dass es mir scheint, als könnte er mir unmöglich so nahe sein, ohne sich an meinen Namen zu erinnern.

»L-Lord Gerling«, stottere ich, und meine Zunge stolpert über die Worte. Mit brennenden Wangen sinke ich in einen Knicks. »Bitte verzeihen Sie.«

»Jederzeit.« Die Belustigung in seiner Stimme ist wie eine Aufforderung, zu ihm hochzusehen, also tue ich es. Seine blauen Augen ziehen meinen Blick auf sich wie Magnete. »Wohin wolltest du denn so eilig?«

Ich blinzele. »Nirgendwohin, Mylord.«

Er lacht. Dann hält er inne und studiert mein Gesicht. »Du warst bei der Ankunft der Königin dabei«, sagt er. »Hast ihren Schmuck eingesammelt, als die Schatulle runtergefallen ist.«

Dies ist nicht ganz das Wiedererkennen, das ich mir erhofft hatte, besonders nachdem er mir auf dem Gartenfest zugezwinkert hat, aber ich gebe mich zufrieden damit. Vielleicht erinnert er sich nicht daran, wer ich bin, aber immerhin an mein Gesicht. »Ja, Sir.«

»Wie heißt du?« Er stellt die Frage mit Bedacht, während er mich, den Kopf zur Seite geneigt, betrachtet, als würde ich ihm vage bekannt vorkommen.

Mein Herz macht einen Hüpfer und gerät aus dem Takt. Soll ich ihm die Wahrheit sagen?

Gut möglich, dass Liam mich bereits erkannt hat; und *er* ist derjenige, der mich hasst. Wenn ich mich durch meine Unachtsamkeit in Gefahr gebracht habe, kann ich ohnehin nichts mehr daran ändern. Und um meinen Vater brauche ich mir keine Sorgen mehr zu machen – dafür ist es zu spät.

»Jules«, sage ich. Dann presse ich die Lippen aufeinander, aus Angst, etwas von dem, was auch immer so wild in meiner Brust umherflattert, könnte sich seinen Weg nach draußen bahnen.

»Jules«, wiederholt Roan. »Die Tochter des Schmieds.«

Mein Name aus seinem Mund klingt so vertraut, wie etwas Kostbares. »Wir haben als Kinder miteinander gespielt«, sage ich leise.

»Natürlich.« Langsam kehrt das Lächeln in sein Gesicht zurück. »Verstecken. Der Baum auf dem Nordhügel.«

In derselben Sekunde stürzt die Erinnerung über mich herein: Sommer, der Duft frisch gemähten Grases, ausgelassenes Spielen, Roans Hand in meiner. Ich nicke, unfähig, etwas zu sagen.

»Ich habe dich auf dem Fest gesehen. Und das neulich nachts, an der Flüsterwand …« Roan zögert, bestimmt, weil er mich nicht nach meinem gebrochenen Herzen fragen will, wo jeder uns hören könnte. Sofort sorge ich mich, dass er denken könnte, ich sei in jemand anderen verliebt. Hitze steigt mir in die Wangen, als mir klar wird, wie albern das ist. Und doch –

Nein, es ist *albern*, weise ich mich im Stillen zurecht. Er wird die Tochter der Königin heiraten.

»Ich wusste es.« Roan tritt einen Schritt näher, noch immer lächelnd. »Es war so seltsam damals. Plötzlich warst du fort, von einem Tag auf den anderen.«

»Ich wollte nicht gehen«, erwidere ich, bemüht, das Zittern in meiner Stimme zu unterdrücken. In einer anderen Welt, einem anderen Leben, würde ich nun fragen: *Hast du mich vermisst?*

Bilder von einem anderen Leben gehen mir durch den Kopf, einem Leben, in dem ich Everless nicht verlassen musste. Doch der Strom reißt unvermittelt ab.

Woran kann Roan sich erinnern? Wie kann ich ihm alles erklären, ohne zu viel zu enthüllen? »Mein Vater – er –«

»Mein Bruder hat euch verjagt, stimmt's?« Ich bin mir nicht sicher, ob es scherzhaft gemeint ist, doch bevor ich etwas erwidern kann, macht Roan eine Geste, als wollte er die Vergangenheit fortwischen. »Aber was spielt das jetzt noch für eine Rolle? Du bist zurück.« Sein Blick huscht beinahe unmerklich an mir herab und zurück nach oben; Hitze durchströmt mich. »Wo arbeitest du jetzt, Jules?«

»In der Küche.« Eine weit niedrigere Position als die eines Schmieds. Ich spüre, wie ich vor Scham erröte.

Roan schnalzt mit der Zunge und tritt noch einen Schritt näher. Ich fühle seinen warmen Atem an meinem Hals. Wäre ich eine andere, dann könnte ich jetzt die Hand ausstrecken und ihn berühren.

»Tut mir leid, dass ich dich fast zu Fall gebracht hätte«, sagt er nach einem Moment. »Ich bin in Eile – die Königin erwartet mich.«

Doch noch immer macht er keine Anstalten zu gehen, und zu meinem Erstaunen sehe ich, wie seine Wangen sich röten. Seine gewohnte Unbefangenheit ist wie verflogen, und er wirkt verletzlich, beinahe kindlich.

»Tja«, sagt er schließlich. »Ich sollte besser gehen. Ich will nicht zu spät kommen.«

»Warte«, platzt es aus mir heraus. Meine Stimme klingt schrill, beinahe flehend. Roan dreht sich zu mir um. »Deine – Ihre Weste, Mylord.«

Roan blickt an sich hinunter und sieht, dass seine Weste schief geknöpft ist, sodass eine Seite höher hängt als die andere. Er beginnt in seiner Hast, die Knöpfe ungeschickt zu lösen.

Ohne darüber nachzudenken, trete ich vor, um ihm zur Hand zu gehen, bevor mir siedend heiß bewusst wird, was ich da gerade tue. Doch jetzt vor ihm zurückzuweichen, würde die Situation nur noch unangenehmer gestalten, also mache ich einfach weiter. Ich fühle seine Körperwärme durch den Stoff.

»Danke, Jules«, sagt Roan leise.

Ich rieche schwachen Lavendelduft und weiß, dass er gerade bei Ina Gold gewesen sein muss. Das falsch geknöpfte Wams, seine geröteten Wangen – meine Brust zieht sich zusammen. Schnell lasse ich ihn los und senke den Kopf. »Keine Ursache, Mylord.« Der Kloß in meinem Hals lässt meine Stimme erstickt klingen, doch Roan scheint es nicht zu bemerken.

Stattdessen legt er die Hand auf meinen Arm. Sein Griff ist warm und so sanft. Liams Verhör wenige Minuten zuvor erscheint mir nur mehr wie eine ferne Erinnerung.

»Du hast einen scharfen Blick«, bemerkt er schmunzelnd. »Ich hoffe, wir begegnen uns bald wieder.«

Wann?, will ich fragen, doch da kommt mir eine Idee.

»Das wäre gut möglich«, erwidere ich.

Roan hebt die Augenbrauen. »Ach ja?«

Das gibt mir Hoffnung. Nie hätte ich gedacht, dass sich mir ein direkterer Weg zur Königin eröffnen würde. Doch jetzt bietet sich mir eine Gelegenheit in Gestalt Roan Gerlings dar, der abwartend vor mir steht.

»Ich habe vor, mich um die Position des Mädchens zu bewerben, das die Königin von Everless verbannt hat. Addie«, füge ich rasch hinzu. »Ich weiß, dass sie nicht genug Personal hat. Ich habe gehört –« Roan wird blass, also breche ich ab und setze erneut an. »Ich möchte Teil des königlichen Gefolges werden, um Ina zu dienen. Darum bin ich hier. Ich war in der Bibliothek, weil ich so wenig über ihre Vergangenheit weiß …« Ich nehme all das Verlangen zusammen, das er in mir entfacht hat, und lege es in meine Stimme, als hätte ich mir in all den siebzehn Jahren meines Lebens nie etwas sehnlicher gewünscht, als der Tochter der Königin jeden Wunsch von den Augen abzulesen.

Roans Lächeln erfüllt mich mit Wärme. »Für die Prüfung? Die ist doch nur eine Formalität, Jules. Ein Haufen sinnloser Pedanterie, wenn du mich fragst.« Jetzt grinst er. »Ich werde bei Caro, ihrer Kammerzofe, ein gutes Wort für dich einlegen. Sie ist nämlich diejenige, die entscheidet, wer sich Ihrer Majestät nähern darf und wer nicht, nicht irgendeine lächerliche Prüfung«, erklärt er, nicht ohne Stolz. Dann tritt er einen Schritt zurück und legt den Kopf schief – eine Gewohnheit, die er in den vergangenen zehn Jahren entwickelt haben muss –, als suchte er auf diese Weise nach der Antwort auf eine Frage. »Das heißt, warum servierst du Ina und mir nicht einmal das Frühstück? Wenn sie dich erst kennengelernt hat, wird sie von dir begeistert sein. Ich werde nach dir schicken lassen, sobald wir einen freien Morgen haben.«

»Danke, Mylord«, flüstere ich mit klopfendem Herzen.

»Jules. Nenn mich Roan«, entgegnet er.

»Lord Roan«, sage ich und erlaube mir ein kleines, verschmitztes Lächeln.

Sein Lachen, laut und ausgelassen, hallt in der Enge des Dienstbotenflurs wider.

»Es war mir eine Freude, mit dir zusammenzustoßen, Jules.« Er beugt sich zu mir vor, bis sein Mund beinahe mein Ohr berührt. »Mehr als du dir vorstellen kannst.«

13

Roan hält sein Versprechen. Schon früh am nächsten Morgen, bevor die Sonne sich von Blutrot zu Gelb verfärbt hat, lässt er nach mir schicken. Sorgfältig spüle ich mir über der Waschschüssel mit warmem Wasser das Mehl aus den Haaren. Dann nehme ich das blaue Leinenkleid aus meiner Truhe und ziehe es an, knöpfe es zu bis zum Kinn. Für meine erste Begegnung mit Ina Gold soll alles perfekt sein.

Als ich mich auf den Weg mache, hebt Bea die Augenbrauen und stößt einen leisen Pfiff aus. »Für wen hast du dich denn so hübsch gemacht, Jules?«

Die anderen Mädchen bleiben stehen und lauschen. »Ich serviere heute Ina Gold das Frühstück«, antworte ich, obwohl die Worte nur widerwillig meinen Mund verlassen. Bea schlägt vor Freude die Hände zusammen, aber ich glaube nicht, dass ich mir einbilde, wie die anderen die Augen aufreißen und wie sie plötzlich ganz damit beschäftigt sind, Betten zu machen, die längst gemacht sind.

Als ich in die Küche gehe, um mich bei Lora abzumelden, ergreift sie mich – bevor ich auch nur den Mund aufmachen kann – beim Ellenbogen und zieht mich in eine Ecke. Sie wirkt gehetzt, ihr Gesicht ist gerötet, und ihr Haar kringelt sich unter dem Rand ihrer Haube hervor.

»Jules«, sagt sie. »Du musst mit mir kommen, Liebes.«

»Aber, Lora –« Ich verziehe das Gesicht. »Lord Roan hat mich gebeten, ihm und der Ziehtochter der Königin das Frühstück zu bringen.« Lora tritt zurück und blickt mich an, ohne meinen Ellenbogen loszulassen. »Lord Roan –«

»Nun, Lord *Liam* hat dich für heute Morgen mit einer anderen Aufgabe betraut. Das wirst du mit ihm ausmachen müssen.«

Ich beiße mir fest auf die Wange. Unmöglich. Er ist der ältere Bruder, und er ist –

Furchtbar.

Misstrauisch folge ich Lora zum Eingang des Vorratskellers.

In der Tür bleibe ich stehen, wie erstarrt, als ich den feuchten, durchdringenden Geruch nach Erde, Gemüse und Eisen wahrnehme. Das letzte Mal, als ich dort unten war, habe ich Papa zusammengesunken zwischen Säcken voller Rüben und Kartoffeln gefunden. Wie viele Tage ist das nun her? Sechs? Sieben? Lora packt mich abermals am Arm und schiebt mich sachte, aber bestimmt die Treppe hinunter.

»Du hast heute Mavadienst«, erklärt sie mir, ohne mich anzusehen. »Die Färbereien brauchen Nachschub.«

»Was?« Eine Sekunde lang verdrängt Wut meine Angst vor dem Keller. Das Mavalager befindet sich weit abseits der Küche, damit der Übelkeit erregend süße Geruch der Früchte – nach Honig und Kupfer oder schlecht gewordenem Wein – uns nicht beim Kochen stört. Um an den Farbstoff zu gelangen, muss man mit den Fingern die ledrige Haut aufreißen und anschließend die rauen Fasern herauslösen, was Flecken und oft sogar Narben hinterlässt. Ich habe schon einige der unglücklichen Opfer die Kellertreppe heraufwanken sehen, wie benebelt von dem penetranten Gestank.

Doch das ist nicht der Grund, warum jeder diese Aufgabe fürchtet. Manche der Früchte sind von winzigen, giftigen Skorpionen befallen, blinden Passagieren aus den südlichen Wüsten, wo Mava geerntet wird. Zwar sind derartige Vorfälle selten, aber ich erinnere mich noch gut an das Begräbnis einer Köchin, die, als ich noch ein Kind war, an einem einzigen Stich gestorben ist.

Mava schälen zu müssen gilt als *Strafe* – die zweitschlimmste nach dem Aderlass.

Und wie zur Krönung all dessen, was ohnehin auf mir lastet wie ein Felsbrocken, weiß ich nun auch, wozu die hübsche Farbe benutzt wird: als Markierung, die jeden, der versucht, in die Schatzkammer zu gelangen, dem Tod weiht. Für Menschen wie Papa.

»W-was habe ich denn getan?«, stottere ich kläglich.

Doch natürlich weiß ich es selbst. Ich bin Liam Gerling in die Quere gekommen.

Lora seufzt. »Das hier ist nicht meine Entscheidung, Jules. Der Befehl kam von Lord Liam persönlich.«

»Liam.« Das Wort rinnt mir von den Lippen wie Gift, während mich gleichzeitig Panik erfasst. Also erinnert er sich an meinen Namen, mein Gesicht. Das muss er, sonst hätte er diese Aufgabe nicht speziell mir zuteilen können. Mir kommt ein furchtbarer Gedanke: Weiß Liam, dass Papa vor Kurzem auf Everless war? Papas Hände waren verfärbt, weil er versucht hat, in die Schatzkammer einzubrechen. Für deren Bewachung Liam zuständig ist.

Lora nickt und reißt mich aus meinen Gedanken. »Ich weiß nicht, womit du seinen Unmut auf dich gezogen hast, sei einfach froh, dass er dir keinen Tag abzapft. Auch wenn das wohl kaum ein Unterschied ist, du wirst da unten ziemlich lange beschäftigt sein.«

Dies ist also die Strafe für meine Neugier. Ich balle die Fäuste, bis meine Fingernägel sich in meine Handflächen bohren, und versuche, meine Wut und Angst im Zaum zu halten. Ich dachte, nach Papas Tod hätte ich nichts mehr zu fürchten. Aber wenn Liam mich erkannt hat, wenn er zu solchen Mitteln greift, um mich zu quälen – wie kann ich mich je wieder sicher fühlen auf Everless?

Und wie soll ich nun in die Nähe der Königin gelangen?

Als wir hinunter in die Dunkelheit steigen, kommt mir ein weiterer Gedanke: Auch Roan weiß, dass ich hier bin. Ich umklammere die Erinnerung an unsere Begegnung im Dienstbotenflur wie einen Talisman. *Mehr als du dir vorstellen kannst.*

Wir erreichen den Keller, und die Bilder in meinem Kopf verschwinden. Als Lora die Tür ganz am Ende des Gangs öffnet, falle ich beinahe in Ohnmacht beim Anblick des Haufens Mavafrüchte. Es müssen Tausende der dunkelrötlich-schwarzen Schoten sein, die sich bis zur Decke hoch an der Wand stapeln, jede so klein wie ein Hühnerherz. Einige sind bereits aufgeplatzt, und ihr glänzendes Fruchtfleisch quillt aus der Schale. Der Geruch ist beinahe mit Händen greifbar, eine Mauer aus widerlich süßer Luft mit einer leicht scharfen Note darunter.

Als die Tür gegen den Haufen stößt, geraten ein paar der hässlich verschrumpelten Früchte ins Rollen. Eine landet genau vor unseren Füßen. Ich widerstehe dem Drang, sie unter meinem Stiefel zu zerquetschen. Lora, die sichtlich betroffen wirkt, hustet.

»Komm nach oben, sobald dir schwindelig wird«, sagt sie, nachdem wir einen Moment wortlos den Haufen angestarrt haben. »Tut mir leid, Liebes.« Dann schließt sie die Tür hinter sich und lässt mich mit einer einzigen flackernden Fackel allein.

Nachdem eine Mava geschält ist, muss sie kühl gelagert werden, darum ist es eiskalt im Keller. Meine Zähne klappern, und der kalte Steinboden unter meinen Stiefeln lässt meine Füße taub werden. Jede Frucht ist von einer zähen Haut umhüllt, die ich aufreißen muss, ohne das weiche Fleisch darunter zu zerquetschen. Schon nach der fünften Frucht bluten mir die Finger.

Zuerst denke ich, dass ich mich an den Geruch gewöhne; doch als die Eimer, die Lora mir für die geschälten Früchte hingestellt hat, fast voll sind, droht er mich abermals zu überwältigen. Meine Fingernägel zerren und kratzen an den Schalen. Der Saft färbt meine Hände weinrot. Liam hätte sich keine grausamere Strafe für mich ausdenken können. Jeder Blick auf meine Finger ruft mir meinen Verlust in Erinnerung und die Schuld, die ich selbst daran trage. Vielleicht sollte ich noch einmal zur Schatzkammer gehen und versuchen hineinzugelangen, solange meine Hände ohnehin verfärbt sind. Aber wenn Liam die Wahrheit gesagt hat, kann mir die Tür jede beliebige Menge Lebenszeit entziehen, fünfzig Jahre innerhalb von Sekunden, und mich kraftlos zusammensacken lassen. Oder tot.

Ich denke darüber nach, während ich zurück nach oben in die Küche gehe, um die geschälten Mava abzuliefern und etwas zu essen. Doch Lora erlaubt mir nicht, lange im Warmen zu bleiben, sondern schickt mich mit einem Butterbrot zurück nach unten. Ihr Mund ist zu einem dünnen Strich zusammengepresst. Ich weiß, dass sie an Tam denken muss, an Hintons Vater, an all diejenigen, die das Pech hatten, die Gerlings zu verärgern. Meine Laune wird noch finsterer.

Irgendwann klopft es an der Tür, und Lora kommt herein. Sie ringt die Hände, und die Sorge in ihrem Gesicht lässt Angst in mir aufsteigen.

»Lord Gerling ist auf dem Weg hier herunter. Sieh zu, dass du präsentabel bist.« Damit verschwindet sie.

Jähe Hoffnung schiebt meine Angst beiseite. Wieder denke ich an meine Begegnung mit Roan – daran, wie nah er mir war, seine Wärme. Er muss gehört haben, was passiert ist, und kommt mir nun zur Hilfe.

Vorsichtig, um mir keine rote Farbe ins Gesicht zu schmieren, wische ich mir mit dem Ärmel über die Stirn und reibe mir anschließend so gut wie möglich die Hände an meiner Schürze ab. Wieder klopft es.

Die Tür geht auf und mein Magen zieht sich zusammen. Straff zurückgekämmtes Haar, steife, linkische Haltung: Das ist nicht Roan. Sondern Liam.

Sein finsterer Blick misst zuerst den Haufen Früchte an der Wand, dann mich mit meinen fleckigen Kleidern und Händen. Wut und Enttäuschung branden durch mich hindurch wie eine Flutwelle, und mindestens ein Dutzend Beleidigungen liegen mir auf der Zunge. Ich starre ihm entgegen, als könnte ich ihn allein durch meinen Hass in die Flucht schlagen.

Ohne die Tür hinter sich zu schließen, betritt er die Kammer. Er trägt einen langen Mantel, um sich vor der Kälte hier unten zu schützen, die Hände unbeholfen in den Taschen vergraben.

»Lord Gerling«, sage ich durch zusammengebissene Zähne. Er ist nur mehr zwei Schritte von mir entfernt.

»Jules.«

Ich verfluche mich im Stillen dafür, dass mir mein Name herausgerutscht ist. Die Härte, die gestern in seiner Stimme lag, als er mich vor der Schatzkammer erwischt hat, ist verschwunden. Er klingt sanfter … oder einfach müde.

»Ich wollte nach dir sehen«, sagt er, bevor er hinzufügt: »Ich meine, sehen, wie du vorankommst.«

»Wie freundlich von Ihnen«, murmele ich. Am liebsten würde ich mich in Luft auflösen, um mich vor seinem durchdringenden Blick zu schützen. Doch ich zwinge mich, kerzengerade zu stehen und ihm direkt in die Augen zu sehen. Ich werde keine Schwäche zeigen.

Liams Blick wandert abermals an mir vorbei zu dem Haufen Mavafrüchte, den gefüllten Eimern und leeren Schalen auf dem Boden. »Ich wusste nicht … dass es so viele sind.« Er klingt beinahe zerknirscht.

»Vielleicht sollten Sie dann in Zukunft ein wenig zurückhaltender sein bei Dingen, von denen Sie nichts *wissen*«, platzt es aus mir heraus.

»Dasselbe könnte ich zu dir sagen«, entgegnet er, und seine Augen scheinen im Dunklen regelrecht zu blitzen. Dann blinzelt er. Ein Moment verstreicht, dann noch einer. Schließlich stößt er den Atem aus und zügelt sichtlich seinen Ärger.

Er bückt sich, um eine Frucht aufzuheben, die ihm vor die Füße gerollt ist, dann richtet er sich wieder auf und betrachtet sie. »Zeig es mir«, verlangt er.

»Wie man Mava schält?« Meine Worte klingen hart, ungläubig, doch er nickt bloß. Ich spüre, wie ich vor Frust rot anlaufe, und hoffe, dass Liam es in dem schummrigen Licht nicht bemerkt. Ist er gekommen, um meine Geschicklichkeit zu testen?

Wütend greife ich nach einer Frucht. Er tritt näher und sieht betont interessiert zu, während ich ihm meine Schälkünste vorführe, die ich mir im Laufe der vergangenen Stunden erarbeitet habe. Zuerst ertaste ich die kleine Öffnung am oberen Ende der Schote, wo einst der Stiel gesessen hat, und reiße sie mithilfe meiner Fingernägel auf. Liam versucht dasselbe bei seiner Mava, aber er ist zu grob, und der Saft spritzt auf seinen Mantel. Er runzelt die Stirn.

Ich atme tief durch, besorgt, dass sich mein Ärger Bahn bricht, wenn ich jetzt etwas sage, und ich dann erneut etwas preisgeben könnte, was ich besser für mich behalten hätte. Liam Gerling weiß jetzt schon zu viel über mich. Also nehme ich die nächste Mava und mache mich ans Schälen, doch aus dem Augenwinkel sehe ich, dass Liam mich beobachtet. Ich konzentriere mich auf meine Arbeit und warte darauf, dass er etwas sagt.

»Wie ich gestern mit dir gesprochen habe«, sagt er nach einer Weile. Er klingt unsicher. »Das war nicht angemessen. Du hast mich überrumpelt.«

Ich bin vollkommen perplex über diese halbe Entschuldigung, erwidere jedoch nichts. Es war leichtsinnig, Liam zu folgen. Vielleicht spekuliert er jetzt darauf, dass ich ihm noch weitere Geheimnisse verrate, wenn er nur freundlich zu mir ist – eine Taktik, wie ich sie schon oft bei Ivan beobachtet habe. Gut, dann spiele ich eben mit.

»Ich bin ein Dienstmädchen, Mylord«, antworte ich gespielt heiter. »Sie können mit mir sprechen, wie Sie möchten.«

»Hast du keine Angst?«, fragt er nachdenklich.

»Wovor?« Seine Frage überrascht mich derart, dass ich vergesse, meine Stimme unbeteiligt klingen zu lassen.

»Na, weil –« Er hält kurz inne, setzt von Neuem an. »Normalerweise fürchten sich die Bediensteten vor dieser Aufgabe. Es heißt, die Skorpione stehlen einem mit einem einzigen Stich alle verbleibende Lebenszeit.« Er wirft seine Frucht in einen der Eimer. »Wusstest du, dass die Menschen an der Küste sie essen? Sie behaupten, wenn sie einen erwischen, der schon einmal jemanden gestochen hat, geht dessen Lebenszeit auf sie über.«

An diesen Liam kann ich mich noch gut aus meiner Kindheit erinnern, stets bereit, einen mit sinnlosen Fakten aus seinen Büchern zu belehren. Doch was damals allenfalls ermüdend war, setzt er heute als Waffe ein. Diesmal lasse ich meiner Wut freien Lauf. »Sie waren doch derjenige, der mir diese Aufgabe gegeben hat, oder haben Sie das etwa schon vergessen?«

»Du hast meine Frage nicht beantwortet.« Liam schließt die Hand um eine Mava, dann öffnet er sie wieder und hält sie mir hin. »Fürchtest du dich nicht vor dem, was sich hierin verbergen könnte?«

Die Frage hängt schwer in der Luft, während seine Finger die Schale der Frucht bearbeiten. Ich stelle mir all das Bluteisen vor, das durch seine Hände strömt – Hände, die ebenfalls voller weinroter Flecken sind. Irgendetwas sagt mir, dass er nicht bloß von den Skorpionen spricht.

Ich blinzele. »Nein«, antworte ich so bestimmt wie möglich. »Fürchten Sie sich?«

Liam lächelt, und seine Zähne schimmern im Halbdunkel. »Manchmal schon.«

Seine Worte stören etwas in mir auf. Wovor sollte ein Liam Gerling sich fürchten? Aber was noch viel wichtiger ist …

»Warum bestrafen Sie mich?« Ich will, dass er es zugibt, es mir ins Gesicht sagt. Liam Gerling geizt mit klaren Worten wie seine Familie mit Bluteisen.

»Du hast eine Hausregel gebrochen«, erwidert er. »Die Strafe dafür hätte weit schlimmer ausfallen können.« Doch er lügt.

Ich weiß es genau. *Das Märchen von Elisa der Reisenden*, das ich als Kind so geliebt habe. Er hat sich daran erinnert – an *mich*. Sein Hass auf mich lodert selbst nach all den Jahren noch so grell wie meiner auf ihn, genau, wie Papa gesagt hat. Auch wenn mir nicht ganz klar ist, warum. Für einen Mann seines Standes bin ich ein Nichts. Ein Dienstmädchen wie jedes andere.

»Warum bist du hier, Jules?«, will er jetzt wissen, und das Schwarz seiner Augen scheint noch finsterer zu werden. Erschrocken stelle ich fest, dass sie mich in die Tiefe zu ziehen drohen, wie der Schlamm im Herzen des Waldes, ruhig, bodenlos und so hartnäckig, dass man sich nicht mehr daraus befreien kann und elendig verhungert.

»Um Zeit zu verdienen.«

»Wo ist dein Vater? Peter, nicht wahr?«

Ich springe auf und balle die Fäuste. Mavasaft tropft auf meine Schürze und den Boden. »Du kennst seinen Namen genauso gut wie meinen, du Widerling«, fauche ich. Mir ist klar, dass er bloß mit mir spielt, mich ködert wie ein wildes Tier, doch das kümmert mich nicht, auch wenn eine leise Stimme in meinem Kopf mich warnt, dass es das sollte. Dass ich mich zügeln muss. »Du hast uns beide nie vergessen. Hast uns das Leben zur Hölle gemacht nach dem Feuer damals, das –« *nur deine Schuld war*, will ich ihm entgegenschreien, doch im letzten Moment schlucke ich die Worte hinunter, plötzlich unsicher. »Such dir jemand anderen, den du quälen kannst. Verschwinde!«

»Das hier ist mein Zuhause«, entgegnet Liam ruhig.

»Es war auch einmal meines. Bevor du uns vertrieben hast.« Ich weiß, dass er sich daran erinnert, an jenen Tag in der Schmiede. Ich weiß es mit einer Gewissheit wie nichts sonst, seit ich nach Everless zurückgekehrt bin, auch wenn er sich weigert, es zuzugeben.

Aber weiß Liam auch, dass mein Vater tot ist?

»Jules, hör zu«, fängt er an.

»Nein. Lass mich einfach allein, Liam, bitte.« Ich verliere zusehends die Beherrschung, je länger ich über Papa nachdenke, darüber, wie sehr ich ihn brauche und mir wünschte, er wäre noch bei mir. Tränen des Zorns steigen mir in die Augen. »Warum hasst du mich so sehr?«

Liam antwortet nicht. Er holt Luft, doch bevor er etwas sagen kann, hallen Schritte durch den Kellergang.

Ich kehre Liam den Rücken zu und drücke mir beide Handrücken auf die Augen, bis ich nicht mehr Gefahr laufe, in Tränen auszubrechen. Da höre ich, wie Liam sich hastig umdreht.

In der Tür steht Roan. Seine Augen weiten sich, als er seinen älteren Bruder entdeckt. »Liam?« Dann wandert sein Blick zu mir. »Jules? Ich habe dich gesucht. Was ... was geht hier vor?«

»Nichts«, antwortet Liam einen Sekundenbruchteil zu spät. Selbst wenn er mit seinem eigenen Bruder spricht, klingt seine Stimme kalt und distanziert. »Die Soldaten der Königin brauchten neue Mavafarbe für ihre Waffen. Also habe ich angeordnet, dass jemand die Früchte schält.«

»Mava?«, wiederholt Roan ungläubig. »Und da hast du ein armes Dienstmädchen hier unten im dunklen Keller eingesperrt, anstatt die Paste importieren zu lassen, wie es jeder vernünftige Mensch tun würde?«

Eine Welle von Zuneigung durchflutet mich, wenn ich auch einen Deut enttäuscht bin, dass er mich bloß ein Dienstmädchen nennt – und nicht bei meinem Namen.

»Dann würde ein anderes Dienstmädchen irgendwo in der

Provinz sie schälen«, merkt Liam knapp an. »Oder glaubst du, die pflücken die Paste dort von den Bäumen? Ist dir alles gleichgültig, solange es sich nicht vor deinen eigenen Augen abspielt?«

Roan geht nicht darauf ein, sondern runzelt bloß die Stirn. Er mustert mich, meine fleckige Schürze, mein gerötetes Gesicht. »Jules, bist du deswegen heute Morgen nicht erschienen, obwohl ich nach dir geschickt hatte?«

Liams Augen blitzen so hell auf, dass ich schwören könnte, sie hätten die Farbe gewechselt. Ich habe einmal etwas über Meereswesen gelesen, deren Körper dasselbe tun, bevor sie von einem Raubfisch verschlungen werden.

Er blickt von mir zu seinem Bruder, öffnet den Mund – doch er sagt nichts.

Roan fährt fort. »Warst du etwa den ganzen Tag hier unten?«

»Deine Sorge um das Wohlergehen des Personals ist rührend«, knurrt Liam. »Aber auf dem Gebiet bist du schließlich Experte, hab ich recht?«

»Das geht dich nichts an.« Roans Stimme klingt so kalt, dass sie kaum mehr von der seines Bruders zu unterscheiden ist.

Liam tritt auf seinen Bruder zu. Er überragt ihn nur um ein kleines Stück, doch hier unten im Halbdunkel wirkt der Unterschied größer; das Fackellicht lässt Roans blaue Augen fahler erscheinen und Liams schwarze dunkler, seine Gesichtszüge noch härter. »Dann hilf du ihr doch beim Mavaschälen, wenn dir so viel daran liegt.« Damit drängt er sich an Roan vorbei aus der Kammer und lässt krachend die Tür hinter sich zufallen.

Die darauffolgende Stille ist ohrenbetäubend, bis Roan sie schließlich bricht, indem er leise – und ziemlich derbe – flucht.

Beinahe hätte ich aufgelacht. Stattdessen jedoch stoße ich zittrig die Luft aus, und er dreht sich zu mir um, einen besorgten Ausdruck in den Augen.

»Tut mir leid, dass du das mit ansehen musstest«, sagt er, und seine Stimme klingt wieder ruhig und warm. »Mein Bruder ist ... na, du kennst ihn ja.« Er tritt einen Schritt näher und legt die Hand auf meinen Arm. »Komm. Vergiss Liams Befehl. Du musst schleunigst hier raus.«

Dankbar und wortlos folge ich Roan aus dem Keller. Die Furcht in meiner Brust klingt ab, je weiter wir uns von der Kammer und dem penetranten Mavageruch entfernen, bis wir schließlich die hellen Lichter der Küche vor uns sehen.

Ich mache mich auf skeptische Blicke seitens der anderen Bediensteten gefasst, doch am Fuß der Treppe bleibt Roan plötzlich stehen.

Ich folge automatisch seinem Beispiel. »Tut mir leid, wenn ich Unfrieden zwischen dir und deinem Bruder gestiftet habe«, sage ich.

»Mir tut es leid, dass Liam dich behelligt hat. Darum bin ich ja gekommen.«

Ich blinzele und kann nur hoffen, dass er mich im Halbdunkel der Kellertreppe nicht erröten sieht. Meine Handflächen werden feucht.

»Ina möchte dich immer noch kennenlernen«, fährt er fort. »Aber wahrscheinlich solltest du dich zuerst ein wenig frisch machen. Wenn du dich beeilst, schaffst du es noch rechtzeitig zur Anprobe.«

Ich nicke im Takt meines hämmernden Herzens. Möglichkeiten um Möglichkeiten erscheinen vor meinem inneren Auge. Dies könnte meine einzige Chance sein, in die Nähe der Königin zu gelangen, bevor sie in ihren Palast zurückkehrt. Ich darf sie nicht ungenutzt verstreichen lassen.

Dann stutze ich. »Warte. Welche Anprobe?«

»Lady Gold lässt heute ihr Brautkleid anpassen.«

Ihr Brautkleid. Für ihre Hochzeit mit Roan, dem Mann, der in diesem Moment vor mir steht. Dem Mann, der mir leise lächelnd in die Augen sieht.

Trotz meiner fleckigen Kleider, trotz des Streits mit Liam und meiner steifen, schmerzenden Finger, fühle ich mich auf eine Art beachtet wie noch kein einziges Mal seit meiner Rückkehr nach Everless. Ein seltsames Schwindelgefühl breitet sich in mir aus, als stünde ich am Rand einer Klippe und starrte hinaus auf das Grün und Blau, das ich bislang nur von Bildern kenne und dessen wunderschöne, endlose Wogen sich tief unter mir kräuseln – tödlich tief.

14

Ich brauche fast eine Stunde und eine große Menge von Loras scharfer Seife, bis die Mavafarbe sich endlich zu lösen beginnt und meine brennende Haut nur noch einen leichten Purpurschimmer aufweist. Als ich die Küche betrete, ernte ich neugierige Blicke von den anderen Bediensteten.

Neben Lora steht die königliche Kammerzofe und wartet, diejenige, die mir am Tag der Ankunft Ihrer Majestät beim Aufsammeln der Juwelen geholfen hat. Doch hier unten wirkt sie so fehl am Platz, dass ich zweimal hinsehen muss, um sie zu erkennen. Sie ist hübsch, mit dunklen Haaren und Sternbildern aus Sommersprossen auf der schneeweißen Haut, und mag ein paar Jahre älter sein als ich. Ihre Uniform – ein schlichtes, aber hochwertig verarbeitetes Samtkleid in einem so dunklen Rot, dass es beinahe schwarz wirkt – ist eleganter, als unsere es sind, und so lang, dass ihr Rocksaum den Boden streift. Nur die weiße Haube, die sie in ihrem Haar festgesteckt hat, gibt sie als Dienerin zu erkennen. Sie schenkt mir ein schüchternes Lächeln.

»Jules, das hier ist Caro«, stellt Lora uns vor, bevor sie bedeutsam hinzufügt: »Die Kammerzofe der Königin.«

Ihre Worte sind eine wenig diskrete Ermahnung, dass ich jemandem, der einen höheren Rang einnimmt als ich, Respekt zu zollen habe. Obwohl sich alles in mir dagegen sträubt, sinke ich hastig in einen Knicks. »Verzeihung.«

»Das macht doch nichts«, antwortet Caro leise – sie flüstert beinahe. Aus irgendeinem Grund höre ich ihre Worte dennoch über dem Küchenlärm, wie Meeresrauschen in einer großen Muschel. Sie bedeutet mir beiläufig, mich zu erheben. »Es freut mich, dich kennenzulernen, Jules. Roan hat erwähnt, dass du dich gern in den Dienst Ihrer Majestät und Lady Golds stellen würdest. Gehe ich recht in der Annahme, dass du nähen kannst?«

»Ein … ein wenig, ja«, antworte ich mit einem Blick von ihr zu Lora. »Ich habe manchmal Ausbesserungsarbeiten erledigt, zu Hause in –«, der Name *Crofton* erstirbt mir auf der Zunge, »in meinem Heimatdorf. Aber niemals an so kostbaren Stoffen, wie Lady Gold sie trägt.« Der Gedanke an Ina Golds Brautkleid versetzt mir einen Stich.

»Es wird sicher genügen. Wir müssen es ohnehin nur für die Schneiderinnen abstecken.« Ich zucke zusammen, als Caro nach meiner Hand greift und sich an Lora wendet.

»Nehmt euch alle Zeit, die ihr braucht«, sagt Lora mit einem Augenzwinkern in meine Richtung. »Lord Liam hatte ihr zwar eine Aufgabe gegeben, aber –«

»Ich bin sicher, die Wünsche der Königin haben Priorität über Liam Gerlings«, entgegnet Caro. Ich versuche, mir ein Lächeln über ihre offensichtliche Verachtung für den älteren Gerling-Bruder zu verkneifen. Stille breitet sich in der Küche aus, und Lora nickt eifrig.

Dann zieht die königliche Kammerzofe mich mit sich.

Im Flur hakt sie sich bei mir unter, und wir schlendern Seite an Seite dahin wie alte Freundinnen, während sie mir anvertraut, dass die Königin Fremden gegenüber misstrauisch ist, weshalb ich in erster Linie für Lady Gold zuständig sein werde.

Sie erzählt, dass drei von Lady Golds persönlichen Kammerzofen auf der Reise nach Everless erkrankt sind. Die Lüge geht ihr so glatt über die Lippen, dass ich mich beinahe frage, ob ich Roan und Ina beim Lauschen an der Flüsterwand missverstanden habe. Doch auch Bea hat behauptet, dass es auf der Reise Tote gegeben habe.

»Werden uns denn keine weiteren Mädchen helfen? Ich dachte –«

Caro wird kaum merklich langsamer und wendet sich mir leicht zu. Ihre Augen sind von einem hellen Grün und ich sehe ein Funkeln darin.

»Was dachtest du?«, hakt sie nach, aber ich habe keine Antwort darauf. Stattdessen senke ich den Blick, besorgt, dass ich zu neugierig war. Doch sogleich kehrt ihr Lächeln zurück, und sie geht wieder schneller. »Du hast keine Konkurrentinnen, wenn es das ist, was dich beschäftigt. Echte Macht wirkt auf viele Menschen einschüchternd, Jules. Vergiss das nicht.«

Während Caro mich weiter voranzieht, konzentriere ich mich darauf, stets zu lächeln, wenn sie mich ansieht. Ich bin es nicht gewohnt, Fremden so nahezukommen; überraschenderweise jedoch erfüllt mich Caros Fröhlichkeit mit Wärme.

»Du scheinst Everless gut zu kennen«, bemerkt Caro, als ich ihr zum dritten Mal den kürzesten Weg in Richtung der königlichen Gemächer weise. »Bist du schon lange hier?«

»Erst seit ein paar Wochen.« Ich zögere kurz, doch dann kommt mir eine bittere Erkenntnis – ohne Papa und nachdem Liam und Roan beide wissen, dass ich hier bin, kann ich nun beinahe gefahrlos ich selbst sein. »Aber mein Vater hat hier gearbeitet, als ich noch ein Kind war. Ich bin auf Everless groß geworden.«

»Verstehe.« Caros Stimme klingt noch sanfter als zuvor. Sie scheint eine Veränderung in meinem Tonfall registriert zu haben. »Und warum bist du zurückgekommen?«

Papas Gesicht, als ich ihn das letzte Mal gesehen habe, allein in der Kälte des finsteren Rübenkellers, steigt vor mir auf, und einen Moment lang kann ich nicht atmen. Ich habe plötzlich das Gefühl, die Wahrheit sagen zu müssen, wenn ich nicht unter ihrer Last ersticken will.

»Er ist gestorben«, sage ich schlicht. »Vor Kurzem.« Mehr Worte der Erklärung bringe ich nicht heraus. Caro wird abermals etwas langsamer; sie sieht mir in die Augen und ergreift meinen Arm fester.

»Das tut mir leid«, sagt sie mitfühlend. »Und deine Mutter?«

Mein Schweigen ist Antwort genug.

Caro nickt. »Meine Eltern sind auch gestorben, als ich noch jünger war. Wenn du das hier lieber auf einen anderen Tag verschieben möchtest …«

Ich schüttele den Kopf, dankbar für Rücksicht. »Nein. Danke. Ich bin froh über alles, was mich auf andere Gedanken bringt.«

»Ich glaube, das ist die beste Art, einen Verlust zu verwinden«, erwidert Caro. Sie lächelt teilnahmsvoll, und mir ist, als höbe sich ein Amboss von meiner Brust.

Gedämpfte Musik und leises Gemurmel begleiten uns auf unserem Weg durch die oberen Stockwerke. Meine Haut beginnt zu kribbeln vor Nervosität, und das Schweigen zwischen Caro und mir erscheint mir mit einem Mal unbehaglich. Wie soll ich Lady Gold interessante Konversation bieten, wenn ich selbst ihre Kammerzofe zu Tode langweile? Ich kann nur hoffen, dass sie nicht jemanden ebenso Souveränes wie Caro erwartet.

Als hätte sie meine Gedanken gelesen, beginnt Caro, die Stille zu füllen, indem sie anfängt, eine lieblich-traurige Melodie zu summen. Sie kommt mir bekannt vor, aber ich kann sie nicht recht einordnen. Dann beginnt Caro zu singen: »Deine Stimme ist wie Rosen süß, deine Seel' ein holder Dieb. Im jungen Walde warte ich, bis dein Herz ist endlich mein.«

»Was ist das für ein Lied?«, frage ich.

»Ein sehr altes. Es ist das Lieblingslied der Königin.«

Die Melodie ist ein einfaches Auf und Ab zwischen ein paar wenigen Tönen, doch die Liedverse erzählen eine Geschichte von Verlust und Liebe – und Gewalt.

Kurz darauf bleibt Caro vor einer Tür auf der rechten Seite stehen und wendet sich mir zu. Ihr Mund klappt auf, und ihre Augen weiten sich vor Schreck. »Jules, du weinst ja.«

Ich hebe die Hand an die Wange, und tatsächlich ist sie nass, als ich sie wieder senke. Sofort werde ich feuerrot. »Schon gut«, versichere ich ihr und ringe mir hastig ein Lächeln ab. »Es war einfach ein so schönes Lied.«

Caro nickt. »Die Königin hat es zu Ehren der Zauberin schreiben lassen.«

»Also ist es wahr? Dass die Königin die Zauberin gekannt hat?«, frage ich.

»Caro!«, ruft eine Stimme von der anderen Seite der Tür. »Hast du Roans Freundin gefunden?«

Roans Freundin. Die Worte hallen in meinem Geist wider.

Mein Herz beginnt zu klopfen – eins, zwei, drei, vier und wieder von vorn, noch immer im Takt der Melodie, während Caro einen Schlüssel aus der Tasche zieht und die Tür öffnet. Ich sehe zu, verwirrt darüber, dass Lady Gold in ihrem Zimmer eingeschlossen ist.

Caro bemerkt meinen Blick und beugt sich zu mir vor, spricht noch leiser als ohnehin schon. »Lady Gold hat kürzlich ihre Leibgarde verloren«, erklärt sie. »Und sie ist nicht gern von Fremden umgeben, darum hat sie sich keine Everless-Wachen genommen. Obwohl die Königin außer sich ist vor Sorge.«

Sie schiebt die Tür auf und führt mich in eine prachtvolle Zimmerflucht, mit dicken roten Teppichen auf dem Boden und hauchzarten Vorhängen vor den hohen Fenstern. Die Wintersonne durchflutet den Raum, aber es ist warm, und in der Luft hängt der Duft von Rosenwasser.

In einer Ecke des Zimmers steht ein ausladendes, wolkengleiches Bett, auf dem nun Kleider in jeder nur erdenklichen Farbe liegen, kreuz und quer, als hätte jemand sie anprobiert und für nicht gut befunden. Neben dem Bett steht Lady Ina Gold in einem seidenen Unterkleid; ihre Arme und Beine sind nackt, abgesehen von mehreren schlichten Metallreifen, und das kurze Haar fällt ihr locker um den Kopf. Gerade hebt sie eines der Kleider – so schimmernd und fließend wie geschmolzene Smaragde – ins Licht und mustert es kritisch. Als die Tür hinter uns zufällt, dreht sie sich zu Caro und mir um.

Reflexartig senke ich den Blick, um sie nicht in ihrem halb bekleideten Zustand anzustarren. »Mylady«, höre ich Caros seltsam tragende Flüsterstimme. »Das hier ist Jules Ember.«

Ich sehe hoch, und meine Wangen brennen, als ich Ina Gold in die Augen blicke. Sie ist genauso groß wie ich und etwa im selben Alter, und doch stammt sie aus einer anderen Welt. Die Tatsache, dass noch nie eine Sorge ihre Gedanken getrübt hat, ist ihr am Gesicht abzulesen – ja, sogar am Körper. Ihre Haut strahlt und wird nicht durch die kleinste Narbe oder Schwiele verunziert.

Ein Gedanke schießt mir durch den Kopf: Irgendwann, wenn ich längst tot und begraben bin, wird dieses Mädchen Königin sein.

Dann ein weiterer: Sie wird all diese Jahre an Roans Seite verbringen.

Ina lächelt ohne jede Scheu, als sie meine freie Hand ergreift. »Miss Ember. Jules«, grüßt sie mich. Ihre Stimme klingt voll, jeder Vokal glockenklar, und sie hat dieselbe vornehme Aussprache, die ich nur je bei Caro, der Königin und ihr vernommen habe. »Danke, dass du gekommen bist. Ich bin so froh, dass du uns zur Hand gehen wirst. Roan hat gesagt, du seist unbezahlbar – obwohl mir nicht ganz klar ist, warum er dich nicht von Anfang an seiner Mutter für die Position vorgeschlagen hat. Das hätte uns eine Menge Zeit erspart …«

Unsicher, was ich darauf antworten soll, mache ich einen steifen Knicks und halte den Blick auf den Teppich gerichtet. »Lord Gerling hat erst gestern davon erfahren, dass ich nach Everless zurückgekehrt bin, Lady Gold. Das Vergnügen ist ganz auf meiner Seite.«

Sie dreht sich zum Bett um und deutet mit einer schwungvollen Geste auf das Gewirr aus Kleidern. »Caro und ich können uns nicht einigen. Eigentlich verlangt es die Tradition, dass die Braut die Farben der Familie ihres Bräutigams trägt, eben der Familie, in die sie einheiratet. Aber Grün steht mir einfach nicht. Und, genau genommen« – sie hebt die Augenbrauen – »bin *ich* schließlich von höherem Rang als Roan, nicht wahr?«

Trotz der kleinen Stichelei höre ich einen staunenden Unterton in ihrer Stimme, als sie über ihre Hochzeit, über Roan, spricht, woraus ich schließe, dass sie nicht bloß prahlen will. Ihr Gesicht leuchtet wie das eines Kindes, das gerade aufgewacht ist und einen Blick auf die frisch verschneite Welt vor dem Fenster geworfen hat.

Schon jetzt bin ich mir sicher, dass sie Roan aufrichtig liebt. Und ihrem Lächeln nach zu urteilen, scheint er ihre Gefühle zu erwidern. Wer könnte es ihm verdenken?

Meine Emotionen schlagen seltsame Kapriolen. Es ist leicht, neidisch auf die zukünftige Königin zu sein, die aus politischen Beweggründen einen Gerling heiratet; doch dieses grinsende, barfüßige, offenkundig bis über beide Ohren vernarrte Mädchen, das nun vor mir steht, lässt die Sache in einem völlig neuen Licht erscheinen.

»Caro findet, ich solle trotzdem Grün tragen«, fährt Lady Gold fort. Sie wirft das smaragdfarbene Seidenkleid aufs Bett, das selbst so unordentlich noch prachtvoll aussieht. »Aber mir gefällt dieses hier viel besser.« Sie hält sich ein anderes Kleid an – in Purpurrot, der Farbe der Königin, mit kunstvoll gerafften Ärmeln. »Oder ist es vielleicht ein wenig zu gewagt für Everless?«

»Kein bisschen«, höre ich mich zu meinem Erstaunen antworten. »Sie haben es vielleicht noch nicht bemerkt, aber die Gerling-Ladys tragen oft viel skandalösere Kleider, und das zu weit geringeren Anlässen.«

Ein Hauch von Freude durchzuckt mich, als Ina dankbar kichert. Caro dagegen blickt unzufrieden drein, als hätte sie eine Wette verloren. »Aber *gefällt* dir das Kleid, Jules?«, fragt Ina. »Keines der Dienstmädchen hier will mir die Wahrheit sagen. Sie haben alle Angst, meinen Unmut auf sich zu ziehen.«

Als kleines Mädchen auf Everless war ich wie verzaubert von all den prächtigen Kleidern und Juwelen, mit denen die Frauen sich schmückten, genauso fasziniert von allem Schönen wie ein

Mädchen von höherer Geburt. Papa nannte mich seine kleine Elster, weil ich so gern hübsche Dinge sammelte: Schmucksteine mit kleinen Makeln, die nicht gut genug waren, um die Schwertgriffe der Gerlings zu zieren, bunte Bänder, verlorene Goldohrringe. Das alles verwahrte ich in einer Schale auf meinem Nachttisch – mein ganz persönlicher kleiner Vorrat an Kostbarkeiten. Mit unserer Flucht nach Rodshire und schließlich nach Crofton kehrte ich all diesen Dingen wohl oder übel den Rücken. Mehr noch, ich gab vor, nichts als Verachtung dafür übrig zu haben.

Doch jetzt sieht Lady Gold mich an, als sie sich das rote Kleid anhält. Ihr Blick ist fragend, als wäre ihr meine Antwort tatsächlich wichtig. Am liebsten würde ich den Stoff packen und ihn in Fetzen reißen, doch ich beiße mir auf die Unterlippe und verschränke die Finger vor dem Körper.

»Wie wäre es mit etwas Goldenem?«, schlage ich nach einem Moment vor. »Das ist die Zweitfarbe Ihrer beider Familien. Und, nun ja …« Ich deute mit dem Kopf vielsagend auf Ina Gold, halb entsetzt über meinen eigenen Witz, während ich gleichzeitig verzweifelt hoffe, dass eine von ihnen darauf anspringen wird.

Nach einem Moment dämmert es Ina. Ihr Lachen ist laut und ansteckend, und ich muss gegen meinen Willen schmunzeln.

»Daran hatte ich noch überhaupt nicht gedacht«, japst sie. Sie wendet sich Caro zu. »Gold. Was meinst du?«

Auch Caro lächelt. »Es ist schon ein bisschen unkonventionell«, flüstert sie. »Aber Gold steht dir tatsächlich sehr gut.« Sie legt den Kopf schief und mustert Ina. »Ich werde bei den Näherinnen etwas in Auftrag geben; aber zuerst sollten wir eines der anderen Kleider abstecken, damit sie eine Vorlage haben.«

Sie deutet auf den Haufen, und mit einem theatralischen Seufzer greift Ina abermals nach dem grünen Kleid, schüttelt kurz die Falten heraus und schlüpft mit einer eleganten Bewegung hinein, bevor sie sich umdreht, damit Caro die Knöpfe auf dem Rücken schließen kann.

Als sie fertig ist, rafft Caro den überschüssigen Stoff an Inas Körper zusammen und fordert mich auf, ihn festzuhalten, während sie selbst die Falten vorsichtig mit Nadeln absteckt, ohne Lady Gold nur ein einziges Mal zu stechen. Obwohl sie flüstert, büßt ihr Befehl kein bisschen seiner Wirkung ein.

Während ich mich schweigend bemühe, einen respektvollen Abstand zu Ina Gold zu wahren und gleichzeitig eine Handvoll Stoff vor ihrer Brust an Ort und Stelle zu halten, plaudern Caro und Lady Gold über die Zaunhexe, die Caro vor Kurzem konsultiert hat und die ihr prophezeit hat, sie werde bald ihre wahre Liebe finden. Als Ina verschmitzt nachbohrt, um wen es sich dabei handeln könne, wechselt Caro puterrot das Thema und erzählt rasch von irgendeiner Lady, die ein Kind zur Welt gebracht habe, das eine ausgemachte Ähnlichkeit mit ihrem attraktiven Diener aufweise.

»Jules«, reißt mich Lady Golds Stimme aus meinen Gedanken. »Du musst es doch wissen. Ist Liam immer so mürrisch? Oder möglicherweise nur dann, wenn alle anderen sich amüsieren?«

Bei der Erwähnung von Liams Namen überläuft mich ein unangenehmer Schauder, sodass ich um ein Haar die grüne Stofffalte zwischen meinen Fingern losgelassen hätte. »Ich – ich kenne Lord Liam nicht sonderlich gut, Mylady«, stammele ich. Mir fällt wieder ein, dass sie auf Everless bloß eine Außenstehende ist, gleichzeitig jedoch frage ich mich, ob man eine Person, die vom Läuten der königlichen Glocken begrüßt wurde, als Außenstehende bezeichnen kann. Dennoch, niemand auf Everless würde es wagen, Liam zu kritisieren. »Er war schon immer sehr … distanziert.«

Lady Gold zieht eine Grimasse und reckt demonstrativ die Nase in die Luft. *»Ich bin Liam Gerling«*, grollt sie mit übertrieben aristokratischer Betonung. *»Auf keinen Fall rede ich mit irgendjemandem auf diesem Fest. Da stehe ich lieber schmollend in der Ecke und töte jeden, der es wagt, mich anzusprechen, mit Blicken.«*

Während ich versuche, mir das Lachen zu verkneifen – noch nie habe ich jemanden so offen einen Gerling verspotten hören –, schüttelt Caro den Kopf. »Seine arme Mutter«, flüstert sie. »Ich habe gehört, Lady Verissa hat ihm schon ein Dutzend geeigneter Bräute vorgeschlagen, aber er hat sie alle abgelehnt.«

»Vielleicht haben sie ja selbst ihre Meinung geändert, nachdem sie erlebt haben, was für ein Sonnenschein er ist«, merkt Lady Gold an. »Und er behauptet bloß, dass er sie nicht wollte, um seine Schmach zu übertünchen. Ich kann mir jedenfalls kein Mädchen vorstellen, das ihn heiraten würde, nicht für alles Bluteisen in Sempera.«

»Tja, das gute Aussehen und den tadellosen Charakter hat eben Roan allein bekommen«, neckt Caro sie.

»Stimmt«, rutscht es mir heraus, bevor ich eilig den Kopf senke, damit niemand meine roten Wangen bemerkt.

Ina scheint nichts aufzufallen – oder es kümmert sie nicht –, aber ich spüre Caros Blick auf mir.

»Wie lange kennen Sie Lord Roan schon, Mylady?«, frage ich rasch. Währenddessen erhasche ich im Spiegel hinter Ina einen Blick auf mich selbst – mein Gesicht wirkt bleich und kantig, und ich habe dunkle Schatten unter den Augen. Der Kontrast zwischen Lady Gold und mir könnte nicht größer sein.

Doch die Prinzessin plaudert unbeschwert weiter. »Also, erst mal«, sagt sie, »nenn mich Ina. Und ich habe Roan vor zwei Jahren kennengelernt, als die Gerlings zu Besuch im Palast waren.«

Ich erinnere mich dunkel daran, wie damals, als die Gerlings am Königshof waren, auf dem Marktplatz von Crofton Buden aufgestellt wurden, mit Spielen für die Kinder, Musik und Tanz und so vielen kandierten Früchten, wie wir entbehren konnten. Der kleine Jahrmarkt dauerte die ganze Woche, wie um die Abwesenheit der Gerlings zu feiern – ein verzweifelter Versuch, sich zu amüsieren.

»Wir … haben uns gut verstanden«, fährt Ina fort. Wieder stößt sie dieses Kichern aus, das mich gleichzeitig bezaubert und an meinem Herzen zerrt. Ich weiß, dass es wehtun wird, aber ich will alles über Roan und Ina erfahren, was es zu wissen gibt.

»Danach haben wir uns Briefe geschrieben«, erzählt sie weiter, »aber nur heimlich; schließlich sollte die Königin entscheiden, wen ich heirate. Letztendlich habe ich es Caro zu verdanken, dass sie Roan ausgewählt hat.« Ina wirft ihrer Kammerzofe einen ergebenen Blick zu. »Sie hat einen der Briefe gefunden« – ein kleines, schelmisches Lächeln huscht über Caros Gesicht –, »und bevor auch nur die Sonne ganz aufgegangen war, war die Königin überzeugt, dass wir unsere Allianz mit den Gerlings vertiefen sollten. Natürlich wusste ich nichts davon, bevor die Verlobung bekannt gegeben wurde. Unsere gute Caro hat überhaupt keine Ahnung, was für einen Einfluss sie hat.« Wieder blickt Ina voller Zuneigung Caro an, die errötet.

»Das ist … eine wundervolle Geschichte«, flüstere ich trotz der plötzlichen Enge in meiner Brust.

»Ja, nicht wahr?« Das Glück in Inas Stimme ist so aufrichtig, dass ich ihr nichts übel nehmen kann, sosehr mein Herz auch dabei schmerzt. Als Caro und ich sie wieder loslassen, tritt sie einen Schritt zurück und wirbelt im Kreis herum, sodass der schimmernde grüne Stoff um ihre Knöchel flattert. Das Kleid ist noch nicht einmal fertig genäht, aber Inas Bewegungen darin lassen es wie die edelste aller Roben wirken.

»Inas ganzes Leben ist eine wundervolle Geschichte«, wispert Caro an mich gewandt – leiser als ihr normaler Flüsterton –, während Ina ans andere Ende des Zimmer geht, um sich in dem bodenlangen Spiegel dort zu bewundern. »Aber davon hast du sicher gehört?«

Ich nicke und versuche, nicht aus dem Augenwinkel Ina anzustarren. Es erscheint mir vollkommen unmöglich, dass sie jemals etwas anderes gewesen sein soll als dieses lachende, strahlend schöne, privilegierte Mädchen. Doch jeder in Sempera kennt ihre Vergangenheit: Sie war eines der Hunderte von Kindern, die an der Küste vor dem Palast ausgesetzt worden sind, weil ihre Eltern verzweifelt hofften, die Königin könnte ihr Kind als ihren Erben auswählen, so wie sie es vor all der Zeit angekündigt hatte. Ein fünfhundert Jahre altes Versprechen, das sich nun in der jungen Frau erfüllt, die vor mir steht.

Wie den meisten Menschen in Sempera ist mir jedoch die Wahrheit vertrauter, die sich unterhalb der glänzenden Oberfläche von Inas Geschichte verbirgt: dass nämlich all die anderen Kinder, die der Königin überlassen wurden, im Waisenhaus landen. Sobald sie volljährig sind – manchmal schon früher – verdingen sich diejenigen, die keine Familien gefunden haben, als

Diener oder einfache Arbeiter. Papa hat die Königin seit jeher für ihr Versprechen verachtet, weil es zu grausamen Praktiken führte. Die Königin lebt schon so lange, dass lediglich alle paar Jahrzehnte ein Kind ausgewählt wurde, nur um irgendwann für unzureichend befunden zu werden und eine niedrigere Stellung bei Hofe zugewiesen zu bekommen oder an einer Krankheit zu sterben. Oder – ich erschaudere, als mir Lady Sidas Andeutung wieder einfällt, was geschieht, wenn die Königin sich entschließt, ihren Thron doch nicht aufzugeben. All das hielt die Eltern jedoch nicht davon ab, ihr Jahr für Jahr Hunderte von Kindern zur Auswahl zu stellen – getrieben von der wahnhaften Hoffnung, der eigene Sohn oder die eigene Tochter könnte das *eine* Kind sein.

Ina kommt zu uns zurück, zwischen den Fingern eine weitere Stofffalte, die wir verschwinden lassen sollen. Ich schiebe mir eine Stecknadel zwischen die Lippen und knie mich vor die zukünftige Königin.

Denn die Auserwählte war Ina. Die Neuigkeit versetzte das ganze Land in Aufruhr, oder zumindest behaupteten das die Leute. Ich erinnere mich vage an Palastbedienstete, die nur zu gern ihren Tratsch über Ina verbreiteten, nachdem die Königin sie zu sich genommen hatte. Über den geschliffenen Stein, den sie bei ihrer Geburt im Mund gehabt habe und der ein Geschenk der Zauberin gewesen sei. Als diese Gerüchte der Königin zu Ohren kamen, gab sie dem Mädchen ihren eigenen Nachnamen, Gold.

Ich frage mich, wer ihre Mutter und ihr Vater sein mögen. Ob sie noch am Leben sind? Ob sie wissen, dass das namenlose Kind, das sie einst an der Küste ausgesetzt haben, Ina ist? Mein Herz verkrampft sich, als mir ein Gedanke kommt.

Vielleicht ist mir dasselbe passiert.

Seit ich Papas Brief gelesen habe, versuche ich, nicht darüber nachzudenken, was er geschrieben hat … dass er gar nicht mein Vater war. Wenn das die Wahrheit ist, wäre es gut möglich, dass ich selbst eines dieser ausgesetzten Kinder bin, dessen Papa sich so früh angenommen hat, dass sich niemand mehr daran erinnert. Schließlich habe ich auch nie meine Mutter kennengelernt.

Was bedeuten würde, dass die Königin genauso gut mich hätte auswählen können. Und es nicht getan hat.

Ein greller Schmerz jagt durch meinen Finger. Ich habe mich mit der Nadel gestochen. Schnell reiße ich die Hand zurück, um keine Blutflecken auf dem Kleid zu hinterlassen, doch irgendetwas stimmt nicht. Ina reckt den Kopf nach hinten, um mich ansehen zu können, aber langsam, als würde sie sich durch zähes Harz bewegen. Bevor sie sich ganz umgedreht hat, sind meine Hände wieder dort, wo sie sein sollten. Sie blickt mich an, dann blinzelt sie kurz und wendet sich wieder ab, als hätte sie vergessen, was eigentlich ihre Aufmerksamkeit erregt hat. Auch Caro starrt Ina einen Moment lang verwirrt an.

Mir ist natürlich sofort klar, was passiert ist. Als ich mich gestochen habe, ist die Zeit stehen geblieben – oder hat sich verlangsamt –, genau wie an dem Tag, als ich die Forelle aus dem Bach fangen wollte, oder als ich auf dem Marktplatz von Crofton dem Gerling-Mann gegenüberstand und darauf hoffte, mit nach Everless genommen zu werden. Meine Nerven beginnen zu flattern. Seit meiner Ankunft auf Everless ist so etwas nicht mehr passiert, oder wenn doch, dann habe ich es zumindest nicht bemerkt.

Erleichtert stelle ich fest, dass die beiden sich nicht weiter über den seltsamen Moment zu wundern scheinen. Ina schlägt ein paar weitere Änderungen vor, und Caro lächelt ihr verschwiegenes Lächeln. »Du hast wirklich Glück gehabt, dass deine Eltern damals beschlossen haben, dich dem Königreich zu schenken, Ina. Und ich wüsste niemanden, der eine solche Gunst mehr verdient hätte.«

Die Uhr tickt einmal, zweimal, bevor Ina bescheiden lächelt. Sie wird sich unmöglich an ihre Eltern erinnern können, aber der Gedanke an sie scheint sie dennoch zu bedrücken. Es ist schwer zu glauben, dass irgendetwas auf der Welt dieses schöne, fröhliche Mädchen, Roans Braut, die zukünftige Königin, traurig machen könnte – doch ich weiß selbst nur zu gut, wie schwer es sein kann, mit dieser Art unbeantworteter Fragen zu leben.

Nachdem Caro jede Naht und jede Raffung des Kleides für perfekt befunden hat, schlüpft Ina vorsichtig heraus, und Caro und ich falten es zusammen, um es anschließend den Schneiderinnen zu bringen. Während wir die Schulterpartien aufeinanderlegen, sagt Caro: »Jules, ich werde mich bei der Königin für deine Einstellung einsetzen.«

»Wenn du einverstanden bist«, fügt Ina hastig hinzu. »Ich hoffe, du bist es.«

Es dauert einen Moment, bis ihre Worte zu mir durchdringen, dann jedoch muss ich mich zusammennehmen, um nicht Inas Kleid fallen zu lassen und Caro zu umarmen. »Danke!«, erwidere ich atemlos. »Vielen, vielen Dank.«

»Du wirst hauptsächlich für mich zuständig sein«, merkt Ina an. »Die Königin nimmt lieber Caros Dienste in Anspruch und auch das nur äußerst selten.«

Die Freude in meinem Herzen fühlt sich seltsam an nach all dem Kummer der letzten Tage. Und wenn ich zu genau hinsehe, erkenne ich, dass sie dennoch von etwas Düsterem, Unheilvollem durchwoben ist. Es ist merkwürdig, so glücklich darüber zu sein, dass ich es in die Nähe der Frau schaffen werde, vor der Papa mich gewarnt hat und die ihn möglicherweise in den Tod getrieben hat.

Doch das Hochgefühl ist zu stark, um nun diesen finsteren Gedanken nachzuhängen. Also schiebe ich sie ganz an den Rand meines Bewusstseins, um mich später, wenn der richtige Zeitpunkt gekommen ist, damit zu befassen.

»Aber zuerst«, sagt Caro, »muss die Königin ihr Einverständnis geben. Am besten bringen wir dich gleich zu ihr.«

15

Die Königin, informiert mich Caro, hält sich am liebsten in ihren Gemächern auf, weitab vom Geschwätz der übrigen Bewohner von Everless. Das beweisen nicht zuletzt die Wachen, die zu beiden Seiten ihrer Tür postiert sind. Still wie Statuen stehen sie da, als wir uns ihnen nähern, sodass ich beim ersten Blick in ihre aschfahlen Gesichter kurz fürchte, ich könnte erneut die Zeit angehalten haben.

Caro tritt ohne das winzigste Zögern oder Zeichen von Unsicherheit zwischen den Männern hindurch. Ina geht dicht hinter uns und nestelt an ihrem Kleid. Das macht mich neugierig: Ist sie immer so nervös in Gegenwart der Frau, die sie großgezogen hat? Auf der anderen Seite der Tür sitzt die Königin von Sempera in einem hohen, aus dunkelbraunem Holz geschnitzten Lehnstuhl. Ina und Caro sinken in einen tiefen Knicks, und ich folge ihrem Beispiel, den Blick auf den dicken, grün-golden gemusterten Teppich unter meinen Füßen gerichtet.

Caro spricht als Erste. »Majestät, erlauben Sie, dass wir Ihnen Jules Ember vorstellen. Ina und ich würden sie gern in unseren Dienst nehmen.« Die Königin schweigt. »Sie hat bereits als Kind auf Everless gelebt und kennt das Schloss gut. Jules«, wendet sich Caro dann an mich.

Ich erhebe mich, und als ich den Blick vom Boden löse, sehe ich, dass die Königin mich unverhohlen anstarrt. Langeweile und Arroganz haben sich tief in ihre Züge gegraben und lassen ihre Schönheit kalt und unerreichbar erscheinen – es ist die Schönheit eines fernen Sterns am Firmament. Doch ihr Blick ist durchdringend, genau wie ihre Stimme.

»Ina, ist das dein Wunsch?«, fragt die Königin.

»Ja«, antwortet Ina rasch. »Jules war als Kind Roans Spielgefährtin. Nichts würde mich glücklicher machen.«

Ich registriere einen kurzen Blickwechsel zwischen Caro und der Königin. Es ist ein wortloser Befehl, und Caro räuspert sich. »Jules, im Dienst der Königin und ihrer Tochter zu stehen bedeutet mehr, als für eine gewöhnliche Adelsfamilie zu arbeiten. Eine solche Position birgt gewisse Gefahren.« Ich sehe Caro fest in die Augen, obwohl mein Herz heftig zu pochen begonnen hat. »Du darfst mit niemandem über die Königin sprechen. Du darfst niemals unaufgefordert ihre Gemächer betreten. Du darfst sie niemals berühren, nicht einmal, um ihr behilflich zu sein. Und wenn jemand über sie mit dir spricht oder andeutet, ihr etwas antun zu wollen, wirst du es mir umgehend mitteilen. Derartige Drohungen gegen die Königin sind nichts Ungewöhnliches, wie du sicher weißt«, erklärt sie weiter. »Große Macht geht mit Gewalt einher, von innen wie von außen.« Caros Ansprache klingt heruntergespult, wie einstudiert. Ich frage mich, wie oft sie sie bereits gehalten hat.

»Bedrohungen werden mit größter Diskretion, jedoch ohne jeden Skrupel beseitigt«, sagt sie nun. »Wenn du bei uns anfangen möchtest, muss dir das klar sein.«

Die Nachdrücklichkeit ihrer Worte würde wohl jeden das Fürchten lehren, ganz zu schweigen von jemandem, der bereits verräterische Gedanken hegt. Ich wage kaum zu atmen und kann nur hoffen, dass mein Gesicht nichts preisgibt. Zu meinem Glück scheint Caro meine Unruhe anders zu deuten und schenkt mir ein aufmunterndes Lächeln. Ich neige den Kopf und unterdrücke ein Frösteln. »Das ist es.«

»Dasselbe gilt natürlich für Ina.« Caro redet nun langsamer, als bereiteten die Worte ihr Mühe. »Wenn du ihr dienst, müssen wir darauf vertrauen können, dass du sie mit deinem Leben verteidigen würdest.«

Ich nicke. »Das werde ich.« Caro lächelt schwach.

Die Königin mustert mich noch immer, dann erhebt sie sich mit einer fließenden Bewegung von ihrem Sessel, bis sie uns alle überragt. »Nun, wir werden sehen. Tritt vor, Mädchen«, befiehlt sie.

Als ich zögere, legt Caro mir die Hand auf die Schulter und schiebt mich sachte vorwärts, bis ich neben Ina stehe. Ich schlucke und versuche, meine zitternden Knie zu verbergen. Ina wirft mir einen ermutigenden Blick zu.

»Wir werden dich nun einer Loyalitätsprüfung unterziehen, Jules«, erklärt Caro, die auf meine andere Seite tritt. »Um sicherzugehen, dass du über die nötigen Instinkte für die Position verfügst.«

»Selbstverständ–«

Eine rasche Bewegung vor mir lässt mich verstummen. In der Hand der Königin schimmert plötzlich ein Messer. Ich erstarre vor Angst, als sie es über ihre Schulter hebt.

Dann schleudert sie es geradewegs nach Ina.

Ein silberner Blitz zuckt durch die Luft.

Mein Körper reagiert reflexartig. Schneller, als ich denken kann, werfe ich mich vor Ina und flehe im selben Augenblick die Zauberin an, die Zeit anzuhalten, während ich damit rechne, dass sich das scharfe Metall in meine Brust versenkt.

Doch ich spüre nichts außer meinem hämmernden Herzen. Nichts passiert. Gar nichts. Einen Moment lang denke ich, ich hätte es geschafft, doch als ich die Augen öffne, noch immer meinen wummernden Herzschlag in den Ohren, sehe ich Caro mit ausgestrecktem Arm vor mir stehen, die Hand um den Griff des Messers geschlossen. Sie hat es wenige Zentimeter vor mir abgefangen. Ich bin fassungslos, wie schnell sie reagiert hat. Ihre Brust hebt und senkt sich von der Anstrengung, wenn auch kaum merklich.

Ich atme aus. Eine Loyalitätsprüfung. Mein Leben für Inas.

Die Königin starrt mit undurchdringlicher Miene auf mich herab, als Caro ihr das Messer reicht. Ich weiß nicht, ob ich es mir einbilde oder ob es an ihrer ungerührten Stimme liegt, doch es ist, als würde eine Eiseskälte von ihr ausgehen und mir bis unter die Haut kriechen.

»Gut gemacht«, lobt sie mich. »Du auch, Caro. Ohne Patzer diesmal.« Während Caro verschämt die Augen niederschlägt, richtet die Königin ihren Blick wieder auf mich. »Vergiss niemals, wenn du Ina nicht mit deinem Leben vor jeder nur möglichen Gefahr schützt, sind deine Jahre verwirkt.«

Mein Mund ist staubtrocken, doch ich zwinge mich zu antworten. »Sehr wohl, Majestät«, sage ich und verbanne jede Emotion aus meiner Stimme.

Die Herrscherin von Sempera nimmt wieder in ihrem Lehnstuhl Platz, und als sie nickt, scheint der Raum selbst einen Seufzer der Erleichterung auszustoßen. Ich höre Caro und Ina leise aufatmen und das Rascheln ihrer Kleider, als sie sich wieder regen. Schließlich hebt die Königin die Hand, um uns zu entlassen. Ich drehe mich zu ihnen um. Beide lächeln mich an, und ich lese etwas wie Dankbarkeit – oder Mitleid – in ihren Augen.

16

Die Truhe mit Kleidern, die später an diesem Abend neben meinem Bett abgestellt wird, mit dem langen, dunkelroten Kleid, wie auch Caro eines trägt, ganz obenauf, sind der letzte Beweis: Ich bin Ina Golds neues Dienstmädchen und gehöre nun zum königlichen Gefolge. Ina hat mir angeboten, eine Kammer in der Nähe ihrer eigenen zu beziehen, aber ich will Alia nicht im Schlafsaal allein lassen. Außerdem empfinde ich die Gegenwart der anderen Dienerinnen als tröstlich und spüre den Geist meines Vaters hier deutlicher als in den fremden Fluren, durch die ich heute gewandelt bin.

Ich bin der Königin nun näher als jemals zuvor und, so hoffe ich, damit auch einer Erklärung für Papas Warnung. Was gleichzeitig bedeutet, dass ich noch nie in größerer Gefahr geschwebt habe.

Ich breite eines der Kleider auf meinem Bett aus, und eine Gruppe von Mädchen schart sich darum wie um ein wärmendes Feuer. Einige werfen mir neidische Blicke zu, andere dagegen scheinen mich eher zu bemitleiden. Alia streckt ihre kleine Hand aus und streicht über den weichen Stoff. Sie wird Everless in wenigen Tagen verlassen, und ich habe beschlossen, eines der Kleider heimlich für sie umzunähen. Dann werde ich es ihr mitbringen, wenn ich selbst nach Crofton zurückkehre. *Doch wann wird das sein?*

Bea witzelt gutmütig, dass die mit Samt ausgekleidete Truhe komfortabler wirkt als unsere Betten im Schlafsaal.

»Das grüne Kleid war für Addie gedacht«, sagt ein jüngeres Mädchen namens Selena zu niemand Bestimmtem. »Sie hat es nie getragen.« Sie ist die Gehilfin der Schneiderin, darum zweifle ich nicht an ihren Worten. Nach und nach ziehen die anderen sich zurück und lassen mich mit dem unguten Gefühl, das Selenas Bemerkung ausgelöst hat, allein.

Ich habe niemandem erzählt, was in den Gemächern der Königin passiert ist. Dazu habe ich zu viel Angst, sowohl vor der Königin als auch davor, dass mir niemand glauben würde. Ich versuche, mir einzureden, dass es bloß eine Prüfung war, dass Ina keine Sekunde lang in Gefahr war – aber wer wirft ein Messer nach seiner eigenen Tochter, selbst in der Gewissheit, dass die Klinge sie niemals erreicht?

Wie ich der Nachricht entnehme, die Caro an die Innenseite der Truhe geheftet hat, besteht meine erste Aufgabe als königliches Dienstmädchen darin, Eisbeerenzweige für Roans und Lady Golds Hochzeitsspalier zu sammeln. Obwohl ich ein wenig enttäuscht bin, dass mich meine Arbeit nicht in die Nähe der Königin führt, beeile ich mich mit dem Frühstück und schlüpfe danach in eines der neuen Kleider. So gut es geht, versuche ich, mein Haar zu bändigen, und verberge es unter meiner Haube, bevor ich einen dicken Mantel anziehe und mich auf den Weg in den Rosengarten mache, der sich in einem Hof ganz im Herzen von Everless befindet.

Die Gerlings sind peinlichst darauf bedacht, dass der Garten ihnen und ihren Gästen vorbehalten bleibt – ich muss der Wache am Eingang Caros Nachricht vorweisen, um hineinzugelangen –, und so bin ich noch nie über die hübschen Mosaikpfade gegangen, auch wenn ich schon oft durch die Fenster darauf hinuntergesehen habe. Die kleinen farbigen Steinfliesen unter meinen Füßen sind mit Schnee bestäubt. In den efeuumrankten Beeten leuchten bereits Rosen, obwohl der Winter sich noch immer hartnäckig dem nahenden Frühling widersetzt. Ich habe gehört, dass die Gärtner die Erde hier mit geschmolzenem Bluteisen düngen, damit die Blumen noch anmutiger und früher und länger blühen. So grotesk und verschwenderisch mir diese Vorstellung auch erscheint, muss ich doch zugeben, dass die blutroten Rosen vor dem Schnee ein wunderschönes Bild abgeben.

Hinter mir ertönen Schritte. Ich drehe mich um und erschrecke, als ich Roan auf mich zukommen sehe, einen Mantel über die Schulter geworfen. Er trägt keine Kopfbedeckung, und der Wind weht ihm die Locken ins Gesicht. Ich muss gegen den plötzlichen Impuls ankämpfen, ihm zu raten, sich wärmer anzuziehen. Er lächelt mich an und beschleunigt seine Schritte, bis er vor mir steht.

»Ich hatte gehofft, dir noch einmal zu begegnen«, sagt er, während er bewundernd meine neue Aufmachung mustert. »Ich dachte, Liam hätte dich vielleicht in den Kerker geworfen oder dich seine Stiefel polieren lassen oder irgendetwas anderes Furchtbares.«

»Ich bin jetzt ein königliches Dienstmädchen.« Bescheiden neige ich den Kopf. »Danke für deine Hilfe.«

Er gluckst. Es sollte sich nicht so gut anfühlen, hier draußen mit ihm im Garten zu stehen, wo jeder uns sehen kann, doch als wir gemeinsam den Pfad hinunterschlendern, passen sich unsere Schritte wie von allein einander an, genau wie damals, als wir noch Kinder waren. Es würde mich nicht wundern, wenn er jeden Moment losstürmen und mich auffordern würde, ihn zu fangen.

Ich wünschte, das Reden würde mir genauso leichtfallen und mir würde irgendeine Nichtigkeit, eine Anekdote oder ein kleiner Scherz, in den Sinn kommen, doch das tut es nicht. »Ich war noch nie hier«, sage ich schließlich mit einer Geste in Richtung der Blumen. »Der Garten ist herrlich.«

Zu meiner Überraschung stößt Roan einen Seufzer aus. »Das schon. Aber zu künstlich für meinen Geschmack.« Nachdenklich schnippt er mit den Fingern gegen eine Rosenblüte und sieht zu, wie sie ein paarmal hin- und herschwingt wie ein Uhrenpendel. Sein Lächeln wirkt verschmitzt – geradezu verschwörerisch. »Ich mochte schon immer lieber Wildblumen als Zuchtrosen.«

Plötzlich fällt mir der Geruch wieder ein, der ihm bei unserer Begegnung im Dienstbotenflur anhaftete – nach Lavendel, nicht Rosenwasser. Ich nicke. »Gibt es noch das kleine Lavendelfeld unten am Südtor? Dort, wo wir früher immer unsere Festung gebaut haben?«

Zuerst runzelt er die Stirn, als könnte er sich nicht recht erinnern. Dann tritt ein Leuchten in seine Augen. »Es könnte welchen im Treibhaus geben«, antwortet er mit einem Nicken zum gegenüberliegenden Ende des Gartens. »Wollen wir nachschauen gehen?«

»Ich soll hier auf Caro warten«, sage ich schnell, und das Leuchten verschwindet.

»Dann vielleicht ein andermal. Wie ist das Leben als königliches Dienstmädchen so?« Im Gehen greift er nach meiner Hand und hebt sie hoch, um die Spitzenborte an meinem Handgelenk zu betrachten. Hitze steigt mir ins Gesicht, und es kostet mich alle Mühe, mir nichts anmerken zu lassen, als er meine

Hand eine Sekunde länger festhält als nötig. »Steht dir gut, dieses Kleid«, bemerkt er dann in lockerem Plauderton.

Mein Lachen klingt eine Spur atemlos. »Die Kartoffelsäcke, die wir unten in der Küche tragen, sind nicht schwer zu übertreffen.«

Roan lacht mit mir. »Stimmt. Aber das meine ich nicht. Ich muss andauernd daran denken, wie du damals immer gesagt hast, du wolltest Schmiedin werden, ganz wie dein Vater. Du warst ständig voller Ruß aus der Esse.«

In mir ringen Freude und Traurigkeit um die Vorherrschaft. Ich bin erstaunt, dass Roan ohne jeden Groll auf seine Vergangenheit zurückblicken kann, dass er keinerlei schlechte Erinnerungen daran zu haben scheint – als hätte er sie sauber gewischt wie ein Schulkind seine Schiefertafel –, doch seine unbedachte Bemerkung versetzt mir einen Stich.

Er weiß nicht, dass Papa tot ist, sage ich mir im Stillen. *Woher sollte er es wissen?* Und: *Wenn Papa noch erlebt hätte, wie freundlich Roan zu mir ist, hätten die Dinge womöglich einen anderen Ausgang genommen.*

»Erzähl weiter«, bitte ich ihn, um das Thema zu wechseln. »Woran kannst du dich noch erinnern?«

»Nun.« Er grinst. »Du warst ein ziemlicher Wildfang. Weißt du noch, wie du dir immer Geschichten über die Tiere im Wald ausgedacht hast? Oder wie du uns historische Schlachten hast nachspielen lassen?«

Zuerst weiß ich nicht, was er meint, so tief sind die Bilder unter den Jahren des Hungers und der Jagd nach Bluteisen vergraben. Doch je länger ich in Roans blaue Augen starre, so unverändert seit unserer Kindheit, desto mehr Erinnerungsfetzen flackern mir durch den Kopf – wie wir uns in der großen Halle unter dem Tisch versteckt haben, als wären wir Spione; wie wir grasbewachsene Hügel hinuntergepurzelt sind und so getan haben, als würden wir von Wölfen verfolgt …

Mit einem Mal blinzelt Roan und sieht an mir vorbei, dann hebt er die Hand und winkt jemandem zu. Ich folge seinem Blick und sehe Caro auf uns zukommen. Als sie uns beide zusammen sieht, legt sie den Kopf schief.

»Lord Roan. Jules«, begrüßt sie uns, als sie uns so nah ist, dass ihre Flüsterstimme uns erreicht. »Guten Morgen.«

»Guten Morgen, Caro«, erwidert Roan fröhlich, doch seine Stimme klingt eine Winzigkeit höher als sonst. Aus dem Augenwinkel sehe ich, wie er abermals die Hand hebt – als wollte er meinen Arm berühren –, sie jedoch gleich darauf wieder sinken lässt, als hätte er sich eines Besseren besonnen.

»Nochmals vielen Dank, dass Sie so freundlich waren, mich zu empfehlen, Lord Gerling«, sage ich zu ihm und trete einen Schritt zur Seite, um etwas Abstand zwischen uns zu bringen. »Es ist mir eine Ehre, der Königin zu dienen.«

Sein Lächeln ist flüchtig und nur für mich bestimmt. »Es war mir ein Vergnügen.« Er nickt erst mir zu, dann Caro. »Wenn ihr mich jetzt entschuldigen würdet. Ich habe eine Verabredung mit meiner Braut.«

»Zu der Sie bereits jetzt zu spät kommen«, bemerkt Caro mit einem gutmütigen Lächeln.

Roan sieht mir ein letztes Mal in die Augen, bevor er sich auf den Weg zurück ins Schloss macht.

Caro hakt sich wieder bei mir unter, so wie sie es getan hat, als sie mich zu Inas Anprobe abgeholt hat. Ich lächele im Versuch, meine Nervosität zu überspielen. Die Aufregung, die mich befällt, wann immer ich in Roans Nähe bin, ist so immens, dass ich das Gefühl habe, jeder müsste sie mir auf den ersten Blick ansehen, als würde meine Haut ein gleißendes Licht verstrahlen.

Doch Caros Miene wirkt absolut sorglos. »Ich bin so froh, dass die Königin mit dir zufrieden war. Nur sehr wenige bestehen ihre Loyalitätsprüfung. Obwohl sie hauptsächlich dazu dient, diejenigen zu verschrecken, die es ohnehin nicht ernst meinen«, fügt sie hastig hinzu, als wäre es ihr plötzlich unangenehm, darüber zu sprechen. »Wenn ich ehrlich sein soll, verbringe ich, seit wir hier sind, mehr Zeit mit den Hochzeitsvorbereitungen als mit Ina. Und bald …« Sie bricht ab und starrt ins Leere. »Sie braucht jemanden, mit dem sie reden kann. Dem sie vertraut. Und nachdem du gegangen warst, hat sie gesagt, dass sie dich sehr gern mag.«

»Sie wird bald mit Ro… – Lord Roan verheiratet sein«, merke ich an. »Dann wird alles anders.«

Carlo schenkt mir ein trauriges Lächeln. »Du hast recht, Jules. Es wird sich einiges ändern.« Sie drückt meinen Arm und blickt sich dann anerkennend im Garten um. »Hast du schon mal Eisbeeren gesehen?«

Ich schüttele den Kopf, und sie führt mich weiter. Je tiefer wir in den Garten vordringen, desto schmaler und natürlicher winden sich die vorher so gepflegten Pfade, und auch die dazwischen verstreuten Beete wirken wilder. Nach einer Weile bleibt Caro stehen und hockt sich hin. Vorsichtig, um sich nicht an den Dornen zu stechen, greift sie zwischen die Zweige eines Rosenbusches und zieht etwas Kleines, Silbernes daraus hervor.

»Hier ist es, genau wie der Gärtner gesagt hat«, verkündet sie und hält mir eine schmale, schimmernde Pflanze hin. Sie scheint von innen heraus zu glühen. Ich beuge mich über Caros

Hand und betrachte das winzige Zweiglein genauer, so hübsch geformt und ziseliert wie nichts, was ich je gesehen habe. Der Stängel ist schwarz mit silbrig-weißen Blättern, und die Beere von einem tiefen, dunklen Blau. Erst jetzt wird mir klar, dass dies die Pflanze ist – der gewundene Stängel, die schmalen, gezackten Blätter –, die in die Schmuckschatulle der Königin geschnitzt war, die Addie am Tag, als die Königin auf Everless eingetroffen ist, fallen gelassen hat.

»Das königliche Emblem«, erklärt Caro, die, wie so oft, meine Gedanken gelesen zu haben scheint. »Es heißt, sie könne einem Menschen die Wahrheit entlocken und wachse nur an Orten, an denen einst die Zauberin ihre Magie eingesetzt hat.«

Ich fange an zu lachen, verstumme jedoch jäh, als Caro überrascht zu mir hochblickt.

»Was ist denn so lustig?«, fragt sie.

»Tut mir leid, aber mein Vater …«, setze ich an. »Er hat mich nicht im Glauben an die Zauberin erzogen.« Ich erwähne nicht, dass mein Vater nichts als Verachtung für sie bekundet hat, nachdem ich irgendwann zu alt war, um auf seinen Schoß zu klettern und ihn um Geschichten anzubetteln. Ohne Roan wird mir abermals unbehaglich beim Gedanken an meine Kindheit, die in jenem Moment endete, als wir gezwungen waren, von Everless zu fliehen.

»Aber sieh doch mal.« Vorsichtig biegt Caro die Rosenzweige auseinander. Verblüfft spähe ich durch die Öffnung auf die Eisbeeren, die dort im Schatten wachsen. Der Wuchs der kaum mehr als knöchelhohen Pflanzen ist verzweigt, wie bei Sträuchern oder kleinen Bäumen, und folgt einem eigenartigen Muster auf dem Boden – das an Fußabdrücke erinnert.

Mit einem Mal verspüre ich den Drang, die Pflanze zu berühren, und knie mich hin. Der steinerne Pfad ist kalt, selbst durch den Stoff meines Kleides. Mein Finger streift die Unterseite eines der Blätter, und ein lebhaftes Bild steigt in meinem Geist auf. Es zeigt die Eisbeeren an genau diesem Fleck, doch sie wachsen ungehemmt im stetigen Wechsel von Licht und Schatten. Es ist, als zögen unzählige Tage in rascher Abfolge an mir vorüber.

Benommen stehe ich wieder auf. Caro mustert mich eigenartig, sagt jedoch nichts. Sie deutet auf das ungezähmte Herz des Gartens. »Das hier ist der Grund, warum der Garten so gestaltet ist. Die Gerlings haben ihn um die Eisbeeren herum anlegen lassen.« Sie beugt sich etwas vor und redet noch leiser. »Eisbeeren sind heute unheimlich selten. Die Königin hat angeordnet, dass das Beet umgehend abgeerntet wird. Lady Verissa dürfte außer sich sein vor Wut.«

»Verstehe.« Ich bin noch immer nicht gänzlich überzeugt von der magischen Wirkung der Pflanze, doch die seltsame Vision hat mich auf eine Art erschüttert, die ich nicht in Worte fassen kann. Ich kauere mich neben Caro auf den Boden und lasse mir von ihr zeigen, wie ich durch die Dornen die Eisbeeren pflücken kann, ohne die Wurzeln zu zerstören.

Wir legen die Pflanzen in den Weidenkorb, den Caro mitgebracht hat. Die Stängel sind so klein und zart, dass es den ganzen Morgen dauern wird, bis der Korb voll ist, doch nachdem ich die Mavafrüchte schälen musste, stören mich die paar Kratzer mehr an meinen Händen nicht, und ich lausche Caros leisem, fröhlichem Geplauder. Manchmal erinnert sie mich an einen Vogel, mit ihren schnellen, effizienten Bewegungen, der melodiösen Stimme und den funkelnden Augen.

Als der Korb zu einem Drittel gefüllt ist, sagt sie: »Roan

scheint dich sehr zu mögen.« Ich erstarre, während mich gleichzeitig ein verbotener Schauder durchläuft. Ihre Bemerkung klang nicht wertend, bloß neugierig – dennoch bin ich nicht ganz sicher, wie viel ich preisgeben soll.

Beinahe hätte ich geantwortet: *Ich habe ihm das Leben gerettet.* Doch selbst in meinem Kopf klingt der Satz wie der eines kleinen Mädchens, dessen wehmütiges Herz einem zehn Jahre alten Traum nachjagt. Liam hat versucht, Roan ins Feuer zu stoßen. Vielleicht habe ich ihn davon abgehalten. Vielleicht war es aber auch Papa, und ich habe einfach meine eigene Geschichte dazu erfunden, so wie ich es als Kind immer getan habe.

»Wir waren Freunde, als wir noch klein waren«, antworte ich schließlich. »Als mein Vater noch auf Everless gearbeitet hat. Ich bin ihm unendlich dankbar, dass er mich dir empfohlen hat. Lord Liam hat mich vor ein paar Tagen zum Mavaschälen in den Keller verbannt, aber Roan hat mich wieder heraufgeholt.«

»Mava!« Caros Augen weiten sich vor Entsetzen. »Ich habe mich schon gefragt, woher die Flecken an deinen Händen stammen. Was hast du denn getan, um derart bestraft zu werden?«

»Möglicherweise war es nicht ganz unverdient«, räume ich ein, um meine vorherigen Worte ein wenig abzuschwächen. »Ich war in einem Flur, in dem ich nichts zu suchen hatte, und außerdem in der Nähe der Schatzkammer. Dort hat Liam mich erwischt.«

»Hast du versucht hineinzugelangen?«, fragt Caro mich direkt.

Ich schüttele entschieden den Kopf. Das Letzte, was ich will, ist, dass Caro mich für eine Diebin hält. »Das würde ich nicht wagen. Es war ... eher ein Versehen.«

»Hmmm.« Caro mustert mich, ein kleines Lächeln zupft an ihren Mundwinkeln. »Ein Versehen? Wo du dich doch so gut auskennst auf Everless?«

Ich öffne den Mund, um etwas zu erwidern, schließe ihn jedoch gleich darauf wieder – bevor ich mich um Kopf und Kragen reden kann.

Caro hebt die Augenbrauen, dann pflückt sie eine Eisbeere von ihrem Zweig und rollt sie zwischen zwei Fingern hin und her. »Du musst mich nicht belügen, Jules.« Ihre Stimme klingt beinahe wehmütig. »Ich bin kein Unmensch und auch nicht so gnadenlos wie die Königin. Ich werde dich schon nicht in Ketten legen.«

Ich schüttele den Kopf, doch sie blickt mich noch immer an und scheint darauf zu warten, dass ich etwas sage.

Langsam stoße ich den Atem aus. »Ich habe darüber nachgedacht … ob sich in der Schatzkammer möglicherweise etwas befindet, das meinem Vater gehörte.« Dass ich Liam zur Schatzkammer gefolgt bin, behalte ich für mich, aber auch dies ist Teil der Wahrheit. Ich bin beinahe schockiert, wie mühelos mir das Geständnis über die Lippen kommt, als hätte ich Caro schon immer davon erzählen wollen. Sie hat gesagt, die Eisbeeren könnten einem Menschen die Wahrheit entlocken, aber das kann doch unmöglich stimmen. Oder doch?

»Als wir damals von Everless fortgegangen sind, mussten wir einiges zurücklassen«, erkläre ich rasch. Auch das ist nicht gelogen. »Vielleicht ist es ja dort gelandet.« Ich schüttele den Kopf. »Es ist dumm, ich –«

»Nein, sag das nicht«, entgegnet Caro. »Es ist kein bisschen dumm. Dein Vater ist tot, und du willst das wenige, das von ihm geblieben ist, in Ehren halten. Dennoch – auch wenn du jetzt im Dienst der Königin stehst, darfst du bei so etwas nicht erwischt werden. Die Gerlings sind sehr kleinlich mit ihrem kostbaren Bluteisen, besonders Liam.« Sie hält inne. »Wenn sich die Gelegenheit bietet, könnte ich für dich nachsehen. Wonach suchst du denn genau?«

»Nein!«, platzt es lauter aus mir hervor, als beabsichtigt. Hastig füge ich hinzu: »Liam hat gesagt, jeder, der kein Gerling ist, könnte sterben, wenn er versucht, in die Schatzkammer zu gelangen. Die Tür ist verzaubert.«

Zu meiner Überraschung lacht Caro auf. Der Klang ist glockenklar und lauter als ihre Stimme; einen Moment lang hängt er über dem Garten in der Luft. »Sicher muss man bloß eine Zeitgebühr zahlen«, sagt sie.

»Tu es nicht, bitte.«

»Die Königin und ich werden Everless heute Abend für einige Tage verlassen«, sagt sie und wischt meine Bedenken einfach beiseite. »Wir besuchen ein paar Adelsfamilien im Norden. Aber wenn ich zurück bin, kann ich versuchen, etwas für dich in Erfahrung zu bringen – ich werde diskret sein, keine Sorge. Oder vielleicht sollten wir zusammen gehen; ich lasse mir die Zeitgebühr abzapfen, und du stehst mit einer Karaffe voller Bluteisen bereit. Das wäre sicher lustig.« Ein wildes Funkeln ist in ihre hellen Augen getreten.

»Nein, bitte, Caro. Das ist viel zu gefährlich.« Ich schlucke. Mit einem Mal komme ich mir dumm vor – und ich habe Angst. »Ich … ich weiß doch nicht mal, ob es stimmt. Ob wirklich etwas von Papa dort ist.«

»Aber es scheint dir wichtig zu sein.« Caro lächelt. »Würdest du mir im Gegenzug auch einen Gefallen tun?«

»Gern«, antworte ich, dankbar für die Gelegenheit, sie von

der Idee, in die Schatzkammer einzubrechen, abzulenken. »Alles, was du willst.«

»Wenn dir etwas an Roans Verhalten auffällt, das dir … seltsam vorkommt, würdest du es mich wissen lassen?« Ihre Stimme ist sanft, ihre Miene leicht besorgt. Meine Zunge ist wie mit Sand überzogen, als ich an die Sekunde denken muss, bevor Roan meine Hand wieder losgelassen hat.

»Ja, natürlich. Obwohl ich nicht glaube, dass es da etwas geben wird.«

»Danke«, erwidert sie und umarmt mich kurz. »Du bist jetzt meine Freundin, Jules. Und Inas. Wir müssen zusammenhalten.«

In der Ferne läutet die Everless-Glocke. Caro fährt zusammen und drückt mir, bevor ich etwas erwidern kann, den Korb in die Hand. »Ich muss zur Königin. Würdest du das hier in die Küche bringen? Sie werden dort das Spalier vorbereiten.«

Mir spukt noch immer das Wort *Freundin* durch den Kopf – ich bin nicht ganz sicher, was ich davon halten soll, nachdem ich Caro nicht einmal zwei Tage kenne, aber irgendwie fühlt es sich richtig an. Und ich möchte sie zufriedenstellen. »Was soll ich dann tun?«, frage ich. »Soll ich dich und die Königin begleiten?« Bei der Vorstellung fängt mein Herz an zu klopfen.

»Nein«, sagt Caro bestimmt. Enttäuschung breitet sich in mir aus. »Wir besuchen bloß jemanden, der Schulden bei Ihrer Majestät hat; es wird furchtbar langweilig werden. Du solltest lieber hierbleiben und dich um Ina kümmern, während wir fort sind. Sie würde sich über deine Gesellschaft freuen. Und wenn sie dich nicht braucht, tu einfach, was du willst. Solange die Königin oder Ina oder ich deine Dienste nicht benötigen, kannst du deine Abende verbringen, womit du möchtest.«

Einen Moment lang starre ich sie an, als hätte ich meine Zunge verschluckt. Dann schließe ich den Mund und nicke wortlos – als wäre ein freier Abend kein kostbares Geschenk, als wäre ich nicht kurz davor, vor Dankbarkeit in Tränen auszubrechen. Freude durchströmt mich, doch diese Empfindung hat nichts mit dem von Rachegedanken durchsetzten Hochgefühl von gestern gemein, als ich zum königlichen Dienstmädchen ernannt wurde. Diese Emotion ist anders, reiner, ausgelöst von nichts Komplizierterem als der Aussicht auf einen Abend für mich und den Worten einer Freundin.

17

Es ist seltsam und auch etwas unangenehm, zurück in der Küche zu sein, aber nicht mehr dazuzugehören. Wenn ich ehrlich bin, habe ich mich schon wie eine Außenseiterin gefühlt, bevor ich Inas persönliches Dienstmädchen geworden bin. Ich war neu auf Everless, aber gleichzeitig auch nicht – ein Geheimnis auf zwei Beinen, das durch die Korridore der Gerlings wanderte. Und dann hat meine Trauer sämtliche Gedanken an die bevorstehende Hochzeit verdrängt, und ich habe kaum mehr mit den Menschen geredet, von denen ich Tag für Tag umgeben war.

In einer Kammer hinter der Küche sitzt eine Gruppe von Bediensteten, die Efeu und dicke Silberbänder zwischen die Streben des Holzspaliers fädeln. Deni, ein junges Mädchen mit einem geflochtenen Haarkranz, nimmt mir den Korb ab und beginnt, die Eisbeerenzweige auf dem langen Tisch auszubreiten; ein Junge, den ich nicht kenne, entrollt feinen Draht.

Plötzlich steht Bea neben mir. Sie nimmt einen der schimmernden Zweige vom Tisch und beginnt, ihn mit einem Stück Draht zu umwickeln. »Und, wie ist es?«, fragt sie mich. »Für die Königin zu arbeiten?«

Auch die drei anderen Mädchen am Tisch blicken hoch, neugierig auf meine Antwort. Ich denke an das, was Caro gestern zu mir gesagt hat – dass ich nicht über die Königin sprechen darf oder das, was ich über sie erfahre. »Eigentlich habe ich sie bisher kaum zu Gesicht bekommen«, sage ich. »Aber ich hoffe, das ändert sich bald.«

»Nicht, wenn du weißt, was gut für dich ist«, meldet sich Ingrid zu Wort. Sie betrachtet versonnen einen Eisbeerenzweig. Sorge keimt in mir auf, als die anderen zustimmend murmeln. »Sie wird dafür sorgen, dass du verbannt wirst, Jules, genau wie sie es mit Addie gemacht hat.«

»Sie prägt dich zu einer Münze!«, fügt Deni hinzu.

»Kümmer dich nicht um die Klatschbasen«, sagt Bea mit einem rügenden Blick auf Deni und Ingrid. »Die wollen sich bloß wichtigmachen.« Sie wendet sich wieder der Gruppe zu. »Mein Vater hat als Junge auch der Königin gedient, und sie hat sich für seine Bildung eingesetzt, also –«

»Bist du deswegen hier gelandet?«, schnaubt Ingrid. Bea runzelt die Stirn und senkt den Blick auf die Eisbeeren auf dem Tisch. »Tut mir leid, Bea«, lenkt Ingrid ein. »Wir meinen es doch nur gut mit euch beid–«

»Mir passiert schon nichts«, schneide ich ihr das Wort ab, obwohl ich mir da keinesfalls sicher bin. Ich nicke in Richtung der silbrigen Blätter auf dem Tisch, die darauf warten, aufgespießt und verflochten zu werden. »Und ihr habt Dringenderes zu tun, als euch um mich zu sorgen.«

Ingrid sieht aus, als wollte sie mir widersprechen, doch bevor sie die Gelegenheit dazu hat, erscheint eine kleine Gestalt in der Tür und winkt mir zu. Ich habe Hinton lange nicht gesehen – oder zumindest kommt es mir so vor. Er drängt sich zwischen den Mädchen hindurch auf mich zu. Ich beuge mich vor, um ihn zu umarmen, doch er wirkt nervös, steif und schüttelt mich schnell wieder ab.

»Jemand will dich sprechen, Jules«, murmelt er mir zu.

»Draußen im Flur.« Er packt mich beim Ärmel und zieht mich mit sich zur Tür.

Zu meinem Entsetzen ist es Liam, der, die Hände in den Manteltaschen vergraben, an der gegenüberliegenden Wand lehnt. Er wirkt schlecht gelaunt, seine Brauen sind zusammengezogen. Er wirft Hinton eine Münze zu, der sie geschickt auffängt und zurück in die Küche verschwindet wie ein Kaninchen in seinen Bau.

»Was führt dich hierher?«, frage ich unwirsch. Seit ich Roan und Caro auf meiner Seite weiß, habe ich weniger Anlass, ihn zu fürchten – doch die Ängste von früher sitzen mir noch immer in den Knochen, und ich kann die Alarmglocken, die in meinem Kopf zu schrillen beginnen, sobald ich Liam sehe, nicht zum Schweigen bringen.

Er zieht ein Stück Papier aus der Brusttasche und hält es mir hin. »Ina hat mich gebeten, dir das hier zu überbringen.«

Ich lächele, als mir wieder einfällt, wie Ina während ihrer Kleidanprobe Liam nachgemacht hat. Wie es scheint, kann sie es sich nicht verkneifen, ihm immer wieder vor Augen zu führen, dass sie ihm rangmäßig überlegen ist, trotz seiner hohen Geburt. Auch ich erfreue mich ein wenig an seinem Frust. Liam starrt mich finster an, während ich den Zettel entgegennehme, einen Schritt zurücktrete und die Nachricht lese. Die Handschrift ist sauber, wenn auch ein wenig unregelmäßig, als hätte die Verfasserin es eilig gehabt.

Jules, ich möchte morgen einen Ausflug unternehmen und hoffe, du kannst mich begleiten. Bitte sei bei Sonnenaufgang an den Ställen, damit wir den Tag gut nutzen können.

Deine Ina.

»Für ein Dienstmädchen hast du dich ja ziemlich unentbehrlich gemacht«, bemerkt Liam, als ich die Nachricht in meiner Schürzentasche verschwinden lasse.

»Ich habe keine Ahnung, wovon du redest.«

»Lady Gold hat einen Narren an dir gefressen«, erklärt er. »Genau wie mein Bruder.«

Die spitze Antwort, die mir schon auf der Zunge liegt, löst sich in Luft auf. Ich sehe ihm unverwandt ins Gesicht, versuche, seinem Blick zu entnehmen, was er weiß, stoße jedoch bloß auf undurchdringliche Entschlossenheit. Ich kann mir ohnehin nicht vorstellen, dass Roan sich ihm anvertrauen würde. Die wenigen Male, die ich die beiden Brüder im selben Raum gesehen habe, wirkte es, als lebten sie in unterschiedlichen Welten. Roan stand wie immer im Mittelpunkt der Aufmerksamkeit, lachend und ungezwungen, während Liam sich schweigend in irgendeine Ecke zurückgezogen hatte und das Geschehen beobachtete, seine Augen so finster, dass sie jedes Licht in der Umgebung zu schlucken schienen und die Kerzenflammen zum Zittern und Zucken brachten, genau wie in diesem Moment mein Herz.

»Wir haben als Kinder miteinander gespielt«, entgegne ich. »Das weißt du selbst. Du warst schließlich dabei.« *Immer warst du in der Nähe, immer hast du alles beobachtet, immer geschwiegen.* »Roan und ich sind –« Ich breche ab, unfähig, den Satz zu Ende zu führen.

Liams Mundwinkel zucken. »Freunde?« Sein Lachen ist grausam. »Ich habe den Verdacht, mein Bruder verfolgt geringfügig andere Ziele.«

In mir verkrampft sich alles – nicht vor Kränkung oder Freude über das, was Liam angedeutet hat, sondern vor Wut. So viele Jahre sind vergangen, und doch hat sich nichts geändert. »Du ziehst den Ruf deines Bruders in den Schmutz, und den deiner zukünftigen Schwägerin und meinen gleich mit«, bemerke ich kühl. »Sehr eindrucksvoll. Bist du so stolz, dass du es nicht erträgst, auch nur für ein paar Minuten den Befehlen eines anderen zu gehorchen?«

Er blinzelt, und kurz huscht ein Ausdruck von Verletztheit über sein Gesicht, bevor sein Ausdruck wieder so gleichgültig wird wie eh und je. »Rang und Stellung interessieren mich nicht«, entgegnet er. »Das haben sie noch nie.«

»Ach so, dann ist es wohl etwas Persönliches.« Bevor er antworten kann, wende ich mich ab und marschiere den Flur hinunter in Richtung unseres Schlafsaals.

Kurz höre ich nichts, dann: »Du und dein Vater, ihr hättet nicht auf Everless sein dürfen«, ruft Liam mir hinterher, und seine Stimme klingt seltsam sachlich.

Mein Blut scheint zu gefrieren, als wären all die Stunden, Tage und Jahre, die durch meine Adern strömen, plötzlich ins Stocken geraten. Ich drehe mich um – Liams Augen sind so dunkel wie Feuersteine. Als ich mich ihm nähere, sehe ich einen winzigen Funken darin.

»Was sagst du über meinen Vater?« Meine Worte sind leise, aber ich lege all meine Wut hinein. Nachdem er meinem Blick ein paar Sekunden lang standgehalten hat, sieht er zu Boden, ohne zu antworten. Seine Schultern sacken herab, bis er wie ein Junge wirkt, der einen Schlag auf die Finger bekommen hat, weil er Süßigkeiten stehlen wollte.

Wieder ertönen die Everless-Glocken, laut, und energisch, und ich balle im Takt die Fäuste und öffne sie wieder. Dann wende ich mich ab und gehe erneut den Flur hinunter, und ich hoffe bei jedem Schritt, dass Liam Gerling mir nicht folgt.

18

Am nächsten Morgen im Schlafsaal schlüpfe ich in eines der wärmeren – und eleganteren – Kleider, die Caro mir hat bringen lassen, dann in meine Stiefel und einen grauen Mantel. Obwohl meine Stimmung nach der Begegnung mit Liam noch immer gedrückt ist, kann ich doch nicht anders, als den weichen Stoff zu bewundern und die Schwere des Mantels. In keinem der bitterkalten Winter in Crofton habe ich es je so behaglich gehabt.

Zu meinem Erschrecken lehnt Roan im Dienstbotenflur an der Wand, inmitten eines Rechtecks aus Licht, das durch eines der hohen Fenster hereinfällt. Ich schnappe nach Luft. Wartet er … etwa auf mich? Hat Ina ihm von ihrem Vorhaben erzählt?

Doch er wirkt genauso erschrocken, mich zu sehen, wie umgekehrt. »Jules«, sagt er anstelle von »Guten Morgen«. Erst dann gewinnt er seine Fassung zurück. »Ina hat gesagt, du gehst mit ihr auf einen Ausritt. Wohin wollt ihr denn?«

Bevor ich antworten kann, tritt Bea aus dem Schlafsaal, leichtfüßig wie immer in ihren dünnen Pantoffeln. Sie sieht als Erstes Roan, und ein Lächeln breitet sich auf ihrem Gesicht aus – dann wird sie auf mich aufmerksam, und ihre Augen weiten sich, das Lächeln verlischt. Gerade als ich ihr einen guten Morgen wünschen will, wechselt sie die Richtung und verschwindet den Korridor hinunter, als wäre ihr plötzlich etwas Wichtiges eingefallen.

Roan blickt ihr nach, bevor er sich wieder mir zuwendet. In dem harten, schrägen Licht wirken seine Grübchen wie dunkle Flecken auf seinen Wangen. Mir wird klar, dass er auf meine Antwort wartet.

»Nur ein wenig durch die Gegend«, erwidere ich ungezwungen. Nicht einmal Roan scheint zu wissen, was Ina mit mir plant. Ich beginne zu schwitzen in meinen dicken Kleidern, hier in der Wärme des Schlosses und unter Roans eindringlichem Blick. »Keine Sorge, ich kenne mich schließlich gut hier aus.«

Jetzt wirkt er zufriedener. Er fährt sich mit der Hand durch sein ohnehin wirres Haar. »Natürlich. Hauptsache, sie langweilt sich nicht. Danke, dass du ihr Gesellschaft leistest, Jules«, sagt er ernst. »Pass gut auf euch beide auf.«

Roan winkt mir kurz zu und macht sich dann eilig auf den Weg den Korridor hinunter, in derselben Richtung, in der auch Bea verschwunden ist. Unwillkürlich strecke ich die Hand nach ihm aus, wie eine Pflanze, die sich nach der Sonne reckt. *Warte*, würde ich am liebsten sagen.

Als er weg ist, gehe ich zu den Stallungen und zerbreche mir dabei den Kopf darüber, warum um alles in der Welt Ina Gold ihrem Verlobten verschweigen sollte, was sie vorhat. Mit jedem Schritt wächst in mir das Gefühl, dass ich nichts als ein Spielzeug bin, eine Marionette, die der Willkür der Gerlings und Inas und der Königin ausgeliefert ist. All ihre Geheimnisse durchdringen mich, zerren an mir. Ich wollte doch bloß die Wahrheit über Papa herausfinden – wie konnte ich bloß mitten in diese Schachpartie geraten?

Erleichterung durchströmt mich, als ich ins Freie trete, an

die frische Luft im Innenhof. In der Nacht hat es geschneit, und die ausgedehnte Rasenfläche ist von einer dünnen glitzernden Schicht aus Weiß bedeckt. Ich wünschte, ich könnte einfach weiterlaufen, die Palisaden und Erker von Everless aus der Ferne betrachten, meinen Blick über den See schweifen lassen. Doch die Sonne ist bereits eine Handbreit über den Horizont gestiegen, also eile ich stattdessen zu den Ställen.

Ina wartet bereits auf mich, ebenfalls in ein Reisekleid und einen grauen Mantel gehüllt. Über der Schulter trägt sie eine Ledertasche. Als sie meine nackten Hände sieht, zieht sie ein Paar Handschuhe hervor und reicht es mir. Ich bin überrascht, nicht bloß über ihre Voraussicht, sondern vielmehr über die Tatsache, dass sie gekleidet ist wie ich – wie eine hochrangige Dienstbotin.

Neben ihr stehen zwei Pferde, eines ein Falbe, das andere ein Fuchs. Der Falbe ist bereits fertig gesattelt, und Tam zäumt soeben den Fuchs auf. Mein Magen zieht sich zu einem harten Klumpen zusammen, meine Handflächen werden feucht. Ich hatte erwartet, dass wir eine Kutsche nehmen würden.

Ich kann zwar reiten – in Crofton habe ich hin und wieder Nachrichten überbracht oder sonstige Botengänge zu Pferd erledigt, um etwas Geld zu verdienen –, aber ich bin nicht gerade ein Naturtalent. Allein der Anblick der riesigen, temperamentvollen Gerling-Pferde macht mich nervös. Erst jetzt wird mir bewusst, dass ich stehen geblieben bin und Ina unverhohlen anstarre, also neige ich rasch den Kopf und mache einen Knicks.

»Das ist nicht nötig«, sagt sie anstelle einer Begrüßung. Trotz ihrer schlichten Kleider ist sie so schön und majestätisch wie immer. Doch aus irgendeinem Grund wirkt sie unsicher, beinahe traurig. Eine schlichte Wollhaube verbirgt ihr Haar, nur ein paar dunkle Spitzen lugen hervor. »Ich bin froh, dass du mit mir kommst, Jules.«

Zögerlich nähere ich mich einem der Pferde und schenke Tam ein freundliches Nicken. Er sieht neugierig zwischen mir und Lady Gold hin und her, und sein Blick scheint zu fragen, wie es dazu gekommen ist, dass ich hier neben der Tochter der Königin stehe. Ich schüttele unauffällig den Kopf und forme *Später* mit den Lippen. Er verbeugt sich steif. Ich füge ihn der stetig länger werdenden Liste von Leuten hinzu – gleich hinter Lora, Bea und Hinton –, denen ich eine Erklärung für mein seltsames Verhalten schulde.

»Welches Pferd hättest du gern?«, fragt Ina mich höflich, als erkundigte sie sich, ob ich meinen Tee lieber mit Zucker oder Milch hätte. »Das hier ist Honey«, sie streichelt der Falbstute über die Nase, »und das ist Mava.«

»Honey«, antworte ich so prompt, dass Ina lacht. »Ich nehme Honey.«

»Gut.« Sie drückt mir die Zügel in die Hand, und ich blinzele nervös, als das Tier mir den Kopf zuwendet und seine riesigen Augen mich abschätzig mustern. Mir fällt ein, was Papa mir über Pferde beigebracht hat: Lass dir niemals anmerken, dass du nervös bist.

Dasselbe könnte auch für Mitglieder der königlichen Familie gelten.

Ich hatte erwartet, dass es noch mehr vorzubereiten gäbe, doch Ina ist bereit, und so tritt Tam hinter mich und hilft mir auf Honeys Rücken. Ich schwinge mich ungeschickt hinauf und klammere mich am Sattel fest.

Ina registriert meine verkrampften Schultern, und Überraschung huscht über ihr Gesicht, gefolgt von Verlegenheit. Ich sehe ihr an, dass sie gar nicht auf die Idee gekommen ist, dass ich möglicherweise nicht reiten kann, und nun hastig überlegt, wie sie die Situation retten soll. Alles, was Ina Gold empfindet, steht ihr klar und deutlich ins hübsche Gesicht geschrieben. Emotionen derart offen zeigen zu können, ist ein Luxus, der mir nie vergönnt war, aber ich nehme es ihr nicht übel. Sie kennt mich erst seit zwei Tagen und legt doch Wert darauf, dass ich mich wohlfühle.

»Ich kann reiten«, beruhige ich sie, bevor sie etwas sagen kann. Ich will endlich Everless hinter mir lassen, frei atmen können, und wenn es auch nur für einen Tag ist. Demonstrativ straffe ich die Schultern und greife nach den Zügeln, während ich versuche, nicht allzu genau darüber nachzudenken, wie tief unter mir sich der Boden befindet. Ina steigt völlig ohne Hilfe auf ihr Pferd – ihre Bewegungen sind fließend wie die einer Tänzerin – und setzt ihre Kapuze auf. Dann reitet sie los. Zu meinem Glück folgt Honey Mava ohne mein Zutun.

»Ich möchte zu einem Waisenhaus zwischen Crofton und Laista«, raunt Ina mir zu, sobald Tam außer Hörweite ist. »Etwa eine Stunde von hier. Ich habe niemandem Genaueres über unseren kleinen Ausflug erzählt. Nicht mal Roan oder Caro oder der Königin. Die sind alle überzeugt, dass ich sofort gejagt und erschossen würde wie Freiwild«, erklärt sie so unbekümmert, dass ich lachen muss. »Ich wäre dir also dankbar, wenn du – du weißt schon …«

Sie beißt sich auf die Lippe und wirft mir einen kurzen Blick zu. Lady Ina Gold erscheint mir nicht wie jemand, der Geheimnisse vor anderen hat, erst recht nicht vor ihrem zukünftigen Ehemann oder der Königin, ihrer Ziehmutter, dann jedoch fällt mir ein, dass ich es lange selbst nicht für möglich gehalten hätte, so jemand zu sein.

Ich nicke lächelnd.

Ina wendet sich wieder nach vorn und hält inne. Sie bedeutet mir, hinter ihr zu reiten, während wir uns dem Südtor nähern, einem kleineren Tor als dem, durch das sie und die Königin vor einer Woche Everless betreten haben. Dieses ist für Dienstboten und Lieferanten gedacht. Bewacht wird es von zwei offensichtlich frierenden Soldaten, die uns zunächst gleichgültig entgegenstarren, jedoch Haltung annehmen, sobald sie Ina erkennen. Sie verneigen sich tief.

»Lady Gold«, stammelt einer von ihnen, nachdem sie sich wieder aufgerichtet haben. »Sollten – sollten Sie sich ohne eine Eskorte außerhalb der Mauern begeben?«

Ina reagiert besonnen, und in ihrer Stimme liegt plötzlich eine heitere Ruhe, die zuvor, als wir allein waren, noch nicht da war. »Ich habe doch eine Eskorte. Oder halten Sie dieses Mädchen etwa für einen Geist?«, antwortet sie mit einer Geste in meine Richtung. »Ich möchte Lord Roan bei der Jagd überraschen.«

Ich staune, wie leicht ihr die Lüge über die Lippen geht. Ihre Augen, so hell und klar wie Wassertropfen, verraten nichts. Mein Instinkt drängt mich, Ina von Roans morgendlichem Besuch im Dienstbotentrakt zu erzählen, doch stattdessen schiebe ich das Geheimnis beiseite, um mich später damit zu befassen, wie mit all den anderen.

Inas Taktik geht auf, die Wachen treten zurück und lassen uns passieren. Wir reiten auf die Ebene hinter dem Schloss hinaus; das Tor bleibt noch einen Moment geöffnet, dann fällt es krachend hinter uns zu. Erstaunt stelle ich fest, wie viel leichter ich mich sofort fühle, als hätte ich das Eisengewicht auf meiner Brust erst bemerkt, nachdem es sich gehoben hat.

Ina reitet vor zur Hauptstraße. Es ist noch so früh, dass nur wenige Reisende unterwegs sind; wir begegnen einer Handvoll Karren, die auf dem Weg nach Everless sind, beladen mit Heu, Holz oder Getreide, in die andere Richtung scheint niemand außer uns zu wollen. Ina behält ihre Kapuze auf, doch außerhalb der Schlossmauern schenkt ihr ohnehin niemand einen zweiten Blick. Das heißt, sie fällt den Leuten durchaus auf, aber nur auf die Art, wie jedes Mädchen, das so hübsch ist wie Ina, es tun würde. Keiner der Bauern und Händler, die uns entgegenkommen, ahnt, dass er die Tochter der Königin vor sich hat, die zukünftige Herrscherin von Sempera.

Als sie Mava in eine schmalere Straße lenkt, die in den Wald führt, folge ich ihr. Ich umklammere die Zügel fester, meine Finger glitschig vor Schweiß. Ich frage mich, ob mein Vater wohl ebenfalls durch diesen Wald gekommen ist, als er sich auf die letzte Reise seines Lebens begeben hat.

»Du glaubst doch nicht, dass hier im Wald … Bluträuber unterwegs sind, oder?« Ina sieht sich ängstlich um. Hier, umgeben von knorrigen Baumstämmen und finsteren Schatten, wirkt sie weniger selbstbewusst als zuvor. Ich frage mich, ob sie große Angst hatte während des Überfalls, der so viele ihrer Diener das Leben gekostet hat. Als sie meinen verwirrten Blick bemerkt, fügt sie hinzu: »Hast du es nicht gehört? Gestern ist in Ayleston eine Zaunhexe ermordet worden.«

Ein Schauer läuft mir über den Rücken. Papa hat mir immerzu eingeschärft, Zaunhexen und all die anderen selbst ernannten Zauberer seien nichts als Scharlatane, doch nicht jeder teilt diese Meinung. Und jemand, der vorgibt, eine besondere

Verbindung zur Zeit zu haben, ist sicher ein begehrtes Opfer für Räuber. Ich schüttele den Kopf, um die Gedanken loszuwerden, und räuspere mich. »So nah beim Schloss sollten wir nichts zu befürchten haben.« Da von mir erwartet wird, dass ich mein Leben für Inas gebe, sollten wir angegriffen werden, kann ich nur hoffen, dass das die Wahrheit ist. »Aber in diesem Teil des Waldes kenne ich mich nicht besonders gut aus.«

»Das macht nichts«, erwidert Ina und zieht eine zusammengefaltete Karte aus der Manteltasche.

Die Baumkronen geben den Blick auf den Himmel frei, und es wird ein wenig heller. Ich fühle mich nicht sonderlich wohl auf Honeys Rücken. Jedes Mal, wenn sie ein wenig die Richtung ändert, um Mava zu folgen oder ein Hindernis auf dem Weg zu umgehen, klammere ich mich an den Sattel, aus Angst zu fallen. Wenigstens hat mit der aufgehenden Sonne die Kälte ein wenig nachgelassen, und die Landschaft um uns ist von eigentümlicher Schönheit: Alles glitzert vor Schnee und schmelzendem Eis.

So dankbar ich Ina bin, dass ich Everless für einen Tag hinter mir lassen kann, werde ich doch den Verdacht nicht los, dass die Tochter der Königin etwas im Schilde führt.

»Ina …«, setze ich an, verstumme jedoch gleich wieder. Die Motive der königlichen Ziehtochter infrage zu stellen, kommt mir noch immer mehr als unangebracht vor – Inas Stand hängt über uns in der Luft wie ein Raubvogel kurz vor dem Angriff. Doch ich gebe mir einen Ruck. »Warum reiten wir zu einem Waisenhaus? Wenn mir die Frage gestattet ist.«

»Ach.« Ina lacht leise, doch es klingt hohl in meinen Ohren. »Ich war so darauf konzentriert, den Weg zu finden, dass ich ganz vergessen habe, es dir zu sagen.«

Sie dreht sich ein wenig im Sattel, in dem sie genauso entspannt wirkt wie auf einer Chaiselongue im Königspalast. Dennoch lässt sie sich Zeit mit ihrer Antwort, und als sie schließlich weiterredet, ist ihre Stimme leise und verhalten. »Ich will herausfinden, wer meine leiblichen Eltern sind«, sagt sie unumwunden. »Ich liebe die Königin, und ich bin ihr über alles dankbar, aber ich will einfach wissen, wer … wer vor ihr da war.«

Sie wendet sich zurück nach vorn, sodass ich ihr Gesicht nicht mehr sehen kann. »Zuerst wollte ich Roan fragen, ob er mich begleitet, aber er ist immer so – so unbeschwert. Ich wollte ihn nicht belasten oder ihm den Eindruck vermitteln, ich wäre unglücklich.« Diesen Reflex, alles Finstere und Traurige dieser Welt vor Roan fernzuhalten, kenne ich nur zu gut. »Und wenn die Königin es herausfindet …«

… wird sie schrecklich enttäuscht sein, beende ich ihren Satz in Gedanken.

… wird sie mich des Hochverrats bezichtigen.

… wird sie mich köpfen lassen.

Ich überlege, welche dieser Möglichkeiten zutreffen, wage es jedoch nicht, Ina danach zu fragen. Die Erinnerung an das Messer der Königin, das auf Ina zusaust, ist noch zu frisch.

»Und Caro?«, frage ich.

Ina seufzt ein wenig beklommen. »Sie weiß, dass ich hin und wieder allein ausreite, aber nicht, wohin. Sie würde es nicht verstehen. Und außerdem ist sie wieder mal mit der Königin auf einer ihrer geheimnisvollen Reisen.«

»Was denn für Reisen?«, hake ich nach, dann jedoch erröte ich aus Scham über meine Neugier.

»Nichts Wichtiges«, winkt Ina ab. »Die Königin ist besessen von der Zauberin. Sie besucht gern all die alten Orte, Schlachtfelder und Gräber und so weiter, und dabei nimmt sie immer Caro mit.«

Eine Frage geht mir durch den Kopf. »Wie ist Caro eigentlich in die Gunst der Königin gekommen? Wurde sie auch …« Ich breche ab, doch die Art, wie Ina die Zügel fester greift, zeigt mir, dass sie weiß, was ich sagen wollte.

»Ob sie auch ausgesetzt wurde, wie wir anderen?«, fragt Ina leise.

Mein Schweigen kommt einem Nicken gleich.

Ina dreht sich um und schenkt mir ein flüchtiges Lächeln, doch die Traurigkeit verhüllt weiter ihre Gesichtszüge wie ein Schleier aus Rauch. »Sie sagt, sie interessiert sich nicht für ihre Eltern, und ich sollte es genauso halten. Sie ist der Meinung, dass das Schicksal sie in den Palast geführt hat, an die Seite der Königin, darum kümmert es sie nicht, was vorher war. Sie ist sehr loyal – es ist, als gehörte sie zur Familie. Wenn sie nicht schon älter gewesen wäre, als sie in den Dienst der Königin getreten ist, wer weiß …«

Ein eigentümlicher Unterton schleicht sich in Inas Stimme. Ich kann nicht recht sagen, ob es Skepsis ist, ein schlechtes Gewissen oder Neid. Vielleicht ist es auch eine Mischung aus allem.

Sie mustert mich aus dem Augenwinkel. »Danke, dass du mir zuhorst. Es tut gut, mit jemandem reden zu können und –« Abrupt bringt sie Mava zum Stehen. »Das war furchtbar rücksichtslos von mir. Über Familie zu sprechen, so kurz nachdem dein Vater gestorben ist.«

»Schon gut«, entgegne ich automatisch, obwohl mir tatsächlich ein wenig schwer ums Herz geworden ist. Aber es ist ein guter Schmerz, wenn so etwas möglich ist. Dass nun all diese

Worte – *Eltern, Ziehtochter* –, um mich durch die Luft schwirren, erfüllt mich mit einem seltsamen Gefühl, doch auch das ist immer noch besser, als wenn sie weiter in meinem Inneren schwelen würden. Ein wenig erstaunt es mich schon, dass Ina Gold so offen über diese Dinge redet. Aber warum sollte sie es nicht tun? Vielleicht bin eher ich diejenige von uns beiden, mit meinen Geheimnissen und verborgenen Ängsten, über die man sich wundern sollte.

Ina blinzelt, als empfände sie ähnlich wie ich. »Es ist so eine Erleichterung, mich dir anzuvertrauen, Jules. Ich habe das Gefühl, dass ich ganz offen mit dir reden kann. Dass du mich verstehst.« Sie lächelt verlegen. »Ich weiß, es ist ein wenig voreilig. Bitte sag, wenn ich Unsinn rede.«

Ich schüttele den Kopf. Ich verstehe sie nur zu gut, zumindest, was die Frage ihrer leiblichen Eltern angeht. Auch ich würde mich am liebsten mit meiner gesamten Existenz an Papa klammern. Dafür ist sein Brief, der auch jetzt in meiner Mantelinnentasche steckt und der inzwischen beinahe auseinanderfällt, so oft habe ich ihn gelesen und wieder zusammengefaltet, wohl Beweis genug. Und ich will, dass Ina das weiß. Ich will, dass sie mir vertraut.

Sie treibt Mava an. Auch Honey setzt sich wieder in Bewegung. Ina und ich geben ein eigenartiges Gespann ab – eine Prinzessin und ein Dienstmädchen: Die eine ist schon seit Langem eine Waise, während die andere erst vor Kurzem zu einer geworden ist, die eine hat die Gunst der Königin erfahren, die andere die Liebe ihres Vaters. Mir wird klar, dass ich nicht an ihrer Stelle stehen wollte, selbst wenn ich könnte. Um keinen Preis der Welt würde ich Papa gegen die Königin eintauschen.

Der Gedanke lässt abermals Trauer in mir aufsteigen, und ich suche schnell nach einem neuen Gesprächsthema, bevor sie mich überwältigen kann. »Ich dachte immer, das königliche Waisenhaus befände sich an der Ostküste, in der Nähe des Palastes.« Um dorthin zu gelangen, müssten wir wochenlang reiten. Ina und ich jedoch sind nur für ein paar Stunden gerüstet.

»Das war das erste Waisenhaus«, antwortet Ina. »Inzwischen bin ich in fast allen gewesen. Es gibt so viele, Jules, über das ganze Königreich verteilt, und immer noch setzen Familien ihre Kinder beim Palast aus. Wir könnten eine ganze Stadt bevölkern.«

Ich schüttele den Kopf, als ich mir eine Stadt voller Waisenkinder vorstelle, von denen ein jedes durchs Leben irrt, ohne seine Vergangenheit zu kennen.

»Ich habe alle besucht, die ich finden konnte, und die Bücher durchgesehen«, fährt Ina fort. Die Art, wie die Worte aus ihr hervorsprudeln, deutet darauf hin, dass sie sie schon oft in Gedanken gewälzt, sie unzählige Male neu bewertet hat. »Aber ich habe immer noch keine Ahnung, woher ich komme. Und die Königin kann ich schließlich nicht danach fragen.«

»Nein«, stimme ich ihr leise zu. Etwas lässt mich frösteln, und ich ziehe meinen Mantel enger um mich.

»Alles, was ich weiß, ist, dass Ina der Name ist, den mir meine leibliche Mutter gegeben hat.« Sie hält inne. »Aber ganz sicher sein kann ich mir auch dabei nicht.« Ohne dass Ina es aussprechen muss, weiß ich, was sie empfindet. Das Verlangen nach der liebevollen Berührung einer Mutter oder eines Vaters, nach aufmunternden Worten, hat auch in meine Brust ein Loch gerissen. »Darum habe ich beinahe jedes Waisenhaus im gesamten Königreich aufgesucht. Und trotzdem habe ich nichts gefunden.«

Eine quälende Neugier ergreift von mir Besitz. Sind meine leiblichen Eltern noch am Leben oder sind sie längst tot? Haben auch sie mich an der Palastküste ausgesetzt, in der Hoffnung, dass die Königin mich auserwählen würde, auf die Gefahr hin, dass ich in einem Waisenhaus landen oder einfach verhungern würde? Wie ist es dazu gekommen, dass Papa mich bei sich aufgenommen hat?

Hat es etwas damit zu tun, warum er für mich gestorben ist?

Wir reiten über eine Lichtung. Ich friere, obwohl die Sonne inzwischen hoch am Himmel steht, und versuche, mich an dem Brief an meinem Herzen zu wärmen. Papa muss mich in einem der Waisenhäuser gefunden haben. Und dann hat er mir genau das gegeben, was Ina Gold, der Kronprinzessin von Sempera, verwehrt blieb: Liebe.

Nachdem unser Gespräch eine solch düstere Wendung genommen hat, reiten wir nun einen Großteil des Weges schweigend weiter. Inas Karte führt uns auf immer schmaleren Pfaden über Wiesen und durch Wälder, bis wir schließlich inmitten einer Birkenschonung an ein riesiges und aufwendig verziertes, aber auch stark verrostetes Eisentor gelangen. Die in ein Messingschild geprägten Worte sind mit einer Schnee- und Eisschicht überzogen, aber ich kann sie dennoch entziffern: *Dies ist ein Hort für die Kinder Semperas, auf dass keines von ihnen ohne ein Heim sei.* Die Inschrift rührt an etwas, das tief in meinem Herzen verborgen liegt.

Am Tor machen wir kurz halt, unsicher, ob wir uns durch Rufen bemerkbar machen sollen. Auf der anderen Seite ist nichts zu sehen außer Schnee und noch mehr Bäumen. Doch bevor eine von uns sich dazu entschließen kann, vom Pferd zu steigen, taucht zwischen den schmiedeeisernen Gitterstäben ein Kind auf – ein kleines Mädchen, nicht älter als sechs oder sieben Jahre, mit kurz geschorenem schwarzem Haar und riesengroßen Augen. Die bloßen Finger um das kalte Eisen gelegt, blickt sie uns ernst entgegen. Sie trägt einen fadenscheinigen Mantel und ein Paar viel zu großer Hosen, beides nicht annähernd warm genug für dieses Wetter.

»Sind Sie eine Fee?«, fragt das Mädchen.

Ina öffnet den Mund und schließt ihn wieder, dann sieht sie mich an. Ihre gewohnte Gelassenheit scheint ins Wanken geraten zu sein; sie wirkt ängstlich und unsicher. Abgesehen von jenem winzigen Moment, bevor wir die Gemächer der Königin betreten haben, habe ich sie noch nie nervös erlebt, nicht einmal, als sie feierlich an der Seite der Königin Einzug in Everless gehalten hat. Ich schwinge mich aus dem Sattel und lande schwerfällig im Schnee.

Das kleine Mädchen rührt sich nicht, als ich näher trete. Am Tor angekommen, gehe ich in die Hocke, um mit ihm auf Augenhöhe zu sein, und versuche, mir den Ton ins Bewusstsein zu rufen, in dem Lora mit mir spricht – oder den Ton, in dem Papa mit mir gesprochen hat, als ich noch klein war.

»Feen gibt es nicht, Liebes«, antworte ich, bemüht, meine Worte heiter und unbeschwert klingen zu lassen, obwohl mich der Gedanke daran, wie sehr sie hier draußen in der Kälte frieren muss, bedrückt.

Das Mädchen nickt und starrt an mir vorbei. Erst jetzt wird mir klar, dass sie nicht mich oder Ina ansieht, sondern unsere Pferde. Ich werfe einen Blick über die Schulter und versuche, die Tiere mit ihren Augen zu betrachten: Mavas glänzendes Fell und die seidige Mähne, Honeys stolz gekrümmten Hals. »Du kannst sie streicheln, wenn du willst«, sage ich zu dem Mädchen. »Na, komm.«

Sie blinzelt mich an, dann erhellt der Hauch eines Lächelns ihr Gesicht. Sie umfasst die Gitterstäbe und lehnt sich nach hinten, zieht an dem schweren Tor. Ich gebe Ina einen Wink. Sie wirkt unentschlossen, dann jedoch steigt auch sie ab, ergreift die Zügel beider Pferde und führt sie durch das Tor. Das Mädchen hebt die Hand und streicht versonnen über Mavas Flanke, als sie an ihr vorbeitrottet.

Aus den Bäumen ein Stück voraus löst sich der Umriss eines Hauses. Es ist ein großes, verfallenes Gebäude, das aussieht, als hätte jemand versucht, Everless nachzubauen, ohne jedoch über das nötige Bluteisen der Gerlings zu verfügen. Zwei schwarze Gebäudeflügel umschließen einen weitläufigen, kahlen Innenhof, auf dem Dutzende Jungen und Mädchen herumtollen und im Schnee spielen. Keines der Kinder scheint älter als zehn Jahre zu sein. Ihr Geschrei und Gelächter hallt zwischen den Bäumen wider.

Ina legt mir die Hand auf den Arm. Sie bleibt stehen und blickt zögernd zum Gebäude hinüber.

»Würdest … würdest du für mich hineingehen?«, fragt sie. »Ich muss mir ein wenig die Beine vertreten.«

Ich runzele die Stirn. »Wollen Sie denn nicht selbst hinein?«

»Wir sind ungefähr gleich alt …« Ina weicht meinem Blick aus und starrt zu den Kindern hinüber, die inzwischen ebenfalls unsere Pferde entdeckt haben. »Frag, ob wir die Bücher aus dem Monat durchsehen dürfen, bevor die Königin mich aufgenommen hat. Das sollte genügen. Aber sag, dass du um deinetwillen fragst, dass du dich für deine Vergangenheit interessierst.« Vor lauter Nervosität redet sie schneller und schneller, nennt mir den Tag, den die Königin als ihren Geburtstag festgesetzt hat – den sechsten März –, und ich registriere erstaunt, dass sie tatsächlich nur wenige Tage älter ist als ich, die ich am elften geboren wurde.

Mit einem Mal wird mir klar, warum sie mich vorschicken will, um die Informationen zu erbitten; natürlich darf nicht bekannt werden, dass sie sich hier draußen auf dem Land herumtreibt und versucht, etwas über ihr früheres Leben herauszufinden. Ich verspüre eine Mischung aus Enttäuschung und Gekränktheit. Trotz allem bin ich noch immer ein Mittel zum Zweck, wie ein Handschuh, den sich die Mächtigeren überstreifen, wann immer sie ihn brauchen; selbst für Ina Gold, die noch vor einer Stunde beteuert hat, wie sehr sie mir vertraut und wie gut wir uns verstehen. Doch ich sage nur: »Wie Sie wünschen.«

Während Ina sich auf die Suche nach einem Stall für unsere Pferde macht, betrete ich das Gebäude. Erst jetzt wird mir klar, in welch heruntergekommenem Zustand es sich befindet. Einige Ziegel in den Wänden sind lose, die Bodendielen unter meinen Füßen uralt und verzogen. Im Kamin brennt ein kleines Feuer. Hinter einem Schreibtisch am hinteren Ende des Raums sitzt ein kleiner Mann mit schütterem Haar und schreibt etwas in ein Buch. Als ich die Tür hinter mir schließe, hebt er erschrocken den Kopf und mustert mich.

»Guten Tag«, sagt er mit knarzender Stimme. »Was kann ich für Sie tun, Miss?«

»Guten Tag.« Ich räuspere mich und wiederhole die Worte, die Ina mir aufgetragen hat und denen zufolge ich ein neugieriges Waisenkind aus Laista bin, das hofft, in den Büchern des

Instituts Hinweise auf seine Geburt im Winter vor siebzehn Jahren zu finden.

Der Sekretär hört mir aufmerksam zu, dann steht er auf – ich höre seine Gelenke knacken – und geht zu einem Regal an der Wand, in dem sich mächtige alte Bücher reihen. Nach einem Muster, das ich nicht deuten kann, streicht er mit dem Finger über die Rücken und zieht schließlich einen Band aus dem obersten Regal. Er lässt ihn schwer auf den Tisch fallen, und ich muss in der aufwallenden Staubwolke husten.

Als er das Buch aufschlägt, trete ich näher und spähe über seine Schulter. Jede der vergilbten Seiten ist mit Namen und Zahlen gefüllt. An erster Stelle steht der Name des Kindes, gefolgt von seinem Geburtstag, soweit bekannt, dem Tag, an dem es im Waisenhaus aufgenommen wurde, dem Zustand, in dem es sich befand, und dem Namen der Person, die es adoptiert hat, wenn es denn dazu gekommen ist. Jene letzte Spalte enthält nur etwa ein Drittel so viele Einträge wie die anderen davor. Dann jedoch fällt mein Blick auf einen Abschnitt, in dem alle Spalten nur noch vereinzelte Notizen aufweisen. Anstelle von Namen erkenne ich lediglich Zahlen und viele, viele Lücken.

Der Sekretär sieht die Verwirrung in meinem Gesicht. »Die Frau, die das Waisenhaus vor mir geleitet hat, hielt nicht viel von Buchhaltung«, erklärt er. »Vor einigen Jahren gab es ein paar hässliche Zwischenfälle. Leute haben Kinder adoptiert, nur um ihnen ihre Zeit zu stehlen. Die Königin hat sie allesamt aufknüpfen lassen und die Angestellten, die damals die Verantwortung hatten, davongejagt. Um die Ordnung wiederherzustellen.« Er lacht, was allerdings nicht heiter klingt. »Zur Sicherheit haben wir unsere Bücher in den darauffolgenden Jahren tadellos geführt. Aber –« Er runzelt die Stirn und beugt sich tiefer über die Seite. »Es gab immer noch dieses Jahr mit den Erschütterungen.«

»Erschütterungen?«, wiederhole ich. »Sie meinen, das Erdbeben?« In Crofton haben wir damals nichts davon gespürt, doch die Geschichten darüber haben mich oft nachts wach liegen lassen. In einem Dorf unweit des Palastes soll die Erde entzweigerissen sein und Menschen und ganze Gebäude verschlungen haben.

Der Sekretär hebt die Augenbrauen. »Nein – Erschütterungen in der Zeit.« Mir kommt eine vage Erinnerung an meinen Vater, der die Geschichten über die Zeiterschütterungen immer als Unfug abgetan hat. »In dem Winter, nach dem Sie fragen, gab es alle möglichen Unruhen. Zeitstarren, Tage, die zu lang erschienen. Einmal haben wir alle miteinander eine Stunde verloren. Die Menschen waren außer sich vor Sorge. Die gesamte Küste entlang herrschte Panik auf den Straßen, es gab Plünderungen, und dann erst diese armen Leute in Briarsmoor.« Der Mann presst die Lippen zusammen und starrt auf einen Punkt irgendwo über meiner Schulter.

Langsam beschleicht mich der Verdacht, dass Papa mir gar nichts über die Welt beigebracht hat. »Briarsmoor?«

»Die Bildung heutzutage ist auch nicht mehr das, was sie mal war.« In den Worten des Sekretärs liegt ein leichter Vorwurf, doch er scheint nicht an mich gerichtet zu sein. »Briarsmoor ist ein Dorf, das ein paar Meilen nördlich von hier liegt. Es ist dem Rest von Sempera zwölf Stunden hinterher – wenn wir beide uns jetzt dort befänden, wäre noch tiefste Nacht. In dem Winter damals ist in Briarsmoor für einen halben Tag die Zeit stehen geblieben. Und es heißt, dass die Kinder von dort verflucht sind.«

Er stützt das Kinn auf die Hand und wendet mir den Kopf zu, wartet auf meine Reaktion, doch mein Verstand ringt noch immer mit dem, was ich gerade gehört habe. Es ist nichts Außergewöhnliches, dass die Zeit bisweilen ins Stolpern gerät, dass sie langsamer läuft oder schneller oder einen Moment vollkommen stillsteht, sodass kein Wind weht und die Sonne in ihrem Lauf innehält, während wir weiter mit unseren täglichen Verrichtungen beschäftigt sind, ohne auch nur etwas zu bemerken. Doch normalerweise pendelt sich das alles irgendwann wieder ein. Kaum vorstellbar, dass es einen Ort geben soll, der einen halben Tag in der Vergangenheit liegt, ganz zu schweigen davon, dass die Verzögerung schon so lange anhält.

»Die Königin befahl damals, das Dorf zu evakuieren«, fährt der Mann fort, »doch der Schaden ließ sich nicht beheben.«

Eine halbe Stunde später habe ich das Buch dreimal durchgeblättert, vom Anfang bis zum Ende, vom Ende bis zum Anfang und noch einmal von vorn. Doch ich konnte keine Spur von Ina entdecken, oder von mir. Allerdings fehlen tatsächlich die Einträge einer ganzen Woche. Ist es möglich, dass wir beide in genau dieser Woche der Zeiterschütterungen ausgesetzt wurden?

Briarsmoor. Der Name kommt mir dunkel bekannt vor – aber wie sollte er, wenn Papa nie davon gesprochen hat?

»Jules?« Draußen ertönt Inas Stimme und lässt mich zusammenzucken. Ich danke dem Mann für seine Hilfe und stelle das nutzlose Buch zurück ins Regal. Dann verlasse ich eilig das Gebäude.

Es hat angefangen zu schneien, und ein Hauch von Weiß ziert Inas Kapuze. Als sie meine Miene sieht, ist sie enttäuscht. »Nichts? Kein Eintrag?«

»Keine Namen«, sage ich. »Aber –«

Doch bevor ich ihr von Briarsmoor erzählen kann, stößt Ina einen entnervten Seufzer aus und wendet sich ab. »Diese Waisenhäuser mit ihrer schlampigen Buchhaltung«, schimpft sie gedämpft. Und obwohl ich Ina noch nicht so lange kenne, könnte ich schwören, dass sie kurz davor ist, in Tränen auszubrechen. »Ich habe praktisch das ganze Königreich durchkämmt.«

Ich würde sie gern trösten, doch sie dreht sich abrupt um und marschiert zurück zum halb eingestürzten Stallgebäude des Waisenhauses. Die Kinder, die noch immer mit großen Augen unsere Pferde bestaunen, stieben auseinander und verschwinden durch einen Hinterausgang, ohne dass wir etwas gesagt haben.

Als wir Honey und Mava satteln, kommt mir eine Idee. »Der Sekretär hat mir noch etwas erzählt …«, beginne ich, und Ina hebt jäh den Kopf. »Er hat gesagt, ein Stück nördlich von hier gäbe es ein Dorf –«

»Ich weiß«, fällt mir Ina ins Wort. »Briarsmoor.« Ihr Mund verzieht sich, als hätte sie in eine faule Frucht gebissen.

»Waren Sie schon einmal dort?«

»Nein, aber ich kenne die Geschichte«, entgegnet Ina stur. »Da gibt es nichts zu sehen. Bloß Ruinen.«

»Es kann nicht *nichts* dort zu sehen geben«, beharre ich. »Gut, vielleicht keine Menschen, aber was ist mit Büchern? Alten Dokumenten?«

»Ich kann nicht nach Briarsmoor reiten. Die Königin hat es mir verboten.« Inas Stimme klingt hart wie Stein, und ich frage mich, ob ich Erinnerungen an einen alten Streit heraufbeschworen habe, einen Streit, der noch nicht lange genug zurückliegt, als dass sie mir davon erzählen würde. »Sie sagt, das Dorf sei verflucht.«

»Vielleicht …«, setze ich an, aber Ina hat sich bereits in den Sattel geschwungen. Sie wirft mir einen störrischen Blick zu und wendet Mava in Richtung der Straße nach Norden. Dann jedoch scheint ihre Entschlossenheit sie zu verlassen. Sie lässt die Schultern hängen und wirkt mit einem Mal nicht mehr wie eine Prinzessin, sondern wie ein ganz normales, trauriges Mädchen, das mir genauso gut in Crofton hätte begegnen können.

»Und was sollten wir auch dort, selbst wenn die Königin uns nicht dabei erwischt?«, fragt sie und ihre Stimme klingt plötzlich kalt. »Nein. Ich habe genug von all den fremden Dörfern.«

Ich will protestieren, doch dann schlucke ich meine Antwort hinunter und klettere ebenfalls auf mein Pferd. Es steht mir nicht zu, Ina Widerworte zu geben.

Schweigend machen wir uns auf den Weg zurück nach Everless. Ina hängt ihren düsteren Gedanken nach, während ich über das nachgrübele, was der Sekretär mir erzählt hat. Briarsmoor. Wie ist das möglich? Und warum hat Papa dieses seltsame, aus der Zeit gefallene Dorf nie erwähnt?

Doch wie es scheint, gibt es eine ganze Menge von Dingen, die mein Vater vor mir geheim gehalten hat. Selbst sein Tod ist ein Rätsel.

Ein weiterer Gedanke durchzuckt mich wie ein Blitz: Vielleicht bin auch *ich* ein Rätsel – ein Geheimnis, das es zu lüften gilt.

Die Vorstellung lässt mich nicht mehr los, setzt sich tief in mir fest, und ich weiß, dass ich so bald wie möglich auf eigene Faust diesem seltsamen Dorf einen Besuch abstatten muss.

Mit einem Beutel voller Bluteisen an meinem Gürtel, denke ich.

Wenn in dem Aberglauben, von dem der Sekretär gesprochen hat – dass die Babys aus Briarsmoor verflucht seien –, ein Körnchen Wahrheit steckt, dann bin ich sicher, dass Ina, das begnadetste Kind des Königreichs, nicht dort geboren worden sein kann.

Doch das heißt nicht, dass ich es nicht bin.

Die Zeit um mich hat sich schon immer seltsam verhalten, sich zu lange an einen Moment geklammert, nur um anschließend hastig zum Rest der Welt aufzuschließen. Vielleicht habe ich all die Jahre das Erbe von Briarsmoor in mir getragen.

Und ich fühle mich tatsächlich wie verflucht. Das Gewicht all dessen, was ich verloren habe, lastet wie ein Haufen Steine auf meiner Brust. Am schwersten wiegt der Verlust meiner Mutter und meines Vaters, doch es gibt noch so viele andere Dinge, kleine Dinge, die ich schmerzlich vermisse: unser Gärtchen in Crofton, Ammas tröstende Umarmung ... und, viel früher, die prasselnde Wärme der Schmiede, Roans Kinderlächeln. Ich zügele Honey und lasse mich ein Stück zurückfallen, damit Ina nicht die Tränen sieht, die mir übers Gesicht strömen.

Kurz bevor die Sonne zu sinken beginnt, kommt vor uns Everless in Sicht, das sich als Silhouette vor dem orange glühenden Himmel abzeichnet. Ina hält ihr Pferd auf der verlassenen Straße an, und ich tue es ihr gleich. Unsicher werfe ich ihr einen Blick zu, doch sie starrt bloß geradeaus auf das Schloss, das uns beiden ein zeitweiliges Zuhause ist, und ich erkenne eine seltsame Mischung aus Faszination und Traurigkeit in ihren Zügen.

»Vielleicht ist es besser, wenn ich es nie erfahre«, sagt sie halb zu sich selbst. Ich beuge mich zu ihr hinüber. »Bei der Zauberin – es sind nicht einmal mehr drei Wochen bis zur Hochzeit.

Vielleicht ist das hier ein Zeichen, dass ich nicht im ganzen Königreich nach Antworten suchen sollte, die es womöglich gar nicht gibt … Ich meine, ich habe schließlich alles, was ich mir nur wünschen kann.«

Sie wirkt zutiefst verletzlich, als sie mich ansieht. Und obwohl es mir ein Rätsel ist, warum Ina Gold, die Tochter der Königin, den Zuspruch eines Dienstmädchens brauchen sollte, besteht kein Zweifel daran. Der Kummer steht ihr ins Gesicht geschrieben.

Ein Hauch von Ärger keimt in mir auf. Warum sollte ich Ina trösten, die alles hat, was *ich* mir je erträumen könnte, die eines Tages den Thron erben wird?

Doch ihr Blick ruft mir die Rehe im Wald nahe Crofton in Erinnerung. Mein und Papas Überleben hing davon ab, dass ich zu einer skrupellosen Jägerin wurde. Dennoch, wenn mir ein Reh direkt in die Augen sah, konnte ich mich nie dazu bringen, es zu erschießen.

Ich nehme Inas Hand in meine. Trotz allem will ich ihr helfen. Ich weiß, was es bedeutet, sich in dieser Welt verloren zu fühlen. »Mein Vater hat mich aufgezogen wie seine eigene Tochter, Ina, aber dann hat sich herausgestellt, dass ich es gar nicht war«, sage ich. Sie drückt meine Hand so fest, dass es wehtut. »Ich weiß, wie es ist, seine Eltern nicht zu kennen. Aber –« Ich halte inne und lausche einen Moment auf die Wahrheit, die in mir brodelt. »Was mich viel härter trifft, ist das Wissen, dass er nie ehrlich zu mir war. Dass er sich davor gefürchtet hat, weil er vermutlich dachte, ich würde ihn dann nicht mehr lieben wie einen Vater. Aber er hat sich geirrt.«

Die Tochter der Königin zieht ihre Hände zurück und verbirgt das Gesicht darin. Dann, im stetig länger werdenden Schatten des Schlosses vor uns, fängt sie an zu weinen. Das Schluchzen bohrt sich in mein Herz; ich habe das Falsche gesagt, habe mich von meiner eigenen Trauer überwältigen lassen.

»Jeder auf Everless vergöttert Sie«, fahre ich fort. Sie lehnt sich an mich und nickt schweigend an meiner Schulter. »Vor Ihrer Ankunft gab es kein anderes Thema: Wie schön Ina Gold sei und wie gütig, und wie glücklich sich Roan schätzen könne, sie zur Frau zu bekommen.« Als ich Roans Namen ausspreche, scheint die Last auf meiner Brust noch schwerer zu werden, aber ich ignoriere sie. »Und das ist bloß der Anfang. Jeder kann sehen, wie sehr die Königin Sie liebt. Wie sehr Caro Sie liebt. Und Roan« – ich zögere kurz – »ist vollkommen vernarrt in Sie.«

Ein Lächeln, schwach, aber aufrichtig, breitet sich auf Inas Gesicht aus. »Danke, Jules.« Wieder blickt sie zum Schloss hinüber. »Ich heirate bald Roan Gerling. Ich muss das undankbarste Mädchen auf der ganzen Welt sein.«

Tief in mir regt sich eine Erinnerung, an meine Begegnung mit Roan in dem engen Dienstbotenflur vor ein paar Tagen, an seine geröteten Wangen, den Hauch von Parfüm, der ihm anhaftete. *Lavendel, kein Rosenwasser.* Es geht mich nichts an, ich sollte mich nicht einmischen, aber – »Lieben Sie ihn?«, platzt es da aus mir heraus.

Ina macht ein überraschtes Gesicht. Sie sieht erst mich an, dann Everless, dann wieder mich. »Ja«, gesteht sie. »Mehr als alles andere auf der Welt.«

Jetzt treibt Ina ihr Pferd an, nach Everless, zu Roan, ihrer Zukunft entgegen. Honey und ich traben hinterher, wie ein lebendiger Schatten von Ina und Mava. Ich verschließe die Augen vor dem Bild. *Ich habe doch eine Eskorte. Oder halten Sie dieses Mädchen etwa für einen Geist?*, hat sie gesagt. Doch in diesem Moment fühle ich mich tatsächlich wie einer.

Nachdem wir die Pferde bei Tam im Stall abgeliefert haben, machen wir uns auf den Weg zum Osteingang, als Ina mir in der Dämmerung etwas zuflüstert.

»Ich bin nicht unglücklich, Jules. Ich hoffe, das weißt du«, sagt sie.

»Ja«, erwidere ich. »Ich verstehe schon.« Es ist möglich, Freude und Trauer zur selben Zeit zu empfinden. Es ist möglich, den Blick erwartungsvoll zum Horizont zu heben und zugleich um das zu trauern, was man verloren hat.

Ina ist stehen geblieben, und ich wende mich ihr zu. Sie ringt die Hände.

»Ina ... was ist los?«

»Du musst mir versprechen, dass du es niemandem erzählst«, sagt sie. »Nicht Caro und auch niemandem von den anderen Bediensteten.«

Mein Herz fängt an zu pochen. »Versprochen.«

»Da war ein Mann.« Ihre Stimme ist kaum hörbar. »Vor ein paar Jahren, als die Königin bei der Sommerernte in der elsischen Provinz zum Volk gesprochen hat. Ich stand in der Menge, um auch zuzuhören.« Sie schluckt. »Der Mann hat nach mir gegriffen, mich beim Arm gepackt. Ich habe natürlich sofort nach den Wachen gerufen, wie man es mir eingeschärft hatte. Aber bevor er davongelaufen ist, hat er mir zugeflüstert –« Sie bricht ab und blickt sich um.

»Na, was?«, dränge ich, ohne darüber nachzudenken, bevor ich zusammenfahre, schockiert über meine Respektlosigkeit. Inas Mundwinkel zucken.

»Die Königin meint es nicht gut mit dir. Sie wird dich töten.« Nachdem die Worte über ihre Lippen sind, sieht Ina aus, als hätte sie Gift geschluckt. Ich höre, wie ihr Atem beschleunigt. »Ich habe immer wieder darüber nachgedacht. Er ist zu mir gekommen, hat sein Leben aufs Spiel gesetzt. Warum hätte er das tun sollen? Er wirkte nicht, als hätte er etwas Böses im Sinn gehabt.«

»Für mich klingt es eher, als sei er nicht ganz bei Trost gewesen«, flüstere ich. Die Worte des Mannes jedoch erscheinen mir längst nicht so verrückt, wie sie es getan hätten, bevor ich das Messer der Königin auf Inas Brust habe zufliegen sehen. Wieder muss ich an Lady Sida und ihre Bemerkung denken. Sicher, sie ist auch nicht gerade zurechnungsfähig. Und doch …

Ina nickt. »Er muss verrückt gewesen sein. Das habe ich mir selbst so lange eingeredet, bis ich es nicht mehr ertragen konnte. Aber damals habe ich für eine Sekunde gedacht, er könnte …« Sie presst die Lippen zu einem dünnen Strich zusammen. »… mein Vater sein. Dass die Königin mich meinen Eltern geraubt hat, wie eine Fee, die des Nachts Kinder aus ihren Wiegen stiehlt.« Sie lacht. Doch es klingt hart und bitter. »Es ist unmöglich, ich weiß. Erzähl niemandem davon, Jules, bitte. Es würde mein Leben zerstören.«

»Natürlich nicht«, murmele ich. Dann sage ich nichts mehr, und auch Ina schweigt. Doch ich weiß, dass sich derselbe Gedanke in unseren Köpfen einnistet.

Was ist, wenn der Mann die Wahrheit gesagt hat?

19

Am nächsten Morgen noch vor Sonnenaufgang kehrt die Königin nach Everless zurück. Die Tatsache, dass sie lieber bei Nacht reist, ist eine Botschaft, fest verschnürt in braunes Papier und doch unmissverständlich.

Als ich, nachdem ihre Kutsche vor dem Haupttor vorgefahren ist, in den Schlafsaal zurückkehre, finde ich einen kleinen Samtbeutel auf meinem säuberlich gemachten Bett. Schon wieder ein Geschenk – was bedeutet, dass noch mehr über mich getuschelt werden wird. Daneben liegt ein Zettel mit Inas Handschrift darauf: *Für Deine Diskretion. Hab vielen Dank, Jules.*

Ich setze mich und greife nach dem Beutel. Das Gewicht des Bluteisens darin ist wie ein Schlag in den Magen. Ich lasse ihn wieder fallen, und ein blanker Monatstaler rollt über meine dünne Decke. Rings um mich recken die anderen Mädchen die Hälse, ihre betont gleichgültigen Blicke wie gebannt von dem goldenen Schimmer.

Mit einem flauen Gefühl greife ich nach der Münze, während die anderen sich eilig wieder abwenden. Sie missverstehen meine Reaktion als Habgier, als würde ich fürchten, eine von ihnen könnte mir das Bluteisen stehlen. Aber sie sind nicht der Grund für die Traurigkeit, die mich erfüllt.

Der gestrige Tag – die Nähe, die ich zu Ina verspürt habe, die Verbundenheit, die geteilten Geheimnisse – war wie eine schillernde Seifenblase, doch jetzt ist sie zerplatzt. Ich dachte, Ina wäre … nun, vielleicht nicht meine Freundin, etwas Derartiges zu glauben wäre absurd. Aber ich dachte, ich wäre mehr für sie als ein bloßes Dienstmädchen, das sie für seine Arbeit bezahlt. Dieser Beutel muss mehrere Jahre beinhalten. Meine Wangen brennen vor Scham. Und während ich das Geld hastig unter mein Kissen stopfe, warnt mich eine leise, höhnische Stimme in meinem Kopf, dass ich nicht auf die gutherzige, unwissende Ina wütend sein sollte. Sondern auf mich selbst, dafür, dass ich vergessen habe, wer wir beide sind, dafür, dass ich mich zu der Hoffnung habe hinreißen lassen, ich könnte der zukünftigen Königin von Sempera etwas bedeuten.

Tiefe Erniedrigung mischt sich in das Gewirr meiner Emotionen. Ich bin keinen Schritt weitergekommen in dem Vorhaben, das Geheimnis um den Tod meines Vaters, nein, den *Mord* – denn davon bin ich inzwischen überzeugt – an meinem Vater zu lüften, dem jede verbliebene Zeit aus dem Blut gesaugt wurde, um seinem Leben ein Ende zu setzen, wie ein Dolch ins Herz es nicht besser vermocht hätte. Habe ich mich blenden lassen von Inas hübschen Kleidern, von Caros fröhlichem Geplauder, von Roans Lächeln, das nur für mich bestimmt zu sein schien, und darüber den Schwur vergessen, den ich kurz nach Papas Tod am Seeufer geleistet habe?

Ich bin nicht auf Everless geblieben, um Ina Gold zur Freundin zu gewinnen. Und wenn ich den Rest meiner Tage für die Gerlings schuften muss, ich werde herausfinden, warum Papa sterben musste. Mein Durst nach Wissen brennt mehr denn je.

Ich muss zu ihr. Zur Königin.

Im Laufe der nächsten Tage erfinde ich immer neue Vorwände, mich ihr zu nähern, suche mir Aufgaben, die mich in den langen Flur vor ihren Gemächern führen, stets in der Hoffnung, einen Blick auf sie zu erhaschen. Ich biete Caro an, der Königin Nachrichten zu überbringen. Ich trage ihre Wäsche, Körbe voller Seide, in die Waschküche und wieder zurück. Und ich koche ihr jeden Morgen und jeden Abend Tee, den ich unter den strengen Blicken der Wachen vor ihrer Tür abstelle.

Eines Abends, als ich mich wieder einmal mit einer Tasse Tee auf den Weg zu ihren Gemächern mache, sind keine Wachen zu sehen. Ich klopfe und stelle das Tablett bereit. Dann aber zögere ich länger, als ich sollte, bleibe auf dem verlassenen Gang stehen, bis der Tee längst kalt geworden sein muss, und warte darauf, dass die Königin sich zeigt. Gerade als ich aufgeben und zurück in den Schlafsaal gehen will, öffnet sich die Tür.

Es dauert einige Augenblicke, bis meine Verwirrung sich etwas lichtet und ich begreife, dass die Frau, die gerade den Flur betreten hat, die Königin von Sempera ist. Sie hat mehr Ähnlichkeit mit einem der Trunkenbolde, die man in den frühen Morgenstunden aus den verrufensten Tavernen von Crofton stolpern sieht. Ihr flammend rotes Haar ist wirr und strähnig, und sie sieht aus, als hätte sie sich im Dunklen angekleidet – ihr Kleid ist nur teilweise zugeknöpft und gibt den Blick auf einen hellen Streifen Haut über ihrer Brust frei. Ihre Mundwinkel sind mit etwas Dunkelrotem verschmiert, das Lippenstift sein könnte, oder auch Blut.

Sie macht einen unsicheren Schritt auf mich zu, und ich falle um ein Haar hintenüber in meiner Hast, von ihr fortzukommen. Doch im Umdrehen pralle ich mit jemandem zusammen. Kleine, aber kräftige Hände schließen sich um meine Oberarme und halten mich aufrecht. Halb hat sich meiner Kehle schon ein Schrei entwunden, als Caro mich zu sich herumreißt.

»Schh, Jules«, raunt sie, und ihre Augen wirken riesig in dem dunklen Flur. »Ganz ruhig.«

Sie bugsiert mich beiseite wie ein kleines Kind, dann geht sie zur Königin. Ich sehe entsetzt zu, wie Caro ihr die Hand aufs Herz legt. Und unsere unberührbare Herrscherin schließt die Augen, lehnt sich ihrer Dienerin entgegen, als zöge sie Kraft aus ihr. Einen Moment später dreht sie sich um und verschwindet ohne ein Wort in ihren Gemächern. *Du darfst sie niemals berühren, nicht einmal, um ihr behilflich zu sein*, denke ich, doch das scheint nicht für Caro zu gelten. So wie die beiden Seite an Seite im schummrigen Licht des Korridors standen, wirkten sie beinahe wie Mutter und Tochter, die Augen der Königin ein Spiegelbild von Caros, ihre Haltung dieselbe.

Mit einem tiefen Seufzer wendet Caro sich mir zur. »Es tut mir leid, dass du das mit ansehen musstest, Jules«, sagt sie. »Manchmal vernachlässigt Ihre Majestät über ihren Pflichten ihre eigenen Bedürfnisse und schläft nicht genug. Dann wird sie von Albträumen geplagt.«

Ich habe selbst oft Albträume, denke ich, *und habe schon häufig andere aus welchen erwachen sehen, aber niemand hat je so ausgesehen wie die Königin. Als wäre sie soeben aus einem Grab gekrochen.* Doch meine Panik schnürt mir noch immer die Kehle zu, und so kann ich nur nicken. Caro legt den Arm um mich, und die Wärme kehrt in mich zurück. Ich frage mich, ob die Königin vor einigen Augenblicken dasselbe empfunden hat.

»Dieser Vorfall muss unter uns bleiben, Jules«, sagt Caro leise. Schon wieder ein Geheimnis. »Wenn ihre Schwäche sich herumspricht ...«

»Natürlich«, erwidere ich rasch, sobald ich meine Stimme

wiedergefunden habe. »Ich diene niemandem außer der Königin.«

Caro beugt sich dichter zu mir vor. »Jules, eines musst du verstehen. Die Königin – nun, du hast sie ja gesehen –« Sie hält inne und starrt mich an, wie um sich zu vergewissern, dass ich auch gut zuhöre. »Die Königin wird bald sterben. Kein Bluteisen der Welt kann sie retten. Es gibt nichts, was wir noch tun könnten. In ein paar Wochen wird Ina heiraten, und dann bekommt Sempera eine neue Herrscherin.«

Fragen überfluten meinen Geist. *Werde ich je erfahren, warum mein Vater sterben musste?* Auf der Suche nach etwas zu tun – egal, was – bücke ich mich nach dem Teetablett, das noch immer vor der Tür der Königin steht. Die Tasse klappert auf ihrem Unterteller. Caro nimmt es mir sanft aus den Händen.

»Weißt du was?«, fragt sie. »Warum gönnen wir uns nicht ein bisschen Zeit für uns, während die Königin sich ausruht?« Ich starre sie an. »Ina wird bald keine ruhige Minute mehr haben, je näher die Hochzeit rückt. Und sie würde so gern noch einen letzten ausgelassenen Abend verbringen, bevor …« Sie zieht die Brauen zusammen. Trotz ihres gezwungen heiteren Tonfalls hängt noch immer ihre Enthüllung über den nahenden Tod der Königin zwischen uns in der Luft. »Bevor sie eine verheiratete Frau ist.«

Ausgelassene Abende und näher rückende Hochzeiten sind meiner Gedankenwelt im Moment so fern wie der Mond. Doch ich lasse zu, dass Caro mich mit sich zieht, weil ich nicht weiß, was ich sonst tun soll. »Ich komme gerade aus den Stallungen«, flüstert sie aufgeregt, während wir den Flur hinuntereilen. »Ich habe veranlasst, dass eine Kutsche angespannt wird, die uns zu einer Taverne in Laista bringt. Wir könnten ein bisschen feiern, nur wir drei.«

Der dicke Teppich dämpft unsere Schritte auf dem Weg zu Inas Gemächern. Als wir an die Tür klopfen, öffnet Ina sofort. Es dauert einen Moment, bis ich sie erkenne: Ihr Haar ist mit silbernen Spangen hochgesteckt und mit Blumen verziert. Ihr Kleid ist ein Kunstwerk aus Tüll und Spitze und hat einen Ausschnitt, bei dessen Anblick mir beinahe schwindelig wird.

»Wie schön, dass du uns Gesellschaft leistest, Jules«, kichert sie, als Caro mich durch die Tür schiebt. »Möchtest du etwas trinken?« Sie hebt eine grüne Glasflasche, in der irgendeine glitzernde Flüssigkeit schwappt, und hält sie mir einladend hin.

Mein Blick muss Antwort genug sein, denn Caro legt mir rasch den Arm um die Taille. »Ina, lass das arme Mädchen doch erst mal ankommen«, flüstert sie, während sie mich herumdreht und zu einem riesigen, offenen Kleiderschrank führt, aus dem Gewänder in allen nur vorstellbaren Farben hervorquellen. »Und zuerst müssen wir etwas zum Anziehen für sie finden.«

»Aber …« Mein schwacher Protest bleibt unbeachtet, während nun auch Ina zum Schrank stürzt und ein Kleid nach dem anderen hervorzieht, bis sie den ganzen Arm voll davon hat.

Sie bedeutet mir, ihr zum Bett zu folgen, und breitet ihre Auswahl darauf aus – die Kleider sind grellbunt, weit ausgeschnitten und körperbetont. Ina hat bereits ein blauseidenes Exemplar ausgesucht, das in ihren Händen nach besorgniserregend wenig Stoff aussieht. Sie überreicht es mir, und ich kann kaum glauben, dass dieses federleichte Etwas tatsächlich ein Kleid ist. Und schon gar nicht eines, das ich bei dieser Kälte außerhalb des Schlosses tragen soll.

Doch Ina tritt vor mich und stemmt erwartungsvoll die Hand in die Hüfte, während Caro hinter ihr den Kopf schief legt mit einem verschlagenen Funkeln in den Augen. Ich beschließe, dass ich keine Wahl habe, und greife in meinen Nacken, um mein Kleid aufzuknöpfen. Wieder muss ich daran denken, wie Ina während der Anprobe vor ein paar Tagen in ihren Unterkleidern durchs Zimmer gewirbelt ist. Mit ihrer unangestrengten Schönheit könnte ich niemals mithalten. Plötzlich fühle ich mich schlaksig und unsicher vor ihr und Caro, als bestünde ich aus nichts als spitzen Ellenbogen und Knien – es ist der Körper eines Mädchens, das in ständigem Hunger aufgewachsen ist.

Caros Blick gleitet flüchtig an mir herab, und sie runzelt ein wenig die Stirn, sagt jedoch nichts. Ina dagegen scheint überhaupt nichts zu bemerken und wedelt mit dem Kleid vor meiner Nase. Ich hebe die Arme, damit sie es mir über den Kopf ziehen kann, während Caro hinter mich tritt und es zuschnürt.

Ina schiebt mich zu ihrem Toilettentisch. Darauf verstreut liegt bereits ein Sammelsurium an Pinseln und Tiegeln und Fläschchen, deren Zweck ich nicht einmal erahnen kann. Viele davon sind geöffnet, und heraus quellen sattes Braun und Schwarz und Rot für Ina neben zarteren Korallen-, Rosa- und Bronzetönen für Caro. Der pudrige Duft erfüllt den ganzen Raum. Ina greift nach einer Quaste und Caro nach einer hölzernen Haarbürste. Die beiden machen sich ans Werk, und ich schließe die Augen.

Als ich sie wieder öffne, breitet sich Erstaunen auf meinem Gesicht im Spiegel aus. Ich sehe noch immer aus wie ich, doch die Schatten unter meinen Augen sind verschwunden. Meine hohlen Wangen wirken voll und rosig, und meine braunen Augen sind mit Puder umrahmt, der bernsteinfarbene Schlieren darin hervorhebt, die mir noch nie zuvor aufgefallen sind. Außerdem hat Caro mir das Haar im Nacken zu einem trügerisch schlicht wirkenden Knoten geschlungen.

Meine fahle Haut und die müden Augen sind verschwunden – sie sind also kein fester Bestandteil von mir. Als mir das aufgeht, wird mir gleich etwas leichter ums Herz.

»Ina«, hauche ich. »Sie sind eine Zauberin.«

Sie lacht und drückt mir die Schulter.

Während die beiden noch ein paar letzte Korrekturen an meinem Gesicht vornehmen, packt mich plötzlich Neugier, und ich gebe ihr nach – eine weitere winzige Rebellion gegen Liam Gerlings Warnung, mich zu verhalten, wie es sich einer Dienerin geziemt. Ich nehme einen Schluck aus der grünen Flasche auf Inas Nachttisch. Das Getränk schmeckt nach Früchten und Honig, und der Alkohol prickelt angenehm auf meiner Zunge. Als schließlich auch Caro und Ina fertig zum Aufbruch sind, fühle ich mich von Wärme erfüllt, bereit, jeden anzulächeln, der des Weges kommt, meine düsteren Gedanken kaum mehr als eine ferne Erinnerung.

Lachend machen wir uns auf den Weg zu den Stallungen. Ein Teil von mir registriert vage, wie absurd das alles ist – dass ich mich in Begleitung der Prinzessin und ihrer Zofe aus dem Schloss schleiche. Als mein Blick auf den Schmuck um Inas Hals fällt, flackert kurz Addies Gesicht vor mir auf wie eine Kerzenflamme, um jedoch gleich darauf wieder zu erlöschen.

Kaum, dass wir die Ställe betreten haben, ertönt zu unserer Linken ein Räuspern. Wir drehen uns um und sehen uns einer schlichten, aber hübschen schwarzen Kutsche gegenüber, auf dessen Kutschbock ein Diener bereitsitzt, den ich nicht kenne. Ina strahlt Caro begeistert an, die bloß geheimnisvoll lächelt.

Der leichte Schwung ihrer Lippen erinnert mich an eine Mondsichel.

»Ina«, rufe ich, »hoffen wir, dass dieser Ausflug erfolgreicher wird als …« Natürlich wollte ich auf unseren Ritt zum Waisenhaus anspielen, doch Ina fährt jäh zu mir herum, die Augen weit aufgerissen, und schüttelt kaum merklich den Kopf. Hastig schlucke ich den Rest meiner Worte hinunter. Caros Blick wandert zwischen uns hin und her. Mir fällt wieder ein, wie sorgfältig Ina das Geheimnis ihrer Waisenhausbesuche hütet – nicht einmal ein Diener darf davon erfahren.

Caro scheint alles bestens organisiert zu haben. Der Kutscher, ein junger Mann etwa in Caros Alter, ist offensichtlich eingeweiht. Er schenkt Ina ein breites Grinsen, als wir in den Wagen steigen. »Hat Sie die Unternehmungslust gepackt, Hoheit?«, witzelt er.

Ina erwidert sein Lächeln und hebt scherzhaft einen mahnenden Finger. »Ich werde den Rest meines Lebens in einem stickigen Palast verbringen.« Der Diener nickt steif, als hätte er Angst, den Zorn der Gerlings auf sich zu ziehen für den Spott, der Ina so mühelos über die Lippen geht. Ich meine, etwas wie Wehmut in Caros Blick zu lesen. Ich frage mich, ob Ina weiß, dass der Tod der Königin unmittelbar bevorsteht. »Darum will ich mich lieber noch ein bisschen amüsieren, solange ich die Gelegenheit dazu habe.«

Eine kleine Öllampe im Inneren der Kutsche beleuchtet samtene Sitzpolster und holzvertäfelte Wände. Ina sieht aus dem Fenster. Im Halbdunkel wirken ihre Augen plötzlich traurig. Auch in mir regt sich Unbehagen und verdrängt die Leichtigkeit, mit der der Alkohol mich erfüllt hat. Während Caro dem Kutscher letzte Anweisungen gibt, folge ich Inas Blick und versuche zu sehen, was sie sieht: den von hohen Mauern umgebenen Palast von Sempera, den vergoldeten Thron, das straffe, einengende Korsett eines Staatsgewands.

Über all den Bildern liegt ihre Vergangenheit – ihre Geburt – wie ein Schatten, der sofort verschwindet, sobald man ein Licht entzündet.

Caro lässt sich neben mich auf den Sitz fallen. Ich reiße meinen Blick vom Fenster los und meide gleichzeitig Caros, aus Angst, dass sie mir ansehen wird, was mir gerade über Ina klar geworden ist. Dass es ihre Ausflüge in die Waisenhäuser sind, ihre verräterischen Gedanken über die Königin, nicht diese nächtliche Eskapade, die sich als Skandal erweisen könnten, und möglicherweise sogar als tödlich, sollte ihre Ziehmutter je Wind davon bekommen.

Der Alkohol in meinem Blut schützt mich vor der Kälte, während wir in die Nacht hinausfahren. Alles, was seit meiner Rückkehr nach Everless an mir genagt hat – meine Angst, meine Sorge, nicht hierher zu passen, ja, selbst mein stetiges, verzweifeltes Streben nach Gerechtigkeit, nach Antworten –, hat sich ganz an den Rand meines Bewusstseins zurückgezogen, während ich draußen vor dem Fenster die Landschaft vorbeihuschen sehe. Inas Knie stößt gegen meines, als wir über die zerfurchte Straße rumpeln. Als sie nun mit Caro plaudert, ist von ihrer Traurigkeit nichts mehr zu erkennen. Wahrscheinlich hat sie gelernt, sich hin und wieder mit unbeobachteten Momenten zu begnügen, wie ein Kind, das aus der Vorratskammer Süßigkeiten stibitzt, wann immer sich die Gelegenheit bietet.

Bald schon leuchten die Lichter von Laista vor uns auf. Der Kutscher setzt uns in einer schmalen, aber gepflegten Gasse vor einer unscheinbaren Tür aus poliertem Holz ab. Wir müssen uns im wohlhabenderen Teil der kleinen Stadt befinden, auf der Everless zugewandten Seite der Hauptstraße. Als Papa noch für die Gerlings gearbeitet hat, ist er mit mir jeden Sommer nach Laista zum Jahrmarkt gefahren, wo wir uns exotische Tiere angesehen und mit Honig gesüßtes Raspeleis gegessen haben. Selbst als wir längst in Crofton wohnten, habe ich ihn angebettelt, wieder den Jahrmarkt zu besuchen, aber Papa hat bloß den Kopf geschüttelt und gesagt, dort würde er bloß noch immer den Rauch von Everless riechen.

Obwohl die Straßen verlassen sind, ist alles genau, wie ich es in Erinnerung habe. Vom ordentlich gefegten Kopfsteinpflaster unter den Hufen unserer Kutschstute bis hin zu den Reihen von Laternen entlang der Gassen. Selbst der Schnee auf den Dächern wirkt sauber. Wie eine weiße, makellose Decke liegt er auf den Häusern. Während Caro den Kutscher bezahlt, deutet Ina auf die Kränze, die viele Haustüren schmücken. Mein Blick bleibt an einer beschlagenen Fensterscheibe hängen, hinter der eine schlanke, lockenköpfige Gestalt einen Teekessel schrubbt.

Jetzt hebt sie die Hand, um die Feuchtigkeit von der Scheibe zu wischen. Sie wirft einen Blick nach draußen und sieht einen Moment lang direkt zu uns herüber, bevor sie sich abrupt abwendet. Ein Funke von Erkennen glimmt in mir auf.

»Ina, Jules!« Caro ist bereits vorgegangen und bedeutet uns, ihr zu folgen. Als ich mich noch einmal umdrehe, ist die junge Frau verschwunden. Ich gehe zu Caro, die uns in eines der größeren Häuser und eine Treppe hinunter führt.

Die Tavernen in Crofton waren schmuddelige, hoffnungslose Löcher voller Männer und Frauen mit vorzeitig gealterten Gesichtern und trübem Blick, die sich von ihrem letzten Bluteisen betranken, um zu vergessen, wie wenig Zeit ihnen noch blieb.

Das hier jedoch ist eine völlig andere Welt – natürlich nicht so luxuriös wie Everless, aber dennoch von einer heimeligen Eleganz. Geprägt von Wohlstand. Ich erinnere mich, dass die Menschen in dieser Welt trinken, um sich zu amüsieren, und nicht, um ein hartes Leben erträglicher zu machen.

Etwas in mir – Frust, Wut – regt sich.

Das Lokal ist schummrig erleuchtet und geräumig; die Marmoroberflächen glänzen, und an der Wand hinter dem Tresen schimmern Reihen von Flaschen aller Formen und Größen. Eine Handvoll Gäste nippen an Kristallgläsern. Tabakrauch dringt zu uns herüber. Ein gut aussehender junger Mann führt uns rasch zu einem ruhigen freien Tisch in einer Ecke. Ich frage mich, ob jedem Gast hier diese Behandlung zuteilwird oder ob wir auch dieses Detail Caros diskreter Planung zu verdanken haben.

»Eine Flasche von Ihrem besten Rotwein und eine Flasche Madel, bitte«, ordert Caro in ihrem durchdringenden Flüsterton. Sie sieht wunderschön aus in diesem Licht, das ihre funkelnden Augen und ihre helle Haut betont.

Beinahe im nächsten Moment werden zwei Flaschen gebracht: eine dunkelgrüne und eine rote. Der Kellner stellt drei schwere Kristallkelche vor uns auf den Tisch.

Als ich einen Schluck Madel probiere, brennt und schäumt die Flüssigkeit in meiner Kehle, und das Feuer schießt weit schneller hinab in meinen Magen als bei der Flasche in Inas Zimmer. Ich huste, und Caro lacht ihr glockenhelles Lachen.

»Warte«, flüstert Caro. »Ich zeige es dir.« Sie gießt etwas Rotwein in ihr Glas und fügt dann vorsichtig ein winziges, goldenes Tröpfchen Madel hinzu. Der Wein sprudelt kurz, dann verschwinden die Bläschen wieder. Caro hält mir das Glas hin.

Vorsichtig nehme ich einen Schluck. Der Madel hat sich im Wein aufgelöst und verleiht ihm einen ungewohnten, rauchigen Geschmack. Er brennt noch immer ein wenig in meinem Hals, aber nicht mehr so sehr, dass mir die Tränen kommen. Als Caro grinst und Ina lacht, durchzuckt mich unerwartet Freude. Der Moment dehnt sich aus – Inas Lachen verwandelt sich in eine Melodie, Caros Lächeln schmilzt über ihr Gesicht – und wird zu einer schillernden Blase. Erst als Caro etwas sagt, nimmt die Zeit ihren normalen Lauf wieder auf.

»Fang damit an«, rät sie mir, »und vielleicht schaffst du bis zum Ende des Abends einen puren Madel.« Sie nimmt selbst einen großen Schluck aus ihrem Glas.

Ina kichert und blickt sich im Lokal um, einen Ausdruck schierer Glückseligkeit im Gesicht. Sie hebt ihr Glas. »Lasst uns anstoßen«, verkündet sie. »Auf drei Waisenmädchen, die endlich ihr Zuhause gefunden haben.«

Ich lächele und hebe ebenfalls mein Glas, zögere jedoch, als ich Caros Blick auffange. Zuerst lese ich Erstaunen darin, dann jedoch manifestiert sich etwas in ihren Augen, das eher Ärger gleicht. Sie mustert erst Ina, dann mich.

»Jules«, sagt sie ruhig, doch ihre Miene ist noch immer angespannt. »Ich dachte, dein Vater wäre gerade erst gestorben.«

Ihre Direktheit versetzt mir einen Stich. »Ja – das stimmt«, stammele ich. »Aber ich habe kurz danach herausgefunden, dass ich adoptiert war. Nicht, dass das etwas ändern würde«, füge ich rasch hinzu. »Schließlich hat er mich großgezogen.«

Inzwischen hat auch Ina bemerkt, dass etwas nicht stimmt, und sieht mich zerknirscht an. Dann fängt sie an zu plappern, um ihre Verlegenheit zu überspielen, dass sie mein Geheimnis verraten hat. »Es könnte sein, dass sie eines der Briarsmoor-Kinder ist, Caro. Wir sollten die Königin überreden, mit uns dorthin zu fahren. Um Jules willen.«

»Vielleicht«, entgegnet Caro knapp.

Beschämt über Inas Vorschlag und darüber, dass Caro nun denken muss, ich hätte etwas vor ihr geheim gehalten, senke ich den Blick. Doch dann, so rasch wie ein Atemzug, glättet sich Caros Gesicht, und ihr Lächeln kehrt zurück.

Sie deutet auf das Lokal um uns. »Ina, auch wenn du im Palast ständig den besten Wein des Königreichs serviert bekommst, ich glaube nicht, dass du dort auch nur *einen* Ort findest, der eine solche Atmosphäre bietet.«

»Ach«, höre ich Ina antworten. »Dafür wird mich ja demnächst Roans Gegenwart entschädigen. Er will keinen Tag länger als nötig in der Nähe seines Bruders bleiben, und so wohl ich mich auf Everless fühle, es ist einfach kein Vergleich zu Shorehaven.«

Im Palast. Demnächst. Ich gebe einen vage interessierten Laut von mir und starre in mein Glas, in der Hoffnung, dass Ina und Caro nicht die Tränen sehen, die mir plötzlich in die Augen steigen.

Über all dem Trubel und den Vorbereitungen für die Hochzeit habe ich kein einziges Mal darüber nachgedacht, was danach kommt.

Ina wird Everless verlassen. *Roan* wird Everless verlassen.

Auch die Königin wird wieder in den Palast ziehen, und ich bleibe zurück, mit nichts als dem Geheimnis um den Tod meines Vaters, das mich umtreibt. Und Liams finsteren Blicken.

Ich murmele etwas über eine weitere Runde Getränke und stehe auf, das Gesicht von Caro und Ina abgewandt. Nur wenige Augenblicke zuvor hat noch der Madel mein Blut gewärmt und meine Glieder gelockert. Jetzt dagegen fühle ich mich ein wenig wie im Keller beim Mavaschälen – als wäre ich in einen dünnen Nebel gehüllt, der Gesichter und Stimmen um mich verschwimmen lässt, sodass nichts davon mehr ganz zu mir durchzudringen scheint. Ich merke, dass ich beim Gehen schwanke, aber ich kann nichts dagegen tun.

Meine Gedanken sind abgehackt und scharfkantig: Ina und Roan werden in den Palast ziehen; und ich werde allein sein, ohne den Jungen, den ich seit meiner Kindheit liebe.

Vielleicht war es nicht nur das Streben nach der Wahrheit, das mir in den letzten Wochen Kraft verliehen hat.

Mit einem Mal ist es, als würden die Hitze und der Rauch von allen Seiten auf mich eindringen. Das Lokal erscheint mir heiß wie ein Schmelzofen. Gesichter verschwimmen, Stimmen und Gelächter verbinden sich zu dröhnendem Lärm. Ich klammere mich an die Kante des Tresens, um nicht das Gleichgewicht zu verlieren. Mir schwirrt der Kopf.

Luft. Ich brauche Luft.

20

Irgendwie schaffe ich es von der Theke bis zur Tür. Niemand sieht die Panik in meinen Augen. Als ich auf die Straße hinausstolpere, sauge ich erleichtert die Nachtluft ein. Sie riecht nach tauendem Schnee. Sanfter Nebel hat sich über die Häuser gesenkt, und die winzigen Tröpfchen formen glitzernde Kreise um die Laternen. Außer mir ist niemand hier. Ich lehne mich an die Ziegelsteinmauer und warte darauf, dass mein Herzschlag sich beruhigt.

Dann beginnen meine Füße, mich von der Taverne fortzutragen, führen mich ein Stück den Weg zurück, den wir gekommen sind. Vor dem gedrungenen Teehaus bleibe ich schließlich stehen und starre durch dasselbe Fenster wie zuvor. Die Scheibe ist komplett beschlagen, bis auf einen kleinen frei gewischten Fleck. Ich spähe hinein. Und selbst durch das verschmierte Glas erkenne ich das Mädchen.

Addie.

Das Lokal, das mich hinter der Eingangstür erwartet, ist vollkommen anders als die Taverne, aus der ich komme. Der schlichte, spärlich erleuchtete Gastraum wirkt ruhig, und an den Tischen sitzen, zu zweit oder zu dritt, hauptsächlich ältere Dorfbewohner vor dampfenden Teetassen und plaudern. Hinter der Theke steht Addie, eine Schürze über ihrem Kleid.

»Addie?«, frage ich zögerlich.

Ihr Kopf ruckt hoch; ich kann sehen, wie ihr Blick über mein Kleid wandert, das darin eingestickte Emblem der Königin. »Du bist ein Everless-Mädchen«, bemerkt sie schroff. Ihre Stimme ist voller Verachtung, doch ich verzeichne auch einen Unterton von Neid und Wut.

»Was willst du?« Sie wirft einen Blick aus dem Fenster, hinüber zur Taverne. »Hat die Königin dich geschickt, weil ich noch nicht genug bestraft bin?«

»Nein«, erwidere ich rasch. »Sie hat mich nicht geschickt. Du kennst mich nicht, aber …« Ich kann ihr kaum in die Augen sehen vor Scham. Ich bin geblieben, nachdem sie verbannt wurde. Habe ihren Platz eingenommen. »Was ist passiert?«

Ihr Gesicht wird etwas weicher. »Du hast mir geholfen, den Schmuck aufzusammeln.«

»Viel genützt hat es dir nicht«, murmele ich.

»Hier bin ich wohl ohnehin besser aufgehoben.« Addie wirft einen Blick durch den Raum, als wollte sie sichergehen, dass niemand zuhört. Dann sagt sie: »Ich hatte keine Gelegenheit mehr, jemandem davon zu erzählen, bevor ich aus dem Schloss gebracht wurde.« Sie beugt sich vor und sieht noch einmal flüchtig zu den Gästen am nächsten Tisch hinüber, bevor sie weiterflüstert. »Ich habe die Königin berührt, als sie gefallen ist. Ich wollte bloß helfen. Aber sie … sie war eiskalt. Mehr als kalt. Sie war –« Addie hält inne, beißt sich auf die Lippe. »Es hat sich angefühlt, als hätte sie mir durch diese Berührung das Leben aus dem Körper gesaugt. Wie beim Schröpfen, nur schlimmer.«

Ein eisiger Schauder durchfährt mich, als ich daran denke, wie mir die Königin an diesem Abend im Flur vor ihren Gemächern erschienen ist. Auch da hat es ausgesehen, als würde sie Caro etwas entziehen.

»Es hätte schlimmer ausgehen können für mich. Ivan, er hat versucht –« Addie bricht ab, wischt über die längst makellos saubere Theke. »Gut möglich, dass er mich getötet hätte, wenn Lord Liam nicht gewesen wäre.«

Mein Unglaube muss mir vom Gesicht abzulesen sein, denn Addie erklärt: »Er hat mir diese Stelle hier besorgt – er ist mit dem Wirt befreundet. Ich glaube, er kommt manchmal hierher, wenn er seinen Eltern entkommen will, und um in Ruhe seinen Forschungen nachzugehen.«

»Forschungen?«

»Er sitzt gerade dort hinten.« Addie deutet mit dem Daumen über die Schulter auf eine unscheinbare Tür, die mir zuvor nicht aufgefallen ist.

Mein Blut gefriert, um sich gleich darauf brodelnd zu erhitzen. Vielleicht ist es der Alkohol, der mir Mut verleiht, aber ich muss etwas von Liam erfahren, ein für alle Mal. Und was um alles in der Welt hat er zu verbergen, dass er sich dafür in einem Teehaus in Laista verkriechen muss?

Er blickt hoch, als ich durch die Tür trete. Der Tisch vor ihm ist übersät mit Büchern und Dokumenten. Er ist schlicht gekleidet: langer Wollmantel über weißem Hemd und dunklen Hosen. Doch selbst die einfachsten Kleider der Welt könnten nicht über seinen lauernden Blick hinwegtäuschen, seine gierig vorgebeugte Haltung. Tausend Gedanken und Erwägungen fluten mein Gehirn. Und dazwischen die Worte meines Vaters: *Wenn du je wieder Liam Gerling begegnest, dann ergreif die Flucht.*

Obwohl jeder Muskel in meinem Körper mich zum Weglaufen drängt, gehe ich auf Liam zu, setze mich ihm gegenüber an den Tisch und streife mir den Mantel von den Schultern. Er starrt mich an. Seine Pupillen wirken riesig im Schummerlicht.

»Liam«, sage ich und lasse meine Stimme so ruhig und kühl klingen, wie ich kann. »Warum kommt es mir vor, als wärst du überall, wo ich auch bin?«

Er reckt das Kinn vor. »Dieses Dorf gehört meiner Familie«, erwidert er. »Ich kann hingehen, wo immer ich will. Was ich von dir allerdings nicht behaupten würde, Jules.« Beim Klang meines Namens aus seinem Mund bekomme ich eine Gänsehaut. »Solltest du nicht auf Everless sein?«

»Deine zukünftige Schwägerin hat mich eingeladen«, entgegne ich spitz. »Wenn du also etwas dagegen hast, dass ich mich in *deinem* Dorf aufhalte, wende dich an sie.«

Liam schüttelt den Kopf, dann schlingt er fest die Arme um seinen Oberkörper, als wäre ihm kalt. Was mich daran erinnert, wie ich gekleidet bin, in Inas Seidengewand, das sich eng an meinen Körper schmiegt, meine nackten Arme. Die Wärme des Madels in mir verpufft, und mit einem Mal fühle ich mich verletzlich und erschaudere vor Kälte.

»Darum geht es nicht«, sagt Liam so leise, dass ich mich unwillkürlich zu ihm vorbeuge. Ich höre etwas in seiner Stimme, das ich nicht einordnen kann. »Aber du bist ganz allein. Begibst du dich öfter so leichtsinnig in Gefahr?«

»Die einzige Gefahr hier geht von Menschen wie dir aus – von deiner Familie. *Du*«, zische ich nun, »bist der einzige Grund, warum wir alle kein sicheres Leben führen können.« Ich kann mir ein Schnauben nicht verkneifen. »Gerade du solltest wissen, dass Everless ein weit gefährlicherer Ort ist als Laista.«

»Und doch bist zu zurückgekommen.« Liam mustert mich einen Moment lang, die Brauen zusammengezogen, als wäre ich eine knifflige Prüfungsfrage, die er lösen muss. Dann glättet sich seine Stirn wieder, und ein Lächeln breitet sich auf seinem

Gesicht aus; er fährt sich mit den Händen durchs Haar und legt den Kopf in den Nacken, als wollte er die Zauberin um Rat anflehen. Die Geste ist eine seltsame Mischung aus Belustigung und Frust und kommt so unerwartet, dass ich kurz vergesse, wo ich bin und wer mir gegenübersitzt.

»Du hast nicht unrecht mit deiner Behauptung, Everless sei gefährlich«, fährt er fort, nachdem er sich wieder mir zugewandt hat. »Besonders für jemanden, der der Königin so nahe kommt.«

»Also hältst du die Königin für gefährlich?«, hake ich nach.

»Das habe ich nicht gesagt«, entgegnet er nachdrücklich. »Und du würdest gut daran tun, es ebenfalls nicht zu sagen, egal, wen du als deine Freunde bezeichnest.« Mit plötzlich besorgtem Blick beugt er sich vor. »Hör auf mich.«

»Warum sollte ich?«, fordere ich ihn heraus, und wieder spüre ich die Hitze des Madels in meinen Adern. Ich hebe den Kopf und sage höhnisch: »Wenn sie so gut ist, wenn sie so edel ist –«

»Nicht.« Liam bleibt ruhig sitzen. »Jules –«

»Ich habe es satt, auf euch gierige Zeiträuber zu hören.«

»Ich bin nicht derjenige, den du fürchten solltest«, flüstert er, nun beinahe verzweifelt.

»Du –« Meine Stimme versagt, doch ich schlucke den Kloß in meiner Kehle hinunter und erwidere Liams Blick. »Du hast versucht, Roan zu töten. Du hast ihn ins Feuer gestoßen, als wir noch Kinder waren. Natürlich fürchte ich dich.«

Er verzieht das Gesicht, als hätte ich ihm eine Ohrfeige verpasst, doch er fängt sich schnell wieder.

»Deine Erinnerung trügt dich«, sagt Liam. »Frag ihn selbst – er wird nichts mehr von all dem wissen.«

Einen Moment lang kommen mir Zweifel, doch ich schiebe

sie von mir. Ich weiß, dass ich mir selbst mehr trauen kann als Liam Gerling. Die Erinnerung an Papa verleiht mir Kraft. Ich will Liam überrumpeln, ihn aus der Fassung bringen, genau wie er es mit mir getan hat, also fahre ich fort: »Die Königin stirbt. Hast du das gewusst?«

Das scheint zu wirken – er weicht jäh zurück, als hätte ich ihm einen Stoß versetzt. »Die Königin von Sempera stirbt nicht.« Seine Stimme ist leise, aber fest, und sein Blick geht nachdenklich ins Leere. Er scheint vollkommen vergessen zu haben, dass ich da bin. »So einfach ist es nicht«, sagt er schließlich. »Vertrau mir, Jules.«

»Warum?«, fauche ich. »Warum sollte ich gerade dir vertrauen?«

»Wenn du nicht vorsichtig bist, wird dir etwas passieren, Jules. Verlasse Everless. Noch heute Nacht. Hör auf, in den Geheimnissen deiner Vergangenheit zu stöbern.« Er holt tief Luft. »Pehr war nicht dein Vater, aber er hätte dir denselben Rat erteilt.«

Eiskaltes Entsetzen lähmt mich. »Woher weißt du davon? Und warum …« Mein Flüstern erstirbt.

»Das spielt keine Rolle. Mit ein wenig Mühe und ein wenig Glück kann jeder alles herausfinden.«

»Sag es mir«, verlange ich, außer mir vor Wut, dass ausgerechnet Liam mehr über mich zu wissen scheint als ich selbst, als wäre mein Leben nichts als eine seiner Münzen, die er nach Belieben zählen und wegschließen kann.

Liam beugt sich über den Tisch zu mir vor. Mir fällt auf, dass er mit dem Finger auf das Buch vor ihm tippt, einen einfachen, stetigen – unbewussten – Rhythmus. Sofort erkenne ich den schmalen Buchrücken, den braunen Ledereinband. Es ist sein Notizbuch, in das er geschrieben hat, bevor ich ihm aus der Bibliothek gefolgt bin.

Er wusste, so scheint es, dass ich ein Waisenkind bin, noch bevor ich es selbst herausgefunden habe. Was mag er noch wissen und in seinem Notizbuch dokumentiert haben?

»Ich begleite dich zurück.« Liam rückt seinen Stuhl vom Tisch ab. »Warte hier, während ich meine Rechnung bezahle«, befiehlt er mir barsch, bevor er in den Gastraum des Teehauses verschwindet.

Seine Arroganz ist zum Aus-der-Haut-Fahren. Doch da fällt mein Blick auf eine schmale Tür an der Rückseite der Kammer. Durch das kleine Fenster darin sehe ich das Licht von Straßenlaternen.

Ein Triumphgefühl erfasst mich. Nie wieder werde ich tun, was Liam Gerling – oder jeder andere Gerling – mir befiehlt. Bevor ich es mir anders überlegen oder auch nur über die Konsequenzen nachdenken kann, schnappe ich mir das braune Notizbuch und mache mich durch die Hintertür davon.

Ich eile um das Gebäude herum und die Straße hinunter, zurück zur Taverne, geduckt, für den Fall, dass Liam einen Blick aus dem vorderen Fenster des Teesalons wirft. Mein Herz rast. An der Taverne angekommen, lehne ich mich einen Moment an die Außenmauer und schlage das Buch auf, blättere durch die Seiten, registriere Zahlen, Daten und Notizen, verfasst in Liams regelmäßiger, leicht eckiger Handschrift. Doch eine Seite fällt mir besonders ins Auge. Die Worte darauf kommen mir bekannt vor. Es sind einfache Geschichten, seltsam und zugleich schmerzlich vertraut.

Eines Abends wollten die Füchsin und die Schlange sich die Zeit mit einem Stöckchenspiel vertreiben. Doch der Mann im Turm sagte Nein. Die Füchsin wurde so zornig, dass sie ihren Suppennapf zu Staub zerschmetterte, und die Schlange ließ ihn in Flammen aufgehen.

Begierig lese ich die Seite bis zum Ende. Die Worte verschmelzen miteinander, scheinen sich über mich zu ergießen wie glühend heißes Kerzenwachs. Mir wird bewusst, dass mir Tränen über die Wangen laufen, aber ich wische sie nicht weg.

»Ich werde uns befreien«, sagte die Schlange. »Aber du musst mir vertrauen …«

Geschichten. Dies sind meine Geschichten, die Spiele aus meiner Kindheit. Aber was sollte Liam damit wollen? Muss er mir denn alles nehmen, was ich jemals besessen habe?

Dann ruft hinter mir Ina meinen Namen. Ich hebe den Kopf und sehe sie und Caro aus der Taverne kommen.

Schnell lasse ich das Buch in der Innentasche meines Mantels verschwinden. Ina und Caro kommen mit besorgten Mienen auf mich zu. Ina entdeckt die Tränen auf meinen Wangen und ergreift meine Hände. Caro jedoch starrt misstrauisch auf einen Punkt hinter mir.

Ich drehe mich um und sehe Liam, der durch den Schnee auf uns zugestapft kommt. Mir wird bang – er muss bemerkt haben, dass sein Notizbuch nicht mehr da ist. Sofort feile ich in Gedanken an einer Lüge, um vor Ina und Caro zu verbergen, wo ich gewesen bin.

Ein paar Schritte von uns entfernt bleibt Liam stehen und

verneigt sich tief. »Lady Gold. Was für eine Überraschung, Sie hier zu treffen.«

»Lord Gerling«, grüßt Ina ihn. Sie klingt misstrauisch. »Was führt Sie denn hierher?«

»Ich habe Jules hier draußen gesehen und wollte meiner Freundin aus Kindertagen einen guten Abend wünschen«, erwidert Liam kühl. Er redet mit Ina, doch sein Blick ruht die ganze Zeit auf mir. »Ich musste kürzlich an die Geschichten denken, die du uns damals immer erzählt hast, Jules. Weißt du noch?«

Die Füchsin zerschmetterte ihren Suppennapf zu Staub, und die Schlange ließ ihn in Flammen aufgehen. Die albernen Fantasien eines kleinen Mädchens. Warum sollte Liam sich dafür interessieren? Ich balle die Fäuste. In seinen Augen lese ich deutlich, dass er von dem Notizbuch weiß, das sich unter meinem Mantel verbirgt. Wir führen zwei Gespräche gleichzeitig, eines, das für Inas und Caros Ohren bestimmt ist, und eines nur unter uns beiden. »Das war doch bloß kindisches Geschwätz«, winke ich ab.

Liam schüttelt galant den Kopf. »Es waren gute Geschichten. Du solltest wirklich versuchen, dich an sie zu erinnern.«

Caro sieht mit schmalen Augen zwischen ihm und mir hin und her. »So ungern ich diese rührende Szene unterbreche«, sagt sie höflich, »wir haben heute Abend noch eine weitere Station vor uns, Lord Gerling. Ich bin sicher, Sie gestatten Lady Gold ein wenig Vergnügen vor ihrer Hochzeit.« Sie macht unauffällig einen Schritt nach vorn, bis sie vor mir steht und mich vor Liams Blick abschirmt. Dankbar atme ich auf.

»Selbstredend«, erwidert Liam, dessen Stimme heiter und schneidend zugleich klingt. »Ich bin sicher, mein Bruder handhabt das ganz genauso. Lassen Sie sich nicht aufhalten, Lady Gold.«

Ina zieht eine Grimasse, als Liam sich umgedreht hat und davonmarschiert, und ich kann mir im letzten Moment ein erleichtertes Lachen verkneifen. Doch als ich Caro ein *Danke* zuwispern will, starrt sie mich an, als versuchte sie, hinter meine Geheimnisse zu kommen.

»Mir ist eiskalt«, sagt Ina. Als keine von uns antwortet, hakt sie sich bei mir unter und zupft an Caros Ärmel. »Gehen wir.« In ihre Augen ist ein Funkeln getreten, von dem ich inzwischen weiß, dass es von irgendeiner verrückten Idee zeugt. Es ist derselbe Blick, wie ich ihn in den Stallungen bei ihr gesehen habe, kurz bevor wir uns auf den Weg zum Waisenhaus gemacht haben, und vor wenigen Stunden in ihrem Zimmer, als sie mir von den Plänen für ihren letzten Abend in Freiheit erzählt hat. Sie mustert mich blinzelnd.

»Jules«, sagt sie, »warum hast du geweint?«

»Ich musste bloß an meinen Vater denken«, lüge ich. »Darum brauchte ich auch frische Luft.«

»Oh.« Kurz klingt Ina unsicher. Dann jedoch wagt sie sich weiter vor. »Caro hatte eine Idee. Sie kennt jemanden – ach, erzähl du ihr davon«, fordert sie schließlich Caro auf. Sie schwankt leicht und umklammert ein wenig zu fest meinen Arm, vermutlich ein Effekt des Madels.

Caro lächelt ihr verschwiegenes Lächeln und schlingt den Arm um Inas Taille. »Ina hat mir erzählt, dass sie gern mehr über ihre leiblichen Eltern herausfinden würde«, sagt sie mit ihrer leisen Stimme. »Und da ist mir ein Gedanke gekommen. Ich habe mal von einer Zaunhexe hier in der Gegend gehört, die Blutrückführungen anbietet.«

»Blutrückführungen?«, wiederhole ich beklommen. Die Erkenntnis, dass Ina und Roan Everless verlassen werden, die Begegnung mit Addie, die nun Tee serviert, und besonders die Konfrontation mit Liam haben mich erschöpft. Ich fühle mich schrecklich fehl am Platz in diesem noblen, rauchverhangenen Dorf und will einfach nur fort von hier. Ich will zurück nach Everless oder nirgendwo sein, ich will an die Tür der Königin hämmern und verlangen, dass sie ihre Geheimnisse preisgibt.

Neben mir, im dunstigen Licht der Straßenlaternen, erzählt Caro weiter von Blutrückführungen – einem alten ländlichen Ritual, bei dem man sich von einer Zaunhexe in Hypnose versetzen lässt und rückwärts durch seine Vergangenheit reist, um tief vergrabene Erinnerungen an die Oberfläche zu holen. Ich verstehe nicht, wie das funktionieren sollte, noch interessiert es mich. Ich bin todmüde, und mir wird bewusst, wie dumm es von mir war, mit Caro und Ina hierherzukommen – zu denken, dass ich sein könnte wie sie, mit ihren hübschen Kleidern und seltsamen Einfällen.

Aber natürlich ist es nicht meine Entscheidung, natürlich bin ich nicht in der Position, um zu protestieren, also widerspreche ich nicht, als Ina sich nun mit ihrem anderen Arm bei Caro einhakt und uns mit sich zieht.

Ich habe längst jedes Zeitgefühl verloren, doch der tief hängende Mond, die dunklen Fenster und die Erschöpfung, die sich in meinen Knochen ausbreitet, lassen darauf schließen, dass es weit nach Mitternacht ist, als Caro uns eine Seitengasse hinunter zu einem kleinen, baufälligen Haus führt, das sich zwischen zwei Wirtshäuser zwängt. Ich habe früher mit dem Trinken aufgehört als Ina und Caro, darum zittere ich vor Kälte, als Caro schließlich anklopft und wir auf den dünnen Streifen Licht starren, der unter der Tür hervorsickert.

Ich war noch nie so spät unterwegs, und mein Unmut Caro und Ina gegenüber wächst stetig. Außerdem kann ich nicht anders, als mich immer wieder nervös umzublicken, auf der Suche nach Liam Gerling.

Doch die Straßen bleiben leer, nur ein sanfter Wind pfeift zwischen den Häusern hindurch. Es kommt mir taktlos vor, zu solch nächtlicher Stunde an jemandes Tür zu klopfen, aber Caro hat uns versichert, die Zaunhexe sei Tag und Nacht zu sprechen. Solange man sie nur gut bezahle, fügte sie hinzu.

Nach einer Weile, die sich ewig hinzuziehen scheint, öffnet sich die Tür, und vor uns steht eine kleine, gebeugte alte Frau mit grauem Haar, das ihr bis zur Taille reicht. Sie trägt ein zerlumptes, geflicktes Kleid, das mich ein wenig an Lady Sidas Gewand erinnert – seit gut und gerne hundert Jahren aus der Mode. Doch ich erkenne auf den ersten Blick, dass diese selbst ernannte Zauberin mir ähnlicher ist als die alte Gerling-Matriarchin. Ihre Haut ist sonnengebräunt und faltig, und ihr Alter wirkt natürlich, obwohl sie sich das Gesicht blass gepudert und die Lippen blutrot geschminkt hat.

Ich durchschaue ihre Maskerade sofort, Ina jedoch klingt ein wenig eingeschüchtert, als sie nun einen Schritt vortritt. »Wir würden gern eine Blutrückführung vornehmen lassen.«

Die Frau mustert uns; ihr Blick wandert über unsere feinen Kleider, die glänzenden Knöpfe und Spitzenborten, bevor er auf Inas Gesicht verharrt. Schließlich tritt sie einen Schritt zurück und winkt uns ins Haus. »Folgt mir«, sagt sie.

Ina umklammert Caros Arm, und trotz meiner düsteren Stimmung spüre ich, wie meine Mundwinkel zucken. Vielleicht sollte ich mich ebenfalls fürchten, aber der aufgesetzte Akzent der Frau – eine Mischung aus breitem Laista-Dialekt und bemüht aristokratischem Näseln – ist einfach zu lächerlich. Ich fange Caros Blick auf, nachdem sie mit hochgezogener Braue die Kräuterbündel entlang der Wände betrachtet hat.

Die Hexe führt uns durch einen dunklen Flur in ein kleines Zimmer voller Nippes und sonderbarem Plunder. In den Ecken stapeln sich alte, ledergebundene Bücher; an den Wänden lehnen Ölgemälde; seltsame Metallobjekte baumeln von Drähten an der Decke – ich erkenne einen kupfernen Vogel mit einem Stundentaler im Schnabel und eine Frauenfigur, deren Körper eine Sanduhr bildet. Ina streckt die Hand aus und berührt die Figur, woraufhin der Sand in deren Oberkörper durch die Öffnung in ihrer Taille nach unten zu rieseln beginnt. Der Raum wird lediglich durch ein paar Kerzen erhellt, die mit Bedacht platziert sind, sodass jede eigentümliche Form, jeder zackige Winkel umso deutlicher hervortritt und graue Schatten an die Wände wirft.

Schwerer, Übelkeit erregender Weihrauchduft erfüllt die Luft, und in der Mitte steht ein Tisch mit einer hauchzarten Gazedecke. Alles ist perfekt arrangiert, *zu* perfekt – wie eine Karikatur der Kammer einer Dorfhexe.

Wir zögern in der Tür und warten darauf, dass die Frau, die nun zum Tisch schreitet, uns sagt, was wir tun sollen. Ina macht einen Schritt vorwärts, bevor sie sich unsicher zu uns umdreht. »Möchte eine von euch zuerst?«, fragt sie und setzt ihr gewinnendstes Lächeln auf.

Ich sehe Caro an, deren Miene noch immer skeptisch wirkt; ihre Augen sind weit aufgerissen. Ich seufze. Wenn die beiden sich so sehr vor dieser Quacksalberin fürchten, werde eben ich den Anfang machen. Je früher sich herausstellt, dass das Ganze nichts als billiger Hokuspokus ist, desto schneller können wir uns zurück auf den Weg nach Everless machen. Ich trete vor.

Die Frau weist mir etwas ungeduldig eines der Sitzkissen um den Tisch zu. Ich sehe von Caro zu Ina – Caro mustert die Hexe mit gerunzelter Stirn; Ina dagegen zuckt, an mich gewandt, mit den Schultern, wie um zu sagen: *Warum nicht?* Zögernd nehme ich Platz, während sich die alte Frau auf das Kissen mir gegenüber sinken lässt. Sie greift zu einer kleinen Flasche, in der eine dicke, dunkle Flüssigkeit schwappt, und ich stöhne innerlich auf. Mein Bedarf an mysteriösen Tränken ist für diesen Abend mehr als gedeckt.

»Dies ist ein Elixier aus verfälschter Zeit«, sagt sie, als wäre das Erklärung genug. »Wenn es in deinen Blutkreislauf gelangt, macht es deinen Körper glauben, dass du wieder jung bist, und beschwört Erinnerungen herauf, die tief in deinem Unterbewusstsein versunken waren.«

Ich will endlich zurück nach Everless, also ziehe ich den Korken von der Flasche mit der violett-schwarzen Flüssigkeit und muss beinahe würgen, als mir durchdringender Mavageruch in die Nase steigt. Die Hexe registriert meine Reaktion und legt die Stirn in Falten. »Das ist eine alchimistische Mixtur«, sagt sie und vergisst kurz ihren geheimnisumwobenen Akzent. »Sie muss stark sein, um dich aus der Gegenwart zu reißen.«

Nach kurzem Zögern hebe ich die Flasche an den Mund und nehme einen winzigen Schluck. Der Trank schmeckt einfach wie vergorener Mavasaft, vielleicht gemischt mit Honig, um das ranzige Aroma zu übertünchen.

Während ich mich zu einem weiteren Schluck zwinge, nimmt die Frau ein Buch von einem der Stapel neben ihr. Sie legt es auf den Tisch, schlägt eine markierte Seite auf und beginnt vorzulesen. Ihre Stimme ist so leise, dass ich kaum etwas verstehe, doch die Zeilen klingen wie Altsemperanisch, wenn auch nicht ganz. Ich vernehme Echos von bekannten Wörtern, *Zeit* und *Blut* und *Wiederkehr*, gleichzeitig jedoch wirken sie wie überzogen mit etwas anderem, Melodiöserem, Älterem.

Nimm nicht mein Blut, faucht die Stimme einer jungen Frau.

Meine Augen öffnen sich. Ich blicke mich zu Ina und Caro um, die mich anstarren – Caro erwartungsvoll, Ina, als müsste sie sich das Lachen verkneifen. Mir wird klar, dass ich die Stimme nur in meinem Kopf gehört habe.

»Schließ die Augen«, befiehlt mir die Hexe abermals, die mich seltsam abschätzend mustert. »Such nach der frühesten Erinnerung, die du hast, und dann denk weiter zurück.«

Mit geschlossenen Augen sitze ich in dem lächerlich vollgestopften Zimmer und lausche auf die Stimme der alten Frau, die tatsächlich etwas eigenartig Beruhigendes an sich hat. Das rhythmische Auf und Ab ihres Singsangs macht es mir leicht, mich auf eine Reihe von Bildern zu konzentrieren – Inas lachendes Gesicht und Addies ausgezehrtes; die mit Schnitzereien verzierte Tür der Schatzkammer, hinter der so viele Geheimnisse liegen; Roan, dicht neben mir im Dienstbotenkorridor; Liam, der sich über mich beugt, seine Augen schwarz glitzernd.

Ich lasse mein Bewusstsein weiter und weiter zurückdriften, und hinter meinen Lidern beginnt mein Leben rückwärtszulaufen. Die Bilder werden verschwommener und unzusammenhängender, je weiter sie in der Vergangenheit liegen. Ich bin müde, so müde, der Madel hat mich schwerfällig und träge gemacht. Mein Blut schiebt sich zäh wie Sirup durch meine Adern, doch ich gehe weiter zurück. Mein Herz krampft sich zusammen, als

Bilder von Papa und mir durch den Kopf ziehen, von unserem Leben in Crofton, unserem kleinen Garten im Sommer, seinem Porträt meiner Mutter an der Wand. Von unserem Leben auf Everless, dem prasselnden Feuer in der Schmiede, von Roan als Kind, mit baumelnden Beinen auf dem Ast unserer Eiche, von Flammen, die nach seiner Haut lecken, meinen Händen, die ihn zurückreißen.

Mit klopfendem Herzen klammere ich mich an meine früheste Erinnerung – eine, bei der ich mir nie sicher war, ob sie real ist oder ein Werk meiner Fantasie: meine Mutter, die mich in ihren Armen hält, ihr Gesicht, so strahlend und glatt wie der Mond, blutbefleckt. »Meine kleine Schlange«, gurrt sie. »Mein Liebling.«

Ich höre ihre Stimme. Ich konnte mich noch nie an ihre Stimme erinnern. Sie singt ein liebliches, vertrautes Lied. Mein Geist bäumt sich auf.

Der Teil von mir, der sich noch immer im selben Raum befindet wie die Hexe und Caro und Ina Gold, der noch immer siebzehn ist, will aufwachen … doch ich wache nicht auf. Das Gesicht meiner Mutter wird unscharf und löst sich auf, das Lied aber erklingt weiter. Ich sehe Grün, grünes Gras durch ein Fenster, leuchtend unter der Sonne.

Dann verwandelt sich das Lied in einen Schrei.

Auch ich schreie, und die Luft um mich wird zu Blut. Nach einer gefühlten Ewigkeit verstummt die Stimme der Frau.

»Bring sie weg.« Ich höre sie keuchen, irgendwo über mir. »Bring sie weg, schnell.«

Halt –

Die Szenerie verändert sich abermals. Ein Mann trägt mich auf den Armen, und wir rennen, über Gras, über einen Marktplatz, den ich nicht wiedererkenne. Der Mann – sein Gesicht ist nur ein verschwommener Fleck über mir, doch seine Gegenwart tröstet mich – bleibt einen Moment vor einer seltsamen grauen Statue stehen, die sich riesig vor dem bleichen Himmel abzeichnet. Sie stellt eine junge Frau dar, die ein Häufchen Kieselsteine in den hohlen Händen hält, als hätte sie eine Opfergabe empfangen oder gäbe selbst eine. Ich erkenne die typische Pose der Zauberin, die das vermeintliche Geschenk des Alchimisten erhält und weiß, dass er sie betrügen will. Der Mann legt mich in seine Armbeuge. Mit der anderen Hand klaubt er einen Stein aus den starren Fingern der Statue.

Plötzlich senkt sich Dunkelheit über die Vision, und neue Bilder steigen auf. Es sind fremde Bilder, von Orten, die ich nicht kenne, Orten, die nicht zu Sempera gehören. Ich sehe runde Erhebungen aus aufeinandergehäuften Fellen auf einer eisbedeckten Ebene, eine breite Steintreppe, die sich über einem nebligen, tiefgrünen Wald erhebt, und ein Gebäude, das der königliche Palast an der Küste Semperas sein muss, doch er ist halb eingerissen und steht in Flammen.

Eine junge Frau in einer finsteren Landschaft, ihr Gesicht von Schatten verhüllt. Sie hebt mir die Handflächen entgegen. Einen Moment lang denke ich, es ist die zum Leben erwachte Statue. Der Wind peitscht ihr das dunkle Haar ins Gesicht, derselbe Wind, der auch an mir zerrt, während ich auf sie zurenne. In meiner Hand liegt ein Messer. Ich brauche etwas von dem Mädchen, etwas, das ich mir mit Blut werde erkaufen müssen.

Erst als ich kurz vor ihr bin, sehe ich, dass auch meine Feindin ein Messer in der Hand hält. Sie wirft es, und es fliegt durch die Luft, direkt auf mein Herz zu …

21

Ich erwache keuchend.

Der widerlich süße Geruch im Haus der Zaunhexe umfängt mich, aber ich atme gierig ein, als wäre ich gerade aus tiefem Wasser aufgetaucht. Die alte Frau mir gegenüber fixiert mich mit offenem Mund. Ina ist sämtliches Blut aus dem Gesicht gewichen, und Caro starrt mich an, als sähe sie mich zum ersten Mal. Ich erkenne das Weiß in ihren Augen.

Etwas tropft mir in den Schoß – in meiner Trance muss ich die Flasche mit dem Trank umgestoßen haben. Ein dunkler, scharf riechender Fleck breitet sich auf dem Tisch aus.

»Was ist passiert?« Meine Stimme klingt rau.

Die Hexe antwortet nicht. Nach einem Moment scheint sie sich weit genug erholt zu haben, um die Flasche vor mir wieder aufzustellen und wenigstens den Rest am Auslaufen zu hindern.

Ina ist diejenige, die schließlich das Schweigen bricht. »Du hast geredet«, sagt sie mit weit aufgerissenen Augen. »Wir … wir haben nicht alles verstanden. Manches klang nicht wie Semperanisch.«

Ein Schauer läuft mir über den Rücken, und ich weiche vom Tisch zurück. »Tut mir leid, dass ich den Trank verschüttet habe.«

»Schon gut.« Die alte Frau wirkt blasser als zuvor. Nach einer Weile nickt sie und schält das durchweichte Tuch vom

Tisch. »Möchte eine von euch es auch noch versuchen?«, wendet sie sich an Caro und Ina und vergisst abermals ihren Akzent. Jetzt klingt sie wie jede andere alte Frau, die auf der falschen Seite des Dorfes lebt, ihre Stimme kratzig und einen Hauch verängstigt.

Caro schüttelt direkt den Kopf, Ina jedoch blickt erst mich an, dann die Zaunhexe, und schließlich wieder mich. Ich sehe das Verlangen in ihren Augen, ihren zitternden Händen, genau wie neulich vor dem Tor des Waisenhauses. Vielleicht spürt Ina, dass dies etwas ist, was uns beide verbindet, dieser übermächtige, schicksalhafte Drang, uns selbst und unsere Herkunft zu ergründen, so hässlich die Geschichte, die dadurch ans Tageslicht tritt, auch sein mag.

Langsam nickt sie. Sie kommt zum Tisch und nimmt meinen Platz gegenüber der Hexe ein.

Meine Beine zittern noch immer, als ich zu Caro gehe, die mit verschränkten Armen an der Wand lehnt und das Geschehen beobachtet. Ihre Augen wirken noch größer und dunkler als sonst. Während nun Ina einen Schluck aus der Flasche nimmt und die alte Frau zu lesen beginnt, beuge ich mich zu Caro hinüber.

»Glaubst du, das war echt?«, frage ich leise. Ich weiß selbst nicht, was mir lieber wäre – dass ich mir das alles bloß eingebildet habe oder dass es die Wahrheit war.

Caro sieht mich an, ihre Brauen ziehen sich zusammen. »Wenn du uns nichts vorgespielt hast?«, flüstert sie zurück.

Ich schüttele energisch den Kopf.

»Der Trank könnte mit Drogen versetzt sein und Halluzinationen hervorrufen.« Sie sieht wieder zu Ina hinüber. »Wir werden es gleich herausfinden.«

Daran hatte ich nicht gedacht. Die Vorstellung bringt meine Haut genauso zum Kribbeln wie Caros harscher Tonfall. Auch ich wende mich Ina zu.

Die Prinzessin runzelt konzentriert die Stirn. Ihre förmlich im Schoß gefalteten Hände machen deutlich, dass der Trank bei ihr keinerlei Wirkung zeigt. Caro beobachtet sie aufmerksam, ihr Blick huscht ununterbrochen zwischen Ina und der alten Frau hin und her. Auch die Hexe blickt immer wieder von ihrem Buch hoch zu Ina. Ihre Stimme hebt und senkt sich im Takt ihrer Worte, doch Ina zeigt keine Reaktion.

Nach einer Weile verstummt die Hexe. Ina öffnet die Augen und wirkt zugleich enttäuscht und erleichtert.

»Nichts, Ina?«, fragt Caro.

Ina sieht auf ihre Hände hinunter. »Nichts.«

Einen Moment lang herrscht Schweigen. Die Atmosphäre im Raum hat sich gewandelt; selbst Caro und Ina scheint die Freude an diesem vermeintlichen Spiel vergangen zu sein. Schließlich schüttelt Caro sich ein wenig und greift dann an ihren Gürtel. Sie zieht drei Tagestaler aus ihrer Börse und reicht sie der Frau. Draußen vor dem Fenster beginnt der Himmel über Laista bereits heller zu werden.

Auf dem Weg zur Tür hält die Hexe mich am Arm fest, und ihre knochigen Finger bohren sich in mein Fleisch. »Würdest du kurz bleiben und mir helfen, den Trank aufzuwischen, Liebes?« Ihr blutunterlaufener Blick ist durchdringend.

Caro und Ina sind stehen geblieben und drehen sich zu mir um. Ich bedeute ihnen, schon mal vorzugehen. »Ich komme sofort nach.«

Als die Tür sich hinter ihnen schließt, wende ich mich wieder der Zaunhexe zu. Ich habe das ungute Gefühl zu wissen, was sie mir sagen wird. Doch ich frage trotzdem: »Was gibt es?«

Sie lässt meinen Arm los, und jetzt, da Caro und Ina nicht mehr da sind, fällt die gekünstelte Fassade von ihr ab. Ihre Worte sind schlicht und direkt, vorgetragen in der Mundart, die mir seit meiner Kindheit vertraut ist. »Du hast es wahrscheinlich längst erraten, Mädchen: Die Rückführungen sind nichts als Mummenschanz. Es ist nichts Besonderes an dem Buch, aus dem ich lese, oder an dem Gedicht.« Sie befingert eine der Münzen, die Caro ihr gegeben hat, wie einen Talisman.

Mein Magen zieht sich zusammen. Natürlich hatte ich genau das vermutet, doch es ist etwas anderes, meinen Verdacht bestätigt zu bekommen, die Gewissheit zu haben. »Und der Trank?«

»Mavasaft und Honig und ein Schuss Madel«, sagt sie. »Das ist alles.«

Mir wird schwindelig. »Also war das eben …«

»Ich weiß nicht, was es war«, gesteht die Frau. »Aber ich hatte nichts damit zu tun.«

Zurück auf Everless machen wir uns, aneinandergeklammert und noch immer ein wenig schwankend, auf den Weg zu Inas Zimmer, mit dem Ziel, uns dort alle drei in ihr riesiges Bett fallen zu lassen. Meine Gedanken überschlagen sich nach meinen Visionen im Haus der Zaunhexe und dem, was sie danach zu mir gesagt hat. Liams Notizbuch, das sich unter dem Mantel an meinen Körper presst, erscheint plötzlich vollkommen unwichtig.

Doch kaum dass Ina ihre Tür aufgeschlossen hat und ins Zimmer tritt, bleibt sie wie angewurzelt stehen. Ich pralle gegen sie, und mein Blut verwandelt sich in Eiswasser, als ich über ihre Schulter hinweg die Königin sehe, die dort in der Dunkelheit auf uns wartet. Sie steht kerzengerade da. Ihr Haar, das ihr zu einem einfachen Zopf geflochten über den Rücken fällt, erinnert kein bisschen mehr an den verfilzten Wust von vor wenigen Stunden.

Die Königin wirkt strahlend und Furcht einflößend zugleich.

»Majestät«, krächzt Ina, und sogar sie zittert vor Angst beim Anblick ihrer Ziehmutter. »Was tun Sie denn hier?«

»Diese Frage steht dir nicht zu.« Der Blick der Königin scheint direkt durch Ina hindurchzugehen und sich in meinen zu bohren. Caro neben mir sieht aus, als würde sie jeden Moment in Ohnmacht fallen. »Kommt mit«, befiehlt die Königin dann. »Alle drei.«

Hilflos folgen wir ihr in eine karge Seitenkammer mit nichts als einem Tisch und ein paar Stühlen, wo Ina ihre Mahlzeiten einnehmen kann, wenn ihr einmal nicht der Sinn danach steht, hinunter in den Speisesaal zu gehen. Doch als die Königin sich auf einen der Stühle sinken lässt und uns mustert, wirkt sie genauso majestätisch und erhaben, als säße sie auf ihrem Thron in ihrem Palast an der Küste. Als Erstes wendet sie sich an Ina.

»Zur Strafe für diesen Unsinn werden du und Lord Roan mich morgen zur Statue der Zauberin in Tilden begleiten und sie um Vergebung bitten.« Ich erschaudere, als mir die Statue aus meiner Vision wieder einfällt. »Und ihr –« Ich fahre zusammen, als ihr Blick sich auf mich richtet wie ein Feuerstrahl – »ihr werdet morgen keinen Fuß aus dem Schloss setzen. Mit euch befasse ich mich, sobald wir zurück sind.«

Caro und Ina neigen die Köpfe, und ich folge ihrem Beispiel. »Ja, Majestät«, sagt Caro in ihrem leisesten Flüsterton.

»Es wird nicht wieder vorkommen«, fügt Ina hinzu. Ich spüre sie neben mir zittern.

Nachdem die Königin gegangen ist, entkleiden wir uns schweigend, waschen uns die Gesichter und schlüpfen in unsere Nachthemden. Die Scham hat jeden Rest meiner Beschwipstheit fortgespült, und ich fühle mich hohl und ausgelaugt. Als ich zu Caro und Ina hinübersehe, erkenne ich an ihren bleichen Gesichtern und eingesunkenen Augen, dass es ihnen genauso gehen muss.

Ina, die zwischen Caro und mir liegt, schläft ein, sobald ihr Kopf das Kissen berührt, doch auf ihrer anderen Seite höre ich Caros flache, unruhige Atemzüge. Ich habe Liams Notizbuch unter meinem Nachthemd versteckt, und trotz meiner Erschöpfung würde ich es am liebsten hervorholen und weiter in den seltsamen Geschichten lesen. Doch aus irgendeinem Grund erscheinen mir die Worte darin wie ein Geheimnis, das ich nicht einmal mit Caro teilen darf.

»Tut mir leid, dass ich dir nicht die ganze Wahrheit über meinen Vater gesagt habe«, flüstere ich, so leise ich kann. Sie antwortet nicht gleich, doch ihr Atemrhythmus ändert sich kaum merklich, daher weiß ich, dass sie mich gehört hat.

»Schon gut«, antwortet sie ruhig. »Es ist *dein* Geheimnis. Ich hätte nicht so ungehalten sein sollen.« Sie verfällt abermals in Schweigen, bis ich mich frage, ob sie womöglich eingeschlafen ist, dann aber redet sie weiter.

»Es tut mir leid, dass ich dich hier hineingezogen habe.« *Wo hinein?*, hätte ich am liebsten gefragt, doch ich tue es nicht. »Die Wachen werden morgen nicht allzu aufmerksam sein, solange die Königin nicht da ist. Wir könnten zur Schatzkammer gehen und nach den Sachen deines Vaters suchen.«

»Nein, das dürfen wir nicht«, protestiere ich leise. »Wirklich. Ich hätte nie davon anfangen sollen.«

»Lass uns morgen darüber reden. Wir haben einen langen Tag vor uns«, erwidert sie, und ihre Stimme klingt schläfrig. Sie streckt die Hand über Ina hinweg und verschränkt kurz ihre Finger mit meinen. »Morgen, Jules.«

Dann dreht sie sich auf die andere Seite und zieht sich die Decke über die Schulter. Sobald ihre Atemzüge gleichmäßiger werden und ich sicher bin, dass sie eingeschlafen ist, ziehe ich das Notizbuch hervor und versuche im fahlen Mondlicht, das durch das kleine Fenster hereinfällt, Liams Schrift zu entziffern. Doch auf den ersten Seiten, die ich aufschlage, geht es hauptsächlich um Everless; ich überfliege Zahlen und Tabellen und nüchterne Anmerkungen über Steuereinnahmen oder gezahlte Schulden, bis meine Lider immer schwerer werden. Alle paar Seiten fällt mir etwas auf – eine Füchsin, eine Schlange –, bevor mich schließlich der Schlaf übermannt.

Ich erwache von Glockengeläut. Es dauert einen Moment, bis mir klar wird, wo ich bin – allein in Inas Bett, während durch das Fenster spätmorgendliches Sonnenlicht sickert. Der Klang der Glocken ist lieblich, doch die Melodie erfüllt mich mit einer bebenden Unruhe.

Ich setze mich auf und schnappe nach Luft.

Dieses Läuten habe ich schon einmal gehört – nicht in den vergangenen Monaten, aber als Kind. Es ist das Läuten, mit dem die Dienstboten zusammengerufen werden, wenn jemand bestraft werden muss.

Ich springe aus dem Bett, ohne Rücksicht auf meinen brummenden Schädel zu nehmen, und ziehe mein Nachthemd aus.

Eilig suche ich nach meiner Uniform, die ich am Abend zuvor hier zurückgelassen habe, und stopfe Liams Notizbuch, das ich unter dem Kissen versteckt hatte, in meine Schürzentasche.

Die Atmosphäre im Speisesaal ist angespannt. Obwohl die Bänke bis auf den letzten Platz besetzt sind, ist kaum Geplauder zu hören. Ich geselle mich zu einer Gruppe Küchenhilfen mit Kopftüchern und Schürzen und wünsche mir zum ersten Mal, ich würde noch immer zu ihnen gehören.

Meine Stimmung bessert sich kein bisschen, als ich sehe, wer ans vordere Ende des Saals getreten ist. Ivan, natürlich, der mit einem unheilvollen Lächeln auf den Lippen den Blick über unsere Köpfe schweifen lässt. Er trägt seine Uniform, einen dunkelgrünen Mantel über einer Lederweste. Zwei weitere Everless-Soldaten flankieren ihn. Und hinter ihnen steht, mit finsterer Miene, Liam Gerling.

Ein Stück vor mir erspähe ich Lora. Sie wirkt ängstlich und nestelt am Saum ihrer Schürze herum.

Als alle versammelt sind, macht Ivan einen Schritt nach vorn. »Guten Tag«, ruft er in seinem gewohnt überheblichen Ton, der mir einen Schauer über den Rücken jagt. »Bedauerlicherweise ist es meine Pflicht, heute jemanden aus euren Reihen zu bestrafen. Jemanden, der dabei erwischt wurde, wie er sich an keiner geringeren Tür als der zur Schatzkammer der Gerlings zu schaffen gemacht hat, jener Familie, die euch allen Obdach und Arbeit gibt.«

Mein ganzer Körper versteift sich. Die Schatzkammer. Ivan blickt auf uns herab; sein Blick wirkt finster und bedrohlich, doch seine Stimme klingt beinahe gelangweilt. Er genießt diesen Moment, weidet sich an der Angst im Raum. Erst jetzt fällt mir eine kleine Gruppe Soldaten in den dunkelroten Uniformen des Königshofs auf, doch sie sind entschieden in der Minderzahl und halten sich abseits von Ivan und den Everless-Wachen. Sie stehen bloß da, mit verschränkten Armen und unglücklichen Mienen.

Bevor ich weiter darüber nachdenken kann, was das alles zu bedeuten hat, tritt Ivan zur Seite, und hinter ihm öffnet sich eine Tür. Zwei Wachen schleifen ein weinendes Mädchen herein, ein Mädchen mit Sommersprossen und hellgrünen Augen.

Nein.

»Caro Elysia wurde aufgegriffen, als sie versuchte, sich Zugang zur Schatzkammer zu verschaffen«, liest Ivan von einem Zettel in seiner Hand ab. »Als Strafe für das unerlaubte Eindringen in diesen wichtigsten aller Räume verhänge ich im Namen der Familie Gerling die Höchststrafe über vierzig Jahre, die mit sofortiger Wirkung ihrem Blut zu entziehen sind.« Kurz dreht er sich zu Liam um. Liam, der, wie mir nun klar wird, als Vertreter seiner Familie anwesend ist, nickt knapp.

Caro wehrt sich schwach gegen den Griff der Wachen, die sie zwischen sich halten; Tränen strömen ihr übers Gesicht. Ein leises *Nein* entweicht meinen Lippen.

Vierzig Jahre? Selbst für Ivans Verhältnisse ist das eine barbarische Strafe.

Und es ist meine Schuld.

Ich dränge mich durch die Menge der Dienstboten. Die anderen starren mich an, doch ich lasse mich nicht beirren. Ich war diejenige, die in die Schatzkammer gelangen wollte, und nun soll Caro vierzig Jahre ihres Lebens dafür verlieren. Dabei wollte sie mir bloß helfen, etwas von meinem Vater zurückzubekommen. Weil ich ihr nicht gleichgültig bin.

»Halt!« Ohne zu wissen, was genau ich da tue, stürze ich nach vorn und packe Ivan beim Mantel.

Er mustert mich, die Brauen zu einem Ausdruck milder Belustigung erhoben, als wäre ich ein dressiertes Hündchen, das ein neues Kunststück gelernt hat. »Was willst du?«

»Sie ... Sie können ihr keine vierzig Jahre nehmen«, stoße ich atemlos hervor. »Das ist zu viel.« Grauenvolle Erinnerungen steigen in mir auf, an Papa, der vom Zeitpfänder in Crofton nach Hause kam und sich kaum auf den Beinen halten konnte, blass und geschwächt, nachdem ihm nur wenige Monate abgezapft wurden. Kann ein Mensch eine solch massive Zeitentnahme überhaupt überleben, selbst wenn er so viel übrig hätte?

Und in diesem Moment dämmert mir die wirkliche Tragweite dieser Strafe. Denn wie hoch stehen die Chancen, dass ein einfaches Dienstmädchen tatsächlich vierzig Jahre zu entbehren hat?

Diese Strafe könnte Caro das Leben kosten.

Ivan entreißt mir seinen Mantel. »Das soll nicht meine Sorge sein«, knurrt er. »Wenn du dich dadurch besser fühlst, kannst du dir ja selbst beim Zeitpfänder ein paar Jahre abzapfen lassen und sie dieser Diebin schenken.«

Eine Hand legt sich auf seine Schulter. Er dreht sich um, und ich sehe, dass Liam hinter ihn getreten ist, lautlos wie ein Geist.

»Mach schon, Ivan«, brummt er, und aus irgendeinem Grund wirkt seine Miene zornig. »Tu deine Arbeit.«

Ivan erwidert einen Moment lang finster seinen Bick, dann marschiert er davon und gibt den Wachen, die Caro halten, ein Zeichen. Die vier verlassen den Saal, und das Letzte, was ich sehe, ist Caros tränenüberströmtes Gesicht.

Während auch die anderen Bediensteten zurück an ihre Arbeit gehen, streckt Liam den Arm aus, wie um mich zu stützen. Ich stolpere zurück. »Fass mich nicht an.« Wieder sehe ich sein knappes Nicken vor mir, diese winzige Geste, die über Tod und Schmerz entscheidet. »Wo ist Roan?« Sicher würde er dieser Sache ein Ende bereiten.

Liam lässt den Arm sinken, seine Miene scheint in sich zusammenzufallen. Schließlich sagt er: »Es tut mir leid, Jules.« Dann folgt er Ivan aus dem Saal.

Wie betäubt stehe ich da und starre auf die Tür, hinter der sie alle verschwunden sind. Jeder meiner Herzschläge ist wie ein Messerstich in meine Brust.

Ivans Vorschlag, ich solle selbst zum Zeitpfänder gehen, kann nicht ernst gemeint gewesen sein. Es war nichts als ein grausamer Scherz. Doch jetzt ist der Gedanke da …

Sicher könnte Ina Caro retten. Jedes ihrer eleganten Kleider, jedes Schmuckstück muss Jahre wert sein. Aber Ina ist nicht da; sie ist mit der Königin unterwegs, zur Strafe für unser gestriges Abenteuer. Gut möglich, dass es bis zu ihrer Rückkehr zu spät ist. In der Börse an meinem Gürtel und unter meiner Matratze im Schlafsaal habe ich insgesamt fast drei Jahre Lebenszeit gesammelt. Ich könnte das Bluteisen holen und es Caro bringen. Aber es würde nicht reichen. Nicht annähernd – und wenn sie von vornherein keine vierzig Jahre übrig hat, würde es sie nicht einmal retten.

Nein. Ich weiß, dass nichts und niemand den Messerstichen in meiner Brust ein Ende machen kann oder die furchtbare Schuld lindern, die sich in meinem Herzen einnistet.

Ich muss den Zeitpfänder finden.

22

Ich stürze zu einer Seitentür des Schlosses hinaus und renne über die Rasenfläche zum Südtor, durch das ich auf die Straße nach Laista gelange. Meine Füße sind bleiern vor Furcht, und meine dünnen Pantoffeln sind im Nu vom Schneematsch durchweicht. Aber ich weiß, wenn ich jetzt aufgebe, wenn ich auch nur langsamer werde, wird mich die Angst überwältigen. *Du musst das nicht tun*, flüstert eine Stimme in mir.

Caro wird sterben, sagt eine andere, *durch deine Schuld.*

Und so laufe ich.

Schließlich erreiche ich den Laden des Zeitpfänders, ein schlichter, schmaler Holzbau, umgeben von den hässlichen Hinterausgängen anderer Geschäfte, die dem, was sich in ihrem Nachbarhaus abspielt, bereitwillig den Rücken kehren. Die Tür ist mit dem Symbol einer Sanduhr markiert, lieblos ins nackte Holz gebrannt. Schmutziger Schnee häuft sich in der dunklen, engen Gasse, das Pflaster ist mit alten Blutflecken übersät. Der Zeitpfänder von Laista – Wick, wie ich von einem Wachmann vor der Tür erfahre – ist heute sehr beschäftigt. Der Mann lächelt grimmig, als er mich vorbeilässt.

Nur wenige der Wartenden sehen zu mir hoch, als ich mich im Halbdunkel in die Schlange einreihe. Anders als der Rest von Laistas Einwohnerschaft, jene Leute, mit denen ich am Abend zuvor in der Taverne getrunken habe, wirken diese Menschen grau, manche von ihnen zittern. Auf dem Tisch sehe ich ein blank poliertes Messer und mehrere Silberschalen, willkürlich verstreut, und im hinteren Teil des Raums bullert ein schlichter Holzofen vor sich hin. Die billigen Balsascheite darin erfüllen den Raum mit saurem, beißendem Qualm. Der Mann hinter dem Tisch muss Wick sein. Abgesehen von seinem strähnigen Haar und der abgewetzten, blutbefleckten Schürze, wirkt er jung und gesund im direkten Vergleich zu seinen Kunden; seine blassen Augen jedoch deuten auf die Einnahme von Bluteisen hin. Ich spüre ein unwilliges Prickeln im Nacken, aber ich habe keine andere Wahl.

Nach einer Weile, die mir wie eine Ewigkeit erscheint und gleichzeitig nicht lang genug, bin ich an der Reihe. Die ältere Frau vor mir humpelt davon und drückt sich ihre verbundene Hand an die Brust. Ich gehe zum Tisch und nehme auf dem wackeligen Stuhl Platz. Ohne von mir Notiz zu nehmen, schüttelt Wick ein paar Blutstropfen von seinem Messer, die auf der Tischplatte landen, und wischt die Klinge mit einem Lappen sauber.

Einen Moment lang glaube ich, mich über seine Schröpfinstrumente übergeben zu müssen. In Crofton habe ich oft bei Aderlassen zugesehen, doch jetzt, als Wick die Klinge über die züngelnde Flamme einer Öllampe hält, um sie für meine Haut vorzubereiten, weiß ich, warum Papa dafür gesorgt hat, dass ich mich nie selbst habe schröpfen lassen.

Als der Zeitpfänder schließlich nach meinem Arm greift und ihn vor sich auf den Tisch drückt, presse ich die Lippen zusammen und beiße mir auf die Innenseite meiner Wange. Caro hat alles für mich aufs Spiel gesetzt, um mir etwas von meinem Vater zu bringen. Eine winzige Erinnerung. Ein kleines Stück Gerechtigkeit.

Es ist meine Schuld, dass sie geschnappt wurde. Also ist es auch meine Pflicht, sie vor den Konsequenzen zu bewahren.

Ich warte darauf, dass Wick etwas sagt, dass er ein paar tröstende Worte für mich hat, bevor er sich ans Werk macht, doch er kommt sofort zur Sache. »Wie viel?«, fragt er.

»Was?«

»Wie viel Zeit soll ich nehmen?«, wiederholt er ungeduldig.

Meine Stimme bricht, als ich antworte: »Vierzig Jahre.«

Wicks Gesicht verzieht sich vor Staunen. »Das ist ja wohl ein Scherz«, erwidert er. »Wie alt bist du?«

»Siebzehn.« Mein ganzes Leben breitet sich vor mir aus, siebzehn Jahre voller Erinnerungen und Schmerz und allem, was mich zu dem gemacht hat, was ich heute bin. Einen Atemzug lang denke ich nicht an Everless, an die Königin, an finstere Dinge, sondern bloß an winzige Momente puren Glücks: Roans Hand in meiner und das ausgelassene Lachen eines Kindes, Ammas Lächeln, als sie Jacob davonschickt, der Geruch nach Kohle, als mein Vater mit den Fingern und einem Stück Bindfaden mein Haar bändigt.

Diese Erinnerungen werde ich für immer in mir tragen, aber welche Momente bin ich im Begriff, mir abzapfen zu lassen, und wie viele – wenn überhaupt welche – werden mir bleiben?

»Dann muss ich zuerst die Zeit in deinem Blut messen«, sagt Wick, der offenbar die Entschlossenheit in meinem Gesicht gelesen hat. »Will schließlich nicht, dass du mir tot an meinem Tisch zusammenbrichst.«

Ich nicke stumm. Mein Herz hämmert und bringt den Puls in meinem Handgelenk und meinem Hals zum Rasen, sosehr ich auch versuche, es zu beruhigen. Als sträubte sich mein Blut dagegen, meinen Körper zu verlassen. Doch Wick schüttelt bloß den Kopf und hebt sein Messer.

»Sieh nicht hin«, rät er mir.

Ich sehe hin – wie könnte ich nicht? – und keuche auf, als er mir die scharfe Messerspitze in den Finger sticht und den herausquellenden Blutstropfen in einer Glasphiole auffängt. Dann wendet er sich ab, und ich sehe gleichsam fasziniert und entsetzt zu, wie er eine Weile mit seinen Instrumenten auf dem Tisch hantiert. Er greift nach einer Art Drahtgestell, das eine kleine Glasschale über einer Kerzenflamme hält. Jetzt zündet er die Kerze an und lässt den Blutstropfen in die Schale fallen. Als Letztes gibt er eine Prise eines grünen Pulvers hinzu; das Blut beginnt vor unseren Augen zu zischen und zu rauchen. Er zieht seine Taschenuhr hervor und wirft einen Blick darauf, und ich frage mich, wie viel von all dem Getue Effekthascherei ist und wie viel tatsächliche Alchimie.

Schließlich beginnt das Pulver-Blut-Gemisch in der Schale zu brennen, gleichmäßig wie ein Streichholzkopf. Wick beobachtet den Vorgang mit konzentrierter Miene und sieht immer wieder zwischen der Flamme und seiner Uhr hin und her. Doch je mehr Sekunden vergehen, desto tiefer sinkt seine Hand mit dem Zeitmesser, und seine Stirn legt sich in Falten. Und obwohl ich mir noch nie Zeit habe abzapfen lassen, weiß ich, dass etwas nicht stimmt.

»Gibt es ein Problem?«, frage ich, noch während ich den Ausdruck auf seinem Gesicht zu deuten versuche.

Er schüttelt den Kopf. »Deine Hand«, verlangt er.

Widerstrebend strecke ich ihm die Hand hin, und er drückt einen weiteren Blutstropfen aus der Wunde an meinem Finger. Dann wiederholt er die vorherigen Schritte, mischt mein Blut an einer sauberen Stelle in der Schale und wartet, bis es sich entzündet, doch das Ergebnis ist dasselbe. Verwirrt starrt er auf die Flamme, die weiter- und weiterbrennt.

»Was ist denn los?« Meine Stimme ist heiser vor Angst und Ungeduld. »Stimmt etwas nicht?«

Wick schürzt nachdenklich die Lippen. Dann sagt er: »Die Flamme müsste verlöschen. Dann wüsste ich, wie viel Lebenszeit du noch übrig hast – zum Beispiel, wenn sie sofort ausgegangen wäre, hättest du noch weniger als ein Jahr.«

Mir ist also ein langes Leben bestimmt. Was immerhin ein kleiner Trost ist. »Dann habe ich wohl noch lange zu leben. Und kann mir vierzig Jahre leisten.« Vielleicht kann ich mir die Jahre ja zurückverdienen, oder zumindest einen Teil davon.

»Niemand kann sich vierzig Jahre leisten«, fährt Wick mich an, der noch immer in die Kerzenflamme starrt.

Aus dem Augenwinkel sehe ich, dass ein alter Mann in der Warteschlange uns neugierig beäugt. Ich erschaudere und sehne mich zurück hinter die sicheren Mauern von Everless.

»Das ist unmöglich.« Er hebt seine Uhr und tippt mit dem Fingernagel auf das Glas. »Die Flamme müsste längst ausgegangen sein, selbst wenn du hundert Jahre alt werden solltest ... Vielleicht stimmt was mit dem Pulver nicht.« Er greift nach einem weiteren Drahtgestell und sticht sich zu meinem Erstaunen selbst in den Finger. Er macht sich nicht einmal die Mühe, den Tropfen in eine Phiole zu geben, sondern lässt ihn direkt in die Glasschale fallen, streut das Pulver dazu und zündet die Kerze an. Das Blut fängt an zu brennen.

Während Wick und ich zusehen, zähle ich im Stillen mit – *eins, zwei, drei, vier, fünf, sechs*. Die Flamme verlöscht bei sieben. Wick blinzelt.

»Na, also«, sagt er nüchtern. »Fünfzehn Jahre, grob geschätzt.«

Ich weiß nicht, wie ich auf Wicks scheinbare Gleichgültigkeit angesichts seiner Lebensdauer reagieren soll, und mein Blick wandert unwillkürlich zurück zu meinem eigenen Blut, das noch immer brennt. Als der Zeitpfänder mich mustert, die Lippen aufeinandergepresst, die Arme vor der Brust verschränkt, lese ich Misstrauen und Skepsis in seinen Augen. Mir wird bewusst, dass auch die anderen Leute im Laden still geworden sind und uns beobachten.

»Ich verstehe das nicht«, sage ich schließlich kläglich. Ob er mich für ein Mitglied der Gerling-Familie hält, durch deren Adern Hunderte von Jahren strömen? »Ich bin nicht – ich stamme aus Crofton. Ich habe noch nie ein Bluteisen genommen, kein einziges.«

Wick hebt eine Augenbraue, doch nach ein paar Sekunden scheint seine Miene etwas sanfter zu werden. »Vielleicht stimmt ja was mit meinen Instrumenten nicht«, bemerkt er zweifelnd.

»Können Sie mir trotzdem Blut abzapfen?«, frage ich hoffnungsvoll. Ob sie Caro bereits die vierzig Jahre genommen haben? »Es ist für eine Freundin. Sie braucht es dringend.«

»Ich kann's versuchen«, antwortet Wick nach kurzem Überlegen. Einen Moment lang studiert er seine Instrumente – eine Auswahl an Messern und Nadeln, bei deren Anblick mir flau im Magen wird – und wählt schließlich ein kleines Messer, dessen Klinge aus blauem Glas besteht. Als Nächstes greift er zu einem kleinen, angelaufenen Zinnbecher und wischt beides mit dem Lappen sauber.

»Streck deine Hand aus«, fordert er mich auf, und ich gehorche, froh, dass ich heute Morgen nicht zum Frühstücken gekommen bin. Mein Magen rebelliert.

Wick umfasst mit geübtem Griff meinen Unterarm und fügt mir einen langen, oberflächlichen Schnitt quer über die Handfläche zu. Eine Sekunde, nachdem das Blut zu fließen begonnen hat, durchzuckt mich der Schmerz, eine dünne Feuerspur. Wick hält den Becher unter meine Hand und fängt das herabtropfende Blut darin auf.

Während das Blut sich am Grund des Bechers sammelt, beginnen meine Kräfte zu schwinden – weit schneller, als die kleine Menge Blut es rechtfertigt. Es ist, als würde ich auf der Stelle altern, noch während ich beobachte, wie das Blut den Becher füllt.

Als er voll ist, dreht Wick meine Hand nach oben, um den Blutfluss zu stoppen, und stellt das Blut beiseite, bevor er mir einen fachgerechten Verband anlegt. Erst jetzt fällt mir auf, dass ich mich mit der anderen Hand an die Tischkante klammere, um nicht vom Stuhl zu fallen. Alles scheint sich um mich zu drehen, und ich bleibe sitzen, bis Wick fertig ist, aus Angst, nicht aus eigener Kraft stehen zu können.

Ich habe schon öfter beim Blutprägen zugesehen, diesmal jedoch scheint es ewig zu dauern. Ich gebe meiner Benommenheit nach, während Wick mein Blut in eine Waagschale gießt; selbst im Halbdunkel des Ladens schimmert es rubinrot. Dann fügt er behutsam einen Löffel eines anderen Pulvers hinzu, das dunkel glitzert wie gemahlener Obsidian. Sobald das Pulver in Kontakt mit meinem Blut kommt, geht der gesamte Inhalt der Schale in Flammen auf. Ein Hitzeschwall trifft mein Gesicht, und ich rieche Kupfer.

Die helle Flamme brennt eine Weile weiter, dann fängt sie

langsam an zu schrumpfen. Als sie verloschen ist, neigt Wick die Schale ein wenig, damit ich hineinsehen kann. Trotz der Dunkelheit, die an den Rändern meines Blickfelds lauert, sehe ich eine leuchtende Flüssigkeit am Boden der Schale. Sie glänzt wie Öl, schillert wie Quecksilber – wenn Quecksilber rot-golden wäre. Als Wick die Schale bewegt, beginnt der Inhalt so träge wie Honig zu fließen. Pure Zeit. Meine Zeit.

»Jetzt präge ich es zu Münzen«, erklärt Wick, der sich ein wenig freundlicher gibt, nachdem er meine Bestürzung gesehen hat. Er greift zu einem weiteren Utensil, einem schweren Bleiblock, auf dem ich das gespiegelte Siegel der Königin erkenne, das jede Bluteisenmünze in Sempera ziert. Auf dem Tisch liegen Gussformen für alle Arten von Bluteisen, von winzigen, unscheinbaren Stundentalern von der Größe meines Daumennagels bis zu der, die er nun in der Hand hält. Es ist eine Form für mehrere Jahrestaler, deren Durchmesser beinahe so groß ist wie meine Faust.

Wick gibt vorsichtig ein wenig von meiner Zeit in die Form, und ich sehe schläfrig-fasziniert zu, wie vor meinen Augen eine Münze Gestalt annimmt, wie das Metall noch während des Gießens abkühlt und erstarrt. Der Block hat zehn Vertiefungen; Wick füllt sie alle mit meiner geschmolzenen Zeit. Zweimal muss er den Vorgang unterbrechen und die abkühlende Masse erneut über der Kerzenflamme schmelzen. »Komm später wieder, dann präge ich die nächsten zehn«, brummt er. »Alle will ich jetzt nicht machen.«

Als er fertig ist, sind die ersten Münzen bereits vollkommen abgekühlt und nicht von den Bluteisentalern zu unterscheiden, die ich Tag für Tag zu Gesicht bekomme. Mir wird kurz übel beim Gedanken daran, dass für jeden Taler, den ich je ausgegeben, verdient oder auch nur berührt habe, irgendjemand genauso leiden musste wie ich gerade. Jemand musste dasitzen und warten, während ihm das pure Leben aus dem Körper rann und in eine Münze verwandelt wurde, damit er ein mageres Stück Fleisch fürs Abendessen, einen Krug Bier oder das Reetdach über seinem Kopf bezahlen konnte.

Als alle Münzen abgekühlt sind, dreht Wick den Block um und schüttelt ihn ein wenig, bis die neuen Taler mit einem satten Klimpern auf den Holztisch fallen. Ich nehme einen von ihnen in die Hand und betrachte ihn genauso neugierig wie angewidert. Diese Zeit ist siebzehn Jahre lang durch meine Adern geflossen. Und jetzt, nachdem sie sich nicht mehr in meinem Körper befindet, bin ich *weniger* als zuvor. Das Metall fühlt sich warm an. Es könnte beinahe schön sein, wenn nicht alles an dieser Prozedur so abgrundtief grauenhaft wäre.

»Wie fühlst du dich?«, erkundigt sich Wick, doch ich schiebe bereits meinen Stuhl zurück. Ich habe keine Zeit – *jetzt nicht mehr*, denke ich düster –, noch länger in diesem Laden zu sitzen und über die Ungerechtigkeit des Lebens nachzugrübeln. Gut möglich, dass sie Caro in diesem Moment zur Ader lassen. Sie könnte im Sterben liegen oder längst tot sein. Und das meinetwegen. Für mich. Es war mutig von ihr, wenn auch absolut leichtsinnig, um meinetwillen zur Schatzkammer zu gehen. Irgendetwas sagt mir, dass sie es aus reiner Nächstenliebe getan hat. Außer Papa hatte ich noch nie jemanden, der so etwas für mich auf sich genommen hätte. Und Papa ist nicht mehr da.

Ich muss ihr das Bluteisen bringen.

Ich stehe auf, während Wick meine Münzen in ein Stück Leinen einschlägt und mir das Bündel reicht. Das Metall ist immer noch warm unter dem Stoff.

Dann legt er mir kurz die Hand auf die Schulter. »Schön langsam«, warnt er mich. »Du hast gerade eine Menge Zeit verloren. Wenn du dich überanstrengst, fällst du nur in Ohnmacht oder Schlimmeres.«

Vom Aufstehen ist mir schwindelig geworden, und die Wände des engen Raums verschwimmen vor meinen Augen. Aber ich muss gehen. »In Ordnung«, bringe ich heraus und höre selbst, wie schwerfällig meine Worte klingen. »Ich werde vorsichtig sein.« Ich schüttele seine Hand ab, doch als ich mich zum Gehen wende, kommt mir der Verdacht, dass er recht haben könnte; die Tür scheint eine Meile weit entfernt. Aber ich kann nicht hierbleiben und mich ausruhen. Ich muss zurück. Zu Caro.

Ich spüre hartes Holz unter meinem Rücken und ein sanftes, gleichmäßiges Schwanken, auf und ab, auf und ab. Einen Moment lang denke ich, ich bin auf See, und strecke die Hand aus, um mit den Fingerspitzen die Wasseroberfläche zu streifen. Dann taucht ein verschwommenes Gesicht über mir auf, und ein Paar Arme zieht mich hoch. Mir wird klar, dass ich mich im Wagen eines Händlers befinde, der mich vor den Toren von Everless absetzt.

Ich blinzele im grauen Licht, und mir fällt wieder ein, dass ich noch nie das Meer gesehen habe. Und wenn ich mir erst all die Zeit habe abzapfen lassen – zehn Jahre bis jetzt, aber dreißig stehen noch aus –, werde ich es wohl auch nicht mehr.

So schnell meine weichen Knie es zulassen, mache ich mich auf den Weg zu Caros Zimmer.

Nach dem Aderlass fühle ich mich ein wenig wie betrunken, nur ohne die angenehme Wärme des Madels. Während ich vorwärtsstolpere, schüttelt es mich immer wieder, und ich muss mich an der Wand abstützen. Die Dienstbotenflure erscheinen mir fremd und bedrohlich, verwirrend und beklemmend eng. Ich spüre, wie Leute an mir vorbeikommen, andere Bedienstete, die ihrer Arbeit nachgehen, aber ich erkenne ihre Gesichter nicht. Alle machen einen weiten Bogen um mich; vielleicht halten sie mich tatsächlich für betrunken. Im Schein der Fackeln an den Wänden bäumen sich ihre Schatten auf wie Monster, die sich auf mich stürzen wollen, mit verwachsenen Gliedmaßen und scharfen Zähnen.

Ich falle, doch jemand fängt mich auf. Hoffnung erblüht in meiner Brust, und ich gebe ihr einen Namen: »Roan?«

»Nein, Liebes.« Die Stimme ist leise, sanft und wie mit Zuckerguss überzogen. Bea. Ich lasse mich gegen sie sinken. »Du bist zu gut für diese Schlange«, murmelt sie nun, wie aus weiter Ferne. *Schlange*. Wie gestern im Haus der Zaunhexe überkommt mich das Gefühl, rückwärts durch die Zeit zu fallen. Beißender Schwefelgeruch steigt mir in die Nase, und plötzlich bin ich woanders, irgendwo, wo es dunkel ist, eng. Kalt. Wieder Schwefelgeruch – Übelkeit wallt in mir auf –, doch jetzt mischt sich der Duft nach Lavendel darunter. Beas Haar, Beas Haar, rede ich mir ein, während ich mich zu erinnern versuche, wo ich bin. Ich greife nach ihr, mit meinem Verstand und all meinen Sinnen. »Sag schon, was hast du getan?«

Wessen Stimme ist das? Beas, antworte ich mir selbst, es ist Bea, die mich ruft.

Was hast du getan? In Beas hohe, panikerfüllte Stimme mischt sich eine weitere – tiefer, wütend, als spräche jemand über ihre Schulter zu mir.

Ich spüre, wie meine Hand nach oben gedreht wird. Höre

jemanden nach Luft schnappen. »Jules, du hast doch nicht – du hast es für Caro getan, oder? Jules?«

Caro. Der Name rückt Bea und Everless zurück ins Zentrum meiner Aufmerksamkeit. Ich klammere mich an Beas Unterarme und richte mich auf. Sie starrt mich an, ihre Augen groß vor Sorge. »Jules, du musst dich ausruhen. Komm mit in den Schlafsaal.«

»Nein.« Bea presst die Lippen aufeinander, als sie meine harsche Antwort hört. Sie weicht einen Schritt vor mir zurück. »Ich muss zu Caro«, nuschele ich, anstatt mich bei ihr zu entschuldigen.

Bea will etwas sagen, doch ich wende mich ab und mache mich auf den Weg zu den Gemächern der Königin. Sie folgt mir nicht.

Irgendwie gelange ich in den Korridor, der hinter den Zimmern der Gerlings und ihrer Gäste verläuft. Inzwischen weiß ich, welche der schweren Eichentüren in Caros Kammer führt. Ich wische mir den Schweiß von der Stirn und straffe die Schultern, den Beutel Bluteisen unter meinem Mantel fest umklammert. Dann lege ich die Hand auf die Tür. Schmerz durchzuckt mich, doch sie gleitet auf.

In Caros Zimmer ist es düster. Die zugezogenen Vorhänge sperren das Nachmittagslicht aus. Ein kleines Feuer im Kamin bringt die Schatten an den Wänden zum Tanzen. Kurz frage ich mich, wer es für die in Ungnade gefallene Kammerzofe entzündet haben mag – doch dann entdecke ich Caro, die in ihrem Bett liegt und schläft und bei jedem Atemzug bebt. Neben dem Kopfende steht ein leerer Stuhl. Ich lasse mich darauf fallen. Caro regt sich im Schlaf, aber sie wacht nicht auf.

Ich war nicht sicher, ob sie sie sofort nach der Verkündigung ihrer Strafe zur Ader lassen würden, doch der Anblick ihrer ausgezehrten Züge lässt keinen Raum für Zweifel. Insgeheim hatte ich gehofft, Hauptmann Ivan und seine Männer würden sich mit der Vollstreckung mehr Zeit lassen und Caro, die immerhin Lady Golds persönliche Dienerin ist, einen fairen Prozess zugestehen, eine Chance, ihre Unschuld zu beweisen. Oder dass die Königin einschreiten würde. Aber ich hätte wissen müssen, dass Ivan eine andere Vorstellung von Gerechtigkeit hat.

Sie ist jung, versuche ich mich zu beruhigen. Hat sie je erwähnt, wie viele Jahre sie noch hat? Vor ihrer Bestrafung müssen es weit mehr als vierzig Jahre gewesen sein. Natürlich wird Ivan kaum ihre verbleibende Lebenszeit geprüft haben, so wie Wick es bei mir getan hat. Genauso wenig, wie es ihn gekümmert haben wird, dass niemand sich vierzig Jahre leisten kann, wie Wick angemerkt hat. Meine Gedanken beginnen zu rasen; Caro könnte noch immer in Lebensgefahr schweben. Es wäre nicht das erste Mal, dass ein junger Mensch im Glauben, er habe alle Zeit der Welt, sich schröpfen lässt, nur um ein Jahr oder einen Monat oder einen Tag später tot umzufallen.

Ich nehme die Börse mit dem Bluteisen und lege sie auf Caros Nachttisch. »Das ist für dich«, flüstere ich und wünschte, sie könnte meine Dankbarkeit spüren, mein schlechtes Gewissen, weil sie so viel für mich riskiert hat. »Zehn Jahre.«

Natürlich reagiert Caro nicht. Sie atmet kaum, und ich spüre ein Prickeln auf der Haut. Was soll ich tun, wenn sie stirbt?

Ich habe noch nie selbst Bluteisen eingenommen, aber ich weiß, wie man es verabreicht. Also gehe ich zu einem Regal auf der anderen Seite des Zimmers und kehre mit einer kleinen Flasche Wein an Caros Bett zurück. Ich gieße den Wein in einen Kessel und erhitze ihn über dem Feuer. Nach ein paar Minuten, als sich schwerer, aromatischer Dampf über dem Kessel kräuselt, nehme ich ihn vom Feuer und bringe ihn zum Nachttisch. Dort lasse ich drei von meinen frisch geprägten Jahrestalern in einen einfachen Holzbecher fallen und gieße etwas von dem dampfenden Wein darüber.

Fasziniert sehe ich zu, wie die heiße Flüssigkeit zischend auf das Metall trifft; der aufsteigende Rauch riecht nach Zucker und Asche. Ich rühre das Gemisch mit einem Löffel um, dann stelle ich den Becher ab und rüttele Caro sanft an der Schulter.

Sie kommt langsam zu sich, blinzelnd und zitternd, obwohl es im Zimmer dunkel und warm ist. Schließlich fixiert ihr Blick mich. »Jules«, wispert sie und klingt eher erschöpft als überrascht, als sie sich mühsam hoch zum Sitzen stemmt. »Du bist es.«

»Es tut mir so leid, Caro«, sage ich unglücklich. Ich nehme den dampfenden Becher vom Nachttisch und halte ihn ihr hin. »Hier, trink.«

Caro greift nach dem Becher; ihre Bewegungen sind langsam, und sie zuckt immer wieder gequält zusammen. Ich fühle mich noch immer geschwächt von meinem eigenen Aderlass, und mein ganzer Körper schmerzt, daher kann ich mir kaum vorstellen, wie es ihr gehen muss, nachdem sie viermal so viel geben musste. Keine ihrer Hände ist verbunden – Ivan muss ihr das Blut aus dem Arm gezogen haben. Mein Magen krampft sich zusammen. Ihre Handgelenke sind unter den Ärmeln ihres dicken Samtkleides verborgen, darum sehe ich die Einstichstellen nicht. »Danke, Jules«, sagt sie, ihre Stimme kaum mehr als ein heiseres Krächzen, dann hebt sie den Becher an die Lippen.

Die Wirkung zeigt sich augenblicklich. Rosige Flecken erscheinen auf ihren bleichen Wangen, und ihr Griff um den

Becher verstärkt sich noch während des Trinkens. Selbst ihre Haltung scheint sich zu verändern, ihr Rücken strafft sich. Sie seufzt, und ihr Atem klingt kräftiger als zuvor, als sie sich kurz zur Seite lehnt, um den Becher zurück auf den Nachttisch zu stellen.

Doch bevor ihre Hand den Tisch erreicht, hält sie abrupt inne. Im Zimmer herrscht brütende Hitze – ihr Arm hängt einen Moment lang gebeugt in der Luft, dann erschlaffen ihre Finger, und der Becher fällt klappernd zu Boden. Caro keucht und greift sich an die Kehle.

Ich beuge mich vor, und mein Puls beginnt zu rasen. »Caro, was hast du?« Habe ich das Bluteisen nicht gut genug aufgelöst? Habe ich etwas falsch gemacht?

Caro öffnet den Mund schließt ihn wieder, ohne dass ein Laut herauskommt. Sie scheint keine Luft zu bekommen; ihr Gesicht verzieht sich qualvoll, und ihr Körper wird steif, dann fängt sie an, sich im Bett hin- und herzuwerfen, ächzend und würgend. Die Geräusche klingen grausam abgehackt, als würde jeder Atemzug gestoppt, bevor die Luft ihre Lunge erreicht. Ihr Gesicht ist scharlachrot angelaufen, und ihre Augen scheinen aus den Höhlen zu treten.

Sie erstickt.

»Caro!«, höre ich mich rufen. Panik erfasst mich, als ich mit einer Hand ihren Kopf packe und mit der anderen ihren Mund aufzwinge. Etwas glänzt in der Tiefe ihres Rachens.

Zitternd drehe ich Caros Kopf auf die Seite und schiebe ihr zwei Finger in den Mund, doch sie zappelt so stark, dass ich den Fremdkörper nicht erreiche, ihn nicht zu fassen bekomme. Caro wird von immer schlimmeren Krämpfen geschüttelt, und ihr Gesicht verfärbt sich stetig dunkler. Ohne darüber nachzudenken, flehe ich die Zauberin um Caros Leben an, darum, uns zu helfen, und zwar schnell, *bitte schnell.* Mein Herz hämmert so heftig, als wollte es meine Rippen zum Bersten bringen und sich aus meiner Brust befreien.

Plötzlich verdrehen sich Caros Augen, und sie wird schlaff in meinen Armen.

Die Welt scheint zu verstummen.

Sie ist ohnmächtig geworden. Ich höre meinen eigenen keuchenden Atem. Im Rest des Zimmers herrscht Stille, eine so vollkommene Stille, dass sie sich wie ein bleiernes Gewicht auf mich senkt.

Ich hebe den Kopf und hätte beinahe aufgeschrien.

Auf den ersten Blick scheint sich nichts verändert zu haben, und doch ist es, als wäre ich in einen Albtraum gestolpert. Die dünnen Vorhänge wehen nicht mehr im Wind, sondern haben mitten im Wallen innegehalten, als wären sie zu Eis erstarrt. Die Rose, die in einer Vase auf Caros Frisierkommode steht, hat ein Blatt verloren, das nun in der Luft hängt, auf halbem Weg zum Boden.

Und auch Caro rührt sich nicht, kein bisschen. Ihr Körper ist so steif wie eine Statue, ihr Brustkorb hebt und senkt sich nicht mehr, nicht einmal ihre Lider zucken. Bei dem Anblick bekomme ich eine Gänsehaut. Ich kann nicht einmal sagen, ob sie tot oder lebendig ist. Als ich auf sie hinuntersehe, erkenne ich eine winzige Schweißperle auf ihrer Wange. Sie ist länglich verformt, kurz davor, von ihrem Gesicht auf den Boden zu tropfen. Doch sie fällt nicht. Und fällt nicht. Erst als ich sie mit der Hand fortstreiche, löst sie sich und landet in der Totenstille mit einem winzigen Platsch auf den Holzdielen.

Eine kalte, furchtbare Gewissheit erfasst mich.

Irgendetwas stimmt nicht mit der Zeit.

In der gespenstischen Stille, meine leblose Freundin in den Armen, fühle ich mich so allein wie noch nie zuvor in meinem Leben. Caro rührt sich nicht einmal, als sich ein Schluchzer, bislang unterdrückt vom Adrenalin, aus meiner Brust befreit.

Als ich sie loslasse und neben ihrem Bett auf die Knie sinke, fällt sie zurück auf ihr Kissen, das Gesicht tiefrot, aber absolut regungslos. Die Bodendielen unter mir knarren, und die Matratze federt zurück in ihre ursprüngliche Position, als mein Gewicht sich von ihr hebt. Doch der Rest des Zimmers bleibt eine unbewegte Kulisse. Der Anblick ist schwindelerregend, verstörend. Heiße Tränen strömen mir übers Gesicht. Ich habe schon oft erlebt, wie die Zeit sich verlangsamt, aber bislang ist sie nie vollends zum Stillstand gekommen und hat mich an einen Ort verbannt, an dem nur ich mich bewegen kann. Was ist, wenn ich für immer gefangen bin, wie das Dorf Briarsmoor?

Schließlich ist es die Angst, die mir einen klaren Kopf verschafft. Ich hole tief Luft, um mich zu sammeln, stehe wieder auf und beuge mich über Caro. Vorsichtig ergreife ich sie an Schulter und Hüfte und drehe sie auf die Seite. Während ich neben ihr aufs Bett klettere, versuche ich, mir Loras Anweisungen über den Umgang mit Erstickenden ins Gedächtnis zu rufen. Dann schlage ich Caro fest mit dem Handballen zwischen die Schulterblätter.

Nichts passiert. Ich nehme all meine Kräfte zusammen und schlage erneut zu, diesmal härter. Dann noch einmal, so fest, dass meine frisch bandagierte Hand wieder zu bluten anfängt.

Endlich, beim vierten Schlag, löst sich etwas. Vor Schreck und Erleichterung stoße ich einen leisen Schrei aus, als ein goldener Blitz zwischen Caros Lippen hervorschießt, schwer auf den Boden plumpst und unter den Nachttisch rollt. Trotz des Schleiers aus Schweiß und Tränen vor meinen Augen meine ich zu erkennen, dass das Ding größer und schwerer ist als ein Jahrestaler.

Neben mir ertönt ein seltsamer, gepresster Laut. Die zweite Hälfte eines Schluchzers. Ich wende den Kopf und sehe Caro, die mühsam und schmerzhaft einatmet.

»Der Zauberin sei Dank!«, rufe ich und beuge mich über sie. Sie atmet schwer, ihre Brust hebt und senkt sich ruckartig, und ich sehe Blut auf ihren Lippen, doch ihre Gesichtsfarbe verblasst langsam von Rot zu Rosa. In ihrer Schulter, die ich noch immer umklammert halte, fühle ich ihren Puls – kräftig, lebendig. Ich blicke zu Boden, wo das goldene Ding unter dem Nachttisch verschwunden ist. »Du wärst beinahe erstickt.«

Caros Schluchzen ebbt allmählich ab. Sie sieht mich an, die Augen blutunterlaufen. Doch in ihrem Blick liegt nicht nur Überraschung – sondern auch Misstrauen.

Nein. Furcht.

Ich verstehe die Welt nicht mehr. Denkt sie, ich hätte versucht, ihr etwas anzutun?

Schließlich streckt Caro den Arm aus, um unter ihrem Nachttisch nach dem goldenen Ding zu tasten, doch sie ist zu schwach. Ich bücke mich, dankbar, einen Moment lang ihrem durchdringenden Starren zu entrinnen. Doch meine Erleichterung verwandelt sich gleich darauf in Angst vor dem, was ich dort unten finden werde.

Es ist keine Münze. Auf den Holzdielen, am Ende einer Spur aus Blut und Speichel, und doch makellos sauber, liegt eine goldene Kugel von der Größe einer Walnuss. Es ist neues Bluteisen – das erkenne ich am Glanz des Metalls. Wie es scheint, sind die drei Münzen, die ich in Caros Wein aufgelöst habe, zu dieser Kugel verschmolzen.

Langsam beschleicht mich ein altvertrautes Gefühl: der Verdacht, bloß eine Figur in einem Brettspiel zu sein, das ich nicht im Entferntesten verstehe. Die Kugel widert mich an und übt gleichzeitig eine seltsame Anziehungskraft auf mich aus. Ich hebe sie auf.

Das Metall ist nicht heiß, als ich die Hand darum schließe, aber leicht warm, als hätte es eine Weile in der Sonne gelegen. Zudem scheint die Kugel kaum merklich zu vibrieren, was sie beinahe wie etwas Lebendiges wirken lässt. Sie ist glatt, schwer –

Ich keuche auf, als das Metall plötzlich unter meiner Berührung zu schmelzen beginnt und meine Finger in die Oberfläche sinken. Hastig lasse ich die Kugel fallen und weiche zurück.

»Halt sie fest.« Die Stimme ist nicht mehr als ein Flüstern, kaum zu hören, aber zugleich unverkennbar.

Ich sehe zu Caro hoch, die über die Bettkante späht. Ihr Gesicht ist noch immer gerötet und glänzt vor Schweiß, doch auch sie starrt mit aufgerissenen, ungläubigen Augen auf die Kugel hinunter.

»Warte ab, was passiert«, fügt sie dann hinzu. Ich registriere ein Flackern in ihrem Blick, das ich nicht einordnen kann, doch im nächsten Moment sieht sie wieder auf die Goldkugel hinunter. Am liebsten würde ich Nein sagen und einfach davonlaufen, mich irgendwo verstecken, bis ich begreife, was das alles zu bedeuten hat, aber Caro mustert mich erwartungsvoll. Und sie ist am Leben, was im Moment das Einzige ist, was mich interessieren sollte.

Widerstrebend strecke ich die Hand aus und berühre die Kugel mit der Fingerspitze.

Zuerst passiert nichts. Dann wird die Oberfläche wieder weich, und mein Finger sinkt hinein, als würde er das Metall ohne jede Hitze zum Schmelzen bringen. Immer weiter bewegt sich das halbflüssige Gold meinen Finger herauf. Ich erschaudere, doch ich zwinge mich, die Hand nicht zurückzuziehen. Das Metall kriecht über meinen Fingerknöchel, meine Handfläche. Ich höre Caros und meine hastigen Atemzüge, als das schimmernde Rinnsal weiterfließt und unter meinem Verband verschwindet. Es ist ein Gefühl, als würde mir warmes Wasser über die Haut fließen.

Bald schon hat sich die Kugel vollends aufgelöst und mehrere Stränge aus flüssigem Gold benetzen meine Hand wie ein Geflecht aus Adern.

»Nimm den Verband ab«, fordert Caro mich leise auf. Etwas in ihrer Stimme lässt mich gehorchen. Ich löse das blutdurchtränkte Leinen. Darunter kommt der Schnitt zum Vorschein, den der Blutpfänder mir zugefügt hat, frisch und leuchtend rot, und wir beide sehen zu, wie der winzige goldene Strom – meine Lebenszeit – darin verschwindet, zurück in meinen Körper, wohin er gehört.

23

Später, in den frühen Nachtstunden, verlangt Caro, die noch immer vor Fieber glüht – schweißnasse Haarsträhnen kleben ihr im Gesicht –, eine Erklärung für das, was passiert ist. Ihre Stimme ist rau, ihre Kehle wund von der Kugel meiner Lebenszeit, an der sie beinahe erstickt wäre. Ich erzähle ihr immer wieder die Wahrheit: dass ich es nicht weiß, dass ich keine Ahnung habe, was die Zeit in meinem Blut dazu veranlasst hat, sich Caros Körper zu widersetzen und in meinen Körper zurückzukehren. Von einem solchen Vorfall habe ich noch nie gehört. Meine übrigen sieben Jahrestaler lege ich auf Caros Kommode; ich wage keinen zweiten Versuch, sie ihr zu verabreichen, jedoch genauso wenig, sie in die Tasche zu stecken.

Als ich Caro allein lassen will, um Bluteisen zu holen, das sich auch wie Bluteisen verhält, fleht sie mich an zu bleiben. Stunden später schläft sie endlich in meinen Armen ein, an mich geklammert wie ein kleines Kind. Hat mein Bluteisen ihr geschadet? Sie ist bleich, aber ihr Puls schlägt gleichmäßig. Erschöpft nach den Ereignissen des Tages und in der Gewissheit, dass auch Ina bald zurück sein wird, um uns zu helfen, schließe ich die Augen.

Diesmal heiße ich die Träume willkommen.

In der Dunkelheit winke ich das Mädchen mit dem schattenverhangenen Gesicht heran; ich weiß, dass ich sie besiegen oder sterben muss. Mit vor dem Körper erhobenen Händen schreitet sie auf mich zu. Um uns manifestiert sich eine düstere Ebene aus verkohltem Gras, ohne jegliches Leben.

Als das Mädchen näher kommt, sehe ich an den Stellen, wo ihre Füße den Boden berühren, Flammen emporzüngeln. Hinter ihr weht ihr tintenschwarzer Mantel, dessen Kapuze ihre Gesichtszüge verhüllt.

Ich werde sterben, denke ich im Traum.

Das Mädchen bleibt zwei Armlängen von mir stehen. Einladend streckt sie mir die Hand entgegen. Ihr wildes, spöttisches Lachen erhebt sich über den Wind.

»*Meine Freundin*«, höre ich sie sagen, und ihre helle, liebliche Stimme scheint aus allen Richtungen gleichzeitig zu kommen. »*Vertraust du mir nicht?*«

Das Bild löst sich in Luft auf; ich sitze auf meinem Bett in unserer Kate in Crofton und sehe auf Mutters Zauberinnenstatue hinunter. Die kleine Steinfigur liegt in meiner Handfläche. Ich bin so erleichtert, dass das Gefühl beinahe an Schmerz grenzt. Diesmal jedoch weiß ich, dass ich träume. Die Stille im Zimmer flößt mir mehr Angst ein als die Vision von dem Mädchen. Ich kann nur immer wieder auf die Figur hinunterstarren und starren und starren.

Dann bewegt sie sich.

Sie öffnet den Mund und fängt an zu lachen.

Sie hebt die Hand, die, in der sie das Messer hält.

Ich schrecke auf und finde mich in Caros Bett wieder, der Kragen meines Kleides nass vor Schweiß und Tränen. Schlagartig trifft mich eine Erkenntnis. Im Geiste sehe ich noch immer das Mädchen – leicht vorgebeugt, die Hände vor dem Körper erhoben. Das Bild passt zu der Vision, die ich im Haus der

Zaunhexe hatte. Von dem Mann, der mich als kleines Kind zu einer Statue der Zauberin getragen und einen Stein aus ihren Händen genommen hat.

Ich sehe dieselbe Frau, doch diesmal lebendig, nicht aus Stein.

Dann wieder erstarrt, als kleine Statue meiner Mutter.

Ich erschaudere und schlinge die Arme um mich selbst, auf der Suche nach Wärme. Ist es das, was mein Vater vor mir verbergen wollte – dass ich in irgendeiner Weise mit der Zauberin in Verbindung stehe?

Neben mir regt sich Caro. Mir wird bewusst, dass ich ihr während meines Traums die Decke heruntergerissen habe, sodass ihr Oberkörper bloß liegt. Als ich sie wieder zudecken will, bemerke ich, dass ihre Hände kalt sind. Und so weiß.

Meine Gedanken geraten ins Stocken. Sie wurde erst gestern in der Nähe der Schatzkammer erwischt. Nach meiner Strafe im Mavakeller hat es Tage gedauert, bis meine Hände wieder ganz sauber waren.

Ich starre auf ihre Finger und beginne zu zittern, als eine Welle aus Furcht und Verwirrung mich mit sich zu reißen droht.

Behutsam, um sie nicht zu wecken, rolle ich ihre Ärmel hoch – und halte entsetzt inne. Nichts deutet darauf hin, dass ihr Zeit abgezapft wurde. Kein Schnitt. Kein Verband.

Sie hat gelogen. Oder jemand anders. Was auch immer Caro passiert ist, es ist nicht das, was man mir weisgemacht hat.

Die Lüge ist dunkel, undurchsichtig, undurchdringlich, wie ein Fluss so voller Schlamm, dass man den Grund nicht erkennen kann. Sie wälzt sich zäh durch meine Adern, wie das flüssige Gold.

Eine Zeile aus Liams Notizbuch, oder meinen Träumen, oder meiner Vergangenheit, stiehlt sich in mein Bewusstsein, als hätte sie die ganze Zeit über in mir geschlummert, bis sie endlich den Weg in mein Herz gefunden hat.

»Schlange«, sagte die Füchsin. »Was hast du getan?«

Das ist unmöglich.

Langsam lasse ich mich von der Matratze gleiten, um sie nicht zu sehr zum Federn zu bringen und damit Caro zu wecken. In meiner Kehle bildet sich ein Kloß, als ich so leise wie möglich das Zimmer verlasse.

Gestärkt durch die neue Zeit in meinem Blut eile ich durch das spärlich beleuchtete Schloss. Nur wenige Fackeln brennen und tauchen die verlassenen Flure in gespenstisches Licht. Nichts ist zu hören, außer dem Knistern der Flammen und meinen eigenen, unsicheren Schritten.

Unzählige Gedanken flimmern mir durch den Kopf, hart und gleißend wie Edelsteine in der Sonne.

Caro, die mich belogen hat.

Papa, der Geheimnisse vor mir hatte, um mich zu beschützen.

Der Schreck im Gesicht der selbst ernannten Hexe, als ihr fauler Zauber bei mir Wirkung zeigte.

Die Zeit, die mir schon mein Leben lang Streiche spielt.

Der immer wiederkehrende Albtraum von dem Mädchen, das mich umbringen will, und all die anderen Träume im Laufe meines Lebens, in denen ich vor einer schattenhaften Gestalt fliehe, Träume, die Papa als Hirngespinste eines ängstlichen Kindes abgetan hat – und so auch ich. Selbst die Wortfetzen und Bilder aus den Märchen meiner Kindheit, aus den Geschichten über die Füchsin und die Schlange, die Liam in seinem Notizbuch gesammelt hat …

All diese Dinge scheinen auf eine komplizierte, unberechenbare Art zusammenzuhängen, auch wenn ich noch nicht genau weiß, wie. Die Erkenntnis, wie viel Papa tatsächlich vor mir geheim gehalten hat, wie oft er mich über die Jahre belogen hat, gibt mir das Gefühl, als wäre mir plötzlich der Boden unter den Füßen weggezogen worden.

Ich muss einen Weg in die Schatzkammer finden. Ich muss wissen, warum Caro gelogen hat und wofür Papa gestorben ist.

Als ich nach einem Türknauf greife, schießt mir eine weitere Erinnerung durch den Kopf und jagt mir einen Schauder über den Rücken.

»Füchsin«, sagte die Schlange und wand sich langsam um das Herz ihrer Freundin. »Es ist an der Zeit, dass wir uns der Wahrheit stellen.«

24

Im Dunklen, umgeben von Spiegeln und den Porträts toter Gerlings, scheint sich der Weg zur Schatzkammer ewig hinzuziehen, scheinen sich die Flure schneller vor mir auszurollen, als ich gehen kann, egal, wie sehr ich mich beeile. Zweige kratzen an den Fenstern, und in der Ferne heult der Wind, als scharrte der Winter selbst an den Steinmauern des Schlosses, auf der Suche nach einer Ritze, um mich nach draußen zu zerren.

Caro war nicht in der Schatzkammer. Niemand hat ihr Zeit abgezapft.

Es ist noch immer Nacht. Ich komme an unserem Schlafsaal vorbei und höre dort die ersten Frauen aufstehen und sich ankleiden – diejenigen, die sich am frühesten an die Arbeit machen müssen, um die Kamine in den Gemächern der Gerlings anzuheizen, damit die edle Familie niemals auch nur den Hauch kühler Morgenluft zu spüren bekommt. Wie aus der Ferne dringen die Geräusche zu mir durch. Meine Gedanken rasen, genauso wie mein Herz, und noch immer strömt nach meinem Traum so viel Adrenalin durch meinen Körper, als wäre ich nie aufgewacht. Dabei sind meine Augen weit geöffnet.

Ich eile in Richtung des Schlossflügels, in dem sich die Schatzkammer befindet, bleibe jedoch in den Dienstbotenfluren, wann immer es geht. Wenn nicht, halte ich den Kopf gesenkt und den Blick zu Boden gerichtet. Wer weiß, wo Liam Gerling sich herumtreibt, wenn er denn schon wach ist.

Als ich schließlich die Schatzkammer erreiche, ist der Flur davor still und verlassen. Staubkörnchen schweben im Licht der hohen Fenster, hinter denen die Palastgründe liegen. Ich bleibe vor der Tür stehen und sehe daran hoch; das wuchtige, glänzende Holz ruft mir in Erinnerung, wie machtlos ich bin. In die Mitte ist eine senkrechte Reihe aus Bronzeplaketten mit seltsamen Gravuren eingelassen. Sie zeigen Vögel und Schlangen und aus Kelchen quellende Juwelen; weiter unten jedoch erkenne ich Menschen. Tanzende, in wehende Seidengewänder gehüllte Frauen, die einander an den Händen halten. Als ich einen Schritt zurücktrete und die Augen zusammenkneife, fügen sich die einzelnen Bilder zu einem Gesicht zusammen, aus dessen Mund ein herzförmiger Edelstein fällt. Der Anblick erinnert mich an Ina, und ich frage mich, wann sie von ihrem Ausflug mit der Königin und Roan zurückkehren wird, wann sie von Caros Bestrafung erfahren wird … und allem, was danach geschehen ist.

Behutsam lege ich die Hände auf das Holz. Es fühlt sich hart wie Stein an. Nichts passiert, als ich leicht dagegendrücke, nicht einmal ein Knarren ertönt. Als ich die Hände wieder zurückziehe, sind sie sauber.

Ich beuge mich vor und entdecke eine Reihe winziger, zwischen den Schnitzereien verborgener Zahnräder, die die Tür hinunterführen wie eine Knopfleiste. Ich folge ihr aufwärts, bis mir ein schmaler, fleckiger Kanal daneben auffällt, kaum tief genug für ein Stück Draht. Eine Gänsehaut läuft mir über den Rücken.

Liam hat gesagt, man brauche Blut, um die Tür zu öffnen, und Zeit, und dass man nie wissen könne, wie viel. Vor heute wäre ich niemals ein solches Risiko eingegangen. Jetzt jedoch zögere ich keine Sekunde, als ich den Finger auf die Bronzeintarsien lege und vorsichtig die Konturen nachfahre.

Die Flecken in dem kleinen Kanal sind rötlich braun, doch sie sehen nicht aus wie Rost. Am oberen Ende entdecke ich einen kleinen Griff, der wie ein Skorpionschwanz geformt ist und dessen rasiermesserscharfe Spitze aus einer Frucht hervorlugt. Sofort ist mir klar, welchem Zweck er dient. Es kostet Blut, um in die Kammer zu gelangen, und zwar eine solche Menge, wie sie sich nur ein Gerling leisten kann. Das ist grausam, raffiniert. Genau wie die Gerlings.

Ich folge dem Kanal mit der Fingerspitze. Ob etwas von dem getrockneten Blut Papas ist? Wut, Furcht und Trauer stürzen auf mich ein, und ich sacke zusammen. Den Kopf an die Tür gelehnt, schluchze ich leise. Papa muss gewusst haben, wie diese Tür funktioniert. Und er muss gewusst haben, wie nahe sein eigener Tod bevorstand, dennoch ist er das Risiko eingegangen.

Bevor ich mich eines Besseren besinnen kann, hebe ich den Arm und drücke meinen Finger auf den Skorpionstachel. Hitze brandet durch meine Hand, und ich spüre das nun vertraute, unangenehme Rinnen der Zeit aus meinem Blut. Kurz wird mir schwindelig, wenn auch längst nicht so schlimm wie heute Nachmittag, als Wick mir zehn Jahre entzogen hat.

Dann vernehme ich ein Klicken auf der anderen Seite der Tür. Als ich dagegendrücke, schwingt sie ohne den geringsten Widerstand auf. Meine Handflächen sind dunkelrot verfärbt. Einen Moment lang bin ich voll der Bewunderung für diesen

Mechanismus und seinen Schöpfer, doch das Gefühl verwandelt sich rasch in Wut. Ich gehe hinein und lasse die Tür hinter mir einen Spalt offen stehen, damit ich nicht eingesperrt werde.

Nachdem sich meine Augen etwas an die Lichtverhältnisse gewöhnt haben, kann ich eine enge, von Fackeln erleuchtete Wendeltreppe ausmachen, wie die, die zu Lady Sidas Turmzimmer führt. Dort hinauf steige ich, weiter und weiter, bis mich am oberen Ende Dunkelheit empfängt. Ich gehe ein paar Stufen zurück, nehme eine der Fackeln aus ihrer Wandhalterung und hebe sie hoch über meinen Kopf.

Einen Moment lang verstehe ich nicht, was ich sehe. Ich stehe in einem runden Raum aus dunklem Stein, fensterlos, mit glänzendem Fliesenboden. Die Kammer hat nur einen Durchmesser von etwa zwanzig bis dreißig Schritten, doch ihre Wände verschwinden hoch über mir in den Schatten.

Erst jetzt wird mir klar, dass ich keine Fliesen unter den Füßen habe. Stattdessen ist der Boden mit Bluttalern aller Formen und Größen bedeckt, vermischt mit anderen Schätzen – Kelchen aus Gold und Silber, Perlen und Ringen, ungeschliffenen Edelsteinen, die auf dem Boden verstreut liegen wie Dreck. An der Wand hängen verrostete Zeremonienschwerter, die Klingen stumpf vor Alter. Doch Geld bedeutet mir nichts mehr, seit Papa tot ist. Ich verspüre nicht den leisesten Drang, mich zu bücken und Monats- und Jahrestaler in meine Schürze zu raffen, wie ich es womöglich früher getan hätte. Stattdessen suche ich den Raum nach etwas anderem ab, etwas, das mir besonders ins Auge fällt, etwas, das mich an Papa erinnert und mir erklärt, warum er hierhergekommen ist und wofür er gestorben ist. Doch ich finde nichts.

Enttäuschung ballt sich in meiner Kehle zusammen, zäh und bitter und erstickend.

Dann jedoch bleibt mein Blick an etwas in einem der Regale hängen – es ist ein Buch. Ich gehe hinüber und schiebe mit den Füßen das Bluteisen aus dem Weg. Es gibt keinen Grund, warum die Gerlings hier unten ein Buch aufbewahren sollten, zusammen mit all diesen Reichtümern und unzähligen in Münzen geprägten Menschenleben. Mit klopfendem Herzen schlage ich es auf, und ein vertrauter Geruch steigt mir in die Nase – nach Stroh und Metall und Holzfeuer. Die Innenseite des Einbands ist nicht bedruckt, aber ich lese einen Namen in einer eigenartig schräg stehenden Handschrift: *Antonia Ivera.*

Ich kenne den Namen nicht, dennoch scheint er an irgendetwas tief in meinem Inneren zu rühren.

Aus dem Einband lugen die Reste einer herausgerissenen Seite. Wie benebelt, ziehe ich das Porträt meiner Mutter, das ich stets mit mir trage, aus der Tasche und halte es an die Rissstelle. Es passt perfekt.

Und da wird mir alles klar. Mein Vater ist für dieses Buch gestorben.

Der Text ist – auf jeder einzelnen Seite, wie mir beim Durchblättern klar wird – von einer Bordüre aus kleinen Zeichnungen von Bäumen und Waldtieren, achtlos hingekritzelten Spiralen und Symbolen umrahmt. Und ich weiß, wer sie gemalt hat.

Ich.

Die Erinnerungen kehren zurück wie eine Springflut, an eine Zeit, *bevor* die Finsternis in unser Leben getreten ist, *vor* dem Brand in der Schmiede. Ich sitze auf dem Schoß meines Vaters, der mir mit seiner tiefen, melodischen Stimme Geschichten über die Schlange und die Füchsin vorliest; ich hocke mit dem Buch, das ich stibitzt habe, auf meinem Bett, um darin herumzumalen, was meinen Vater seltsamerweise nie gestört hat. Dieses Buch in Händen zu halten ist, als hätte ich einen Teil von Papa zurückbekommen, einen Teil von mir selbst, einer anderen Jules, die niemals gelogen hat, die keinen Hunger kannte, die niemals ihre Eltern vermisst hat oder schmerzliche Entscheidungen treffen musste.

Ich blättere zurück und will anfangen zu lesen, doch die Zeilen, noch immer in Antonia Iveras Handschrift, scheinen von den Seiten zu fließen und um mich in die Luft zu steigen. Dunkelheit hüllt mich ein. Ich kann den Punkt nicht benennen, an dem die Wirklichkeit in einen Traum übergeht, doch nach meiner Vision bei der Zaunhexe weiß ich sofort, was mich erwartet. Obwohl ich Angst habe, zwinge ich mich, mein Bewusstsein nicht zu verschließen und die Bilder – Erinnerungen – einzulassen.

Vor mir steht das Mädchen, aber sie ist viel jünger als sonst, und ihr Gesicht ist hinter einem Vorhang aus dunklem Haar verborgen. Sie sitzt an eine Wand gelehnt, im Licht einer Kerze, die Arme um die angezogenen Beine geschlungen. Um ihre Handgelenke liegen schwere Eisenketten. Sie lässt den Kopf auf die Knie sinken.

»Wir werden es niemals hier rausschaffen, nicht wahr?« Ihre Stimme ist mir so vertraut wie mein eigener Herzschlag.

Als ich mich ihr zuwende, rasseln meine eigenen Ketten. Ich strecke die Hand nach ihr aus. Lege sie auf ihre Schulter. »Doch, das werden wir«, antworte ich. »Ich habe eine Idee.«

Es ist wahr. Sie schimmert knapp unter der Oberfläche meines Bewusstseins, eindeutig da, aber verschwommen, wie ein Stein am Grund eines rauschenden Flusses.

Dann das Licht einer Kerze. Ein Buch, in meiner Hand eine dürre Schreibfeder. Ich spüre einen leichten Schmerz im Arm und sehe einen Blutstropfen in einer Ecke der elfenbeinfarbenen Seite. Obwohl das Leder des Einbands recht neu zu sein scheint – als könnte noch die Körperwärme des Tiers darin gespeichert sein –, weiß ich, dass es dasselbe Buch ist wie jenes, das ich nun in den Händen halte, während ich zitternd in der Schatzkammer der Gerlings stehe. Die Erkenntnis holt mich ein Stück zurück in die Wirklichkeit; wie aus weiter Ferne sehe ich auf meine eigene Hand hinunter, die nun hastig zu schreiben beginnt. Die Feder kritzelt einen vertrauten Namen: *Briarsmoor.*

Briarsmoor. Es ist das einzige Wort, das einen Sinn ergibt. Ich klammere mich daran fest.

Dann laufe ich, laufe durch einen uralten Wald. Zweige peitschen mir ins Gesicht, Wurzeln greifen nach meinen Fußknöcheln. Hinter mir höre ich Hundegebell, die Rufe von Jägern, spüre den Zorn und den Hunger des Mädchens, ewig, unentrinnbar. Vor mir kann ich beinahe das Dorf erkennen, die sanften grünen Hügel, die Statue der Zauberin auf dem Marktplatz. Alle Menschen, die mir auf dieser Welt etwas bedeuten, sind dort. *Briarsmoor*, wispert eine Stimme in meinem Ohr. Wenn ich es dorthin schaffe, werde ich sie retten können, genauso wie mich selbst.

Meine Panik ist durchsetzt von Trauer, von dem Gefühl, verraten worden zu sein. Jeder Schritt, jeder Herzschlag, jeder Atemzug sagt dasselbe: *meine Freundin, meine Freundin, meine Freundin, meine Freundin. Was hast du getan?*

Dann dringt etwas Neues an mein Ohr; es kommt von außerhalb meiner Vision. Meine traumschweren Lider heben sich, und es dauert einen Moment, bis mir bewusst wird, warum ich auf einem Teppich aus Bluteisen liege und sich ein scharfkantiger Edelstein in meine Wange bohrt.

Dann jedoch reißt mich das Geräusch von Schritten aus meiner Benommenheit. Hastig setze ich mich auf, als Fackelschein den Treppenschacht erhellt und der Schatten eines Mannes auf die Wand fällt. Ich höre Stimmen. Wachen.

Ich habe die Tür offen gelassen, deutlich sichtbar für jeden, der vorbeikommt. Was für eine dumme Idee, was für eine dumme Art zu sterben.

Als die Männer am oberen Ende der Treppe erscheinen, reiße ich die Arme vors Gesicht und folge wie ein Kind der panischen Eingebung meines Gehirns, dass, solange ich die Wachen nicht sehe, sie es auch nicht können. Stille breitet sich aus, und ich wappne mich, warte auf die Schreie, die mein Schicksal besiegeln werden, darauf, von groben Händen gepackt und fortgezerrt zu werden.

Doch nichts passiert. Ich senke die Hände und erkenne einen Mann, der in meine Richtung blickt, die Fackel hoch erhoben, die andere Hand auf dem Schwertknauf. Doch er bewegt sich nicht. Er atmet nicht, blinzelt nicht; nicht einmal die Flamme seiner Fackel zuckt. Das Muster aus Licht und Dunkel hinter ihm an der Wand wirkt eigenartig starr, als hätte jemand den Stein mit Feuer und Schatten beschmiert.

Ich verschwende keine Sekunde, um über den Anblick nachzudenken, der sich mir bietet. Stattdessen schleiche ich auf Zehenspitzen über den Teppich aus Reichtümern und zwänge mich an dem Mann vorbei, mein Körper angespannt vor Angst. Dann suche ich mir vorsichtig einen Weg zwischen den drei anderen Wachen hinter ihm hindurch, vorsichtig, um keinen von ihnen zu streifen, bevor ich den Rest der Treppe hinunter und zurück in den Korridor stürze. Hinter mir bricht Lärm los.

Erst als ich draußen bin, auf halbem Weg zum Stall, merke ich, dass ich das Buch zurückgelassen habe.

25

Der Wind kriecht mir unter den Mantel, und die Kälte dringt mir bis in die Knochen. Die Stute unter mir läuft im gestreckten Galopp; Kies stiebt in alle Richtungen, während wir die verlassene Straße entlangpreschen. Mein gesamter Körper schmerzt; ich hätte den Rest meines Bluteisens einnehmen sollen, das ich Caro nicht verabreichen konnte, doch meine Hast, Everless zu verlassen, hat alles andere in den Hintergrund gedrängt. Es war nicht leicht, ohne Hilfe aufs Pferd zu steigen, ganz zu schweigen davon, mich oben zu halten, während ich den Wachen am Tor eine Lüge auftischte, doch meine Angst hat mir unverhoffte Energie verliehen.

Allmählich jedoch lässt die Anspannung nach. Ich bin so erschöpft, dass ich fürchte, jeden Moment einzunicken und vom Pferd zu fallen, trotz des rasanten Ritts und der eisigen Luft, die meinen Hals und meine Arme zum Prickeln bringt. Aber irgendwoher weiß ich, wohin ich die Stute lenken muss, und als das Pferd schließlich abrupt stehen bleibt, scheinen kaum mehr als ein paar Minuten vergangen zu sein.

Karge Felder erstrecken sich zu beiden Seiten der Straße, und der unberührte Schnee glitzert im Mondlicht. Etwa hundert Meter vor mir erhebt sich eine Ansammlung verfallener Katen und größerer Gebäude. Doch sie bieten einen merkwürdigen Anblick, flimmern im Mondlicht, als wäre es Sommer und zwischen mir und dem Dorf würde heiße Luft wabern. Die Häuser glühen in der Dunkelheit, obwohl die Straßen menschenleer sind und hinter keinem der Fenster Licht brennt.

Meine Stute bewegt sich keinen Schritt weiter, sosehr ich sie auch anzutreiben versuche. Sie tänzelt nervös auf der Stelle, stampft mit den Hufen auf die gefrorene Erde und wirft den Kopf hin und her. Ich kann es ihr nicht verdenken – irgendetwas wirkt tatsächlich falsch an dem Anblick des Dorfes vor uns. Mir wird bewusst, dass ich vor Anspannung mit den Zähnen knirsche, und ich kann gerade noch dem Drang widerstehen, kehrtzumachen und zu fliehen.

Den Rest des Weges werde ich zu Fuß zurücklegen müssen. Ich versuche, meine Angst hinunterzuschlucken, während ich das Pferd an einen Pfosten am Straßenrand binde, mir meine Tasche über die Schulter schlinge und mich Briarsmoor zuwende. Nach einem letzten besorgten Blick über die Schulter gehe ich los.

Der Fußmarsch zum Dorf zieht sich ewig lang hin, und das eigentümliche Leuchten verstärkt sich, je weiter ich mich Briarsmoor nähere. Als ich den Rand des Flimmerns erreiche, wirken die Gebäude dahinter so verzerrt, dass sie sich nur mehr als helle Silhouetten vor dem Nachthimmel abzeichnen, als blickte ich durch eine beschlagene Fensterscheibe. Mein Herz fängt panisch an zu klopfen, doch es gibt kein Zurück mehr, also strecke ich die Hand nach der seltsamen Grenze zwischen Briarsmoor und der restlichen Welt aus. Wärme durchströmt meine Hand, davon abgesehen, passiert jedoch nichts, also trete ich hindurch.

Und schnappe nach Luft, als grelles Sonnenlicht mich zum Blinzeln bringt.

Entgeistert blicke ich mich um. Noch vor einem Moment war der Himmel über mir nachtschwarz und mit Sternen übersät; jetzt dagegen ist er vom fahlen Graublau eines klaren Wintertags, und eine bleiche Sonne wärmt mir kaum merklich die Wangen.

Also ist es wahr.

Zuerst erkenne ich nichts, doch dann gewöhnen sich meine Augen langsam an das Licht. Das grelle Flimmern verschwindet und gibt den Blick auf die Überreste eines Dorfes frei: eine löchrige Straße, in der immer wieder Pflastersteine fehlen, halb verfallene Häuser, die dunklen Fensteröffnungen von Glaszacken gesäumt. Ich drehe mich um und sehe dieselbe Grenze zwischen mir und dem Rest von Sempera wie einen feinen Seidenvorhang. Auf der anderen Seite kann ich vage den schneebedeckten Horizont ausmachen, unterbrochen von einer langen, grau-weißen Linie – die Straße.

Ich erschaudere. Es war eine Sache, mir vom Sekretär des Waisenhauses Geschichten über dieses Dorf erzählen zu lassen, das zwölf Stunden in der Vergangenheit liegt, doch nun tatsächlich hier zu sein ist eine völlig andere. Der Wind pfeift um die leeren Häuser.

Unsicher, was ich tun soll, beginne ich, das Dorf langsam zu umrunden. Ich weiß nicht genau, wonach ich suche – der Statue, einem Buchladen, irgendeinem Anzeichen von Leben. Doch nichts hier deutet auf die Anwesenheit von Menschen hin; alles wirkt, als wäre es schon vor Jahren dem Verfall überlassen worden. Bäume recken ihre Äste durch zerbrochene Fenster. Dächer neigen sich unter dicken Schneedecken. Beinahe wäre ich über etwas gestolpert, das die Reste eines Stuhls zu sein scheinen, zersplittert und verformt.

Als ich nach unten sehe, erkenne ich, dass der Boden übersät ist von derartigen Überbleibseln, halb verborgen im Schnee: Möbelgerippe, kaputte Teller und Schüsseln, Spielzeug und Bücher, alles bis zur Unkenntlichkeit aufgequollen vor Nässe. Ich denke an die Plünderungen, von denen der Mann im Waisenhaus gesprochen hat, und mein Magen zieht sich zusammen beim Gedanken an das Chaos, das damals hier geherrscht haben muss.

Eine Bewegung am Himmel zieht meinen Blick auf sich. Ich hebe den Kopf und sehe eine dünne Rauchsäule, die von einem Punkt im Inneren des Dorfes aufsteigt. Mir stockt der Atem. Wer könnte an einem Ort wie diesem wohnen?

Du bist schließlich auch hier, erinnert mich eine Stimme in meinem Kopf. Sicher kommen immer wieder Forscher und Plünderer nach Briarsmoor, seit die Bewohner das Dorf verlassen haben. Wahrscheinlich hat der Rauch nichts zu bedeuten. Aber selbst wenn – ich werde kaum zu Einsichten über meine Vergangenheit gelangen, indem ich weiter hier am Stadtrand herumlungere. Und obwohl ich ununterbrochen danach Ausschau gehalten habe, scheint es nirgends eine Statue zu geben, die der aus meinen Träumen ähnelt.

Also straffe ich die Schultern und gehe auf den Rauch zu.

Nach einer Weile erreiche ich ein kleines Haus, über dessen Schornstein sich bleicher Rauch kräuselt. Es wirkt nicht ganz so verwahrlost wie seine Nachbarn, und vor der Haustür ist ein schmaler Pfad von Schnee befreit. Ich wage keinen Moment zu zögern, sondern marschiere direkt zur Tür und klopfe.

Lange geschieht nichts. Dann höre ich Schritte – langsam, leicht, unschlüssig. Die Tür geht auf.

Ich weiß nicht, was ich erwartet hatte, aber die Person, die nun vor mir steht, sieht aus wie eine ganz normale Frau, wie man sie auch in Crofton oder jedem anderen Dorf findet: braunes, zu einem langen Zopf geflochtenes Haar, wettergegerbte Haut und ein selbst geschneidertes Kleid, das ihr von den mageren Schultern hängt. Sie scheint etwa in Papas Alter zu sein, vielleicht ein wenig jünger.

»Wer sind Sie?« Eine Sekunde lang wirkt die Frau erstaunt, eine Fremde vor ihrer Tür zu sehen, dann verzieht sich ihr Mund zu einem warmen Lächeln. »Guten Tag.«

»Äh –«, stottere ich, bevor ich meine Gedanken ordnen kann. »Jules. Jules Ember. Ich suche nach – Informationen. Ich glaube, dass meine Familie vielleicht hier gewohnt hat.«

Ein Moment verstreicht, während die Frau mich durchdringend mustert. »Kommen Sie«, sagt sie dann und winkt mich herein.

Ich presse meine Tasche an die Brust und folge ihr ins Haus. Im Kamin glimmt ein schwaches Feuer mit einem dampfenden Kessel darüber. An einer Wand stapeln sich Felle, und von der Decke hängen getrocknete Kräuter und Salzfleisch. Wie lange mag die Frau schon ganz allein in diesem Geisterdorf leben?

»Ich heiße Rinn«, stellt sie sich vor, während sie sich an einen grob gezimmerten Holztisch setzt und mir bedeutet, ebenfalls Platz zu nehmen. »Ich lebe hier. Für immer.«

Sie klingt nicht, als hätte sie Schwierigkeiten, die richtigen Worte zu finden – ich vernehme keine Unsicherheit in ihrer Stimme, nicht das kleinste Stottern. Dennoch ist es, als würde jemand ihre Worte aus der Luft pflücken und die Zeiten darin durcheinanderschütteln.

»Guten Tag«, erwidere ich leise. »Ich dachte, die Königin hätte das Dorf evakuieren lassen.«

Rinn lächelt. »Wem soll es in einem solchen Getümmel auffallen, ob eine einzelne Frau zurückbleibt?«, erwidert sie. »Solange das Feuer nicht zu groß wird.« Ihren Worten nach scheint sie jeden Moment damit zu rechnen, dass die Flammen aus dem Kamin schlagen, wild und gierig. Und wer weiß? Vielleicht hat sie allen Grund dazu.

Seltsame Beklommenheit erfasst mich. »Und was ist mit Ihrer Familie?«

»Mein Sohn wird sterben.« Rinn spricht ganz sachlich, doch ich höre einen Anflug von Trauer in ihrer Stimme. »Er ist krank und … er wird die Flucht nicht überstehen. Und noch eine andere Frau bleibt bei mir. Aber sie ist am Fieber gestorben.«

»Das tut mir leid.« Ich schlucke mein Entsetzen angesichts ihrer Einsamkeit hinunter und starre sie an, versuche, die Welt zu verstehen, wie sie sie sehen muss, ihre seltsame Sprache, gespannt zwischen dem, was war, und dem, was sein wird. Vielleicht ist die Zeit um sie genauso zerschellt wie um das ganze Dorf. »Und seitdem sind Sie hier ganz allein? Wovon leben Sie denn?«

Rinn zuckt mit einer Schulter. »Von der Jagd, aus dem Garten, von Vorräten. Und Leute kommen vorbei, so wie Sie. Ich bin nicht ganz allein. Tee?«

Verblüfft nicke ich. Rinn steht auf und geht zum Kessel. »Kommen Sie heute auch zum großen Fest?«, fragt sie mich über die Schulter.

Ich runzele die Stirn. Heute findet kein Fest statt, das ist unmöglich. Das hier ist eine Geisterstadt, ein Ort, der für immer in einer Zeitanomalie feststeckt. Sie reicht mir eine Tasse, und ich nippe daran, zögere meine Antwort hinaus, um ihre Illusion nicht zu zerstören. »Vielleicht. Aber eigentlich bin ich aus einem anderen Grund gekommen. Ich wurde hier geboren«, erkläre ich langsam. »Und ich suche –« Die Wahrheit bringt mich ins Straucheln, und ich halte kurz inne. »Ich habe meine Eltern verloren. Ich kann mich nicht einmal an sie erinnern.« Wieder durchforste ich mein Gedächtnis nach der Vision von Briarsmoor, nach dem Blut und der schreienden Frau und dem Mann, der mich fortgebracht hat. »Ich erinnere mich nur an eine Wiese und eine Statue der Zauberin, die eine Handvoll Steine hält. Etwa so.« Um meine Worte zu veranschaulichen, halte ich die Hände vor den Körper, dann jedoch, plötzlich verlegen, lasse ich sie rasch wieder sinken. »Tut mir leid. Ich weiß, das ist eine seltsame Erinnerung.«

Rinn mustert mich immer durchdringender. »Ich weiß, welches Haus Sie meinen, das der Morses. Ein Kaufmann mit seiner Frau mit deren Familie. Naomi Morse.«

Enttäuschung wallt in mir auf, gefolgt von Frust – wer ist dann Antonia Ivera?

Rinn fährt fort: »Sie lebt mit ihrem Mann, ihrer Schwester und deren Kindern in einem alten Herrenhaus ein Stück westlich von hier, ganz am Rand des Dorfes.« Sie legt den Kopf schief und starrt mich angestrengt an, als versuchte sie verzweifelt, mein Gesicht einzuordnen. »Ich bin Naomis Hebamme.«

Ein Schauder überläuft mich bei der Andeutung, dass diese Leute noch am Leben sein könnten. Ich umklammere die Armlehnen meines Stuhls, und mein Puls beschleunigt sich, sosehr ich auch versuche, mir keine Hoffnungen zu machen. Gut möglich, dass dies bloß ein weiteres Gespinst ihres zeitverwirrten Gedächtnisses ist. »Könnten Sie mir sagen, wie ich dorthin komme? Ich glaube – ich würde mich gern einmal dort umsehen.«

Rinn blinzelt. »Oh, meine Liebe«, sagt sie dann. »Das Haus steht in Flammen.«

Mir wird das Herz schwer. »In Flammen?«

Rinn legt ihre braune Hand auf meine, und ein gehetzter Blick tritt in ihre Augen. »Wir müssen weg«, zischt sie, »wir müssen –«

»Rinn.« Ich ergreife sie bei den Schultern. »Kein Haus steht hier in Flammen.«

»Jules, sagten Sie?« Sie wirkt nun etwas ruhiger. »Naomi Morse, nun ... es heißt, sie sei eine Hexe. Eine echte.«

»Und darum haben sie ihr Haus in Brand gesteckt?« Meine Kehle ist plötzlich eng, und ich habe Mühe, die Worte hindurchzuzwängen. »Haben sie sie getötet?«

Sie schüttelt den Kopf. »Naomi stirbt«, sagt sie. »Das sehe ich. Ich glaube, es ist besser für sie. Ihr Mann, ihre Schwester, deren Kinder – sie sterben alle im Feuer. Am Ende werden wir alle sterben, aber mich kommt nicht das Feuer holen. *Sie* kommt.« Ihre Stimme senkt sich zu einem Flüstern.

Ich greife nach meiner Teetasse, und meine Finger umklammern den gebrannten Ton, als wollten sie ihn zerbrechen. »Wer? Wer ist *sie*?«

Sie starrt mich an, blinzelt. »Das Haus stürzt ein. Wir müssen hier weg.«

Ihre Augen sind glasig geworden, leer, als würde sie für einen Moment in die Vergangenheit blicken. Dann füllen sie sich mit Tränen. Sie neigt den Kopf. Trauer verschleiert ihr Gesicht, und zu meiner Überraschung spüre ich sie ebenfalls. Ich denke an die Schreie aus meiner Vision, die verschwommenen Gesichter, die sich um mein Bett versammelten. Wenn ich richtigliege, dann war Naomi Morse meine Mutter, und die Gesichter gehörten meiner Tante und deren Kindern. Und sie alle sind schon vor langer Zeit gestorben.

»Kannten Sie – Naomis Ehemann?«, frage ich heiser und kann gerade noch verhindern, dass mir *meinen richtigen Vater* herausrutscht. Papa ist mein richtiger Vater, wenn auch nicht mein leiblicher.

»Ezra ist ein windiger Kerl«, antwortet sie nach einer Weile. »Steht wie aus heiterem Himmel auf der Straße, im Reisemantel, die Taschen voll mit frisch geprägtem Bluteisen. Verrät nie, wo er gewesen ist, wie man hört – ich bin nicht einmal sicher, ob Naomi es weiß.« Sie trinkt einen Schluck Tee, und ihr Lächeln wirkt plötzlich traurig. »Aber es gibt Gerüchte.«

»Was für Gerüchte?« Meine Finger schmerzen, so fest umklammere ich meine Teetasse, aber ich kann nicht loslassen.

»Dass er besessen von Zeit ist, von schwarzer Magie. Manchmal geht er in eine Taverne oder besucht einen Freund, und dann … scheint die Nacht länger zu dauern als sonst. Manche Leute behaupten, er würde ihnen heimlich manipuliertes Bluteisen in den Tee mischen. Auch mir wird es mehr als einmal passieren, wenn Ezra und Naomi zu Besuch kommen. Dann essen und lachen wir bis spät in die Nacht, könnte man meinen, aber wenn sie wieder gehen und ich auf die Uhr sehe, ist bloß eine Stunde vergangen, vielleicht zwei.« Sie lacht in sich hinein. »Er verunsichert die Leute – glaubt an alle möglichen seltsamen Götzen. Und er spricht schlecht von der Zauberin.«

Ich spüre ein Kribbeln im Nacken, als mich eine Erkenntnis trifft wie ein Blitz. »Und das Baby?«, frage ich atemlos, ohne mich darum zu scheren, ob es vielleicht aufdringlich ist, derart nachzubohren.

Rinns Gesicht wird wieder traurig, als die glücklichen Erinnerungen an Ezra und Naomis Besuche von etwas überschattet werden, was später kam. »Ein Mädchen, das mit einem Stein im Mund auf die Welt kam«, sagt sie schließlich. Ich sehe Inas Gesicht vor mir. »Ein Omen. Die Menschen haben Angst, sie glauben, das Baby sei die Wurzel von allem …« Sie blickt auf ihre Hände.

Mein Atem geht flach, und mir ist schwindelig, als stünde ich am Rand eines Abgrunds. Ina ist mit einem Stein im Mund zur Welt gekommen. Das weiß jeder. Aber wenn das Haus aus meinen Träumen mein Zuhause war, wenn Naomi meine Mutter war …

»Einige von uns, Naomis Freunde, werden zum Haus gehen – dem, was davon übrig ist –, nach dem Feuer. Wir wollen die Morses beerdigen, bevor alle das Dorf verlassen.« Sie hält kurz inne. »Die Königin …«, sagt sie dann. »Die Königin will sie haben.«

»Wen?«, hauche ich.

»Das kleine Mädchen, das Baby«, antwortet Rinn. Langsam breitet sich ein trauriges Lächeln über ihre Gesichtszüge. »Aber Naomis Bruder lässt es nicht zu.« Sie sieht zu mir hoch, die Augen weit aufgerissen vor Angst. »Wir müssen ihm Zeit verschaffen.«

»Wem?«, frage ich. »Naomis Bruder?«

Sie nickt. »Dem Schmied.«

Mir stockt der Atem. »Pehr?«

»Ja, stimmt, das war sein –«

Mir bleibt keine Zeit, um weiter über diese Enthüllung nachzudenken, denn mit einem Mal verzerrt sich Rinns Gesicht wie unter Schmerzen, und sie schreit auf, presst sich die Hand aufs Herz. Ich lasse meine Tasse fallen und eile zu ihr. Von Nahem rieche ich den Kamillenduft in ihrem Atem, sehe die Flecken auf ihrem Kleid.

Sie klammert sich an mich. »Das andere, nehmt das andere«, japst sie.

»Welches andere, Rinn?«

»Das Baby. Ihren Zwilling. Aber – aber – es ist zu spät. Sie nimmt sie mit …«

Rinns Stimme erstirbt, sie lässt meine Hand los. Ich weiche einen Schritt zurück und sehe, wie ein roter Fleck auf dem Stoff über ihrem Herzen erblüht. Langsam, behutsam, schäle ich die dicke Wolle beiseite.

In ihrer Brust klafft ein Schnitt, die Ränder gesäumt von dunkelroter Farbe, wie ich sie nur zu gut kenne – Mava, das tödliche Siegel der Königin. Blut quillt aus der Wunde, so frisch und sprudelnd wie an jenem Tag, als es zum ersten Mal vergossen wurde.

Als sie sich nicht mehr bewegt, halte ich ihren Körper noch eine Weile länger in den Armen, zu entsetzt, um mich zu rühren. Ihr warmes Blut rinnt mir über die Beine und sickert in die Ritzen der Holzdielen um uns. Schließlich finde ich die Kraft, sie vorsichtig zu Boden gleiten zu lassen. Zitternd stehe ich auf und sehe mich nach einem Laken um, mit dem ich sie zudecken kann –, um dann aus diesem Dorf zu fliehen und nie, nie wiederzukommen.

Ich habe mich kaum umgedreht, als hinter meinem Rücken ein Geräusch ertönt und mir einen erstickten Schrei entlockt. Ich wirbele herum und sehe Rinn, die sich aufgesetzt hat und mich verwirrt ansieht. Ihr Kleid ist sauber und tadellos, meines dagegen ist noch immer mit ihrem Blut verschmiert.

»Wer sind Sie?«, fragt sie. »Guten Tag.«

26

Als ich abermals die Grenze zwischen Briarsmoor und dem Rest der Welt überschreite, senkt sich auf der Stelle Dunkelheit über mich. Der klare, kalte Winternachmittag weicht einer frostigen Nacht, kurz vor dem Morgengrauen. Mir wird schwindelig und übel durch den abrupten Wechsel – Menschen sind nicht dafür geschaffen, sich auf diese Weise durch die Zeit zu bewegen. Doch während meine Augen sich an die Dunkelheit gewöhnen, erkenne ich die Silhouette meiner Stute, die ich am Straßenrand angebunden habe.

Sie wiehert dankbar, als ich sie zurück Richtung Everless lenke. Ich wünschte, ich könnte genauso stolz und unbeschwert dahintraben.

Rinns Worte hallen mir durch den Kopf. Mein Kleid ist mit ihrem Blut befleckt, Blut, das sie seit siebzehn Jahren immer und immer wieder vergießt. Nachdem ich meinen Schreck überwunden hatte, habe ich sie gebeten, mit mir zu kommen, in dem Glauben, ich könnte sie aus der Zeitschleife befreien, in der sie gefangen ist. Doch sobald sie die Türschwelle ihres Hauses überschritt, wurde ihr Blick leer. Als ich versuchte, sie nach draußen zu ziehen, begann sie zu schreien und hörte erst auf, als ich sie losließ und mich allein auf den Weg machte.

Sterben, sterben, sterben, immer wieder. Wie vermessen von mir zu glauben, ich könnte sie von einem solch machtvollen

Bann befreien. Trauer nagt an meinem Herzen, um Rinn, um das Dorf. Um eine Familie, die ich nie kannte, verbrannt zu Asche.

Doch mehr als alles andere kreisen meine Gedanken um die Wahrheit, die langsam, aber sicher vor mir Gestalt annimmt. Immer wieder huschen sie zurück zu Ezra Morse, dem Mann, der offenbar den Lauf der Zeit drosseln konnte, wenn er glücklich war. Und als ihm zwei Töchter geboren wurden, blieb sie vollends stehen, genau wie sie es gestern für mich getan hat, als Caro zu ersticken drohte.

Pehr – Papa – war mein Onkel. Die Morses müssen meine leiblichen Eltern gewesen sein, mein leiblicher Vater ein Fremder, der hin und wieder wie aus dem Nichts in Briarsmoor auftauchte. Ein Mann, der die Zauberin verachtete, obwohl nicht weit von seinem Haus ihre Statue stand, und der den Ruf hatte, mit Magie zu experimentieren. Wenn ich das Baby war, das gerettet wurde, war ich es auch, die damals die Zeit angehalten hat? Und Ina Gold …

Ist meine Schwester? Mein Zwilling?

Unmöglich. Und Roan …

Meine Schwester wird Roan Gerling heiraten. Meine Schwester wird zur Königin gekrönt werden. Meine Schwester, die nichts von mir weiß oder jener Nacht voller Blut und Magie und Tod, in der wir getrennt wurden.

Die Lösung des Rätsels pocht durch mein gesamtes Bewusstsein: Papa ist gestorben, um mich vor der Königin zu retten. Darum hat er mich noch am Tag seines Todes gewarnt, mich ihr nicht zu zeigen.

Aber warum? Und was hat das alles mit der Zauberin zu tun, die mir immer wieder im Traum erscheint und mir ihre Hände darbietet, während ich mit einem Messer in der Hand auf sie zustürme?

Was hat die Königin mit all dem zu tun, was Rinn mir erzählt hat? Warum wollte sie so dringend ein Ziehkind, das in Briarsmoor geboren wurde – ein Kind, bei dessen Geburt die Zeit stehen geblieben ist?

Es sei denn, die Königin ... *ist* die Zauberin.

Die Erkenntnis versetzt mir einen Schlag, erst glühend heiß, dann kalt auf meinen Wangen. Ich versuche, mir einzureden, dass es bloß die Luft ist, die mir ins Gesicht peitscht.

Sie wollte *mich*. Das Kind, das die Zeit anhalten konnte.

Ich wurde gerettet. Und dabei von Inas Seite gerissen, die an meiner statt der Königin übergeben wurde.

Bedeutet das, dass ich die Einzige von uns beiden bin, durch deren Adern verborgene Kräfte strömen?

Wenn die Königin wirklich die Zauberin ist, bin ich ihr direkt in die Arme gelaufen und habe eine Schneise aus Chaos und Zerstörung hinterlassen. Aber was kann sie von mir wollen? Die Königin mag kaltherzig und grausam sein, aber meiner Schwester hat sie niemals etwas angetan. Wenn die Königin dachte, Ina sei das Kind mit dem Stein im Mund gewesen, hat sie ihren Irrtum womöglich noch gar nicht bemerkt?

Was natürlich eine genauso drängende Frage aufwirft, und mir schwirrt der Kopf beim bloßen Gedanken daran: Wer bin ich? Warum hat meine Geburt die Zeit ins Stocken gebracht? Warum ist mein Bluteisen zu einer Kugel erstarrt und Caro im Hals stecken geblieben, sodass niemand anderer außer mir es einnehmen kann?

Doch schließlich schiebt sich ein weiterer, noch verstörenderer Gedanke vor alles andere wie eine schwarze Rauchwolke, so dicht, dass meine Augen zu brennen und tränen beginnen. Ich denke an die Geschichten, die ich als Kind erfunden habe: wie die unschuldigen Spiele zwischen Füchsin und Schlange immer bösartiger wurden, bis sich eines Tages die Schlange um das Herz der Füchsin wand und ihr die Lebenskraft raubte. Was ist, wenn es gar nicht die Königin ist, vor der die Menschen sich fürchten sollten?

Was ist, wenn ich es bin?

Papa liegt in einem anonymen Grab irgendwo im Wald verscharrt. Er könnte noch am Leben sein, wenn ich nicht beschlossen hätte, nach Everless zu gehen. Er könnte noch am Leben sein, wenn er mich vor siebzehn Jahren in Briarsmoor hätte sterben lassen, zusammen mit Naomi Morse.

Ich starre hinunter auf meine blut- und mavaverschmierten Hände, während die Stute mit mir durch die Dunkelheit galoppiert. Ich kann nicht zurück. Ich muss Everless verlassen. Ich muss weit, weit fort von hier. Aber wie soll ich reisen ohne Geld – und wohin soll ich gehen?

Rasch formt sich ein Plan in meinem Kopf. Ich werde nach Everless zurückkehren, jedoch nur, um meine Habseligkeiten zusammenzusuchen und mir ein sauberes Kleid anzuziehen. Ich wünschte, ich könnte auch das Buch mitnehmen, aber die Gerlings werden inzwischen eine Wache vor der Schatzkammer postiert haben, also muss ich mir das aus dem Kopf schlagen. Ich werde es zurücklassen müssen und mich heimlich durch den Dienstboteneingang davonstehlen. Mit ein wenig Glück werde ich weit weg sein, bevor mich jemand vermisst.

Der Gedanke, nicht von meinen Freunden Abschied nehmen zu können – von Lora und Hinton, die sich um mich gekümmert haben, als die Trauer um Papa am schlimmsten war, von

Ina, meiner *Schwester* –, fährt mir wie ein Messer zwischen die Rippen. Auch Caros Gesicht huscht mir durch den Kopf, doch gleich darauf fallen mir ihre sauberen Hände wieder ein, ohne die Mavafarbe der Schatzkammertür. Ihre Arme, ohne die Spuren eines Aderlasses. Ivan hat für sie gelogen. Und *sie* hat *mich* belogen.

Vielleicht kann ich all die Rätsel entwirren, wenn ich Everless erst verlassen habe. Und eines Tages zurückkehren.

Ich treibe die Stute an.

Wie in Trance, reite ich zurück nach Everless. Bald schon habe ich das Tor passiert und eile durch die Dienstbotenflure, bis ich den Schlafsaal erreiche, der glücklicherweise verlassen ist, während jeder seinen alltäglichen Pflichten nachgeht. Es dauert nicht lange, bis meine Sachen gepackt sind. Einen Moment lang bleibe ich neben meiner schmalen Pritsche stehen, die zwar hart und unbequem, doch für kurze Zeit mein Zuhause gewesen ist. In der Stille des Schlafsaals wechsele ich rasch mein Kleid und stopfe das blutverschmierte in den Kamin. Dann ziehe ich mir Inas weiches Paar Handschuhe über die noch immer dunkelrot verfärbten Finger. Kurz darauf schlüpfe ich aus dem Hinterausgang. Ich versuche, an nichts anderes zu denken als an das jeweils nächste unmittelbare Ziel – diese Tür, jene Treppe – auf meinem Weg nach draußen. Erst als eine männliche, samtige, vertraute Stimme meinen Namen ruft, lichtet sich der Nebel in meinem Kopf, und ich bleibe stehen. Drehe mich um.

Zum ersten Mal, seit ich den Schlafsaal verlassen habe, nehme ich meine Umgebung wahr: Ich bin schnurstracks in den Rosengarten marschiert, so lieblich wie immer unter all dem Schnee und Eis. Mit Ausnahme der Pfade, die sich zwischen den Beeten hindurchwinden, ist die Schneedecke unberührt und blendend weiß. Und inmitten all dessen steht Roan Gerling in seinem grünen Jagdumhang, die Wangen gerötet, Schneeflocken in Haar und Wimpern.

Ich habe Roan seit Tagen kaum zu Gesicht bekommen. Doch ihn jetzt vor mir zu sehen, vor all dem Weiß und Schwarz und Grau des Gartens, löst eine wahre Flut an Gefühlen in mir aus. In einer Hand hält er lässig ein Gewehr mit elegantem Bronzegriff, während er sich mit der anderen das Haar aus dem Gesicht streicht.

»Jules!«, ruft er noch einmal, und sein Lächeln ist strahlender als die schwache Morgensonne über uns. »Wo warst du denn?«

Beinahe hätte ich aufgelacht, als ich an die Taverne denke, die Gasse mit dem Laden des Zeitpfänders, die Schatzkammer, das verlassene Dorf. Mich überkommt der Drang, ihm alles zu erzählen, als ich ihm in die Augen sehe, die blau wie der Sommerhimmel sind und Verständnis und Trost versprechen. Schließlich kennt er mich länger als jeder andere hier. Doch ich beiße mir im letzten Moment auf die Zunge. »Ich war mit meinen Pflichten beschäftigt«, antworte ich und weiche seinem Blick aus. »Und außerdem warst du doch selbst unterwegs. Mit Lady Gold.« Die Worte gleiten kalt durch meine Kehle. Noch während ich sie ausspreche, wird mir klar, dass Ina und die Königin inzwischen ebenfalls nach Everless zurückgekehrt sein müssen, wenn Roan hier ist. Ich sollte machen, dass ich wegkomme, bevor ich einer von ihnen begegne. Ich weiß nicht, ob ich Ina in die Augen sehen könnte, ohne sofort mit der Wahrheit über uns beide herauszuplatzen. Und die Königin …

Doch Roan reißt mich aus meinen Gedanken, indem er den

Kopf schief legt; sein gewohntes Lächeln ist verschwunden. Stattdessen wird sein Blick ernst. Er tritt auf mich zu, und ich umklammere unwillkürlich den Beutel über meiner Schulter.

»Jules.« Mein Name klingt nun sanfter aus seinem Mund, doch sein Blick ist noch immer prüfend. »Ist alles in Ordnung?«

Ein Bild von ihm schießt mir in den Kopf, wie er als Kind von einem Ast unserer Eiche den Arm zu mir herunterstreckt, um mir hinaufzuhelfen. Die Worte sprudeln mir in einem unaufhaltsamen Schwall über die Lippen. »Liebst du sie?«

Roan stutzt, die Hand halb nach mir ausgestreckt. Er runzelt die Stirn. »Was?«

Scham und Furcht wallen in mir auf, und ich fühle mich so klein, so leer. Aber ich werde Everless verlassen, ich werde Roan Gerling nie wiedersehen, also spreche ich weiter: »Ina. Liebst du sie?«

Roan blinzelt. Schluckt. Er tritt noch einen Schritt auf mich zu, so nah, dass ich den leichten Pinienduft wahrnehme, den seine Haut verströmt. Keine Spur von Lavendel oder Rosenwasser. Er nimmt einen tiefen Atemzug, und ich meine, ein Zittern darin zu vernehmen.

»Nein«, sagt er schließlich. »Ich liebe sie nicht.«

Ich bin wie versteinert, wie gelähmt. Ich kann mich nicht rühren, nicht einmal, als Roan die Hand ausstreckt und meine ergreift.

»Du bist wieder da«, fährt er unsicher fort. »Du bist wieder da, und du hast mir so gefehlt, und darum … darum kann ich Ina nicht mehr mit denselben Augen sehen wie früher. Nicht, wenn ich weiß, dass du zurück auf Everless bist.« Er kommt noch näher. Ich spüre seine Wärme, seinen Atem in meinem Haar.

»Roan …« Ich bin nicht sicher, was ich überhaupt sagen will – dass es in Ordnung ist oder dass er ein Feigling ist, weil er Ina trotzdem heiraten wird, dass er mich loslassen soll, dass er näher kommen soll.

Roan, der Junge, der jeden Tag nach einem anderen Parfüm riecht.

Roan, der Junge, mit dem ich einst Fangen gespielt habe, mit dem ich lachend über Wiesen voller Wildblumen getollt bin. Der Junge, der noch heute nichts mehr liebt als den Luxus von Everless: die gebratenen Gänse, die Kelche mit prickelndem Alkohol, die Gartenfeste mitten im Winter.

Worte überschlagen sich in meinem Kopf, ein Dickicht aus verworrenen Erinnerungen und Emotionen.

Doch wie sich herausstellt, spielt das keine Rolle, denn Roan trifft die Entscheidung für uns. Er beugt sich vor, und bevor ich reagieren kann, bevor ich auch nur einen klaren Gedanken fassen kann, treffen seine Lippen auf meine.

Ich keuche auf. Einen Moment lang bin ich wie erstarrt. Dann jedoch bricht ein Kampf in mir los, der mich bis in die letzte Körperzelle erfüllt; von meiner Brust aus strahlt er nach außen, bis jede Faser mir gleichzeitig zuzuschreien scheint, aufzuhören und mich noch enger an Roan zu pressen. Es ist die zweite Option, die sich rasch durchsetzt. Roan gräbt seine Finger in mein Haar und hebt mein Gesicht an, woraufhin meine Arme sich wie von selbst um seine Taille schlingen und ihn an mich ziehen. Verlangen durchzuckt mich – nicht nur nach Roan, sondern auch danach, selbst begehrt zu werden, genauso geliebt zu werden, wie ich ihn geliebt habe, als ich noch ein kleines Mädchen war, danach, dazuzugehören und das Glück meiner Kindheit wieder aufleben zu lassen, es *wahr* sein zu lassen – und löscht die finsteren Enthüllungen der vergangenen Nacht auf einen Schlag aus.

Roan streicht mir über die Wange und umfasst mein Gesicht, und mich durchläuft ein Schauer nach dem anderen. Ich spüre einen rasenden Pulsschlag an der Stelle, wo seine Hand meinen Hals berührt, doch ich kann nicht sagen, ob es seiner ist oder meiner. Erst als wir innehalten, um Luft zu holen, fällt mir auf, wie still es um uns geworden ist.

Ich habe die Geräusche des Gartens kaum wahrgenommen, bis sie plötzlich verschwunden waren – und nun scheint ihre Abwesenheit umso lauter. Um uns herum herrscht Totenstille.

Nein.

Roan spürt, wie ich mich versteife. Er löst sich von mir und blickt mir fragend in die Augen, ein kleines Lächeln auf den Lippen. Dann bemerkt auch er die Stille. Er sieht sich um und zieht die Brauen zusammen.

Ich weiß genau, was er empfindet. Nichts wirkt *falsch* – doch die komplette Reglosigkeit des Gartens sticht direkt ins Auge, und ich erkenne die Verwirrung in Roans Gesicht, als ihm klar wird, dass die Äste der Bäume sich nicht mehr im Wind wiegen, dass die beiden Vögel, die im Becken eines nahen Springbrunnens gebadet haben, mitten im Planschen erstarrt sind, dass die fedrigen Wolken nicht über den Himmel ziehen, sondern dahängen, als wären sie Teil eines Gemäldes.

Ich habe die Zeit angehalten, schon wieder. Und dieses Mal ist jemand bei mir. Roan sieht auf mich herunter, und der Ausdruck in seinen blauen Augen wandelt sich langsam von Staunen zu Furcht. Der Anblick versetzt mir einen Stich.

Doch der in die Länge gezogene Moment endet abrupt. Der Knall einer zugeschlagenen Tür und ein lauter Fluch hallen durch die Stille – jemand von außerhalb der Starre, die ich über den Garten geworfen habe. »Da ist sie!«, ruft ein Mann.

Plötzlich übertönen schwere, eilige Schritte die zurückkehrenden Geräusche im Garten. Ich lasse Roan los, und als wir uns umdrehen, sehen wir drei Everless-Wachen auf uns zustürmen. Ich bin zu schockiert, um zu reagieren, als der vorderste von ihnen mich beim Arm packt.

»Was – was soll das?« Roans Stimme klingt finster. Er wirkt blass und ernsthaft erschüttert. Dann weiten sich seine Augen. »Liam!«

Wieder fahre ich herum und sehe Liam, der mit wehendem schwarzem Mantel durch den Garten auf uns zugestapft kommt.

»Zur Seite, Roan«, blafft Liam, als wäre er kein bisschen überrascht, seinen Bruder hier bei mir zu sehen. »Du hast mit Miss Embers Verhaftung nichts zu schaffen.«

Mir bleibt die Luft weg, Roan jedoch macht einen Schritt vorwärts, und seine Hände ballen sich zu Fäusten. »Verhaftung? Mit welcher Begründung?«

Doch seine Worte verklingen in der Luft, als einer der Männer mir die Handschuhe abstreift und die dunkelrot verfärbte Haut darunter zum Vorschein kommt. Da hat er seine Antwort.

Liams Blick bohrt sich in meinen. Er strahlt pure Bosheit aus, seine Lippen zu einem brutalen Schlitz zusammengepresst, seine Augen von bodenloser, unergründlicher Schwärze. Er gibt seinen Männern ein knappes Zeichen. »Abführen.«

Roan steht reglos da, während zwei der Wachen mich unsanft bei den Armen packen und aus dem Garten zerren. Flehend sehe ich mich zu ihm um, warte darauf, dass er einschreitet, dem Ganzen ein Ende macht, doch das tut er nicht. Er schaut einfach zu, wie die Männer mich mitnehmen. Ich schmecke bittere Enttäuschung auf der Zunge – nicht so sehr Enttäuschung über Roan, sondern eher über mich selbst, dafür, dass ich so viele Träume in die Hände eines Jungen gelegt habe, der nicht einmal den Mund aufmacht, um mich zu retten.

Liam geht neben den Wachen her, seine Schritte sind entspannt, seine Augen starr geradeaus gerichtet.

»Nicht schreien«, warnt er mich.

Ich beiße vor Wut die Zähne zusammen, als wir aus dem Garten in einen weiteren Innenhof gelangen, in dem eine schlichte, fensterlose Kutsche wartet. Die hinteren Türen stehen offen.

Die Wachen stoßen mich grob hinein, und ich lande unsanft auf Händen und Knien. Sofort rappele ich mich wieder hoch, stütze mich an den Wänden ab, doch es ist zu spät – die Türen schließen sich, und ich bin im Dunklen eingesperrt. Das Letzte, was ich sehe, bevor das Licht schwindet, ist Liam, der seine Kapuze aufsetzt.

27

Es kommt mir vor, als dauerte die Fahrt Stunden, und nach einer Weile ebbt der wilde Strudel meiner Gedanken zu lähmender Furcht ab. Als ich Briarsmoor verlassen habe, war ich der Wahrheit so nah, dass ich sie bereits in meinem Kopf summen hören konnte. Jetzt dagegen scheint es, als würde ich sie niemals herausfinden und stattdessen enden wie Papa, ausgeblutet und allein in der Kälte zum Sterben zurückgelassen.

Irgendwann bemerke ich, dass das Rattern der Räder auf der Straße in weicheres Rumpeln übergeht – als rollten sie über Gras. Dann hält der Wagen an. Plötzlich fliegen die Türen auf, Licht fällt herein, blendet mich. Ich stemme mich hoch zum Sitzen und schirme meine Augen ab, bis ich an der Silhouette in der Tür Liam erkenne, der sich mit einem Fuß auf den Rand des Wagens stützt. Hinter ihm sehe ich etwas, das einem offenen Feld gleicht, ohne auch nur eine Straße, die hindurchführt.

Bitterer Hass wallt in mir auf und vermischt sich mit meiner Angst. Hat Liam mich hier ins Nirgendwo gebracht, um mich zu töten?

Einen Moment lang mustert er mich wortlos. Verachtung pocht durch meine Adern, drängt von innen gegen meinen Körper. Ich stelle mir vor, wie sie sich Bahn bricht, eine formlose Masse schwarzen Rauchs, der sich um Liams Kehle schlingt.

Doch ich weiß, wenn ich auch nur versuchen würde, diesen

Gedanken in die Tat umzusetzen, würde sich das Schwert, das lose an Liams Gürtel hängt, binnen Sekunden in mein Herz bohren.

»Da«, sagt er und tritt einen Schritt zur Seite, sodass ich an ihm vorbeisehen kann. Zuerst denke ich, er deutet auf seine drei Wachen, die in gleichmäßigem Abstand ein Stück von uns entfernt stehen – außer Hörweite, aber nah genug, um zu schießen, sollte ich versuchen zu fliehen.

Dann wandert mein Blick weiter. In der Richtung, in die Liam zeigt, erkenne ich einen verschwommenen grauen Fleck am Horizont, eine Reihe dunkler Umrisse, von denen Rauchwolken in den Himmel steigen. Eine Stadt, viel größer als Crofton oder Laista. Ich sehe wieder Liam an.

»Das ist Ambergris«, erklärt er. »Eine Hafenstadt an der Bucht von Hunt. Warst du schon einmal dort?«

Ich verschränke die Arme vor der Brust.

»Das werte ich als ein Nein«, fährt Liam nach ein paar Sekunden fort. »Jedenfalls wohnen dort über hunderttausend Menschen. Dort kannst du untertauchen.« In seiner Stimme liegt keinerlei Bosheit – stattdessen klingt sie ruhig, klar, eindringlich, als wollte er mich zu etwas überreden. »Du kannst einen neuen Namen annehmen, dir ein neues Leben aufbauen.«

Liam bückt sich nach etwas zu seinen Füßen. Dann richtet er sich wieder auf und lässt ein Bündel zwischen uns auf den Boden der Kutsche fallen. Zu meiner Überraschung ist es eine kleine, aber schwere Börse voller Bluteisen. »Auf Everless kannst du nicht bleiben«, sagt er.

»Das weiß ich«, fauche ich ihn an. Tränen der Bestürzung und Wut brennen in meiner Kehle. »Aber sag mir eins: Jetzt, wo du einen Beweis dafür hast, dass ich in die Schatzkammer eingebrochen bin, warum lässt du mich nicht dafür bluten? Wenn du mich so sehr hasst, warum gibst du mir diese Chance?«

Liam wirkt verblüfft, wenn auch nur für einen Moment. Er blinzelt, dann hebt er die Hand und nestelt nervös an der Schnalle seines Umhangs.

»Ich hasse dich nicht, Jules«, erwidert er mit rauer Stimme. »Aber verstehst du denn nicht? Du bist in Gefahr.«

»Ja, *deinetwegen*!«, fahre ich ihn an. »Weil du gelogen hast. Tu nicht so, als wüsstest du nicht, wovon ich rede. Wenn du damals dazu gestanden hättest, dass du Roan ins Feuer stoßen wolltest, hätten wir nicht fliehen müssen. Aber du hast die Schuld auf meinen Vater geschoben und uns gequält, nachdem er sich sein Leben lang für dich und deine Familie krumm geschuftet hat. Everless war unser Zuhause, und du hast uns von dort vertrieben.« Meine Stimme wird immer lauter, während die Worte aus mir hervorbrechen. »Es ist deine Schuld, wie wir leben mussten. Es ist deine Schuld, dass mein Vater tot ist.«

Liam sieht aus, als hätte ich ihm ins Gesicht geschlagen, dann jedoch ändert sich etwas in seinem Blick. »Jules«, sagt er, leise, aber mit fester Stimme. Wieder fällt mir sein Notizbuch ein, meine Geschichten darin.

»Du weißt etwas über mich, hab ich recht?«, bezichtige ich ihn, bevor er weiterreden kann. Doch da ergreift langsam und schmerzvoll eine Erkenntnis Besitz von meinem Herzen.

Das Feuer.

»Du hast mich damals Hexe genannt«, flüstere ich, halb an mich selbst gewandt.

Die Flammen, die aus der Esse nach Roan schlugen. Die im Begriff waren, ihn zu töten.

Vielleicht habe ich das Feuer damals zum Erstarren gebracht, genau wie heute die Luft im Garten, als Roan mich geküsst hat. Vielleicht habe ich die Zeit angehalten.

»Du hast gesehen, wie ich die Zeit angehalten habe«, flüstere ich, denn ich muss den Gedanken aussprechen, um ihn erfassen zu können.

Es dauert eine Weile, bis Liam antwortet. »Mehr als das. Ich habe gesehen, wie du sie zurückgedreht hast. Ich habe Roan gestoßen, und das geschmolzene Metall aus dem Kübel hat sich über ihn ergossen – aber du hast ihn gepackt und zurückgerissen. Er hatte nicht mal Verbrennungen.« Er senkt den Blick, als würde er sich schämen. »Du hast ihn gerettet. Ich wollte nie, dass er zu Schaden kommt. Aber wenn du geblieben wärst und jemand anderer herausgefunden hätte, zu was du fähig bist …«

Nach und nach legt sich meine Panik und lässt nichts als einen schalen Geschmack in meinem Mund zurück. Ich sollte die Wut in meinem Herzen beschwichtigen und mich wieder auf das Geheimnis um den Tod meines Vaters konzentrieren, aber Liams Worte … Ich gerate ins Taumeln unter ihrem Gewicht.

Papas Hass auf Everless und die Gerlings war stets tiefer, als es jede Vernunft gebot. Es sei denn, er hat sich absichtlich hineingesteigert, um eine Mauer aus Schweigen zwischen mir und der gefährlichen Wahrheit zu errichten.

Liam reißt mich aus meinen Gedanken. »Dein Vater hat mir nie vertraut. Aber auch er wusste, dass du auf Everless nicht sicher warst.« Ein bitteres Lächeln huscht über sein Gesicht. »Ich kann mir vorstellen, wie er über mich geredet hat, dich gewarnt hat, dich von mir fernzuhalten. Das konnte ich in deinem Blick lesen, als wir uns vor der Schatzkammer begegnet sind. Und ich nehme es ihm nicht übel. Ich war schrecklich damals. Ich hätte alles getan, um herauszufinden, was ich wissen wollte.

Aber dieser Tag damals hat mich verändert. *Du* hast mich verändert.« Wieder blickt er zu Boden. »Bitte verzeih mir, Jules. Für all das Leid, dass ich dir zugefügt habe. Ich habe immer nur versucht, dich zu beschützen.«

Mich zu beschützen. Ist das überhaupt möglich? In dem Chaos aus neuen Informationen kann ich nicht beurteilen, ob seine Worte bloß eine weitere Lüge sind oder die Wahrheit, so aufrichtig, wie sie mir noch nie zuvor begegnet ist. Er hat noch etwas in der Hand und legt es nun behutsam zwischen uns auf den Boden. Zuerst zögere ich, doch als ich Papas geschwungene Handschrift auf dem Papier erkenne, greife ich hastig danach. Dann jedoch scheint die Welt um mich ins Stocken zu geraten, als mir klar wird, dass der Brief sich an Liam richtet.

»Ich bin euch tatsächlich gefolgt« – er hält inne, als ich ihm einen warnenden Blick zuwerfe –, »aber nur, um zu helfen.« Liams Stimme ist so leise, als würde er mit sich selbst sprechen. Angespannt hebt er das Kinn und sieht mir ins Gesicht. »Nachdem ihr fort wart, habe ich dir geschrieben, um mich zu erkundigen, ob es dir gut geht. Ich habe Kuriere in jedes Dorf in der Umgebung geschickt, aber ich fürchte, meine Briefe haben dich nie erreicht. Und dann, nach dem unglücklichen Vorfall in Rodshire, hat dein Vater mir erzählt, du seist tot.« Sein Lächeln ist so verzagt wie seine Stimme. »Vermutlich wollte er erreichen, dass ich aufhöre, nach dir zu suchen. Als du zurück nach Everless gekommen bist, dachte ich mir, der beste Weg, dich in Sicherheit zu bringen, wäre, dich aus dem Schloss zu vertreiben, indem ich dir das Leben so unangenehm wie möglich mache.« Liams Stimme wird fester. »Ich bin nicht dein Feind, Jules«, sagt er, langsam, als wählte er jedes Wort mit Bedacht. »Aber du *hast* Feinde. Und zwar viele.«

Am liebsten würde ich mir die Ohren zuhalten, um nichts davon hören zu müssen, aber ich kann es nicht. Am liebsten würde ich ihn schlagen, aber ich tue es nicht. Irgendetwas tief in mir weiß, dass Liam die Wahrheit sagt. Vielleicht liegt es an seinem Gesicht, ohne das gewohnt höhnische Grinsen, das ihn ehrlich und verletzlich wirken lässt.

»Roan kann sich nicht daran erinnern, was in Pehrs Werkstatt passiert ist. Dank dir *gibt* es nichts, woran er sich erinnern könnte«, erklärt er. »Aber das heute war etwas anderes. Mein Bruder mag ein wenig naiv sein, aber er ist nicht dumm. Und er ist eine Person mehr, die Bescheid weiß.«

»Roan würde nie …« Doch ich breche mitten im Satz ab, als ich an die Angst in seiner Stimme denke, daran, wie hilflos seine Worte klangen.

»Du warst schon immer so – so vertrauensselig«, entgegnet Liam. Er setzt sich in die Tür der Kutsche, schwingt die Beine über die Kante und lehnt sich an die Wand. Mir wird bewusst, dass er mir damit den Weg versperrt, doch mein Drang zu fliehen hat sich in Luft aufgelöst. Ich sitze da, wie angewurzelt, und will endlich die Wahrheit erfahren.

Ich schlucke. *Er hat absichtlich versucht, mich von Everless fernzuhalten. Er weiß, wer ich bin.* Was *ich bin.*

Die Träume von der Statue.

»Bin ich …« Es ergibt keinen Sinn. Das kann es nicht. Und doch ist es die einzige Erklärung. »Glaubst du, ich stehe in irgendeiner Verbindung mit der Zauberin?«, frage ich.

Liam antwortet nicht gleich. Dann, zu meinem Entsetzen, breitet sich ein Grinsen auf seinem Gesicht aus, belustigt und ernst zugleich, und lässt ihn erstrahlen wie die Sonne, die durch die Wolken bricht. Gleich darauf ist es wieder verschwunden, aber mir fällt auf, dass er aussieht wie Roan, wenn er lächelt. Oder nein – eigentlich sieht er viel mehr aus wie er selbst.

Liam schüttelt den Kopf. »Nicht ganz«, sagt er. »Aber die Richtung stimmt.«

In meinem Inneren tobt ein Kampf aus Frust und Verwirrung. »Ich verstehe nicht. Du hast gesagt –«

»Als ich zum Studieren an der Akademie war«, unterbricht er mich, »musste ich immerzu an deine Geschichten über die Schlange und die Füchsin denken und daran, was in der Schmiede passiert war. Als du …« *Die Zeit zurückgedreht hast.* Er spricht es nicht aus. Stattdessen räuspert er sich. »Ich wurde wie besessen von der Geschichte des Bluteisens. Ich habe mehrere Jahre damit verbracht, die alten Legenden zusammenzutragen«, fährt er fort. »Und nicht nur an der Akademie; ich habe ganz Sempera durchkämmt, habe jedes Buch, jeden Gelehrten, jede alte Geschichte aufgestöbert, aber irgendwann musste ich meine Forschungen aufgeben. Meine Lehrer waren der Meinung, ich würde sinnlosen Hirngespinsten hinterherjagen und mein Talent verschwenden. Die Leute fingen an zu tuscheln.«

Sosehr mich die Aufrichtigkeit, mit der er mir das alles berichtet, beeindruckt, würde ich am liebsten die Augen verdrehen über den einstudierten Klang seines Vortrags. Doch ich unterdrücke den Impuls.

»Aber selbst nachdem ich mich anderen Gebieten zugewendet hatte«, redet er weiter, »gingen mir die Zauberin und der Alchimist nicht aus dem Kopf, und die Geschichten, die die Leute über sie erzählten. Es gab die verschiedensten Meinungen – Schilderungen der Zauberin, die allem widersprachen, was mir beigebracht wurde. Ich nehme an, du kennst die offizielle Version.«

Ich durchforste mein Gedächtnis nach den Geschichten, die den Dienstbotenkindern vor all den Jahren frühmorgens in der Bibliothek vorgelesen wurden. »Es heißt, der Alchimist habe der Zauberin ihre Unsterblichkeit gestohlen und in Metall gebannt, um sie beide aus der Gefangenschaft des grausamen Lords zu befreien. Später hat er behauptet, er wolle sie ihr zurückgeben, aber das war gelogen, ein Trick, um der Zauberin auch noch das Herz zu stehlen.«

»Und die zwölf Steine …«, hilft Liam mir weiter auf die Sprünge.

»Er sagte, die Zauberin müsse bloß zwölf Steine schlucken. Aber die Zauberin traute ihm nicht. Sie brachte ihn dazu, die Steine selbst zu schlucken, um ihn anschließend zu ertränken.« Ich komme mir ein wenig albern vor, als ich das alte Märchen wiedergebe, doch in Liams Blick liegt eine unheilvolle Dringlichkeit, die mir jede Illusion nimmt, dass dies bloß ein Spiel sein könnte.

»Genau. Der Punkt, an dem die Meinungen auseinandergehen«, sagt er, »ist die Darstellung des Alchimisten. Meist geht er als Dieb, als Lügner und Betrüger aus den Geschichten hervor, der die Zauberin verraten und ihr Herz mit in den Tod genommen hat. *Aber.* Es gibt andere Berichte, nach denen die Zauberin und der Alchimist noch immer unter uns leben, nach denen die Zauberin auf der Jagd nach ihm ist, um ihr Herz zurückzugewinnen. Ich frage mich nur: Wenn der Alchimist wirklich überlebt hat, wie hat er das angestellt?«

Hilflos starre ich ihn an. »Mit Magie?«

»Die zwölf Steine. Es gibt eine Theorie über die Steine, die mir einfach keine Ruhe gelassen hat. Sie besagt, jeder dieser zwölf Steine stehe für –«

»Ein Leben«, beende ich den Satz für ihn, als sich eine verschwommene Erinnerung in mir regt.

»Genau. Zwölf Leben.« Liam beugt sich ein wenig vor. »Was wäre also, wenn der Alchimist gar nicht gelogen hat? Wenn er tatsächlich einen Weg gefunden hat, der Zauberin ihre Unsterblichkeit zurückzugeben, nur eben auf andere Weise, als sie es erwartete? Sie wäre geboren worden, hätte ein normales Leben geführt, wäre gestorben ... und dann wäre sie wiedergeboren worden – mit derselben Seele, nur in einem anderen Körper, mitsamt der Weisheit all ihrer vergangenen Leben.«

Eine schreckliche Gewissheit ballt sich in mir zusammen, nimmt langsam Gestalt an.

»Sie hätte ein Leben nach dem anderen abgestreift, wie eine –«

»Wie eine Schlange ihre Haut«, nehme ich ihm die Worte aus dem Mund.

»Aber stattdessen hat sie den Zauber *ihm* aufgezwungen.« Liam redet immer schneller; sein Gesicht ist gerötet vor Kälte oder Aufregung. »Bloß, wenn es sich so zugetragen hätte, wenn der Alchemist über zwölf Leben verfügt, warum haben wir dann seither so selten von ihm gehört?«

»Was willst du damit andeuten? Dass der ganze Mythos eine Lüge ist?« Wieder steigen Erinnerungen an Briarsmoor in mir auf. An Ezra Morse, meinen leiblichen Vater, der so voller Wut auf die Zauberin war. Der besessen von der Zeit war.

»Eher, dass er unvollständig ist«, entgegnet Liam. »Was ist, wenn der Alchimist gar nicht gefunden werden will? Wenn er weiß, dass die Zauberin ihn töten würde, sobald sie ihn findet?«

Ich nicke, als ich an die Königin denke, eiskalt – *herzlos* – und älter als jeder andere Mensch in Sempera.

Liam räuspert sich. »Nun. Ich weiß, dass es schwer ist, Dinge zu tun, die anderer Leute Missfallen wecken könnten.« Ein seltsamer Glanz tritt in seine Augen, und mir wird bewusst, dass er im Begriff ist, mir etwas Großes anzuvertrauen, etwas Wichtiges, aber ich weiß nicht, ob ich bereit bin, es zu hören. Er fährt sich mit der Hand durchs Haar. »Gehen wir einmal davon aus, dass die Zauberin den Alchimisten falsch eingeschätzt hat und dass er ihretwegen unerkannt bleiben wollte. Das würde erklären, warum wir seit Jahrhunderten nichts von ihm gehört haben. Aber eines erklärt es immer noch nicht.«

»Und zwar?« Die Sonne beginnt langsam zu sinken, und Kälte dringt in meine Knochen. Ich erschaudere.

»Dich, Jules. *Dich* erklärt es nicht.« Er legt mir die Hände auf die Schultern, und ich versteife mich unwillkürlich, nur um gleich darauf erstaunt die Wärme wahrzunehmen, die er verströmt.

Liam strahlt mich an. »Die Geschichten, die du uns früher erzählt hast … Ich habe sie aufgeschrieben, so gut ich konnte, als mir klar wurde, was sie bedeuteten.« Liam blickt mich durchdringend an. »Jahrelang konnte ich keinen Sinn hineinbringen, und irgendwann habe ich es aufgegeben. Bis eines Tages in einer Unterrichtsstunde über Mathematik und Philosophie mein Professor von der schlichten Eleganz mathematischer und logischer Gesetze sprach. Er sagte: *Die kürzeste Entfernung zwischen zwei Objekten ist immer eine gerade Linie.*«

Wir schweigen.

»Ich habe so viel Zeit damit verbracht, eine Verbindung zwischen dir und dem Alchimisten zu finden. Begreifst du nicht, wie einfach die Antwort ist?«

Ich hole tief Luft. »War mein Vater der Alchimist?«

Noch während ich die Worte ausspreche, flüstert etwas in mir: *Nein*. Dann stößt Liam ein atemloses Lachen aus.

»*Du* bist der Alchimist, Jules«, sagt er. »Du bist die *Alchimistin*.«

Ich schaue ihn mit großen Augen an. Das ist doch alles nicht möglich. Gleichzeitig jedoch bohren sich seine Worte mit der Präzision, wie sie nur der Wahrheit zu eigen ist, in mein Bewusstsein. Mein Kopf beginnt zu brummen, als ich meinen eigenen Namen höre. »Aber ... mein Vater«, stammele ich, auf der Suche nach Worten.

»Jules«, sagt Liam, und seine Stimme klingt beinahe zärtlich. »Der eine oder andere magisch Begabte mag in der Lage sein, die Zeit zu manipulieren, sie zu verlangsamen oder zu beschleunigen, aber nur die Alchimistin kann sie vollkommen zum Stillstand bringen. Und es gibt noch mehr Beweise, andere Quellen – ich wünschte, ich hätte die Zeit, dir alles zu zeigen ...« Er holt Luft. »Was deinen Vater angeht ... es existieren Menschen auf der Welt, die das Wissen um die Alchimistin bewahren, die Erinnerung an deine vergangenen Leben, deine Taten – Menschen, die dich beschützen. Vielleicht war er einer von ihnen. Aber nur du bist die Alchimistin.« Wieder lächelt er, und mir ist, als würde ich meinem eigenen Körper entschweben und uns von oben betrachten.

»Aber –«, stoße ich hervor und verstumme gleich wieder. Tausend Dinge, die seinen Behauptungen widersprechen, schießen mir durch den Kopf. »*Ich* habe keine Erinnerungen an ... vergangene Leben.«

Liam sieht mir in die Augen, als suchte er nach etwas, das tief in mir schlummert. Während ich seinen Blick erwidere, fallen mir meine Träume ein. Die Geschichten.

Das Buch.

»Die Schlange und die Füchsin«, höre ich mich sagen. Mein Geist ist wie von Nebel erfüllt, der mich vor der Ungeheuerlichkeit dessen abschirmt, was Liam mir gerade erzählt hat. Würde er sich lichten, dann würde mich die Panik überwältigen, und so bin ich dankbar für den Moment der Ruhe. »Ich bin die Schlange«, murmele ich. »Und die Füchsin …«

Liam blickt sich kurz um, als könnte jemand uns belauschen. »Wer stiehlt Zeit in Sempera?«

»Deine Familie«, rutscht es mir heraus.

Liams Blick wird kurz stählern, doch dann verschwindet die Härte aus seinen Augen. »Ja, aber wir sind nicht die Einzigen.«

»Die Königin.« Meine Stimme ist leise – ich kann nicht sagen, ob vor Ehrfurcht oder Angst. Es ist derselbe Gedanke, der mir schon nach meinem Besuch in Briarsmoor gekommen ist. Die Königin ist die Zauberin.

Liam nickt. »Sie bestiehlt die Bewohner Semperas seit Jahrhunderten.«

»Und sie will *mich.*« Nicht Ina, sondern mich. Sie hat nach mir gesucht. In Briarsmoor. Aber … »Warum?«

»Du trägst ihr Herz in dir. Jules, wenn sie dich findet, wird sie dich töten. Und wenn sie dich tötet, bekommt sie ihre Macht zurück und dann …« *Die Alchimistin hat der Zauberin ihre Unsterblichkeit gestohlen.* »Du hast ihr die Macht genommen. Und im Laufe all deiner Leben hat sich dein Blut mit ihrem vermischt …« Er hält kurz inne, dann fährt er fort: »Vielleicht weiß niemand, wie mächtig du wirklich bist, Jules. Nicht einmal die Königin.«

Ich fühle mich, als wäre mir sämtliche Luft aus den Lungen gewichen. Mein finsterer, unaussprechlicher Verdacht hat sich bestätigt. Darum wollte Papa, dass ich mich von der Königin fernhalte.

Liam wendet sich ab. In der heraufziehenden Dämmerung wirkt er plötzlich müde, und die kleinen Fältchen um seine Augen erscheinen tiefer als sonst. »Darum geh«, flüstert er schließlich. »Und komm nie, nie wieder nach Everless zurück.«

Und dann, bevor das, was er mir soeben offenbart hat, vollends zu mir durchgedrungen ist, springt er vom Wagen und läuft davon.

28

Während ich Liam nachblicke, formt sich ein einziger Gedanke in meinem Kopf.

Nein.

Die volle Bedeutung seiner Worte beginnt sich zu entfalten, droht mich zu überwältigen, doch in diesem Moment gibt es etwas, das wichtiger ist als die unglaublichen Geschichten über die Alchimistin und die Zauberin.

Ina Gold.

Die Königin hält Ina für die Alchimistin. Darum hat sie sie vor all den Jahren adoptiert. Und wenn Liam recht hat, dann plant die Königin, Ina zu töten, um ihre Macht zurückzubekommen, aber sie scheint noch auf etwas zu warten … und ich weiß nicht, worauf. Doch was immer es sein mag, ich muss Ina – meine Schwester – warnen, muss sie retten, bevor sie an meiner Stelle Schaden nimmt.

Instinktiv strecke ich die Hände nach Liam aus, der sich immer weiter entfernt. Wenn er sein Pferd besteigt und davonreitet, ist es zu spät. Er wird die Tore hinter sich verschließen, sobald er Everless erreicht.

Verzweifelt will ich ihn aufhalten, und es ist, als zögen die Sekunden wie Fäden an mir vorbei – fast greifbar.

Eine Kraft aus uralter Zeit wallt in mir auf; mir wird ganz schwindelig.

Es ist nicht wie gestern, als Caro zu ersticken drohte, oder bei Roans Kuss heute Morgen. In diesen Situationen hat sich die Zeitstarre angefühlt, als wäre etwas schiefgegangen, als stimmte etwas nicht mit der Welt um mich. Jetzt dagegen hält die Zeit in ihrem Lauf inne, weil ich es *will*. Sofort legt sich der kalte Wind und mit ihm jedes andere Geräusch. Ich sehe die verschwommenen Umrisse von Liam und seinen Wachen, die kurz davor sind, auf ihre Pferde zu steigen. *Halt sie auf.*

Ein Ruck geht durch mein Blut, als die Zeit mir gehorcht und die Starre sich einer Welle gleich um mich ausbreitet. Wie eine Seifenblase schwillt sie an, bis sie das ganze Feld umfasst und die Grashalme zum Stillstand bringt. Binnen weniger Herzschläge hat sie die zwanzig Meter bis zu den Wachen zurückgelegt.

Kurz darauf erreicht sie Liam. Ich sehe sein Gesicht in dem Moment, als sie ihn verschluckt. Er blickt zu mir zurück, eine Hand nach den Zügeln seines Pferds ausgestreckt, die Augen geweitet vor Entsetzen.

Er hat es gesehen. Er hat gesehen, was ich getan habe, bevor er selbst erstarrt ist. Aber darüber kann ich mir jetzt keine Gedanken machen. Ich renne los. Das Knirschen des Schnees unter meinen Stiefeln und mein Atem beim Laufen sind die einzigen Geräusche im ganzen Universum. Keuchend bleibe ich vor dem Jüngsten der Wachen und seinem Pferd stehen, einer kleinen, stämmigen Fuchsstute. Ich lege ihr sanft die Hand auf den Hals, um sie zu wecken.

Sie kommt zu sich und reißt schnaubend den Kopf hoch. Ich pralle zurück und hebe beschwichtigend die Hände. Natürlich, für sie muss es wirken, als sei aus dem Nichts ein Mensch vor ihr aufgetaucht. »Sachte«, murmele ich so ruhig, wie mein hämmerndes Herz es zulässt. »Sachte.«

Die Stute stampft mit den Hufen auf und wiehert, doch sie gestattet es mir, mich ihr zu nähern und dem Soldaten die Zügel aus den steifen Händen zu nehmen. Ich tätschele ihr den Hals, so wie Tam es mir gezeigt hat, und sie beruhigt sich wieder. Beim Aufsteigen tänzelt sie noch immer nervös, doch als ich ihr die Fersen in die Flanken drücke, um sie von der Gruppe fortzulenken, gehorcht sie.

Von ihrem Rücken aus sehe ich, dass unsere kleine Prozession Spuren auf dem schneebedeckten Feld hinterlassen hat – tiefe Hufabdrücke und lang gezogene Furchen von den Kutschenrädern –, die mir den Weg in die hereinbrechende Dämmerung weisen. Ich kann nur hoffen, dass sie mich zur Straße nach Everless führen. Und dass meine Zeitblase andauern wird, auch wenn ich mich nicht mehr in ihr befinde, zumindest lange genug, um mir einen ordentlichen Vorsprung gegenüber Liam und seinen Männern zu verschaffen.

Ich kann nicht anders, als mich noch einmal im Sattel nach Liam umzudrehen. Da steht er, den Blick auf die Stelle fixiert, an der er mich zuletzt gesehen hat. Ich habe oft gedacht, dass er Ähnlichkeit mit einer Statue hat, mit seinen wie aus Marmor gemeißelten Gesichtszügen und dem kalten Blick. Jetzt jedoch, obwohl er nicht atmet, nicht blinzelt, wirkt er kein bisschen mehr so. Stattdessen erkenne ich Gefühle in seinen Gesichtszügen, seinen halb geöffneten Lippen, den aufgerissenen Augen. Entsetzen, Angst, Wut – aber auch etwas wie Bewunderung. Verlangen.

Die Stute des Soldaten prescht drauflos, als würde sie mich schon seit Jahren kennen, und der Weg zurück nach Everless fliegt nur so unter uns dahin. Vielleicht spürt sie die Kraft in meinem Blut, oder, wahrscheinlicher, die Ungeduld in meinem Herzen, von der Art, wie Tiere sie oft erspüren können. Wir galoppieren gen Süden, und die Sonne steht bereits hoch über dem Horizont, als ich die ersten Ausläufer von Laista erreiche und in der Ferne die gezackte Silhouette von Everless in den Himmel aufragen sehe.

Die Tore sind geöffnet und gewähren einem gleichmäßigen Strom von Wagen, beladen mit Blumen, Wein und Stoffballen, Einlass. Ich reite daran vorbei und lenke meine Stute behutsam zwischen den Wagen hindurch.

Die zwei Wachen am Tor drehen sich überrascht zu mir um und mustern verwirrt meine Dienstbotenuniform, dann das edle Pferd, auf dem ich sitze, doch bevor sie reagieren können, bin ich an ihnen vorbei. Alles um mich scheint sich langsamer zu bewegen, als hätte sich die Luft für jeden außer mir in Teer verwandelt. Ich weiß nicht, ob es abermals die Zeit ist, die um mich Kapriolen schlägt, oder das Adrenalin, das durch meinen Körper schießt – Energie gewordene Panik.

Auf dem Hof springe ich aus dem Sattel und lasse die Stute bei den Stallungen zurück. Durch einen Seiteneingang gelange ich in den Dienstbotentrakt. Selbst so früh am Morgen herrscht reges Treiben, und durch die Flure schwappt eine stetige Flut von Hausangestellten, die neben ihren gewohnten Pflichten mit den Hochzeitsvorbereitungen beschäftigt sind.

Ich fürchte, jemand könnte mich ansprechen, wenn ich mich zu auffällig verhalte, daher verkneife ich es mir, direkt zu Inas Kammer zu stürmen, sosehr es mich auch danach drängt. Mit gesenktem Kopf, die Hände dicht am Körper, marschiere ich voran, daher sehe ich nicht gleich das Gesicht der Person, die mich plötzlich bei der Schulter packt. Erschrocken blicke ich hoch, und mir schnürt es die Kehle zu, als ein blasses, edles Gesicht, umrahmt von dunklen Locken, vor mir erscheint. *Liam.* Er hat mich gefunden, jetzt schon, aber das ist unmöglich. Er –

»Jules«, raunt Roan und zieht mich zur Seite. Es kommt mir vor, als wäre mindestens ein Jahr vergangen, seit er mich im Garten geküsst hat, doch seine Nähe lässt den Moment wieder aufleben – das Herzklopfen, die Verlegenheit, die Verwirrung und die Panik. Doch ich versuche, meinen rasenden Puls zu ignorieren. Was zwischen uns passiert ist, ist heute die unwichtigste Sache der Welt.

»Ich habe nach dir gesucht. Genau wie alle anderen. Wo warst du?«, fragt er, sobald wir in einer Nische und außer Hörweite der anderen sind. Besitzergreifend schließen sich seine Hände um meine Oberarme. »Was ist passiert? Wo hat Liam –?«

»Ich kann es dir jetzt nicht erklären«, sage ich und zwinge mich, einen Schritt vor ihm zurückzuweichen. »Roan, wo ist Ina?«

»Ina?« Roan runzelt die Stirn und wird wieder ernst.

»Ist sie in Sicherheit?« Meine Schwester. *Meine Schwester.* Was hat die Königin bloß mit ihr vor? Was ist ihr Plan?

»In Sicherheit? Ich war gerade bei ihr«, fängt Roan an, doch seine Gesichtszüge erschlaffen. »Warum sollte sie nicht –«

»Ich kann es dir jetzt nicht erklären«, wiederhole ich hastig. »Aber sie ist in Gefahr, Roan.«

Ich beäuge ihn misstrauisch – weiß er um die Gefahr, die von der Königin ausgeht, von Inas Ziehmutter, der einzigen Familie, die sie kennt? »Roan, bitte glaub mir. Hol sie aus ihrem Zimmer und bring sie in deins. Bleib bei ihr, bis ich dir sage, dass alles vorüber ist.«

Roan starrt mich stumm und verängstigt an.

»Bitte, Roan«, flehe ich, und meine Stimme bricht. »Ina ist meine Freundin. Mehr ist jetzt nicht wichtig. Wenn sie dir irgendetwas bedeutet, dann geh zu ihr und verschließ die Tür hinter ihr. Bis ich zu euch komme. Bitte.«

Roan lässt langsam meine Arme los.

»In Ordnung«, sagt er schließlich. »Ich bleibe bei ihr. Aber dann kommst du und erklärst mir alles?«

»Ja«, verspreche ich, so erleichtert, dass ich beinahe in Tränen ausbreche. »Ehrenwort. Aber jetzt geh. Verschließ die Tür und mach niemandem auf, egal, wer es ist.« Dann wende ich mich ab und eile weiter den Flur hinunter, ohne mich noch einmal umzudrehen.

Sobald sich meine Füße in Bewegung setzen, weiß ich, wohin mein Weg mich führen wird.

Zur Königin.

29

Als ich um die Ecke des Korridors biege, in dem die Gemächer der Königin sich befinden, hebe ich die Hände, bereit, die Zeit anzuhalten, um die drei Wachen außer Gefecht zu setzen, die nach Einbruch der Dunkelheit für gewöhnlich vor ihrer Tür postiert sind. Doch stattdessen bleibe ich, wie angewurzelt, stehen und starre in den leeren Flur.

Vielleicht ist die Königin gar nicht hier – dann werde ich warten, bis sie zurückkommt. Ich gehe zu ihrer Tür und greife probeweise nach dem Knauf, für alle Fälle. Zu meinem Erstaunen lässt er sich tatsächlich drehen, und die Tür schwingt auf. Ich zögere, als eine Stimme in meinem Kopf mich warnt, dass hier etwas faul sein muss.

In den Gemächern der Königin ist es schummrig. Alles ist mit schimmernden Goldstoffen behängt und von Kerzenlicht erleuchtet. Die blutroten Vorhänge vor dem riesigen Fenster sind zugezogen, und alles, was ich erkennen kann, während meine Augen sich langsam an die Lichtverhältnisse gewöhnen, ist ein Gewirr aus Schatten und Schemen. Der Raum ist weitläufig, mindestens doppelt so groß wie Inas, und an den Wänden reihen sich abwechselnd Bücherregale und Spiegel. Ich hatte erwartet, Ivan anzutreffen oder zumindest ein paar Wachen, doch es ist niemand hier – bis auf eine Person.

Die Königin von Sempera steht vor einem prunkvollen Toilettentisch in der Ecke. Sie kehrt mir den Rücken zu, nur eine einzelne Kerze auf der Kommode erhellt ihr Gesicht im Spiegel. Sie trägt einen indigoblauen Morgenmantel, und das Haar fließt ihr offen über Schultern und Rücken. Sie reagiert nicht, als ich die Tür hinter mir schließe.

»Majestät?«, frage ich leise, während ich im Geiste noch einmal die Geschichte durchgehe, die ich mir zurechtgelegt habe. Ina ist krank und hat mich geschickt, um die Königin zu bitten, sie in ihrem Zimmer aufzusuchen. Nicht sehr einfallsreich, aber meine Lüge muss auch nur kurz standhalten. Wenn die Königin eine Weile abgelenkt ist, kann ich Ina die Wahrheit erzählen, und dann können wir zusammen entscheiden, was wir unternehmen.

Doch die Königin dreht sich noch immer nicht um, als ich leise näher trete.

Es kommt mir vor, als dauerte es eine Ewigkeit, zu ihr zu gelangen. Der Raum hat etwas Unheimliches an sich durch seine schiere Größe und die dicken Teppiche und Wandbehänge, die manche Geräusche dämpfen, andere dagegen verstärken, sodass ich nichts als meinen Herzschlag höre. »Majestät«, versuche ich es erneut, lauter diesmal, als ich sie beinahe erreicht habe.

Die Königin zeigt keine Regung. Ihre Haltung ist kerzengerade, ihr Kinn erhoben, so wie ich sie mir in ihrem Palast an der Küste, auf ihrem Thron sitzend oder wenn sie das Wort an ihre ergebenen Untertanen richtet, vorgestellt habe. Doch sie bleibt vollkommen starr, abgesehen von ihrer Hand, mit der sie sich sorgfältig ein wenig schwarzen Puder um die Augen tupft, dann ein wenig Rot auf die Lippen. Obwohl ich für einiges gewappnet war, ist dieses Schweigen regelrecht verstörend und bringt meine Entschlossenheit gefährlich ins Wanken.

Jetzt erkenne ich mich selbst hinter der Königin im Spiegel. Unsere Gesichter scheinen miteinander zu verschmelzen, ihres schneeweiß und leuchtend in der Dunkelheit, meines sonnengebräunt, schmal und ängstlich. Von all der Energie und Willenskraft, die mich von dem schneebedeckten Feld hierhergetrieben haben, ist nichts mehr übrig. Ich fühle mich nicht wie die Alchimistin. Sondern wie ein kleines Mädchen, das sich sehenden Auges in die Höhle des Löwen gewagt hat.

Die Königin legt ihren Pinsel nieder und dreht sich zu mir um.

Ich war ihr noch nie so nah. Ich sehe ihre seltsam blassen, von feinen Fältchen gerahmten Augen. Was für ein Gefühl muss es sein, mit einem Körper und einem Geist, die fünf Jahrhunderte überdauert haben, durch diese Welt zu wandeln? Ich sehe mich einer Riesin gegenüber, einer Göttin. Einer alten Feindin, und doch hat sie nichts Vertrautes an sich.

»Jules«, sagt sie. Und dann: »Antonia.«

Beim Klang des Namens durchzuckt mich eine plötzliche Gewissheit. Ja. Ich bin Antonia. Die Verfasserin des Buches, für das mein Vater sein Leben gegeben hat, weil er es aus der Schatzkammer holen, weil er mein Geheimnis wahren wollte. Eine weitere Inkarnation der Alchimistin. Vielleicht die allererste. Doch das Hochgefühl verpufft sofort wieder. Das Wissen allein macht die Gefahr nicht kleiner.

Der durchdringende Blick der Königin weckt in mir den Drang, mich zusammenzukrümmen oder zu fliehen. Er wirkt wie eine körperliche Kraft, ein greller Lichtstrahl, der sich in meine Augen bohrt. Doch ich zwinge mich, die Schultern zu straffen, und beiße die Zähne zusammen.

Die Königin lacht, ein leiser, dumpfer Laut wie fernes Donnergrollen. »Wir begegnen uns immer und immer und immer wieder.«

»Sie wollen mich. Nicht Ina«, sage ich schlicht. »Was immer Sie mit ihr vorhatten, Sie können sie jetzt gehen lassen.«

Wieder das Lachen. Es kostet mich alle Kraft, stark zu bleiben.

»Um Ina brauchst du dich nicht zu sorgen«, erwidert die Königin. »Für sie habe ich keine Verwendung mehr.« Ihre Stimme klingt seltsam, zu sanft. »Aber es war anständig von dir, Roan Gerling mit ihrer Bewachung zu betrauen, wo du ihn doch selbst so sehr liebst.«

»Ich – was?«, keuche ich, während Angst und Verwirrung mir die Kehle zuschnüren. Woher weiß sie, was ich zu Roan gesagt habe?

Die Königin tritt vor und legt mir die Hand auf die Brust, direkt über mein hämmerndes Herz. Eisige Kälte dringt durch den dünnen Stoff meines Kleides und breitet sich mit teuflischer Geschwindigkeit durch meinen ganzen Körper aus.

»Du hast recht. Ina Gold besitzt nicht das Herz, nach dem ich suche.« Die Stimme der Königin spaltet sich plötzlich auf – unter ihre eigene mischt sich eine weitere, mädchenhaft und verschwörerisch. Der seltsame Zweiklang erfüllt mich mit Entsetzen.

Das Herz.

Als ihre Worte wieder verstummen, spüre ich, wie mein Körper taub wird – ich will die Faust ballen, doch meine Finger versteifen sich in lautlosem Widerstand.

Dann geben meine Beine unter mir nach.

Ich lande auf den Knien. Jedes bisschen Kraft entweicht meinem Körper, als hätten sämtliche Muskeln und Knochen sich in

Wasser verwandelt. Ich denke an Addies Blick, so angsterfüllt wie der eines Rehs, als sie über die Berührung der Königin gesprochen hat: *Wie beim Schröpfen, nur schlimmer.*

Ich kann kaum mehr den Kopf heben, geschweige denn mich verteidigen. Dann höre ich, wie sich hinter mir eine Tür öffnet und jemand den Raum betritt.

»Nein«, wiederholt die Königin, und ihre Stimme scheint aus allen Richtungen gleichzeitig zu kommen, vor mir und hinter mir, aus den Wänden, dem Boden. »Ina ist nicht diejenige, die ich brauche. Das war sie nie.«

Eine kleine, kühle Hand legt sich unter mein Kinn und hebt meinen Kopf. Ich halte die Augen geschlossen, will das Schimmern der Klinge nicht sehen, die mir die Kehle aufschlitzen oder das Herz durchbohren wird. Ich will nicht darüber nachdenken, dass ich Ina im Stich gelassen habe – dass ich *alle* im Stich gelassen habe. Wenn Liam recht hatte und die Zauberin tatsächlich böse ist, habe ich ihr in meiner grenzenlosen Dummheit soeben die Welt auf einem Silbertablett serviert.

Doch dann –

»Mach die Augen auf, Jules«, sagt jemand. Nicht die Königin.

Ich gehorche.

Vor mir kniet Caro, eine Hand an meine Wange gelegt, und lächelt. Hinter ihr steht die Königin, ihr starrer Blick auf einen Punkt in der Luft gerichtet.

»Caro!«, rufe ich erleichtert. »Die Königin, sie ist –«

»Sie ist nichts«, schneidet Caro mir das Wort ab.

Zum ersten Mal, seit ich sie kenne, flüstert sie nicht. Stattdessen klingt ihre Stimme hell und klar und so vertraut wie mein eigener Herzschlag. Sie trägt ein schwarzes Samtkleid, nicht ihre Uniform, und ihr Haar ist offen.

Sie wirkt kein bisschen krank oder fiebrig.

Ohne sich umzudrehen, greift sie hinter sich und berührt die reglose Hand der Königin. Und mit einem Mal bricht die Königin zusammen. Sie sackt so schnell und lautlos zu Boden wie eine Marionette, deren Fäden gekappt wurden.

Endlich löst sich ein Schrei aus meiner Kehle, doch es ist niemand da, der ihn hören könnte, der etwas tun könnte: Die Königin liegt auf der Seite, Arme und Beine von sich gestreckt, ein hilfloses Bündel aus Samt und Seide und schlaffen Gliedern. Das grausige Bild bringt mich zum Zittern.

Caro atmet tief ein. Es ist, als wäre etwas, das ihr bis jetzt gefehlt hat, in sie zurückgeströmt. Selbst im Knien wirkt sie plötzlich größer. Majestätisch. Mächtig.

Ich sage nichts, nur eine Träne rinnt mir über die Wange und benetzt Caros Finger. Sie lässt mich los und wischt sich die Hand an ihrem Kleid ab. Die Augen der Königin hinter ihr sind geschlossen, das Heben und Senken ihrer Brust kaum mehr wahrnehmbar.

»Nein, ich sollte nicht sagen, dass sie *nichts* war«, tadelt Caro sich selbst. »Die Königin war einst meine Freundin. Wir kennen uns seit unserer Jugend. Schon damals habe ich ihr Potenzial erkannt.«

Sie lächelt über irgendeine lang vergessene Erinnerung oder eine Halluzination. »Dann kam die Invasion. Und sie führte die semperanische Armee zum Sieg. Nachdem der Krieg vorüber war, wurde sie zur Königin gekrönt. Und ich war die ganze Zeit an ihrer Seite, stets in ihrem Schatten.«

Eine Gänsehaut huscht mir über die Arme. Es ist, als würde Caro aus einem Geschichtsbuch vorlesen – jedes Kind in Sempera weiß, wie die Königin an die Macht gelangt ist.

Doch Caro erzählt mit einem Hauch Sehnsucht in der Stimme und träumerisch verklärtem Blick von dem Krieg, der vor fünfhundert Jahren tobte, als hätte sie ihn in schönster Erinnerung. Sie muss verrückt geworden sein. Es kann nicht anders sein. Denn wenn sie es nicht ist, habe ich einen Fehler begangen. Einen schrecklichen Fehler.

»Zuerst habe ich überlegt, selbst Königin zu werden«, fährt sie gedankenversunken fort. »Schließlich hätte die Armee ohne mich niemals den Sieg errungen. Ich habe Feinde ermordet, ihnen ihre Geheimnisse entlockt. Aber *Jules* –« sie zieht meinen Namen absichtlich in die Länge –, »du glaubst ja nicht, wie sehr man als Königin zur Zielscheibe wird.« Sie starrt mich an, als wäre die bloße Vorstellung die größte Ungerechtigkeit der Welt. »Und irgendwann habe ich begriffen, dass Macht nichts mit Politik zu tun hat. Schon gar nicht, wenn man schwach ist«, zischt sie in Richtung der zusammengesackten Königin. »Das hier war der weit bessere Weg. Eine Königin hätte niemals erreichen können, was ich erreicht habe, an all die Orte gelangen, an die ich gelangt bin – unbemerkt und unsichtbar, als einfache Dienstbotin. Und an Macht hat es mir niemals gemangelt. Nicht seit sie«, wieder deutet sie auf die bewusstlose Königin, »mich in sich gelassen hat.« Sie hält inne und sieht mich an, als wäre es nun an mir zu antworten.

»Was soll das heißen«, krächze ich, »sie hat dich in sich gelassen?«

»Das hättest du auch lernen können, wenn du mehr Zeit gehabt hättest. Dir durch ein geflüstertes Wort jemandes Geist zu eigen zu machen.« Sie mustert mich. »Ich hatte die Zeit, Jules, was mich in einem gewissen Maß für die Macht entschädigt hat, die du mir gestohlen hast.«

Eine schreckliche Erkenntnis beginnt, in mir Gestalt anzunehmen – eine düstere, fundamentale Erkenntnis, die mir bislang verwehrt geblieben ist, etwas, das ich die ganze Zeit übersehen habe. Doch mein ganzer Körper rebelliert, sträubt sich gegen die Wahrheit. Ich kann sie nicht einmal aussprechen.

Caro lacht leise. »Mach nicht so ein schockiertes Gesicht, Jules«, neckt sie mich. »Ohne mich wäre die Königin längst tot, oder zumindest wäre sie nicht mehr als ein Sack voller Knochen wie die alte Vettel im Westturm. Wir haben einander unterstützt; ich habe ihr zu Leben verholfen, und sie mir zu Macht. Aber sie war nie du.« Wieder dreht sie sich zur Königin um und seufzt. »Und allmählich habe ich mein Schattendasein satt. Mein Leben als Dienstbotin. All das Bluteisen. Ich habe Bluteisen im Wert von Jahrhunderten getrunken, dabei kann ich den Geschmack nicht ausstehen.«

»*Von Jahrhunderten.*« Ich schlucke. »Wie kann es sein, dass nie jemand dahintergekommen ist? Warum hat niemand bemerkt, dass du nicht alterst?«

»Niemand bemerkt so etwas, Jules. Niemand interessiert sich für ein Dienstmädchen. Gerade du solltest das wissen.« Caro schenkt mir ein breites Lächeln. »Und selbst wenn, lassen sich die betreffenden Personen leicht beseitigen.«

Übelkeit steigt in mir auf, als mir klar wird, dass sie recht hat. Ich kann mir gut vorstellen, wie die Adligen, egal, welches Zeitalters, ein einzelnes Dienstmädchen, das für immer faltenlos, schlank und strahlenden Blickes blieb, einfach übersehen haben.

Ich starre sie an, wie versteinert, während sie leise in sich hineinlacht. Die Sonne hinter den zugezogenen Vorhängen beginnt langsam unterzugehen und lässt den Raum noch dunkler werden. Caros Gesichtszüge verschwimmen zu Konturen – scharfe Wangenknochen, weiße Zähne und unglaublich helle Augen. Dieses Gesicht habe ich schon einmal gesehen, inmitten von Flammen und Blitzen und zuckenden Schatten

»Woran hast du mich erkannt?«, flüstere ich.

»An deinem Bluteisen natürlich«, antwortet Caro, die nun wie eine Katze vor mir auf und ab zu schreiten beginnt. »Ich hatte schon vorher den Verdacht, als du deine Abstammung geheim halten wolltest, und nach dem Besuch bei der Zaunhexe, aber sicher war ich mir erst, nachdem ich gesehen hatte, wie deine Zeit zurück in deinen Körper geflossen ist. Das habe ich schon miterlebt, als du Eryn warst und May und Cecily und ... nun ja.«

»Aber Ivan hat dich festgenommen und dich vor aller Augen als Einbrecherin hingestellt, er ...« Meine Stimme erstirbt, als ich die Wahrheit erkenne, noch bevor Caro abermals zu grinsen anfängt. Natürlich, Ivan steckte die ganze Zeit mit ihr unter einer Decke. Die Geschichte über die Schatzkammer war nichts als eine Finte, um mich in die Falle zu locken. Um mich auf die Probe zu stellen. »Du wusstest, dass ich mein Blut geben würde, um dein Leben zu retten.«

»Wie es scheint, kenne ich dich besser als du dich selbst.«

Eine wahre Freundin.

Eine erbitterte Feindin.

»Du bist wirklich die Zauberin«, flüstere ich und fasse damit meine schlimmste Angst in Worte, immer noch in der Hoffnung, dass Caro mir ins Gesicht lacht und sagt, dass ich mich irre, dass ich wohl verrückt geworden sei. Doch das tut sie nicht.

»Ich könnte ziemlich gekränkt sein, weißt du?«, sagt sie schließlich. »Nie erinnerst du dich so gut an mich wie ich mich an dich. Obwohl ich zugeben muss, dass ich diesmal selbst eine Weile gebraucht habe, um mir sicher zu sein. Du bist ein durchtriebenes Ding, Antonia. In jedem deiner Leben. Aber was noch viel schlimmer ist: Du hattest immer Hilfe.« Das letzte Wort speit sie mir entgegen wie eine Verwünschung.

Mir bleibt keine Zeit, an Papa zu denken, an Lora und Liam, an alle, die mir geholfen haben, bevor Caro mich packt und mein Gesicht zwischen die Hände nimmt. Keine Sekunde schwindet dabei ihr Lächeln, und in ihrem Blick liegt aufrichtige Zuneigung. Vermischt mit Gier, einer uralten, sengenden Gier, die nichts gleicht, was ich je gesehen habe.

»Was willst du?«, frage ich.

»Ich will wieder von der Zeit befreit sein«, antwortet sie. »Über Jahrhunderte hinweg bin ich gealtert. Langsamer als die meisten Menschen, ja, aber dennoch. Ich will wieder wie früher sein, ohne Angst vor dem Altern oder dem Tod, ohne Bauernblut trinken zu müssen wie ein verdammter Wolf.« Ihr Blick bohrt sich in meinen, und noch immer lese ich darin diese schreckliche Kombination aus Liebe und Gier, als sich plötzlich ein dunklerer, unheilvollerer Ton in ihre Stimme schleicht. »Ich will zurück, was du mir vor so langer Zeit gestohlen hast.«

Ihre Unbeschwertheit ist wie weggeblasen. Sie lässt mich los, und plötzlich scheint mein Körper wieder mir zu gehören. Mit wackligen Beinen stemme ich mich hoch und klammere mich Halt suchend an einen Bettpfosten. Meine Brust fühlt sich an wie von innen aufgesprengt, als hätte ich zu lange die Luft angehalten.

Caro tritt einen Schritt zurück und lässt ihren Blick leicht angewidert durch den opulent eingerichteten Raum wandern. »Alles wird wieder so sein wie damals, bevor du Zeit in Bluteisen gebannt hast«, zischt sie. »Du hast mir meine Unsterblichkeit gestohlen. Du hast uns beide verdammt. Ich werde die Welt wieder in Ordnung bringen, aber wir können nicht beide überleben.«

Als ich zusammenzucke, lacht sie auf. »Seit fast fünfhundert Jahren trägst du meine Macht in deinem Herzen versiegelt. Ich dachte einst, ich könnte sie freisetzen, indem ich dich töte. Vier- oder fünfmal musste ich dich beseitigen, bis mir klar wurde, dass das nicht genug ist.« Sie tippt sich mit dem Finger auf die Brust. »Dass ich dir erst das Herz brechen muss.«

»Dann muss ich dich enttäuschen«, fauche ich ihr entgegen. Ich mache einen Schritt rückwärts und taste unauffällig hinter mir auf dem Nachttisch nach etwas, was ich als Waffe benutzen könnte, doch meine Finger greifen ins Leere. »Mein Vater ist tot. Meine Mutter ist tot. Ich habe Freunde verhungern sehen – nichts kann mir mehr das Herz brechen.«

Doch Caro schüttelt unwirsch den Kopf. »Nein«, sagt sie. »Du hast keine Ahnung, wie ein gebrochenes Herz sich anfühlt. Nicht, bevor der Mensch, den du auf der Welt am meisten liebst, in deinen Armen stirbt.« Das Lächeln, das sich nun auf ihrem Gesicht ausbreitet, wirkt grimassenhaft und Furcht einflößend. »Wenn du also gestattest«, fährt sie dann fort, als hätte ich tatsächlich eine Wahl, »ich würde gern jemanden zu uns bitten, den zu sehen dich sicher freuen wird.«

Beschwingten Schrittes geht sie zur Tür und öffnet sie. Davor steht Ivan und neben ihm, mit gefesselten Händen, Roan Gerling.

30

Zuerst verstehe ich nicht, was ich sehe – Roan, blass und mit weit aufgerissenen Augen, die Schultern gekrümmt. Ivan schubst ihn weitere zwei Schritte in die Gemächer der Königin. Der treulose Hauptmann hält ein Messer in den Händen, dessen Spitze einen Fingerbreit über Roans Kehle schwebt. Ivan starrt entschlossen geradeaus, Roans Blick jedoch fällt auf die zusammengesunkene Gestalt der Königin am Boden, und sein Mund klappt auf.

Am liebsten will ich Roan zuschreien, dass er fliehen soll, doch ich bekomme keinen Ton heraus. Ich bin nicht sicher, ob es Caros Magie ist oder Furcht, die mir die Lippen versiegelt. Auf Caros Gesicht breitet sich ein zufriedenes Lächeln aus. Ivan sieht sie an und erwidert es.

Wie lange hat sie gebraucht, frage ich mich, um ihn unter ihre Kontrolle zu bringen? Was hat er sonst noch für sie getan? Knapp unter der Oberfläche seines Lächelns sehe ich einen Funken von Angst, doch sein Griff um das Messer ist fest. Er fürchtet Caro. Und das jagt mir genauso viel Angst ein, wie die Königin vor uns zusammensacken zu sehen wie eine Stoffpuppe.

»Vielen Dank für Ihre Hilfe, Hauptmann«, schnurrt Caro. »Und denken Sie daran – fünf Minuten.«

Ivan zögert, blinzelt. Caros merkwürdiger Befehl erfüllt mich mit nie zuvor gekannter Panik.

Einen Moment lang flackert purer Hass über Caros Züge, ihre Augen treten hervor, und sie bleckt die Zähne. »*Gehen Sie*«, knurrt sie, »aber lassen Sie das Messer hier.« Ivan macht einen Schritt rückwärts. Er wirft Roan einen flüchtigen Blick zu, dann dreht er sich um und verlässt das Zimmer. Bevor er die Tür hinter sich schließt, wirbelt er noch einmal herum und wirft sein Messer. Wie ein silberner Blitz saust es durch die Luft und landet schlitternd zu Caros Füßen. Ich erstarre.

Sie hebt es auf und wendet sich Roan zu. »Auf die Knie.« Ihre Miene ist wieder so heiter wie zuvor, doch in ihren Worten schwingt etwas Bedrohliches mit. Roan gehorcht, das Gesicht verzerrt vor Angst, wie ein Tier im Angesicht der Schlachtbank. Ich vermute, dass ich genauso aussehe.

Du hast keine Ahnung, wie ein gebrochenes Herz sich anfühlt. Nicht, bevor der Mensch, den du auf der Welt am meisten liebst, in deinen Armen stirbt.

Mit einem Mal wird mir klar, was Caro vorhat. Ich werfe jegliche Vorsicht über Bord und stürze mich mit erhobenen Händen zwischen Roan und Caro. Als ich mich ihr zuwende, ereilt mich das verstörende Gefühl, mich in einem meiner Albträume zu befinden.

Sie lacht.

»Damit wirst du nicht davonkommen«, sage ich zu ihr, bemüht, das Zittern in meiner Stimme zu unterdrücken. »Er ist ein Gerling. Praktisch ein Prinz.«

»Was ist ein Prinz gegen eine Göttin?«, entgegnet Caro. »Was«, sie beugt sich über die Königin, »ist eine Königin gegen eine Göttin?«

Caro streckt die Hand aus, ergreift die Königin bei ihrem Gewand und zieht sie scheinbar mühelos zu sich hoch.

Ein grässliches Rasseln dringt aus der Kehle der Königin – bis dahin war ich mir nicht sicher, ob sie überhaupt noch am Leben ist. Ihr Kopf rollt in den Nacken, und ein dunkelrotes Rinnsal sickert ihr aus dem Mund. Dann öffnet sie die Augen und sieht Caro.

Die Königin stürzt sich auf sie, mit ihrem ganzen Körper, wild rudernden Armen, die Hände zu Klauen gekrümmt.

Doch Caro ist vorbereitet. Ich sehe entsetzt zu, wie sie der Königin ausweicht und ihr blitzschnell von hinten den Arm um die Taille schlingt. Mit der anderen Hand bohrt sie ihr das Messer in die Brust, alles in einer einzigen, fließenden Bewegung, bevor sie die keuchende Frau in meine Richtung stößt.

Mein Schrei gellt durch den Raum. Ich stolpere rückwärts, doch es gibt keine Möglichkeit zur Flucht. Die Königin stürzt auf mich, und ich strecke reflexartig die Arme aus, um sie aufzufangen. Ich erhasche einen Blick in ihre aufgerissenen, blassen Augen, auf ihre blutüberströmte Brust. Ihr Blut benetzt meine Hände, mein Gesicht. Ich schreie immer noch, doch es klingt wie von mir losgelöst, als käme es von jemand anderem. Alles, was mein Bewusstsein aufnimmt, sind das warme Blut und das schwache Gewicht der Königin in meinen Armen, der Anblick, wie das Leben aus ihren farblosen Augen schwindet. Eine furchtbare Leere breitet sich in mir aus. Die ganze Zeit war sie nichts als eine Marionette, die den Launen eines Ungeheuers gehorchen musste.

Irgendwie gelingt es mir, ihren Körper auf den Boden zu betten, dann falle ich selbst auf Hände und Knie und fange an zu würgen. Der Geruch nach Blut umfängt mich wie roter Nebel.

Bis Roans Schrei zu mir durchdringt.

Ich hebe den Kopf. Auf der anderen Seite der Königin regt

sich Roan; er ist am Leben, aber seine Brust hebt und senkt sich stoßartig, während er auf die Leiche der Königin starrt. Hinter ihm steht Caro. Grob packt sie ihn beim Haar, zerrt seinen Kopf zurück und hält ihm das blutige Messer an die Kehle. Ich verharre, reglos kniend, über der Königin, aus Angst, dass Caro, wenn ich nur den kleinsten Mucks von mir gebe, abermals von der Klinge Gebrauch machen wird.

»Du hast es mir so leicht gemacht, Jules«, sagt sie. »Jeder hat die Blicke bemerkt, die Lord Gerling dir zugeworfen hat. Niemand wird an meiner Geschichte zweifeln: dass du eine Verräterin bist und ihn verführt hast. Dass du ihn dazu gebracht hast, dich in die Gemächer der Königin zu lassen. Und dort hast du sie beide ermordet.«

Roans Blick huscht zu mir, dann hilflos zur Seite – er kann sich nicht Caro zuwenden, ohne sich an ihrer Klinge zu verletzen. Caros Worte können in seinen Ohren keinerlei Sinn ergeben, aber er ist sich der Gefahr, in der er schwebt, bewusst. »Caro, bitte«, krächzt er.

»Und *du.*« Caro drückt ihm das Messer fester an den Hals, sodass ein Tropfen Blut über die Klinge rinnt und sich mit dem der Königin vermischt. »Du hübscher kleiner Dummkopf. Du hast die Alchimistin direkt zu mir gebracht.« Mein gesamter Körper versteift sich. »Es war ein Fehler, zurück nach Everless zu kommen, Jules«, fährt sie fort, ein Lachen in der Stimme. »Wenn du in Crofton geblieben wärst und dich damit zufrieden gegeben hättest, Roan Gerling aus der Ferne anzuhimmeln, hätte ich dich vielleicht niemals gefunden.«

Doch ich höre sie kaum. Meine Augen sind fest auf Roan gerichtet, dessen Blick panisch zwischen der Leiche der Königin und mir hin- und herzuckt. Erinnerungen stürzen auf mich ein – Sonnenstrahlen, die durch die Krone einer Eiche brechen, atemlose Kämpfe mit Holzschwertern, unbeschwertes Gelächter, ohne einen einzigen Gedanken an die Unterschiede unserer Herkunft. Der heutige Roan mag ein Feigling sein, aber er hat es nicht verdient, so zu sterben.

»Bitte«, fleht Roan leise. Er schluckt, und als sich seine Haut unter der Klinge bewegt, rinnt ihm das Blut bis zum Schlüsselbein hinunter. »Bitte, Caro, ich tue alles, was du willst.«

Ich schneide ihm das Wort ab. »Ich liebe ihn nicht.« Aus dem Augenwinkel sehe ich Roan blinzeln. »Und er mich auch nicht.« Ich blicke Caro an in der verzweifelten Hoffnung, dass sie mir glauben wird, dass sie diese eine Wahrheit erkennt. *Bitte* –

Einen Moment lang sehe ich Zweifel in ihren Augen. Doch es ist zu spät – es war von Anfang an zu spät. Ich kenne Caro, und ich weiß, dass ihr Wille, mich zu besiegen, alles andere aus ihrem Bewusstsein verdrängt.

»Wenn du Barmherzigkeit von mir erwartest«, grollt sie, »hättest du mir nicht meine Unsterblichkeit stehlen dürfen.«

Und damit zeichnet sie einen roten Strich quer über Roans Kehle.

Ich öffne den Mund, um zu schreien, doch es kommt kein Ton heraus. Die Luft in meiner Lunge scheint sich in Blei verwandelt zu haben. Jemand hat seine Faust in meine Brust gerammt und reißt mir das Herz heraus.

Während Caro von Roan ablässt, hebt er die Hand an seinen Hals. Seine Brauen ziehen sich zusammen, als er verwirrt das Blut betrachtet, das zwischen seinen Fingern hervorquillt und über seine Brust strömt. Sein Mund klappt zu, dann auf, dann wieder zu; stumme Worte der Verzweiflung, die mich nicht erreichen, die niemanden erreichen.

Schließlich kippt er nach vorn. Mit dem Gesicht voran landet er neben der Königin und bleibt reglos liegen.

Einen Moment lang glaube ich, dass abermals die Zeit stehen geblieben ist. Durch pure Willenskraft versuche ich, sie zurückzudrehen, versuche, ungeschehen zu machen, was soeben passiert ist.

Doch auf dem Boden breitet sich Blut aus; die Zeit läuft weiter. Stille erfüllt den Raum. Grabesstille.

Caro blickt mich an. Sie scheint zu warten – darauf, dass ich zusammenbreche, dass die Macht zurück in ihren Körper strömt. Doch nichts passiert. Sie legt den Kopf schief, und sosehr sie auch versucht, sich ihre Enttäuschung nicht anmerken zu lassen, ist sie ihr doch deutlich an der Miene abzulesen.

Zorn, wie ich ihn noch nie zuvor verspürt habe, fährt glühend in mich hinein, während ich mich mühsam aufrappele. Er schmerzt, und doch ist er ein Zeichen dafür, dass ich am Leben bin. Und unbesiegt.

»Du hast ihn wirklich nicht geliebt«, bemerkt Caro. »Aber das spielt keine Rolle. Ich werde schon jemanden finden, mit dem ich deinen Widerstand brechen kann, und wenn ich jeden einzelnen Menschen in Sempera töten muss. Und bis dahin werde ich dich wieder hier auf Everless gefangen halten. Wie passend.«

Bei diesen Worten bricht meine Wut sich Bahn. Mit ausgestreckten Händen stürze ich nach vorn und lasse Caro lange genug erstarren, um meine Hände um ihren Hals schließen zu können. Kraft schießt durch meinen Körper und schießt aus mir heraus, formt jedoch nur seltsame Blasen in der Luft. Als Caro die Blasen auf sich zurasen sieht, hebt auch sie die Hände und wirft lachend den Kopf in den Nacken.

Ihre Macht und meine treffen mit einem Donnern aufeinander, das die Welt bis in die Grundfesten erschüttern muss, und ich werde zu Boden geschleudert. Überall um uns fallen Bücher aus den Regalen, und Bilder stürzen von der Wand. Irgendwo zersplittert Glas, und während ich mich benommen auf einen schmerzenden Ellenbogen hochstemme, sehe ich Dutzende von Edelsteinen, die sich über den Rand der Frisierkommode ergießen und über den Boden rollen.

Als das Dröhnen in meinen Ohren langsam nachlässt, höre ich ferne Schreie und schwere Schritte, die sich in unsere Richtung bewegen. Ich setze mich auf, gerade als die Tür auffliegt und eine Einheit Everless-Wachen hereinstürzt. Der Erste von ihnen kommt schlitternd zum Stehen und schreit auf, als er das Blut und die Toten erblickt.

»Hilfe!«, schreit Caro. Als ich den Kopf wende, sehe ich, dass sie aufgesprungen ist und in meine Richtung deutet, ihr Gesicht eine Maske des Entsetzens. Kurz darauf steht Ivan neben ihr und starrt schweigend auf Roan Gerlings Leiche auf dem Boden. *Fünf Minuten.* Nun wird es mir klar. *Weil sie wollte, dass die Wachen selbst Zeugen werden.*

Sie schreit immer weiter, während die Wachen zu mir stürzen, mich bei den Armen packen und auf die Füße zerren. Ich versuche nicht einmal, mich zur Wehr zu setzen. In mir tost ein Meer aus Grauen und Elend, das keinen Platz für Widerstand lässt.

Erst als die Wachen mich abführen, hört Caro auf zu schreien und lächelt mich an.

EPILOG

T*ropf.*

Tropf.

Tro–

Der Wassertropfen verharrt auf halbem Weg zum Boden. Ich kann ihn kaum erkennen in der beinahe vollkommenen Dunkelheit des Kerkers. Doch er ist da, hängt in der Luft und reflektiert das Licht der Fackeln auf dem Gang wie eine Glaskugel. Ein winziges Ding, wie ein Edelstein – hübsch anzusehen, aber sinnlos.

Ich lasse die Zeit weiterlaufen, und der Tropfen fällt zu Boden, landet inmitten der Wasserpfütze, die sich langsam und unaufhaltsam in meine Richtung ausbreitet. Irgendwann wird sie mich in der Ecke meiner Zelle erreichen, wo ich zitternd hocke, die Arme um die Knie geschlungen. Meine Fähigkeit, die Zeit zu manipulieren, ist nun absolut nutzlos. Ich kann mit Wassertropfen spielen oder die Fackeln vor der Tür im Flackern innehalten lassen. Aber ich kann nicht bewirken, dass es in meiner Zelle wärmer wird, und ich kann nicht entkommen.

Zwar vermag ich die Zeit anzuhalten, doch sosehr ich mich auch bemühe, ich kann sie nicht rückwärtslaufen lassen. Ich muss es inzwischen tausend Mal versucht haben.

Der Name *Antonia* erfüllt meinen Mund wie ein unangenehmer Geschmack – etwas einst Süßes, das nun verfault ist.

Der Name der Alchimistin, mein allererster Name. Endlich weiß ich, wer ich bin, kann den verschlungenen Knoten aus Macht und Vergangenem in meinem Inneren spüren. Doch dies lässt die Gewissheit, dass ich hier sterben werde, dass Caro, die Zauberin, letztendlich doch über mich triumphiert hat, nur noch bitterer erscheinen. Ich habe Antonia im Stich gelassen. Ich habe alle meine vergangenen Inkarnationen im Stich gelassen, ohne zu wissen, wer sie waren oder wie hart sie gekämpft haben. Ich habe Roan im Stich gelassen, den Jungen, den ich einmal geliebt habe. Ich habe Sempera im Stich gelassen, indem ich das Land Caros Willkür überlassen habe, und mit ihm Ina.

Mein Magen krampft sich zusammen, als ich an Ina denke. Meine Schwester.

Sie muss mich so sehr hassen, mich mit jeder Faser ihres Daseins verachten. Wie könnte sie es nicht? Ich habe die Wachen über mich flüstern hören; ich weiß um die Geschichten, die Caro über mich verbreitet. Dass ich eine durchtriebene Hexe sei, die Roan benutzt hat, um in die Nähe der Königin zu gelangen. Dass ich zuerst die Königin ermordet hätte und dann Roan, der mich daran hindern wollte. Dass Caro mich dabei ertappt hätte, wie ich über ihren Leichen stand, das blutige Messer zu meinen Füßen.

Einen Moment lang bin ich versucht, mich von meinen Gedanken forttragen zu lassen. Ich könnte einfach die Augen schließen und mich in einer Vision verlieren, in meinen Erinnerungen, die so rein und so echt und so zahlreich sind wie Perlen an einer endlosen Schnur. Stattdessen presse ich die Hände auf den kalten Steinboden, um mich in der Gegenwart zu verankern, in dieser Zelle und nirgendwo sonst. Wenn ich mich jetzt meinen Tagträumen hingebe, könnte es sein, dass ich niemals zurückkehre. Umgekehrt jedoch würde mich die Verzweiflung um den Verstand bringen, wenn ich an Roans Blut auf dem Boden denke oder mir Inas Gesicht vorstelle, in dem Moment, als sie von Roans Tod erfahren hat.

Jetzt zusammenzubrechen wäre nur ein weiterer Verrat an Antonia und all meinen anderen vorherigen Inkarnationen. Also konzentriere ich mich auf das, was ich weiß.

Caro braucht mich lebendig, sonst wäre ich längst tot. Sie muss mir das Herz brechen, um an die Macht zu gelangen, die irgendwo in mir verborgen liegt. Der Gedanke sollte mich trösten, doch ich traue meinem Herzen nicht mehr, das bereits mürbe ist vor Trauer um all die Menschen, die mir auf dieser Welt am meisten bedeutet haben.

Von irgendwo aus den dunklen Tiefen meines Bewusstseins wispert mir eine Stimme zu, ich könne nur hoffen zu sterben, bevor Caro meinen Widerstand bricht. Doch die Vorstellung, jetzt aufzugeben – jetzt, da ich endlich erkannt habe, wer ich bin, und die Macht direkt unter meinen Fingerspitzen spüre –, lässt meine gesamte Existenz rebellieren.

Nein. Sterben ist keine Option.

Stiefel nähern sich über den kalten, feuchten Flur. Ich rühre mich nicht. Es hat ohnehin keinen Sinn – die Wachen kommen nie so dicht an die Gitterstäbe, dass ich nach den Schlüsseln an ihren Gürteln greifen könnte.

Doch diesmal ist irgendetwas anders. Die Schritte wirken leiser als gewöhnlich, zögerlicher. Immer wieder halten sie inne, als bliebe die Person vor jeder Zelle stehen, um hineinzuspähen.

Ich blicke hoch, und im selben Moment erscheint Liam vor meiner Tür. Als er mich entdeckt und mit weit aufgerissenen

Augen an die Gitterstäbe stürzt, vollführt mein Herz – so verwundet, so erschöpft – einen kleinen Hüpfer.

Dennoch: Liam darf nicht hier sein. Die Erinnerung an Roan keimt in mir auf, zitternd vor Angst, Caros Messer an seine Kehle gepresst, an Roan auf dem Boden, reglos und mit leerem Blick, während sich eine Blutlache um ihn bildet. Wenn sie herausfindet, dass Liam mir helfen wollte, wird sie ihm dasselbe antun, oder noch Schlimmeres.

»Was machst du hier?« Meine Stimme ist heiser, so selten habe ich sie in letzter Zeit benutzt. Mühsam stemme ich mich hoch, während Liam die Gitterstäbe umklammert. Er sieht elend aus, das Gesicht ausgezehrt und noch blasser als gewöhnlich, mit dunklen Schatten unter den Augen.

»Jules«, sagt er leise. »Geht es dir gut?«

»Du darfst nicht hier sein«, fauche ich ihn an, um meine Angst zu überspielen. »Caro wird –«

»Ich weiß, was Caro tun wird«, fällt er mir ins Wort. Seine Stimme ist schwer vor Trauer; ich denke daran, dass er erst vor Kurzem seinen Bruder verloren hat. »Ich hätte erkennen müssen, was sie ist. Wenn ich nur –« Er bricht ab, senkt den Kopf, und mir ist, als sähe ich einen feuchten Schimmer in seinen Augen.

»Das mit Roan tut mir leid«, sage ich so sanft, wie ich kann. Auch wenn die beiden nie gut miteinander ausgekommen sind – ich kann mir nicht einmal vorstellen, was Liam empfunden haben muss, als er seinen Bruder niedergemetzelt am Boden sah, aus keinem anderen Grund als purer Grausamkeit.

Ich muss an Ina denken und balle die Fäuste. Entschlossen schiebe ich meine Furcht beiseite.

»Roan war nur der Anfang«, sagt Liam mit rauer Stimme.

»Während Ina damit beschäftigt ist, sich auf die Krönung vorzubereiten, hat Caro das ganze Schloss abriegeln lassen. Jeder, der mit dir in Verbindung stand, wird ihr zum Verhör vorgeführt.«

Mein Blut gefriert zu Eis. *Lora. Hinton.* »Sie muss mir das Herz brechen«, murmele ich, halb an mich selbst gewandt. »Sie sucht nach Menschen, die ich liebe.«

Liam beendet den Gedanken für mich. »Du musst hier weg. Bevor sie anfängt, sie zu töten.« Sein Griff um die Gitterstäbe wird so fest, dass seine Fingerknöchel weiß hervortreten. »Wir dürfen keine Zeit verlieren. Gut möglich, dass uns nur ein paar Minuten bleiben.«

Ich kneife die Augen zu und versuche, meine rasenden Gedanken so weit zu beruhigen, dass ich nachdenken kann. Bilder der Menschen, die mir etwas bedeuten, ziehen mir durch den Kopf wie eine stumme Prozession. Ich schlucke meine Angst hinunter, als mir klar wird, wie viele Opfer Caros Zorn noch fordern könnte. Mit festem Blick trete ich auf Liam zu.

Als ich meine Hände auf seine lege, erschaudert er kurz, aber er weicht nicht zurück. Seine Haut ist warm, die erste Wärme, die ich seit Tagen zu spüren bekomme, und ich genieße das Gefühl. »Mach die Augen zu«, sage ich zu ihm. Auch ich schließe meine und taste nach der Kraft in meinem Inneren, um die Zeit um uns zum Stillstand zu bringen.

Meine Zelle und der Flur davor sind so karg, dass ich nicht sicher bin, ob es funktioniert hat, als ich die Augen wieder öffne. Dann aber fällt mir auf, dass das Geräusch des tropfenden Wassers verschwunden und die Flamme der Fackel hinter Liam in der Bewegung erstarrt ist.

Nur Liam ist noch bei mir; sein Atem geht laut in der Stille um uns. Mein Körper zittert vor Schwäche; nach zu wenig Essen und Schlaf spüre ich das Gewicht der Zeit in allen Gliedern. Dennoch finde ich die Kraft, Liams Hände zu drücken. Er schlägt die Augen auf und blinzelt langsam, verwundert, als ihm klar wird, was ich getan habe.

Ich lasse seine Hand los – versuche, das leise Bedauern zu ignorieren, das ich dabei verspüre –, und deute den Gang hinunter. »Die Wachen sind dort drüben. Sie haben die Schlüssel.«

Liam begreift sofort. Er tritt zurück, staunt kurz über die reglose Fackel an der Wand und eilt dann entschlossenen Schrittes den Flur hinunter. Meine Hände verkrampfen sich vor Angst um ihn.

Doch schon nach wenigen Minuten kommt er zurück, in der Hand einen Schlüssel. Ich stehe mit klopfendem Herzen daneben, während er eine Weile mit dem Schloss kämpft. Endlich öffnet sich die Tür, und ich stolpere vorwärts, als ich mich plötzlich aus eigener Kraft aufrecht halten muss. Liam fängt mich auf, und einen Moment lang bleiben wir so stehen, sein Arm um meine Schultern, meine Wange an seiner Brust. Wärme hüllt mich ein, und ich fühle mich beinahe geborgen. Aber ich weiß, dass wir uns beeilen müssen. Hier unten im Verlies mag die Zeit stehen geblieben sein, oben jedoch – für Ina und alle anderen, die mir am Herzen liegen – läuft sie weiter.

Liam löst sich als Erster von mir; er lässt die Hand sinken und ergreift damit meine. »Ich weiß einen Weg nach draußen«, murmelt er, leise und eindringlich. »Komm.«

Er zieht mich den Flur hinunter, und ich spüre, dass er darauf achtet, sich meiner Gehgeschwindigkeit anzupassen, obwohl er am liebsten gerannt wäre. Wir gelangen in schmalere und immer schmalere Flure; die Luft wird kalt und schwer und riecht feucht. Zuerst zähle ich die Sekunden, überzeugt, dass jeden Moment Verfolger hinter uns auftauchen. Bald jedoch kann ich mich auf nichts anderes mehr konzentrieren als darauf, einen Fuß vor den anderen zu setzen, meinen immer schwächer werdenden Körper unter Kontrolle und gleichzeitig die Zeitstarre aufrecht zu halten. Früher oder später werde ich sie loslassen müssen, wenn ich nicht zusammenbrechen will.

Nach einer Weile erreichen wir eine Wendeltreppe, die sich endlos in die Höhe zu schrauben scheint. Schließlich landen wir in einer kleinen, von einer einzigen Öllaterne erleuchteten Hütte. Als ich einen Blick aus dem Fenster werfe, sehe ich den See und dahinter das Schloss. Wir müssen uns in einer der Wärmehütten für die Wachen entlang der Nordmauer befinden. Es gibt eine Pritsche und einen Tisch, auf dem sich Vorräte stapeln, sowie eine von grauem Dämmerlicht gerahmte Tür.

Ich lasse Liams Hand los und sinke auf die Pritsche, während ich gleichzeitig versuche, so viel frische, oberirdische Luft wie möglich in meine Lungen zu saugen. Meine Glieder sind schwach, zittrig. Ich sehe zu, wie Liam das Essen vom Tisch in zwei Beutel stopft, bevor er einen davon mir reicht.

»Für heute Nacht können wir bei Addie Zuflucht suchen«, sagt er. »Und morgen werden wir sehen, dass wir so weit von Everless fortkommen, wie wir nur können.«

Sein Gesicht glüht vor Entschlossenheit, und der Anblick versetzt mir einen Stich. Er riskiert sein Leben für mich, bereit, alles aufzugeben, was er je gekannt hat.

Das kann ich nicht zulassen.

»Caro hat Roan getötet, weil sie dachte, ich würde ihn lieben«, sage ich.

Liams Augen flackern. »Aber du hast ihn nicht geliebt.«

Eine glühende Nadel bohrt sich in meine Brust. »Vielleicht nicht. Vielleicht nicht genug. Aber darum geht es nicht.« Ich starre Liam geradewegs in die Augen; ich will, dass er versteht, dass er sich der Gefahr bewusst wird, in der wir schweben. »Du kannst nicht mit mir kommen, Liam. Dann wird sie dich nur töten.«

Seine Lippen verziehen sich. Ich warte darauf, dass er protestiert, doch er erwidert bloß einen Moment lang meinen Bick, bevor er schließlich nickt. Eine Mischung aus Erleichterung und Enttäuschung durchströmt mich.

»Wenn ich dir nur früher vertraut hätte …«, sagt er dann. Seine Stimme bricht, und er holt tief Luft, bevor er fortfährt. »Wenn ich dir erzählt hätte, was ich weiß, wäre nichts von all dem passiert.« Die Worte, die er nicht ausspricht, hängen zwischen uns in der Luft. *Dann wäre die Königin noch am Leben. Dann wäre Roan noch am Leben.*

»Es wäre auch nichts von all dem passiert, wenn ich nach Ambergris gegangen wäre, wie du es wolltest«, entgegne ich sanft. »Wir können uns unendlich Vorwürfe machen, aber das wird uns nicht helfen, Caro aufzuhalten.« Meine Zunge stolpert über ihren Namen.

Liam lässt mich nicht aus den Augen, als ich nach dem Beutel greife. »Warte.« Seine Finger streifen meine Hand, ziehen sich wieder zurück. Dann öffnet er eine Schublade unter dem Tisch und holt ein kleines, zerfleddertes, ledergebundenes Buch heraus. Der Anblick beschwört einen Sturm von Erinnerungen in mir herauf – an kalte Nächte in unserer Kate, in denen ich auf Papas Schoß saß, während er mir Geschichten aus genau diesem Buch vorlas. Daran, wie ich selbst das Buch aufgeschlagen habe und mit dem Finger die Worte nachgefahren bin. Schon damals wusste ich, dass es meine waren, obwohl ich noch zu klein war, um sie lesen zu können. Auch andere Erinnerungen steigen in mir auf, meine und gleichzeitig nicht meine. Es sind die von Antonia und meinen anderen früheren Inkarnationen, aus meinen vergangenen Leben. All die Erinnerungen und Hoffnungen und Ängste, die mein Blut und meine Knochen durchsetzen. Dies ist das Buch, nach dem mein Vater in der Schatzkammer gesucht hat und für das er sein Leben gegeben hat.

»Wie kann ich dich allein gehen lassen?«, fragt Liam leise.

In mir regt sich Hoffnung, wie etwas, das ich seit Jahrhunderten nicht mehr gespürt habe. »Ich bin nicht allein«, erwidere ich, als ich nach dem Buch greife. Ich bin niemals allein, nicht mit den Stimmen der Vergangenheit, die von diesen Seiten zu mir sprechen.

Liam blickt mich an, seine Arme hängen steif herunter, als würde er sich nicht gestatten, sie abermals nach mir auszustrecken, obwohl er sich danach sehnt. »Was hast du jetzt vor?«, fragt er leise.

»Ich weiß nicht«, gestehe ich. »Mich verstecken. Etwas über mich selbst herausfinden. Und dann, wenn die Zeit gekommen ist, werde ich Caro gegenübertreten.«

»Es ist noch nicht zu spät, um unterzutauchen«, sagt er. »Du könntest einen neuen Namen annehmen. Sempera verlassen. Dann würde sie dich nie finden.«

»Doch, das würde sie«, entgegne ich voller Überzeugung. »Du kennst sie nicht so gut wie ich. Und ich will nicht untertauchen. Ich kann nicht zulassen, dass sie dich – und alle anderen – für immer in ihrer Gewalt behält.« Als ich seine Hände ergreife, blinzelt er. »Bleib hier, auf Everless«, murmele ich. »Ich werde dich brauchen, bevor es zum Letzten kommt.«

Langsam, ganz langsam, nickt er. »Ich helfe dir, so gut ich nur kann. Und ich sage dir nicht Lebewohl, Jules«, flüstert er. »Aber jetzt geh.«

Ich sehe ihm ein letztes Mal in die Augen, diesem Jungen, den ich so lange gehasst habe, obwohl er mich beschützt hat, seit wir Kinder waren. Seine Augen sind dunkle Höhlen, erfüllt von Sehnsucht und Furcht. Einen Moment lang bin ich kurz davor, ihn zu küssen, doch ich reiße mich zusammen, als mir wieder einfällt, dass meine Berührung einem Todesurteil gleichkommt.

»Danke, Liam«, sage ich stattdessen.

Dann kehre ich ihm den Rücken zu und trete hinaus in die Nacht. Die Vergangenheit lastet schwer auf meinen Schultern, während ich einer Zukunft entgegengehe, die so wild und unergründlich ist wie mein Herz.